책으로
세상을
꿈꾸다

책으로 세상을 꿈꾸다

기획회의 엮음

한국출판마케팅연구소

책으로 세상을 꿈꾸다

2009년 8월 31일 1판1쇄 발행

엮은이 한국출판마케팅연구소
펴낸이 한기호
펴낸곳 한국출판마케팅연구소
   출판등록 2000년 11월 6일 제10-2065호
   주소 121-818 서울시 마포구 성산동 226-4 창해빌딩 3층
   전화 02-336-5675 팩스 02-337-5347
   이메일 kpm@kpm21.co.kr
   홈페이지 www.kpm21.co.kr
인 쇄 예림인쇄
총 판 ㈜송인서적 전화 02-491-2555 팩스 02-439-5088

ISBN 978-89-89420-65-1 03810

서로 다른 꿈을 엮어 세상을 만든다

'계몽의 시대'가 지났다는 전언조차 어느새 식상한 상투어구가 되어버린 지 오래지만, 책은 여전히 '계몽'의 매체이다. 지금 이대로의 세상이 누구나에게 그런 대로 살 만한 세상이어서 누구도 더 이상 다른 세상을 꿈꿀 필요가 사라진 것이라면 혹시 모르겠다. 하지만 사람이 오늘보다 더 나은 내일의 삶을 꾀하고 그것을 위해 자신과 다른 사람들의 삶을 조건짓는 세상이 조금이라도 더 나아지기를 꿈꾸는 한 책은 사람들 사이에서 그 꿈을 매개할 수밖에 없다.

일찍이 시의 존재 근거는 '있는 세상'과 '있어야 할 세상' 사이의 긴장이라고 갈파한 시인도 있었다. 이것이 비단 시에만 한정될 수 있는 말일까. 무릇 궁극적으로 읽히기 위해 씌어지는 모든 글이 '있는 세상'으로부터 '있어야 할 세상'을 꿈꾸는 과정에서(만) 탄생할 터이며, 그 무수한 꿈들을 실어나르는 책의 존재 근거 또한 거기에 있을 터이다. 나아가 출판쟁이의 편협한 시야에 얽매이지 않고 공정하게 말하자면, 책뿐 아니라 그림이나 음악, 영화 등 인간의 창조 행위들이 모두 그러할 것이다. 다만 책을 만드는 자들은 책을 통해 그 일을 할 뿐이다. 편집자는 '책으로' 세상을 꿈꾼다.

5

하지만 그것은 결코 자기만족을 위한 것이 아니다. 책은 그 책을 읽는 사람으로 하여금 편집자가 그 책을 통해 꿈꾸고 있는 세상과 같은 세상을 꿈꾸게 한다. 왜 저자의 꿈이 아니라 편집자의 꿈이냐고 반문하는 것은 어리석다. 저자의 꿈에 공명한 편집자가 없다면, 그 꿈은 독자에게 공명이 이루어질 기회조차 얻지 못하고 사장될 것이기 때문이다. 모든 책은 편집자가 자신이 꿈꾸는 것과 같은 세상을 꿈꾸는 저자를 발견하는 데서부터 출발한다. 이것을 일러 출판계에서는 '기획'이라고 하던가.

이미 세 권의 책으로 묶여 나온 '기획자노트릴레이' 시리즈는, 그래서 편집자들이 '꿈꾸는 세상'을 담은 기록일 수밖에 없다. 100명의 편집자가 있다면 거기에는 100가지의 서로 다른 '꿈'들이 있거니와, 이미 출간된 90명의 꿈들에 이제 30명의 꿈들을 덧붙여 네 번째 묶음을 출간한다.

앞선 세 권과 마찬가지로 이 책에도 다양한 이력을 가진 편집자들의 삶과 꿈이 어우러져 있어 한몫에 싸잡기는 조심스럽지만, 대체로 앞선 책들에 비해 필자들의 면면이 한결 젊어졌다. 물론 생물학적인 연배를 말하는 것은 아니다. 활자조판(또는 대지조판) 시대의 눅진한 질감이 묻어나는 글도 드물지 않게 섞여 있기는 하지만, 전체적으로는 1990년대 후반 이후에 출판계에 첫발을 들여놓은 경력 10년 안팎의 편집자들 비중이 높다. 다분히 제조업스러운 분위기 속에서 상대적으로 긴 시간에 걸쳐 천천히 자신만의 꿈을 내면화하던 이전 세대와는 달리, 이미 본격적인 '기획출판의 시대'가 활짝 열려 긍정적인 의미에서든 부정적인 의미에서든 처음부터 전쟁 치르듯 채 여물지 않은 꿈이라도 서툴게나마 외화하며 성장해갈 수밖에 없었던 환경에서 탄생한 아주 소중한 열매

6

들이다.

그래서 이 시리즈의 어느 책에도 어울렸음직한 '책으로 세상을 꿈꾸다'라는 제목을, 앞선 세 권의 책이 아니라 하필 이 책에 붙인 것이 더욱 의미심장한 울림을 자아내기도 한다. 이토록 다양한 꿈들이 어느 하나 위축되거나 심지어 퇴출되지 않고 조화롭게 공존할 수 있는 건강한 출판 생태계를 위해 모두의 노력이 그 어느 때보다 간절히 요구되고 있다.

2009년 8월

변정수

1부

이 광범한 편집의 시대에

편집자에게도 일과 삶의 균형은 필요할까

|

김현경 웅진단행본사업단 차장

요즘 기업에서는 직원들의 '일과 삶의 균형(Work-Life Balance, WLB)'에 대한 문제에 관심을 많이 기울이고 있다. 직원들의 개인적 삶의 영역을 세심하게 보살펴줌으로써 훨씬 더 높은 생산성을 얻을 수 있다고 보기 때문이다. 나도 '일과 삶의 균형'을 많이 고민하는 편인데, 최근까지 잠정적 결론은 "문제는 양이 아니라 질이다"라는 쪽이다. 자기합리화인지는 모르겠으나 편집자인 내게 일과 삶은 분리가 잘 되지 않는다. 그래서 둘의 경계를 허물어 자유롭게 넘나듦으로써 행복해지자는 것이 내 생각이다.

그럼에도 가끔은 쓸쓸하고, 힘에 부치고, 도망치고 싶다. 그렇지만, 그래서 불행하지는 않다. 언제까지가 될지 몰라도 지금 이 순간에는 개인적 삶의 영역에 일을 끌어들이는 나 자신이 밉지 않다. 지리멸렬하게 씌어진 난삽한 원고를 집에까지 싸들고 가서 밤새 읽고 또 읽는 일이 즐겁다는 말을 하려는 것이 아니다. 출판사에서 정한 제목이 마음에 들지 않는다며 일요일 아침부터 전화를 해 냅다 소리부터 지르고 보는 저자들을 응대하는 일이 유쾌하다는 말을 하려는 것이 아니다. 그 즐겁지도 유쾌하지도 않은 일들을 통해서조차 나는 살아가는 데 필요한 많은 지혜를 배운다. 텍스트

13

에 젖어드는 과정에서, 저자들과 소통하는 과정에서 나는 호흡을 가라앉히고 집중하는 법이나 부정적인 감정에 상처 입지 않는 법 등을 배운다. 괜한 겸양도 잘난 체도 아니다. 그저 내가 배우는 방식일 뿐이다. 나는 이렇게 해서 굳이 일과 삶의 균형을 맞춰야 할 필요 자체를 희석시킨다.

그리고 무엇보다 나는 이것이 '편집'이라는 일이 지닌 특성 때문에 가능하다고 믿는다. 몸과 머리와 가슴이 삼위일체되어 움직이지 않으면 안 되는 이 일의 특성이, 내용의 진정성을 뒷전으로 하고 형식적인 프로세스만 따라가서는 제대로 된 결과물을 얻을 수 없는 이 일의 본질이 삶을 살아가는 태도에 많은 지혜들을 덤으로 안겨주는 바탕이라고 나는 믿는다. '편집자'라는 세 글자를 미화하려는 것이 아니다. 그저 내가 행복해지기 위한 믿음일 뿐이다.

여기까지가 내가 하고자 하는 이야기의 본론이다. 다음부터는 사족이다. 사족이 너무 길어 미안하지만, 아무튼 그렇다. 처음이자 마지막으로(?) 내가 하고 있는 일에 대해 몇 가지를 서설絮說 하고자 한다.

술 못 마시고 인맥 없어도 기획할 수 있다?

아마도 이것은 변명일 것이다. 체질적으로 술을 못 마시는 나 자신에 대한 변명, 술을 못 마셔서 인맥을 쌓는 데 한계를 느끼는 나 자신에 대한 변명 말이다. 그럼에도 한번쯤은 "술 못 마시고 인맥 없어도 기획할 수 있다"라고 말해보고 싶다. 술도 적당히 마실 줄 알고 인맥도 튼튼하면 기획을 하는 데 많은 도움이 되는 것은 사실이다. 하지만 그 반대의 논리는 성립하지 않으며, 그것을 핑계로 삼아서도 안 될 일이다.

그러니까 기획은 사람과의 '관계에만' 의지해서 되는 것은 아니란 말을

14

하고 싶다. 물론 굵직한(?) 저자를 확보해두면 '믿는 구석'이 있어 조금은 마음이 편할지도 모른다. 하지만 굵직한 저자를 오랫동안 붙들어두기 위해서라도 단지 '친한 관계' 그 이상이 필요하다. 바로 '신뢰'다. 그런데 이 신뢰는 자주 만나서 술 마시고 선물도 안겨주는 친교를 통해서만 쌓이지는 않는다. 저자 입장에서 "이 사람과 일하면 좋은 책이 나올 수 있겠구나"라는 믿음이 없으면 친교를 통한 관계는 언제 어느 때 무너질지 알 수가 없다.

편집자에 대한 저자의 믿음이라는 것은 역시 좋은 책을 기획하고 만들 수 있는 '실력'에서 비롯된다. 그리고 이 실력은 고민과 실행을 통해 쌓인다. 저자의 관심사를 파악하고 이 관심사를 어떻게 하면 독자의 니즈로 연결시킬 수 있을지에 대한 고민, 그리고 이 고민을 논리정연하게 기획안으로 옮기고 정성 들여 설득하는 과정 말이다. 이 고민과 실행에 술이 반드시 필요한 것은 아니지 않은가. (가끔 예외적인 저자가 있기는 하다. 술 같이 안 마셔주면 책 안 쓰겠다는 저자가 있다. 이런 저자도 포기하지는 않는다. 일단 나가서 술잔을 부딪치면서 술 대신 다른 것으로 좋은 인상을 얻기 위해 노력한다.)

인맥을 쌓는 일이 나쁘다는 것은 절대로 아니다. 사람과 사람이 어울리는 일이, 그것이 저자와 편집자라 할지라도, 왜 나쁘겠는가. 저자이든 아니든 사람에 대한 예의를 지키고 관계를 쌓아가는 일은 너무나 소중하다. 하지만 주객이 전도되면 안 된다. 인맥관리는 기획의 보완요소이지 핵심은 아니다. 또한 기획에 필요한 인맥관리는 저자와 편집자로서 돈독한 신뢰를 쌓는 방향으로 이루어져야 한다. '일'로 만나는 프로페셔널한 관계가 되어야 한다는 의미다. 그동안 마신 술이 얼만데 어쩌고저쩌고 하며 "우리가 남이가! 책 한 권 써줘야지!" 하는 식이 되어서는 안 된다. 각종 모임에 얼굴을 내밀며 명함을 돌리고 다니는 것에 위안을 삼아서도 안 된다. 술을 마시다가 우연히 나온 화젯거리가 책의 기획으로 연결됐다는 후문이 들리더라도 오해하지 말기를 바란다. 핵심은 술자리가 아니라, 사소한 실마리에서 기획 아이템을 발견할 줄 아는 내공에 대한 감탄이니 말이다.

기획은 시장 흐름을 읽는 안목, 아이템에 대한 지속적 고민, 부지런한 실행력만으로도 가능하다. 여기에 다양한 분야의 전문가인 저자들과 충분한 대화와 소통이 가능할 만큼의 지식과 소양을 갖추고 있으면 금상첨화다. 술을 못 마셔서 부족한 부분이 생긴다면 이 네 가지를 더 노력하면 얼마든지 채울 수 있다. 나는 그렇게 믿는다.

경제경영서에 대한 편견과 오해를 말한다

경제경영서 분야 편집자로 일하면서 가장 가슴이 먹먹해지는 순간은 "경제경영서에서 내용은 결코 중요하지 않다. 오직 컨셉트로 승부해야 한다"라는 오해(?)를 하고 있는 사람을 만날 때이다. 컨셉트가 중요하다는 것은 백만 번 강조해도 지나침이 없지만, 그렇다고 내용은 아무래도 상관없다는 식의 주장까지 받아들이기는 어렵다. 내가 곡해하는 것은 결단코 아니다. 서점 매대를 차지하고 있는 수많은 경제경영서들이 웅변하고 있는 바다.

이런 태도에서 비롯되는 부작용은 여러 가지다. 우선 완성도 있는 원고를 만나기가 어렵다. 대충 얼개만 짜놓은 괴발개발 원고를 던져주면서 나머지는 편집부에서 알아서 하라는 식으로 말하는 저자들이, 얼마나 될까 싶겠지만, 정말 의외로 많다. 물론 편집자로서 저자를 설득하고 도와서 완성도 있는 원고를 이끌어내기 위해 애쓰겠지만, 그 과정 자체가 지난할 뿐더러 결과도 만족스럽기를 기대하기가 어렵다.

더 큰 부작용은 이렇게 완성도 낮은 원고가 그럴싸한 컨셉트로 포장되어 시장에 나가서 베스트셀러가 되는 것이다. 이런 경우 십중팔구는 "역시 컨셉트가 제일 중요해!"라며 내용의 부실함을 덮어두려는 자세를 더욱 굳건히 하게 된다. 드물게 이런 상황에서 좌불안석이 되는 편집자가 있기도 하다. 하지만 베스트셀러를 탄생시킨 기술(?)에 대한 칭찬과 격려에 힘입어 어느새 부끄러움은 자부심으로 자리바꿈한다. 요즘 독자들은 눈이 꽤 밝아서 웬만한 눈속임에는 잘 속아넘어가지 않는다는 것에 조금은 위안을 삼을 수도 있겠지만, 아직까지는 빠져나갈 구멍이 너무 크다. "목적이 수단을 정당화한다"는 말이 이처럼 딱 들어맞는 경우도 없다는 생각이 든다.

그렇다면 왜 이런 편견과 오해가 주야장천 늘어만 가는 것일까? 여기에 한몫을 하는 것은 몇십 년째 불황을 겪고 있는(?) 출판사 사장님들이 돌파구가 필요할 때마다 부르짖는 한마디 외침, 즉 "그래도 돈이 되는 건 경제경영서다"라는 생각이다. 돈이 되는 경제경영서는 오직 "돈이 되는 방향으로만" 생각을 하고, 품위는 다른 분야의 책으로 적당히 유지하면 된다는 자세인 것이다. 그러다 보니 "경제경영서는 품위가 없어서"라는 이유로 작업을 거절하는 북디자이너들도 종종 만난다. 인문서 편집자들은 흔히 경제경영서가 너무나 비고상한 방식으로 만들어진다는 오해와 함께 "아유, 나는 경제경영서 만드는 게 제일 어렵더라"라며 은연중에 기피와 폄하의 태도를 보이곤 한다.

경제경영서는 독자들의 실용적 니즈를 충족시켜야 하는 사명을 지닌 만큼 제목이나 카피에서 직접적인 표현을 드러내는 것이 흉이 되지 않는다. 북디자인에서도 "무조건 제목만 크면 된다"는 식은 곤란하겠지만, 심미적인 추구를 상대적으로 덜 요구하는 것도 사실이다. 내용도 오히려 쉽고 단순한 접근이 미덕이 되는 경우가 많다. 하지만 이 모든 조건들을 충족시키는 전제조건은 내용적 완성도가 담보돼야 한다는 것이다. 경제경영서는 충족시키고자 하는 니즈가 실용적인 것이지, 그 내용이나 주제 자체가 반드시 실용적이기만 한 것은 아니다. 또한 실용적이라는 것이 지적 수준이 낮다는 것과 같은 의미는 결코 아니다.

누구 탓을 하기 전에 우선 편집자의 태도가 가장 중요할 것이다. 베스트셀러에 목매달게 하는 현실에 울분을 토하기 전에, 먼저 원고를 대하는 편집자로서의 기본자세를 점검해볼 일이다. 세련된 색조화장을 하려면 반드시 기초화장을 먼저 꼼꼼히 해야 한다. 마찬가지로 가장 매력적인 컨셉트는 내용에 대한 순수한 몰입이 이뤄진 뒤에야 비로소 얻어질 수 있을지도 모른다. 컨셉트를 강조하며 흔히 하는 "시장을 먼저 보라"는 말을 오해하지 말기 바란다. 이 말에는 내용에 대한 완성도가 '전제'되어 생략된 것이지 '무시'된 것이 아니다. 내용의 완성도를 높이는 일은 컨셉트에 맞게 내용을 다듬는 일과는 분명히 다른 작업이라는 점도 알아두었으면 좋겠다. 전자는 기초화장이고 후자는 색조화장이다.

성공하는 편집자들의 일하는 습관은 남다르다

바라건대 다음의 네 가지가 나 자신에 대한 현재진행형 다짐이자, 후배 편집자들을 향한 미래형 바람으로 받아들여졌으면 좋겠다. 어떤 대목에서 고개를 끄덕이든 코방귀를 뀌든 그것은 내 의도에는 '전혀' 포함되어 있지 않음을 다시 변명처럼 덧붙이고 싶다.

어떤 원고도, 어떤 저자도 사랑할 자세가 되어 있다

선배 편집자들이 일관되게 강조한 지침이 있으니 그것은 "열정을 가져라"이다. 리더스북 이홍 대표가 오래 전에 쓴 글을 보니 "좋은 책에 대한 열정과 이를 품을 수 있는 가슴만 있다면 좋은 기획자가 될 수 있는 기회는 얼마든지 열려 있다"고 씌어 있다. 열렬히 지지하지 않을 이유가 없다. 어떤 일을 하든 열정은 근원적 에너지이기 때문이다.

나는 열정적인 편집자라면 어떤 원고도, 어떤 저자도 사랑할 자세가 되어 있어야 한다고 생각한다. 편집자들 중에는 지나칠 만큼 베스트셀러를 갈망하는 사람들이 있다. 그들은 또한 베스트셀러를 터뜨린(?) 저자들을 유독 갈망한다. 이들의 공통점은 잠재력 있는 새로운 저자를 만나는 일에 인색하고, 인기는 덜하지만 출판사 포트폴리오에 꼭 필요한 아이템 발굴을 주저한다는 것이다. 또한 이런 편집자들이 가장 많이 하는 실수는 바로 '가능성'을 간과하는 일이다. 좋은 책을 쓸 수 있는 저자로서의 가능성, 좋은 책이 될 수 있는 원고로서의 가능성을 모두 놓쳐버린다. 그 결과는 빈 주머니다. 그들에게는 아무것도 쌓이지 않고 모두 날아가버린다. 베스트셀러 편집자로서 얻은 명성을 든든하게 뒷받침해주는 것은 어떤 저자와 원고에서도 가능성을 발견할 줄 아는 편집자로서의 열정이라는 점을 기억해주었으면 좋겠다. 편집자들에게 드리운 베스트셀러의 후광은 연예인들의 인기만큼이나 덧없고 덧없다. 현명한 판단력도 열정을 앞서지는 못한다. 열정은 언제나 맨 앞에 있어야 한다.

텍스트를 온전히 이해하고 소화하려는 욕심이 있다

외주 편집자들의 활약이 대단하다. 그들이 없다면 출판계는 곧 무너지고 말지도 모른다. 그들 덕분에(?) 편집자들은 원고 내용을 대충만 이해해도 책을 만들 수 있게 됐다. 사실상 편집 과정에서 가장 순수한 몰입의 과정은 교정교열의 단계인데, 이 과정이 외부에 맡겨진 채 내부에서는 생략되는 것이다. 교정교열을 보지 않더라도 별도의 시간을 들여 원고 내용을 철저하게 파악하는 단계를 거치면 되는데, 생각보다 많은 편집자들이 그렇게 하지 않는다. 제목회의를 하면서 책의 내용을 간략하게 설명해보라고 하면 횡설수설하는 경우가 많고, 표지 카피도 초점을 잃고 이랬다저랬다 하면서 우왕좌왕하기 십상이다.

텍스트를 장악하지 못한 편집자들이 겪는 가장 큰 어려움은 바로 보도 자료를 쓰는 일이다. 많은 편집자들이 보도자료 앞에만 서면 어깨가 작아지는데, 그럴 수밖에 없는 가장 큰 이유는 바로 내용에 대한 '온전한' 이해가 이뤄지지 않았기 때문이라는 것이 나의 생각이다. 전문가로서의 온전한 이해를 말하는 것이 아니다. 독자들에게 책의 내용을 효과적으로 전달하는 편집자로서의 온전한 이해를 말하는 것이다. 혹시라도 글쓰기 능력의 부족을 이유로 내세우는 편집자가 있다면, 그것은 어디까지나 부차적인 문제라고 말해주고 싶다.

독자와 시장, 스스로에게 끊임없이 질문을 던진다

내용의 완성도를 강조하다 보니 또 다른 오해가 생겼을지 모르겠는데, 편집자에게는 내용의 완성도를 높이는 것 못지않게 시장의 니즈를 반영하는 것이 중요한 과제로 부여된다. 그런데 사실 앞의 것보다 뒤의 것이 더 어려운 일인지도 모른다. 열심히만 한다고 되는 일도 아니니 말이다. 내가 생각하는 가장 효과적이면서 거의 유일한 방법은 "끊임없이 질문을 던지는 것"이다. 질문을 던지기 위해서는 여러 책을 만나야 한다. 서점에 나가서(혹은 책상 앞에 앉아서라도) 무수한 책들과 마주하며 "왜?"라는 질문을 던지는 것이다. 이 책은 왜 이런 제목을 달고 나왔을까, 이 책은 왜 이런 카피를 내세웠을까, 이 책은 왜 언론사에서 길고 짧은 서평으로 몰표를 줬을까, 이 책은 왜 꾸준하게 독자의 선택을 받을까 등등. 이는 독자와 시장에 던지는 질문이면서 동시에 스스로에게 던지는 질문이다. 나라면 어떤 제목을 붙였을까, 나라면 어떤 카피를 썼을까 등등의 질문으로 자연스럽게 이어질 테니 말이다. 질문을 던지지 않으면 답을 구할 수 없다. 질문을 많이, 그것도 가능한 한 옳은 질문을 많이 던지는 사람에게는 그만큼 올바른 답이 주어질 가능성이 높다. 돌아가는 길이 있을까. 있을지도 모르겠지만 나는 알지 못한다. '제목안.hwp'를 열어놓고 모니터와 눈싸움을 벌이는 것은 부질없다. 아무리 힘을 줘도 결코 밀어내지 못한다. 스스로 생각하는 능력이 다소 부족한 편집자가 있다면 이 방법이 딱히 먹히지 않을지도 모르겠다. 그런 편집자라면 만사 제쳐두고 생각하는 능력부터 키워야 할 것이다.

시간을 내 편으로 만들어 장악하는 능력이 있다

편집자도 엄연히 성과창출자performer다. 성과창출자에게는 '시간'이야말로 가장 중요한 무기다. 그런데 이상하리만치 편집자들은 시간관리에 약하다. 그 이유는 몇 가지로 생각해볼 수 있다. 우선은 편집이 '창조적' 업무의 특성을 띠고 있기 때문이다. 시간을 투여한 만큼 정직하게 성과가 나오지 않는다는 측면에서 그렇다. 시간과 성과가 비례하지 않을 때 사람들은 시간을 소홀히 하는 경향이 있다. 출판사라는 조직이 갖는 특성도 한 가지 이유다. 상대적으로 덜 시스템화되어 있는 조직적 특성이 편집자들에게 시간관리의 필요성을 심어주지 못했을 것이다. 조직 자체가 효율적으로 구조화되어 있지 않은 탓에 구성원들에게도 효율적으로 일하는 방법에 대한 고민을 특별히 요구하지 않았을 것이다.

그런데 내가 보기에 더욱 근본적인 이유는 편집자들 스스로 '성과'라는 것을 소홀히 여기는 태도에 있는 것 같다. 많은 편집자들이 성과니 생산성이니 하는 단어들을 끔찍이도 싫어하는데, 아마도 편집 업무를 기계적 과정이 아닌 창조적 과정으로 보기 때문일 것이다. 그런데 편집 업무에 어느 정도 창조적 특성이 포함되어 있는 것은 맞지만, 한편으로는 매겨질 수 있는 부가가치가 정해져 있다는 점에서 기계적 특성도 다분히 포함하고 있음을 알아야 한다. 예술가들의 그림 작품과 달리, 책 한 권에 매겨지는 가격은 그것이 얼마나 창조적인 결과물이냐에 따라 결정되지 않는다. 얼마나 창조적으로 만들었는지에 상관없이 대부분 책의 부피(?)에 따라 '기계적으로' 가격이 매겨지지 않는가.

따라서 편집 업무에서 생산성은 창조성 못지않게 중요하다. 그리고 생산성은 철저하게 시간과의 싸움에서 승리했을 때만 얻을 수 있다. 시간에 휘둘리지 않고 장악하려면 무엇보다 프로세스를 장악해야 한다. 주어진 원고의 성격이나 기타 주변적인 여건에 비추어 시간을 가장 단축시킬 수 있는 최적의 프로세스를 고민하고, 단계별로 필요한 일정을 정확하게 배분해서 차근차근 밟아가는 기계적 성실함이 필요하다. 이러한 성실함이 창조성을 훼손하느냐 하면 그것은 결코 아니다. 이렇게 일하면 오히려 창조적으로 생각할 수 있는 시간을 더 많이 확보할 수 있음을 알아야 한다. 게으른 편집자들이 어서 빨리 행복한 착각(?)에서 벗어났으면 좋겠다.

편집자는 책을 만들고 책은 편집자를 만든다

원고를 여기까지 쓰고서야 정작 '책'에 대한 이야기는 하지 않았음을 깨닫게 되었다. 그렇다고 되돌아가서 써놓은 원고를 지우려니 차마 못할 짓이다. 그냥 짧게 내 기억에 남는 몇 권의 책에 대해서만 말하고 싶다. 경제경영서 편집자로서 가장 소중하게, 그리고 가장 감사하게 생각하는 책은 『프로페셔널의 조건』이다. 문학 분야의 책을 주로 만들다 청림출판에 입사해서 1년도 채 안 되어 만든 책이다. 피터 드러커 박사의 범접하기 어려운 통찰력을 조금이라도 더 담아내기 위해 단어 하나하나를 곱씹으며 손바느질하듯 교정을 봤던 기억이 새롭다. (선배가 소개팅을 주선했는데, 이 책의 마감 때문에 약속을 취소해야 했다. 덕분에 지금의 남편을 만날 수 있었다.) 『잭 웰치·끝없는 도전과 용기』도 내용은 그리 어렵지 않았으나 워낙 짧은 기간에 만들려다 보니 명절 연휴까지 반납해야 했다. 자서전이면서도 경영의 전반을 다루고 있어 분량이 꽤 방대했는데, 이 책을 만들고 나서 경영 관련 용어들에 어느 정도 익숙해질 수 있었다.

더난출판에서 만든 책들 중에서는 『바바라 민토의 논리의 기술』이 기억에 남는다. 내용이 다소 어렵다는 이유로 여기저기 깎아내어 휘영하게 만들어진 기존의 책은 안타까움 그 자체였다. 제대로 번역해서 이 책의 장점을 독자들에게 고스란히 안겨주고 싶었다. 하지만 책을 되살려내자고 말을 꺼냈을 때의 분위기는 생각보다 싸늘했다. 알고 보니 이 책의 '리바이벌'에 대해서는 이미 얘기가 됐다가 없던 걸로 하기로 결론이 내려진 상태였다. 의욕이 충만한 신참의 기를 꺾고 싶지 않았던 모양인지 "그럼 어디 한번 해보든가" 하는 식의 허락이 떨어졌다. 후배 편집자가 책을 정성 들여 만들었고, 다행히 결과가 그리 나쁘지는 않았다. 그리고 나는 이때부터 좋은 책인데도 빛을 보지 못한 옛날 책들을 찾아내는 일에 재미를 들이게 됐다. 『경영의 교양을 읽는다』는 더난출판에서 처음 기획한 책이다. 비록 책을 직접 만들진 못했지만, 기획 과정에서 공부를 참 많이 했다. 집필에 참여한 교수님들과 대여섯 번 토론 비슷한 걸 했는데, 나는 언제나 말석에 앉아서 열심히 고개를 주억거리며 메모를 했다. 이 책 덕분에 경영학 관련 지식들에 대해 어설프게나마 체계(?)를 세울 수 있었다. 어디 가서 명함

내밀려면 아직 멀고도 멀었지만, 그렇게 공부하면서 일했던 시간들은 언제나 내게 즐거운 추억이다.

리더스북에서 기획하고 만든 책에 대해서는 다음으로 미뤄두고자 한다. 아직까지는 한 권 한 권의 책들 모두가 너무 소중하고 기꺼워서 함부로 이야기를 시작하지 못하겠다. 리더스북에서 나온 어떤 책에 대해서도 나는 아직 객관적인 시선과 공정한 태도를 유지하지 못할 것이다.

편집자들에게는 저마다 '잊지 못할 한 권의 책'들이 있을 것이다. 내게도 그렇다. 앞에서 네 권의 책을 이야기했지만, 여기에서 끝나면 서운하다고 아우성칠 책들이 몇 권 더 있다. 온갖 정성과 심혈을 기울였는데도 좋은 반응을 얻지 못했던 책들을 떠올리면 언제나 못난 자식이기에 더욱 애면글면하는 부모의 마음이 된다. 그럼에도 나는 피터 드러커 박사의 말을 인용해 이렇게 끝을 맺고 싶다. "편집자인 내게 가장 소중한 책은 아직 나오지 않은 다음 책이다"라고.

◆ **김현경** ── 멀쩡하게 다니던 회사를 때려치우고 편집학원에 들어갔다. 자기소개를 하는 날 "목숨 걸고 하겠습니다"라고 했더니 선생님이 "그럴 거면 지금 당장 학원을 그만두라"고 했다. 아마도 그때 발동한 오기가 지금껏 버텨온 동력이 되지 않았나 싶다. 훗날 여쭤보니 "즐기면서 일할 수 있기를 바랐기 때문"이라고 하셨다. 지금 나는 기꺼이 일을 즐기고 있으니 선생님의 바람이 헛되지는 않았나 보다.

즐겁게 일하라, 그러면 독자도 즐겁다

|

김수영 한겨레출판 편집주간

도대체 어떤 글을 써야 하나 고민에 고민을 거듭하다가, 후배 편집자에게 궁금한 게 무엇이냐고 슬쩍 물었다. 공개하지 않았던(아깝겠지만, 하는 말을 덧붙이며) 기획 노하우를 보여주면 좋겠다는 답이 돌아왔다. 나만의 기획 노하우라, 그런 게 있었나. 아무리 머리를 굴려봐도 중뿔난 방법론이 있는 것 같지는 않다. 더구나 어느 순간부터 우리 출판계에 만연한 '기획' 만능주의(또는 우선주의), 기획이 편집을 밀어내고 그 자리를 꿰차고 있는 상황이(저자나 책의 발굴, 시의적절한 주제 선정 및 추진 등이 중요하지 않다는 이야기는 아니다) 주객이 전도된 현재의 출판계를 만들고 있는 것은 아닌가 싶기도 했다. 어차피 편집과 기획은 음과 양이요, 동전의 양면 같은 것이어서 떼려야 뗄 수 없는 관계인데. 그래서 편집자로 살면서 생각했던 것, 경험했던 것, 그리고 내가 느꼈던 다양한 문제들에 대해 하나하나 풀어가다 보면 혹시 쓸 만한 내용이 한두 개는 되지 않을까 하는 생각으로 글을 쓰려고 한다.

성장은 독인가, 약인가

이야기에 앞서 어느 순간부터 우리를 괴롭혀온 '성장의 정체성'에 대해 편집자로서 따져보고 싶다. 편집자 개인으로 봐도 그렇고 출판사로 봐도, 자본주의 사회에서 기업의 발전은 당연한 것이리라. 우리는 발전이 없으면 도태된다고 수없이 들어왔다. 매출도 늘어야 하고, 이윤도 늘어가야 한다. 그래야 그곳에서 일하는 노동자의 임금이나 복지도 향상된다. 물론 이것이 자연스런 과정이라면 문제가 덜하다. 그런데 독과점이 진행된다면, 거대기업이 나 혼자만 살겠다고 중소기업의 영역을 마구 침범하여 영역을 확장해간다면(출판계에서도 이 문제는 심각한 상황이다).

몇 년 전부터 거대 출판그룹들이 생겨나기 시작했다. 출판그룹의 탄생은 '합리적인' 경영 시스템 도입, 재교육 시스템 정착 등 '구멍가게식' 운영이라는 틀을 깰 수 있는 긍정적인 역할을 한 것도 사실이다(시장의 요구, 독자의 요구가 무엇인지, 매출을 통해 실현한 이익을 어떻게 배분할지, 회사를 이끌어갈 직원들에 대한 다양한 재교육 프로그램 도입 등 합리적인 체계를 마련하려는 다양한 실천이 있었다). 하지만 빛과 그림자처럼 어두운 면도 있다. 한 출판그룹의 매출 목표가 너무 큰 폭으로 올라가고 있는 것이다. 출판시장의 크기가 100이라고 할 때 10개의 거대그룹이 차지하는 비중이 어느 해 3이었다고 하자. 그런데 다음해 5로 올라가면 2의 시장에 있던 출판사들은 문을 닫을 수밖에 없다.

물론 거대 출판그룹의 출현은 하나의 현상으로 인정할 수밖에 없다. 잘 알다시피 미국의 유서 깊은 출판사들이 일반기업 또는 거대 출판사에 합병되는 예를 수없이 봐오지 않았나. 이들의 1차 목표는 사세 확장, 매출 극대화다. 우리는 이 와중에도 해마다 작은 출판사(우리나라로 치면 중형 이상의 규모다)들의 목록이 끊임없이 늘고 있는 것을 눈여겨봐야 한다. 베르소 Verso라는 미국의 사회과학 출판사가 대표적인 예다. 몇 년 전까지 국내에서는 그 존재 자체도 미미했던 출판사다. 그런데 최근 1~2년 사이 이곳 신간들을 사려고 국내 출판사들이 아우성이다. 자기 색깔을 고집해온 출판사가 빛을 보고 있는 것이다.

국내에도 이런 출판사들이 있다. 역사책만, 청소년책만, 예술 분야 책만, 과학책만, 환경책만 특화한 곳 말이다. 나는 우리 편집자들이 출판을, 자신의 삶을 큰 시야로 봤으면 한다. 출판그룹 속의 한 임프린트라면 그곳에서 10년만, 아니면 5년만이라도 한 우물을 팠으면 좋겠다. 어떤 분야든 좋다. 사회과학이든, 인문이든, 철학이든, 예술이든, 장르문학이든 상관없다. 더 세분해서 심리서, 신화서, 건축서, SF소설, 스페인 소설 등이어도 좋다. 물론 자신이 몸담고 있는 조직이 내가 욕구하는 장르와 다를 수 있다 해도 내가 좋아하는 분야에 대한 학습, 분석, 정리 등 준비를 게을리하지 말자. 편집자로서 첫걸음, 아니 마지막까지 자신이 좋아하는 분야를 파악하고 끊임없이 자료를 쌓아야 하는 것, 어쩌면 이것이 편집자가 지켜야 할 가장 중요한 덕성이 아닐까.

베스트셀러가 아니라 스테디셀러

밀리언셀러를 노려서는 결코 밀리언셀러를 만들 수 없다는 게 출판계의 불문율이다. 그래서 경험 있는 편집자들은 1~2만 부를 목표로 책을 고민한다. 틱낫한의 『화』가 국내에 나오기도 전에 그의 책은 이미 20여 권이나 나와 있었다. 우수한 도서라는 평가를 받았지만 폭발력은 없었다. 기획 단계에서부터 『화』가 100만 부 가까이 나갈 것이라고 예상했을까. 아마 3만 부, 적게는 1~2만 부 안팎의 판매를 예상했을 것이다. 결과는 다 아는 대로다.

『쎄느강은 좌우를 나누고 한강은 남북을 가른다』(홍세화, 한겨레신문사, 1999년 초판. 참고로 이 책은 훈 한겨레출판의 대표가 기획했다. 나는 책의 표지, 광고, 홍보, 강연 진행 등을 맡았다)의 예를 보아도 그렇다. 〈한겨레〉에 '내가 본 프랑스 프랑스인'이라는 꼭지로 5매 연재해오던 글을 계기로 '프랑스에서 바라본 한국사회'라는 컨셉트를 잡아 2년여의 작업 끝에 출간한 책이다. 물론 저자는 이미 『나는 빠리의 택시운전사』를 쓴 베스트셀러 작가였지만, 그래도 기획 출간 단계에서 우리의 판매 목표는 3만 부를 넘지 못했다. 출판시장 물정을 몰라서였을 수도 있지만 사회비평서라 시장을 크게 볼 수 없었는지 모른다. 어쨌든 이 책은 지금까지 몇십만 부가 나갔으며, 최근에는 개정판을 내기도 했다.

『우리 문화의 수수께끼』(주강현, 한겨레신문사, 1997년 초판)도 빼놓을 수 없다. 같은 제목으로 〈한겨레〉에 연재한 글을 보강하여 두 권의 책으로 묶었는데, 애초 2만 부를 판매 목표로 잡았다. 이 책 역시 출간된 뒤 지금까지 몇십만 부가 판매되었다. 이 책이 성공한 요인을 잠깐 언급하자면, 이 책은 저자와 소통이 제대로 이루어져 책의 완성도를 높일 수 있었던 게 큰 몫을 했다. 저자는 해당 꼭지에 맞는 사진을 원했고, 이미지와 글에 대한 레이아웃에도 뛰어난 식견이 있었다. 우리는 편집에서 저자의 의견을 최대한 반영했고 당시로서는 독특한 인문서를 세상에 내놓게 되었다. 편집자로서 즐거운 경험이었다. 덧붙이자면, 이 책이 오랜 기간 판매될 수 있었던 데에는 저자가 지칠 줄 모르고 강연을 하며 전국을 누빈 덕분이기도 하다. 그가 가끔 펼쳐 보인 수첩에는 몇 달치 강연 시간표가 깨알같이 적혀 있었다.

이미 소설가로 이름이 알려져 있어 경우가 다를 수 있겠지만, 『천 개의 공감』(김형경, 한겨레출판, 2006년 초판)도 잠깐 언급하려고 한다. 처음 '형경과 미라에게'라는 〈한겨레〉의 상담 지면에 두 작가가 번갈아가며 한 회에 13매 안팎의 글을 연재했다. 연재를 마치고 나서 두 작가의 글을 한데 보강하니 딱 한 권 분량이 나왔다. 하지만 두 작가와 논의한 끝에 각각 한 권의 책으로 내기로 했고, 이를 위해 모여 있는 꼭지 수만큼 새로운 주제를 찾아 원고 작업을 다시 해야 했다.

『천 개의 공감』『천만번 괜찮아』는 그렇게 세상에 나왔고, 『천 개의 공감』은 5만 부 판매 목표를 훨씬 웃돌아 10만 부 가까이 판매되었고, 지금은 스테디셀러로 자리를 잡았다.

물론 이것은 어디까지나 내 개인적인 생각이지만, 내용적으로 완성도가 높은 책을 만든다면 이런 가능성은 충분하다는 데는 이견이 없을 것이다.

『반지의 제왕』(황금가지, 2001년 초판) 계약 출간 과정도 시사하는 바가 크다. 영화가 나오기 한참 전, 그러니까 한 10년쯤 전에 『반지의 제왕』 원서가 여기저기 떠돌아다니던 때가 있었다. 북유럽 신화를 배경으로 한 이 장편 판타지소설은 너무 낯설었을 것이다. 그런데 한 출판사가 이 대작의 판권을 샀다. 운수대통이라고 하던가. 책을 출간하고 몇 년 뒤, 진짜 그런 일이 벌어졌다. 이 책을 원작으로 한 영화가 흥행에 크게 성공했고, 책도 대성공을 거둔다.

한 우물을 파라, 10년 아니면 5년이라도

한 우물을 파다 보면 언젠가는 수맥과 닿아 물이 솟구치듯 빛을 보는 예는 기업이든 개인이든 적지 않다. 4~5년 전 한국출판인회의 등산 뒤풀이에서 출판사 대표와 자리를 한 적이 있다. "『세포들의 전쟁』『세포여행』(승산, 2000년 초판)을 제가 검토한 적이 있습니다" 했더니 그분이 "그게 우리 출판사 첫 책인데 아마 그 책이 실패했으면 일을 계속힐 엄두가 나지 않았을 거요" 하시는 거다. 이 출판사는 그 뒤 눈에 띄는 교양과학책을 꾸준히 출판하며 자리를 잡았다. 독자층은 다르지만 비슷한 장르의 책을 출간하는 지호출판사도 그렇고, 역사물을 주로 출간하는 푸른역사도 좋은 예로 볼 수 있다. 베르나르 베르베르, 폴 오스터의 전작全作 등 새로운 외국 작가와 소설을 개척해온 열린책들도 한 우물을 파서 반석을 단단히 한 출판사로 꼽을 수 있다.

이렇게 출판사 자체가 한 분야에 전력투구하는 경우에는 편집자가 자기 전문 분야를 강화하는 데 상대적으로 고민이 덜할 수 있다. 지역적으로 보면 우리 문학 출판시장에서 대다수를 차지하는 영미 문학이나 프랑스 문학, 그리고 최근 떠오른 일본 문학에서 새로운 작품을 찾을 수도 있고(문학의 역사에 비해 국내에 소개된 작품은 아직도 턱없이 부족하므로, 또는 수많은 문학 장르 중에서 미개척지가 수두룩하므로), 아니면 이제 막 기지개를 켜고 있는 스페인 문학이나 동구 문학, 러시아 문학을 개척할 수도 있을 것이다. 다만 기본 전제는 그쪽 문학에 대한 사전 공부가 있어야 한다는 점이다. 편집자가 모든 것을 꿰면 더할 나위 없을 테고, 해당 문학 전공자와 정보를 공유할 수 있다면 우물을 파는 기본도구가 마련된 것이다.

얼마 전 만난 후배가 "이제 자리를 좀 잡은 것 같아요" 했다. 5년 전쯤부터 별로 가망 없어 보이는 장르문학, 그 중에서도 탐정소설, 밀리터리소설만 줄곧 기획하고 출간하던 사람이었다. 그때만 해도 대작을 제외하곤 장르문학은 손에 꼽을 정도로 성공 빈도가 낮았다. 그런데 이 친구는 그 고난의 시간을 견디며 안착한 것이다. 그러고 보니 난 지금까지 외국소설을 한 권도 편집 출간해본 적이 없어서 비슷한 시기에 '지금 외국소설을 잡아라(로열티가 쌀 때), 앞으로 붐이 일 거다'라고 에이전트들이 얘기할 때 선뜻 결정을 내리지 못했다.

물론 지금은 고민이 많다. 자리를 잡은 '한겨레문학상'을 확장해 외국문학에도 손을 대야 할지 하는 부분이다. 기회는 있다고 생각한다. 소개되지 않은 문학책이 얼마나 많겠는가. 그리고 앞으로도 수없이 많은 책이 쏟아져 나올 테니.

최근 경험하고 있지만, 신화책 붐이 있다가 자기계발서 붐이 있었고, 인문·사회과학책 붐도 있었고, 팩션책 붐도 만만치 않았잖은가. 몇 년 전 나온 『10대에 하지 않으면 안 될 50가지』의 경우, 책이 나오기 10년쯤 전에도 국내에서 출간되어 베스트셀러였던 적이 있다. 결국 대기가 순환하듯 출판 장르의 부침도 계속 순환하는 듯 보인다. 그렇다면 결론은 '한 우물을 파다 보면 우리에게도 기회가 온다'가 아닐까.

제목은 사람의 눈 ― 눈에 대한 몇 가지 이야기

난 책이 무생물이 아니라 하나의 유기체라고 생각한다. 사람과 비교하자면 장이나 꼭지는 뼈대와 동맥 정맥이고, 본문의 내용은 피와 살이며, 앞표지는 얼굴(또는 앞모습), 양 날개는 양팔, 뒤표지는 뒷모습, 등은 옆모습, 그렇다면 제목은 바로 사람의 눈이 아닐까.

편집자마다 책을 만들 때 가장 신경 쓰는 부분은 다를 것이다. 하지만 대부분 제목을 가장 먼저 고민할 것이다. 사람의 눈에 해당하므로. 원고를 제안할 때도 그렇고 연재한 원고를 묶을 때도 그렇고 외서를 낼 때도 제일 먼저 제목을 생각한다. 제목이 잘 풀리면 나머지도 술술 풀린다.

그동안 내가 진행한 책 중에서 손에 꼽는 몇 권의 책에 관해 이야기하려 한다. 먼저 10년쯤 전에 나온 아주 긴 제목의『내 목은 매우 짧으니 조심해서 자르게』(박원순)라는 책이 있다. 부제처럼 '세기의 명재판'을 다룬 책으로, 각 꼭지의 주인공들은 신념을 위해 목숨을 내걸고 재판에서 싸운 사람들이다. 이 책의 제목은 단두대형을 받은 토머스 모어가 받침대에 목을 올리며 사형집행인에게 했다는 유명한 말이다. 원고를 살피면서 이만큼 이 원고의 정체성을 살려줄 제목은 없다고 판단했다. (물론 당시 제목회의 때 함께 경쟁했던 '세기의 명재판'이라고 붙였으면 판매고가 훨씬 올라갔을지는 모른다. 어찌 알겠는가.)

『나를 찾아 떠나는 17일간의 여행』(조연현, 2008년『나를 찾아 떠나는 여행』이라는 제목으로 개정판을 냈다)은 참 자신을 발견하려면 내면으로든 공간으로든 떠나야 하고 17일쯤 시간 내서 그렇게 할 수 있다면 큰 부담이 없을 것이라는 판단에 따라 붙인 제목이었다. 물론 열일곱 개의 꼭지로 이루어졌기에 17일이라고 붙여도 억지스럽지 않다고 판단한 것이다.

『대한민국史』(한홍구)는 제목회의를 숱하게 했는데, 쓸 만한 제목이 없었다. 제목을 지을 때 내 나름의 방법이 있다. 필자가 붙인 제목이 책의 정체성도 꼭 짚어주고, 마음에 들면 그만이다. 그렇지 않을 경우에는 차례를 훑어보고, 본문 중 눈길을 사로잡는 구절을 뒤지고, 저자의 서문을 꼼꼼하게 읽는다. 이렇게 해도 딱 떨어지는 제목이 나오지 않긴 하지만 어느 정도 가닥은 잡힌다.

그러고도 마땅히 떠오르지 않을 때는 몇 날 며칠 씨름한다. 길을 걸을 때, 교통수단을 이용할 때, 잠자리에 들 때. 하지만 이 책은 그렇게 오랜 시간을 매달렸는데도 윤곽이 잡히지 않았다. 가까운 친구가 원고의 내용

을 듣고 '그럼 이거 어때' 했던 게 '대한민국史', 이 책의 제목에서 '대한민
국'이라는 단어도 뜻밖이지만(왠지 민족주의 냄새가 너무 날 수도 있고, 더 나아
가 국수주의 냄새가 날 수도 있기 때문이다), 거기에 한자로 '史' 자라니. 다행히
어렵사리 이 제목에 저자가 동의했다. 그리고 2007년 '한국사傳' 계약 때
문에 담당 피디를 만났을 때, 프로그램 제목을 달며 바로 『대한민국史』의
영향을 받았다는 이야기를 전해들었다. 인연이 있어선지 프로그램과 같
은 제목인 『한국사傳』으로 다섯 권을 완간했다.

　『천 개의 공감』도 경우는 다르지만 참 어렵게 제목을 단 책이다. 그리고
그 과정에서 한 가지 중요한 것을 배웠다. 이 책은 심리에세이다. 책의 구
성도 질문을 설정하고 저자가 배경과 문제해결의 길을 제시해주는 방식
이다. 그래서 조금은 실용적인 책 제목을 생각했는데, 그 과정에서 난항을
겪었다. 소설가인 작가의 이미지와 어울리지 않았기 때문이다. 결국 너무
무겁지 않느냐는 내부의 문제제기 속에서 작가가 제목을 지었고, 저자의
판단이 옳다고 생각했다. 이 책은 10만 부 가까이 나갔으며 지금도 웬만한
베스트셀러만큼 판매되고 있다. 저자의 이미지에 맞게 제목을 다는 것이
얼마나 중요한지 새삼 배우는 계기였다.

　국내에 처음 소개하는 작가의 책인 『유쾌한 딜레마 여행』의 원제는 '먹
히기를 바랐던 돼지, 그리고 99가지 이야기The Pig that Wants to be Eaten'
다. 대개 외서는 원서 제목도 좋다고 생각했는데, 이 제목은 영 아니었다.
수차례 회의를 하던 끝에 이 책에 대한 외국의 서평들을 살피다가 실마리
를 풀었다. '아, 그래 핵심 단어가 딜레마야.' 사전적 의미로는 '이럴 수도
저럴 수도 없는 상황'이어서 독자들에게 너무 어려운 책이라는 인상을 줄
수도 있다는 의견도 있었다. 하지만 제목이란 어떤 경우에는 첫 느낌이 중

요하지 않던가.

즐겁게 일하라, 그러면 독자도 즐겁다

모든 책에는 편집자의 노고가 들어 있다. 작가의 노고는 말할 것도 없고. 당연히 편집자의 감정까지 배어 있다. 흔히 주위에서 책값이 비싸다는 말을 들을 때, 난 딱 잘라서 얘기한다. "네, 많이 올랐지요. 하지만 그 값 이상을 합니다. 설사 그 책이 3만 원을 하더라도, 당신 인생에 헤아릴 수 없는 지혜와 즐거움을 줄 겁니다." 책은 아주 싼값에 즐길 수 있는 즐거움의 도구가 아닌가.

작가를 발굴하고 아이템을 찾을 때도 즐겁게 할 수 있는 방법이 없을까. 이런 것은 어떨까. 만약 내가 속한 조직이 하나의 장르만 고집한다면 작가나 아이템을 발굴하는 일은 좀 수월할 수 있다(쉽다는 이야기는 아니다). 하지만 우리는 조직 속의 인간이기 때문에 부서, 팀에서 자주 어떤 분야의 출간 리스트를 만들어야 한다. 내가 좋아하지 않는 장르라도 어쩔 수 없다. 어쩌겠는가, 혼자 사는 세상이 아닌 것을. 사실 수많은 인간관계에서 우리가 질질 매는 가장 밑바탕에는 상대의 본질에 대한 이해 부족 탓인 경우가 많다. 상대의 본질을 파악하면 설사 상대가 나를 너무 싫어하더라도 내게 아무런 영향을 미치지 못한다. 왜냐하면 대단한 존재처럼 보여도 모든 존재는 너무도 나약하기 때문이다. 그러니 내가 하고 싶거나 맡은 장르를 손바닥에 올려놓을 수 있다는 생각을 갖고 붙어보라. 길이 보이면 즐거워진다. 내가 만들어가므로.

뻔한 이야기일 수도 있겠지만, '귀로 듣고, 입으로 묻고, 눈으로 보고, 손으로 써라'. 내가 좋아하거나 해야 할 장르가 정해지면, 광범한 정보를 수집하라. 이 과정에서 장르의 흐름을 파악할 수 있다. 장르의 흐름을 파악했으면 범위를 좀더 좁혀보라. 예컨대 인문학 장르라면 역사, 철학, 심리학, 예술사 등 하위 장르 가운데 선택할 수도 있다. 그리고 이 과정에서 정리는 필수다. '기획 노트'를 하나 마련해서 주제별로 정리하든, 작가별로 정리하든 지금까지 나온 주제가 무엇인지, 앞으로 나오면 좋을 주제가 무엇인지 정리하라. 처음에 일정한 기간을 잡아서 정리하면, 나중에는 새로운 내용만 추가하면 되지 않겠는가. 이 방법은 어떤 장르에서든 가능하고, 판을 읽을 수 있는 시야가 확보되면 일들은 더욱 즐겁다. 물론 여기에 시장의 요구, 독자의 요구가 무엇인지, 내가 좋아하는 작가가 글을 쓸 수 있는 시간이 있는지, 어떤 시기에 내는 게 좋을지 등 확인해야 할 부분도 있다. 지금 당장 내 앞에 있는 일이 너무 많더라도 거기에 매몰되지 말자. 판을 읽을 수 있는 준비를 게을리 하지 말자. 그러면 다양한 기회가 나를 기다리고 있을 테니.

해마다 연말이면 다음해 출간 목록 작성을 끝내고 나서 "야, 1년 다 살았다"라고 농담을 하곤 했는데, '한겨레 평전 시리즈'라는 100권, 10년짜리 프로젝트를 진행하다 보니 시간을 생각하는 단위가 10년으로 늘어난 느낌이다. 가끔 그런 생각을 한다. '내가 아니라도 누군가는 이 열매를 딸 수 있을 거야. 일단 시작을 잘 해놓자'고.

사람은 '기억하고 싶은 것만 기억한다'고 한다. 기억의 착각이라고 할 수 있을까. 그러니 혹 내 기억이 착각을 일으킨 내용도 있을 수 있다. 그렇더라도 사람이라는 존재가 으레 그러려니 하며 너그럽게 눈감아주시기 바란다.

난 만화 보기를 즐긴다. 만화란 나에게 무념무상의 즐거움을 주는 존재

랄까. 만난 사람의 낯빛이 어두울 때 난 좋아했던 만화를 선뜻 추천한다. 어쩌면 무한한 상상의 이야기 속에서 즐거웠던 추억을 떠올리며 즐거워할지도 모르니까. 따끈따끈한 아랫목에 배를 깔고 누워서 책장을 넘기던 시절의 그 편안했던 감정까지도.

앞으로도 그렇게 나를 사로잡은 만화 같은 책을 많이 만들고 싶다.

◆ **김수영**──── 오랫동안 출판편집자로 일하고 있다. 사진집부터 만화책까지 장르 가리지 않고 책 읽기를 즐긴다. 주위에서 "참 신기하다 신기해. 그렇게 하루종일 원고하고 씨름하고, 저녁에도 책 보는 거 지겹지도 않나" 하는 말을 들을 정도로. 기분전환이 필요할 때는 무작정 산에 오른다. 산은 나를 마음껏 품어주고 다독여준다. 이 세상을 뜨기 전에 멋진 연애소설 한 편, 시집 한 권을 내고 싶다.

편집자는 무엇으로 사는가

|

윤정임 타인의취향 대표

2007년 봄 속칭 '석호필' 내한에 즈음하여 절정에 이르렀는가 했던 '미드'
열기는, 이제 대한민국에서도 전문직 드라마가 가능한가라는, 그래도 현
실적이고 발전적인 물음으로 옮겨간 듯하다. 참신한 직업의 세계를 조명
해보겠다는 야심찬 기획의도가 허언에 지나지 않음을 목격하기 일쑤였던
이른바 '실장님' 드라마들을 생각해보면, 최근 드라마에서 그려내는 직업
군이 상당히 입체적이고 풍성해진 것만은 사실이다.

TV라는 이상한 나라에 비친 편집자

왜 뜬금없는 드라마 이야기인가 하고 의문을 가질 분들이 계실지 모르겠
다. 드라마가 왜곡하는 직업의 세계가 어디 한둘이겠냐만, 그나마도 직업
이란 것이 드라마 내러티브narrative에 개입할 수 있는 트렌디 드라마의 작
가가 주목하는 직업군은 영상화했을 때 '때깔'이 좋고 갈등을 설정하기에
조직구조가 지나치게 복잡하거나 단순하지 않으며, 무엇보다 젊은 시청
자층이 선호하는 유망직업들이다. 그러니 업으로서 출판 관련 직종들이
TV라는 가장 전달력 좋은 매체를 통해 대중에게 소구하기란 어려운 일이

었을 게다.

당장 기억에 남는 드라마를 찾아보더라도, 출판사 직원들은 〈아들과 딸〉의 김희애처럼 난로 위에 찬 도시락을 올려놓고 추위에 곱은 손을 호호 불며 교정을 보거나, 〈9회말 2아웃〉의 수애처럼 박봉에 좌절하며 그 박한 월급조차 제 날짜에 나올지 걱정하는 사람들이다. 그런가 하면 출판사 사장들의 모습 또한 별반 다르지 않아서, 〈위기의 남자〉의 신성우나 공전의 히트를 했던 〈보고 또 보고〉의 정욱처럼 궁색하게 회사를 꾸려가다가도 한 가지 아이템이 성공하는 것으로 모든 문제를 해결해버리는, 아예 경영 마인드와는 거리를 둔 캐릭터로 그려진다.

왜 이런 이미지가 생겨났을까? 물론 우리 출판이 아직 구태에서 벗어나지 못했다는 것이 일차적인 원인일 것이다. 콘텐츠산업으로 비약적 발전을 이룩하고 있는 방송이나 게임산업에 비해 출판의 현실은 아직 더디고 고단해 보인다. 게다가 시쳇말로 '악플이 무플보다 낫다'고 하던가. 다른 분야에 계신 분들을 소개받거나 인사드려야 하는 자리에서, '편집자'라는 명함은 구구한 설명을 요구한다. 원고는 작가가 쓰고, 책의 겉모습은 디자이너가 만들며, 찍어내고 묶는 과정을 거쳐 책이 완성되고 나면 영업 쪽에서 판매를 책임지는데, 무심한 눈으로 보면 이 과정에서 '편집자'가 무슨 역할을 하는 사람인가에 대한 설명이 필요하기 때문이다.

그래서 북피디나 출판 프로듀서라는 단어가 더는 낯설지 않은 요즘, 오래된 비유이긴 하지만 책 만드는 과정을 드라마 제작과정에 빗대어 이야기하는 버릇이 생겼다.

사실 편집, 혹은 edit라는 단어가 본디 책에서 왔음을 잊어버릴 정도로, 이 단어는 책의 영역 바깥으로 나온 지 이미 오래다. 일테면 방송 생리에 익숙해진 노회한 연예인들은 말실수를 하거나 방송에 부적절한 언급을 한 후 "편집하고 다시 가죠"라며 발언을 수습하고, 미니홈피나 블로그에서는 edit 단추를 클릭해 얼마든지 지면을 편집할 수 있다. 그렇다면 이것은 출판의 외연이 확장된 것인가? 아니면, 편집의 고유한 의미가 침범당하고 있는 것인가? 이 광범한 '편집'의 시대에, 편집자는 대체 무엇을 하는 사람들인가?

복화술이라는 아찔한 매혹

질문이 거창했다. 사실, 편집자가 무엇으로 사는지에 답하는 것은 일상의 비루함과 곤고함으로 나날을 이어붙이고 있는 얼치기 편집자인 내게 너무도 과중한 물음이다. 지면에 한 줄 한 줄 채워나가는 글이란 것은 잰걸음으로 하루하루를 채워가는 인생과도 같아서 다 쓴 글을 읽어보면 결국 개인의 약사略史를 캐어 들어가 그 적나라한 맨얼굴과 마주하게 된다. 행여 정신적으로 빈한한 삶을 이끌어온 자의 용렬한 글로 이 책을 위해 베어진 나무들의 공분을 살까 우려가 되는 이유다. 그러니 편집자가 무엇으로 사는지는 감히 내가 답할 것이 아니요, 남의 글을 읽을 때 그이가 무엇을 했는가보다는 무슨 생각으로 했는가 하는, 그이의 머릿속 생각이 늘 궁금했던 터이므로, 이 글 또한 그저 내가 책을 만들며 무슨 생각을 해왔는가에 대한 약술略述이 되고 말겠다. 어쨌든 귀한 지면에 분탕질은 말아야 할 텐데.

호들갑스러운 언론의 수사가 가장 큰 원인이겠지만, 강호에는 분야마다 전설로 전해지는 비슷비슷한 무용담이 있다. 주머니 속에서도 결코 숨겨지지 않는 송곳의 날카로움처럼, 어린 시절부터 만개하는 천부적인 재능이라든가, 육체의 한계를 초월한 각고의 노력이나 끈질긴 추궁 같은 것들 말이다. 일테면 정트리오를 길러낸 이원숙 여사의 회상 속에서, 피아노에 영 취미가 붙지 않아 악기를 바꿔주었던 누나들과는 달리 어린 정명훈은 피아노 의자에 누워 잠을 청할 정도로 타고난 피아노맨이었다든가, 고승덕 변호사가 '포기하지 않으면 불가능은 없다'라고 말하면서도 서울대 재학 시절 이미 3대 고시에 모두 합격하는 진기록을 남겼다든가, 아니면 유난히 왜소했던 박지성이 개구리를 먹으며 체구를 키우려 했다든가 하는 전설들이 그렇다.

출판이라는 동네도 이와 다를 바 없는지라, 스산한 바람에 실려 임자 없는 유사 전설이 표표히 떠돈다. 밖에서 뒤꿈치 들고 기웃거릴 적에는 어질고 눈매 선한 선비들이 모여 사는 평화로운 마을인가 했더니, 막상 발 담그고 보니 모진 비바람과 칼 맞부딪는 소리로 편히 잠들 날 없는 고약한 정글이다. 나를 키운 건 팔 할이 책이다, 하고 호기롭게 발걸음 떼었건만, 열 할의 책 슬하에서 길러진 검객들이 동에 번쩍 서에 번쩍한다. 누구 하나 책 읽느라 밤을 하얗게 지새우고 뻐근한 어깨와 무거운 눈꺼풀 내리덮이는 눈으로 부랴부랴 등굣길에 나서던 책벌레 아니었던 사람이 없고, 각종 글짓기대회를 석권하며 이름 석 자를 날렸거나 센 글발(?)로 필화 한번 당해보지 않은 사람 또한 없었으니, 내가 길을 잘못 들어도 한참 잘못 들었구나 했다.

그러면 어차피 민망한 글, 자복自服하는 심정으로 다시 물으며 가자. 나는 어쩌다 편집자가 되었나.

연극반에서 제법 부끄럽지 않은 눈물연기로 이름을 알리면서도 배우보다는 대본을 쓰는 사람에게 관심을 두었던 것이 중학교 때. 고등학교 시절에는 만화에 빠져 부모님 속깨나 태우기도 했다. 혀를 차는 부모님 앞에서 내 소질은 아무래도 그림에 있는 것 같다며 졸라서 다니게 된 입시미술학원에서, 시커먼 연필가루 묻은 손으로 비너스를 그리는 동안 정작 생각한 것은 그림 잘 그리는 만화 스토리텔러가 되리라 하는 것이었다. 그렇듯 이야기 뒤에 자신을 감춘 채 복화술로 말하는 내 모습은 오래도록 나를 매혹한 거울 속의 상象이었다.

결국 미대에 가지도, 만화를 내 삶으로 끌어들이지도 않고 대학을 졸업한 나는 디자인회사 홍보실에서 보도자료를 내고 대외 업무를 하는 짬짬이 신춘문예와 각종 문학상의 문을 두드렸다. 내 일상을 충실히 채워냈을 때라야 비로소 양동이의 물이 자연스레 넘치듯 글이 나오리라고 믿었기에, 책에서 떨어진 곳에 있어야겠다는 어설픈 복화술사의 생각이었다. 그러다가 전설 한 자락 품고 굴을 찾아가는 범이라도 된 듯이, 책 뒤에 숨어 작가와 독자를 잇는 편집자가 내 길이구나 하며 출판에 입문한 것이 2000년, 계기가 된 것은 바로 전해에 〈작가세계〉라는 계간 문예지에서 주관하는 장편소설 공모에서 본심에 이름을 올린 일이었다. 당해연도에 '당선작 없음'으로 공모가 마감되었을 때, 내가 깨달은 것은 덜 벼려진 내 무딘 송곳으로는 얇은 종이 한 장도 뚫을 수 없다는 사실이었다. 그러니 내게 필요한 것은 일상에 둘러친 막을 걷어내고 정교한 텍스트로 나를 담금질하는 것이었다. 딜레탕티슴이 아닌 정련된 진짜 복화술.

편집자는 잊혀도 책은 남는 것

누구에게나 '날카로운 첫 키스'로 운명의 지침을 돌린 순간이 있을 것이다. '황금의 꽃' 같던 맹세가 사라지고 난 뒤에도, 키스에 대한 인상만은 오롯이 남는다. 그런 의미에서 언론홍보용 보도자료나 쓰던 내게 편집자 명함을 박아준 동서문화사에는 큰 빚을 진 셈이다. 면접을 보기 위해 찾아간 사무실 첫인상이 서영은이 단편소설 「먼 그대」에서 묘사해놓은 것과 판박이라서, 그리고 업계 평균치라는 신입사원의 초임이 기절할 정도로 박해서 나는 고개를 절레절레 흔들며 사무실을 나오고 말았다. 사방천지를 구분 못하는 당나귀였던 내가 감히 편집자로 '살아보기'로 마음을 돌리기까지는 사실 시간이 좀 필요했다. 물론 그때만 해도 청맹과니와 다름없던(지금이라고 별반 나아진 것은 없지만) 내 어디를 보고 편집자로 쓸 생각을 했는지 지금도 풀리지 않는 미스터리다.

동서문화사는 책이 많은 곳이었다. 워낙 오래된 회사이다 보니 책의 종수는 물론이거니와, 그 종류 또한 어린 시절 읽었던 문고판 도서들이나 전집류에서부터 백과사전에 이르기까지, 동서문화사가 낸 책의 대지가 너르기도 했지만 그 봉우리는 높고 골짜기 역시 깊었다. 책이 많은 곳이니 작업도 응당 많았지만, 그래도 가장 기억에 남는 것은 『그린게이블즈 빨강머리 앤』이다. 나뿐만 아니라 10대를 통과하는 소녀들의 책상머리나 잠들기 전의 머리맡에서 당연한 듯 자리를 차지하고 있던 '빨간 머리 앤'을, 이제는 내가 책 만드는 사람이 되어 다시 만지게 되다니. 내가 자라는 동안 어느덧 나달나달해진 그 책에, 내 숨결 불어넣어 10권짜리 완역본으로 펴내는 작업을 하게 되다니. 그 흥분을 무엇에 비할 수 있을까.

동서문화사는 선생님도 많은 곳이었다. 10년 넘도록 편집자로 근속한 어른들이 계셨고, 후배들은 그분들을 직함보다는 선생님이라고 깍듯이 불렀다. 큰소리 내는 법 없이 낮고 겸손한 분들이었다. 그분들과 함께 『레미제라블』 전집이나 '동서 미스터리 북스' 같은 작업을 하는 것은 신기하기도, 경외스럽기도 했다. 물론 가장 무서운 선생님은 역시 고정일 대표였는데,

무시로 편집자들을 당신 방에 따로 불러서 형용사 하나에 대해서도 의견을 듣곤 했다. 관용구처럼 쓰이는 일본식 문장을 발견하거나 국어연구원 사전의 풍성한 예문들을 읽느라 퇴근시간을 훌쩍 넘기기도 했다. 인터넷 검색이 훨씬 편하긴 하지만 세 권이나 되는 두꺼운 국어연구원 사전을 아무 페이지나 펼쳐 책 읽듯 훑어내리는 버릇이 생긴 것도 그 무렵이었다. 덕분에 단어만이 아니라 번역문에서 흔히 볼 수 있는 잘못된 피동형 동사(예를 들면 쓰여지다 혹은 씌어지다, 보여지다, 짜여지다, 되어지다 등) 같은 문법에도 환하게 되었으니, 틀린 것을 틀린 줄 똑바로 알게 된 것만 해도 감사한 일이다.

그러나 편집자로서의 나는 꼭 나무늘보 같았다. 시간이 빛의 속도로 흐르는 데 비해서 먼지가 켜켜이 내려와 쌓이는 속도로 책은 느리게 나왔지만, 내 복화술은 그다지 늘지 않았다. 문장 하나에서 원고 전체를 보게 되기까지, 아직 원고의 씨앗도 보이지 않는 아이디어 하나에서 완성된 책의 상을 가늠하기까지, 그리고 원고가 책의 꼴을 갖추고 난 다음부터 그 생명을 다할 때까지의 사이클을 헤아리기까지, 각 단계별로 내가 성장하는 속도는 유인원이 직립원인으로 진화하는 속도와 비슷했다. 그러는 동안 문학서의 가슴 울리는 정서적인 쾌감과 대중서의 감각적인 재미, 경제경영서의 긴박한 호흡과 인문서의 오연한 시선이 대중없이 나를 관통하여 세상 바깥으로 나아갔다.

문학수첩이라고 하면 백이면 백 '해리포터' 시리즈부터 떠올리지만, 이 시리즈는 사실 회사에 엄청난 부를 안겨주는 동시에 폭풍 같은 후유증도 동반하는 양날의 검이다. 출간 진행을 총괄했던 편집장은 작업이 끝나면 거의 초죽음이 될 정도의 중압감에 시달리곤 했으니까. 그러나 문학수첩은 '해리포터'말고도 기억에 남는 재미있는 작업이 많았던 곳이다. 존 그리샨의 대중소설들을 만들면서는 속도감 있는 문체로 유려한 번역을 해줄 역자를 찾아내느라, 그리고 최대 성수기인 여름시장에 맞춰 출간할 수 있도록 마감선상에서 원고를 받아내기 위해 진땀을 흘려야 했는가 하면, 브라이언 트레이시의 시간관리책 『개구리를 먹어라』나 루 거스너의 『코끼리를 춤추게 하라』 같은 책은 끝내고 나서도 롤러코스터를 타는 듯한 경제경영서의 속도감 때문에 오랜 여진을 겪기도 했다.

『한밤중에 개에게 일어난 의문의 사건』은 그 중 가장 재미있는 작업이었다. 제목에서 짐작하듯 추리소설의 외피를 빌려온 이 책은, 자폐증을 앓는 소년이 지난밤에 옆집 개를 죽인 범인을 추적하면서 겪는 모험담이자 성장소설이다. 영국 휘트브레드 문학상 수상작으로 소외된 천재소년, 미궁에 빠진 사건 탐구, 세대를 뛰어넘은 우정, 해체된 가족의 재결합, 성장으로 나아가는 모험여행 등 한국 독자들이 좋아하는 요소를 두루 갖춘 수작이었다. '해리포터'의 성공으로 확인된 판타지소설 시장을 겨냥한 청소년 판타지물에 관심을 기울이던 회사 입장에서는 성공하면 순문학서를 내는 출판사로서의 입지를 만들 좋은 기획인 동시에, 당시 내던 책들의 지형과는 다소 거리가 있는 기획이기도 했다. 결과적으로 지금까지 독자들의 꾸준한 사랑을 받고 있는 이 책은 유행을 타지 않기 때문에 자칫 고루해질 수 있는 순문학서를 성공적으로 만들어낼 수 있었다는 뿌듯함을 안겨주는 책이다.

세상 바깥으로 내보낸 책들은 대부분 쉬 잊히게 마련이지만, 더러는 이렇게 긴 잔영을 남기기도 했다. 복화술의 속성이 그렇듯 편집자는 책 뒤에 숨어 있는 존재이고, 책 귀퉁이에 올려놓았던 이름도 어느새 슬그머니 바뀌어 있기 십상이지만, 그렇더라도 책은 여전히 남는 것이다.

당나귀의 시대에 낙타가 될 때까지

장편소설 『당나귀들』에서 배수아는 이 시대를 천박의 시대로 규정한다. 독일에는 '당나귀 앞에서 그리스 글을 읽는다'는 속담이 있다는데, 여기서 당나귀란 무식하고 고집 센 사람을 은유한다. 옥시덴탈식으로 말해 이성의 시대와 계몽의 시대를 순차적으로 거친 서양사와는 달리 우리는 굶주림의 시대에서 계몽의 시대를 건너뛰고 천박의 시대로 곧장 진입했다는 것이다.

듣기에 따라 오해를 불러일으킬 수도, 불특정다수에게 불편함을 느끼게 할 수도 있는 발언이지만, 독자와 만나는 접점에 있는 글 쓰는 자의 이러한 지적은 인문학의 위기니 책의 위기니 하는 흉흉함 속에서 편집자는 과연 어떻게, 혹은 어떤 책을 만들어야 하는가 하는 묵직한 숙제를 함께 던진다. 태생적으로 계몽적이라는 속성을 지닌 책을 만듦에 편집자는 당나귀의 시대를 어찌 무사히 건너갈 것인가?

규모 면에서의 성공은 서로 견줄 바가 아니나, 내게 비슷한 의미를 갖는 두 권의 책이 있다. 한 권은 비즈니스맵에서 낸 『전략의 본질』이고, 또 한 권은 에코의서재에서 낸 『생각의 탄생』이다. 전자는 6인의 저자가 공동으로 저술하여 20년이라는 장구한 세월 끝에 완성을 본 역작이었고, 후자는 부부인 저자가 자료조사에만 6년, 원고를 집필하여 책으로 나오기까지 2년 이상의 시간이 걸린 노작이다.

일본 아마존 사이트에서 『전략의 본질』을 발견했을 때, 처음부터 이 책이구나 하며 무릎을 친 건 아니었다. 당시 나는 태어나 접해본 책들 가운데 가장 강도 높은 비즈니스 전략서들을 골라 읽으며 경제경영서가 과연 내게 맞는 분야인지 고민하고 있었다. 경제경영서는 마음보다 머리를 움직이게 하는 책이다. 책의 수명도 짧았고 시장도 눈이 팽팽 돌 만큼 빨리 움직였다. 책을 만들어내는 사람들은 유사한 경쟁도서들뿐 아니라 동급의 정보를 제공하는 책 아닌 다른 콘텐츠들과도 경쟁해야 했다. 내가 생전 일하게 될 일 없는 회사들이기에 관심도 갖지 않았던 구글이나 애플, 마이크로소프트 같은 회사들이 어떻게 산업을 견인해가는지 그 발자국들을 따라가다가, 출판사를 떠나 MBA에서 공부를 하고 와야 하는 것은 아닌가 하고 되지 않는 궁리를 심각하게 하며 꼬박 밤을 새우기도 했다. 경제경영서를 내는 숱한 출판사들이 그토록 눈부신 이론으로 독자들의 니즈를 풀어주는 책을 출간하면서도 정작 자신들의 회사 경영에는 왜 써먹지 못하는가를 두고 새벽까지 술잔을 기울이기도 했다.

처음에는 승자들의 역사를 뒤따르는 전쟁사이겠거니 하고 지나쳐버렸는데, 이상하게도 제목의 잔상이 길게 남았다. '전략의 본질'이라니, 현대 경영이론에서 사용하는 모든 용어들은 태반이 군사용어에 빚을 지고 있는데다 병기만 바뀌었다 뿐이지 모든 마케터와 경영전략가들은 아는 것과 행동하는 것을 통합하여 궁극의 승리를 성취하고자 하는 사람들이 아닌가. 게다가 열세에 처해 있는 전장에서 역전을 이끌어낼 때 전략의 본질은 그 어느 때보다도 극명하게 드러난다는 저자들의 메시지에는 여느 경영 구루Guru들의 이론서와 견주어도 밀리지 않을 탁월한 통찰이 있었다. 혹독한 비즈니스 전장에서 절대적으로 유리한 위치를 점하고 있는 사람이 누가 있겠으며, 누군들 열세를 뒤집는 반전을 꿈꾸지 않겠는가.

문제는 경쟁이었다. 소구력 있는 외서의 인세 경쟁은 비록 어제오늘 일도 아니고 출간 전부터 소문 자자하도록 어마어마한 빅 타이틀도 아니었지만, 막상 내가 그 경쟁의 한가운데 있고 보니 아침저녁으로 살이 내렸다. 자고 일어나면 선인세가 올라가 있었고, 그런 날 아침에 진행상황을 보고할 때면 가슴이 다 졸아붙는 듯했다. 원서로 가늠했을 때 번역판은 500쪽이 훌쩍 넘을 수도 있었고, 내용과 가격 모두에서 쉽게 승산을 낼 책이 아니었다. 그뿐인가, 여섯 저자에게 일일이 허락을 받아 계약서가 도착하기까지, 치밀하다 못해 집요하게 텍스트의 맥락을 추궁해줄 번역자를 찾기까지, 지난한 작업에 지쳐 그로기 상태가 된 디자이너를 다독거려 표지디자인을 마무리하기까지, 한 고비 한 고비 넘기가 백두대간의 봉우리 하나를 넘는 것만큼이나 힘이 들었다.

그래서 성공했는가 하고 묻는다면, 성공했다고 답하겠다. 베스트셀러 목록에 제목을 올린다거나 큰 반향을 몰고 온 화제의 도서라거나 하는 성공은 아니다. 한 지인은 이 책이 딱 초판 소화할 정도의 깜냥이라고 말하면서, 행여 내가 실망할까 그랬는지 "그래도 비싸게 팔 책이니 두 배 장사한 거야"라고 위로해주었다. 그에 비교한다면 어마어마한 성공이고, 무엇보다 통찰력 있는 메시지로 독자의 니즈에 착근한다면 어려운 책도 어렵지 않게 해낼 수 있음을 확인했다는 점에서 더더욱 값진 성공이다. 『생각의 탄생』도 그렇다. 다만 2007년 가을 한국을 찾았던 저자는 강연회에서 매우 의미심장한 메시지를 남겼는데, '진실한 창조는 효과적인 새로움'이라는 것이 바로 그것이다. 새로움이 주는 흥미는 오래가지 않는다. 그 새로움이 당장 눈에 보이게 내 삶을 바꾸어주지는 못할지라도 내게 와서 가치를 부여해주는 것이어야 한다. 당나귀의 시대가 도래했다 해도 '사색하는 동물로 태어난 고통과 즐거움'을 공유하는 독자들이 어려운 책을 외면하지 않는 이유다.

서양 속담에 '마지막 지푸라기가 낙타의 등을 부러뜨린다'라는 말이 있다. 이는 보기에 지푸라기에 지나지 않는 마지막 마무리를 소홀히 하지 말라는 경고로도 읽히지만, 그보다는 상황이 임계점에 가까워지면 지푸라기 하나만으로도 낙타의 등뼈가 부러질 수 있으니, 쌓여가는 짚단과 짚가리들을 그때그때 제어하는 일관된 노력이 필요하다는 의미가 더 크다.

실제로 웬만한 낙타는 180킬로그램 정도는 거뜬하게 지고 물도 여물도 없이 황량한 모래사막을 횡단한다고 한다. 그러나 짚단이 등 위에 산처럼 쌓여 올라가는 것을 버티고 있던 낙타는, 어느 한순간 지푸라기 하나의 무게를 감당하지 못하고 고꾸라지고 만다. 낙타가 쓰러지기 전까지는 주인도 그 낙타가 병들어 있었는지 결코 알아차리지 못한다고 하는데, 이것은 낙타가 차라리 임계점에 이르러 죽음에 이를지언정 절대로 아픈 내색을 하지 않기 때문이라고 한다. 위의 경고들을 전자로 읽든 후자로 읽든, 지푸라기를 등에 얹은 낙타는 왠지 편집자와 몹시 닮은 구석이 있고, 이 경고들도 어쩐지 편집자들을 경계시키기 위한 목소리 같다.

누가 들으면 웃을 이야기지만 한때 나는 낙타가 되고 싶다고 생각한 적이 있다. 내 임계점이 어디인지 끝까지 쫓아가서 확인해보고 싶은 욕구와, 내 삶을 그토록 묵묵하고 치열하게 몰아가고자 하는 욕구로, 밤이 되면 꿈에서 매일 낙타를 보곤 했다. 그래서 한순간이라도 낙타가 내 인생에 들어왔는가? 아직은 아닌 듯하다. 그러니 낙타가 될 때까지, 부지런한 걸음 멈추지 않을 일이다.

◆ 윤정임——— 대학에서는 영문학을, 대학원에서는 언론학을 전공했다. 단행본 에디터로, 스스로는 '북스타일리스트'를 자처한다. 동서문화사, 문학수첩, 비즈니스맵과 에코의서재에서 책을 만들었고, 현재는 타인의취향이라는 편집기획사를 운영하고 있다. 개인의 취향이 사회와 어떻게 조우하는가에 관심이 있으며, 취향의 변화를 예민하게 포착한 책을 만들고 싶어한다. 책을 만드는 일과 더불어 책을 쓰는 일도 하고 있다.

출판시장의 교란, 인문학과 문학이 사는 법

김도언 생각의나무 편집부장

다른 기획자들에 비해 경력이나 경험, 그리고 실력 면에서 한참 부족하다는 것을 잘 알고 있어 글을 쓰는 것을 주저했다. 하지만 출판편집자로서 혹은 기획자로서 그동안 내가 보냈던 시간을 진중하게 돌아보고 성찰할 수 있는 드문 기회가 될 수도 있겠다는 생각이 들었다.

시장은 타락하지 않는다

우선 나는, 내가 이해하는 출판시장에 대해, 내가 바라본 출판시장의 성질에 대해 언급하는 것으로 이 부담스러운 글쓰기의 경영을 시작해볼까 한다. 영리를 의도하는 모든 아이디어를 상품에 반영하는 과정의 조직을 기획이라고 정의할 때, 온당히 그것은 시장을 어떻게 읽는가 하는 독법으로부터 시작되어야 한다고 믿기 때문이다.

자본주의가 작동하는 모든 시장에 예외 없이 적용되는 것이지만, 특히 출판시장은 매우 극적인 양면성을 가지고 있는 것처럼 보인다. 그 양면성은, 김우창의 관점에 따르면 도덕이 요구하는 인간의 정의와 삶의 실제적 소용의 불일치를 시장이 적극적이고 일방적인 방식으로 수렴하는 부분에

49

서 극명해진다. 하지만 그 양면성의 양상은 언제나 그것이 본질적으로 지니고 있는 복합성을 은폐한 채 오로지 수치상의 통계로만 증명될 뿐이다. 출판시장이 양산해내는 각종 통계나 지표는 미디어나 저널의 분석, 그리고 경제연구소의 전망, 출판사 대표와 기획자들의 본능적인 직관을 한꺼번에 비웃기도 한다. 물론 항상 그렇다는 것은 아니고 십중팔구 그렇다는 얘기다.

몇 년 전 열풍처럼 훑고 지나갔던 여배우들의 섹스 판타지를 다룬 에세이집이나 누드집이 팔리는 곳도 시장이고, 운전면허 시험문제집이나 '영문법 5일 완성' 따위의 책이 팔리는 곳도 시장이며, 신영복의 『감옥으로부터의 사색』이나 니체의 『도덕의 계보』 같은 책이 소문 없이 팔리는 곳도 시장이다. 이 사실은, 시장은 어느 한쪽을 편애하지 않는다는 사실을 보여준다. 모든 소비의 종합을 단일한 명제로 인식하는 시장으로서는 당연히 가져야 할 속성일 것이다.

사실 자본주의의 수혜 시스템은 이미 막강한 양화를 구축한 것처럼 보인다. 무슨 말인고 하니, 시장이 가지고 있는 여러 가지 모순된 요소에도 불구하고 시장은 절대로 타락하거나 궤멸하지 않는 자생의 구조를 가지고 있다는 것이다. 대학에 다닐 때, 미국 자본주의로 대별되는 현대사회 체제의 모순과 한계를 날카롭게 지적한 헤르베르 마르쿠제의 『일차원적 인간』을 읽고 깊은 인상을 받은 적이 있는데, 책을 다 읽고 난 후 헤르베르 마르쿠제의 미국 자본주의 비판 연구를 후원했던 곳이 다름 아닌 미국 자본주의의 상징인 록펠러 재단이었다는 사실을 알고는 매우 큰 충격을 받았던 기억이 난다.

비유적인 어법이 허용된다면 '시장'은 바로 '자본주의의 태胎'에 해당한다고 말할 수 있다. 이런 말이 가능한 것은, 시장에서 가장 명징하게 자본주의적 생리와 증후군이 발현되기 때문이다. 물론 그 생리와 증후군은 어떤 측면에서는 도덕적이지도 않고 합리적이지도 않으며 오히려 모순과 야만성에 사로잡혀 있는 것처럼 보인다. 하지만 다시 한 번 말하지만 시장은 이와 같은 하자에도 불구하고 결코 타락하거나 궤멸하지 않는 자생성을 가지고 있다. 소비와 시장문제 전문가인 다비트 보스하르트에 따르면 현대인은 "나는 소비한다, 고로 존재한다"고 지각하는 존재들인데 이들의 욕망이 바로 시장에 주체할 수 없는 생명성을 부여하기 때문이다.

과거 출판시장은 다른 분야의 시장과는 다소 다른 처지에서 특수한 입지와 문화적 지위를 누렸다. 사실 서점을 시장으로 인식하기 시작한 것은 그리 오래된 얘기가 아니다. 서점은 그냥 책방이거나 문고였을 뿐이다. 그리고 책방이나 문고로서 충분히 존중되었다. 하지만 서점이 출판시장이라는 거대한 자본의 자기장에 포섭된 이후 출판시장은 과거의 지위를 박탈당했다. IT혁명과 대중매체의 발전이 가속적으로 진행되는 와중에 그 특수한 지위를 상실한 것이다.

앞서 얘기한 것처럼 출판시장은 그 어떤 시장보다도 다층적인 소비 계층을 전제하고 있다. 출판시장의 상품들은 연령과 성별에 따라, 취향과 기호와 소용에 따라 매우 세밀하게 분류·전시된다. 자본주의의 '시장'이 각양각색의 욕망들이 매우 자의적이면서도 균질적인 방식으로 상품들을 전매하고자 하는 곳이라는 사실은 더 이상 의심할 여지가 없다. 여기서 균질적이라는 말의 뜻은 그 다양한 소비욕망들의 도덕적 서열을 판단할 만한 근거가 실질적으로 존재하지 않는다는 의미로 쓰인다.

한 가지 분명하게 이해해야 하는 사실 중 하나는, 시장의 형성은 상품과 소비자 혹은 소비욕망으로만 이루어져 있는 것이 아니라는 사실이다. 출판시장도 이 점에서 예외가 되기는 어렵다. 모든 시장에는 유령처럼 떠도는 이미지와 풍문이라는 것이 있게 마련이다. 심하게 말하면 풍문과 이미지가 없는 곳은 이미 현대에서 시장으로 존재할 수 없게 되었다. 풍문과 이미지로 표상되는 상품의 메타포들이 소비자들을 회유하기 시작한 것은 최소한 신화시대로 거슬러 올라가야 한다. 제우스와 아폴로를 위시한 올림포스의 신들이 님프 따위들과 정을 통하기 위해 지상에 유리한 풍문을 유포하고, 자신들의 이미지를 가공했던 사실을 상기해보자.

이미지와 풍문은 스스로 상품에서 자생하는 것도 있지만 거의 대부분 인공적으로 만들어진다. 인공적으로 만들어지는 이미지와 풍문, 이것이 바로 앙리 르페브르가 얘기한 '소비조작'의 기초가 된다. 이런 이미지와 풍문이 가장 활발히 시장을 전유하는 곳은 아마도 엔터테인먼트 시장일 것이다. 이 이미지와 풍문은 얼마 전 이 나라의 국민배우라는 사람이 돌이킬 수 없는 극단적인 선택을 하게까지 했다.

풍문과 이미지는 상품의 가치를 결정하기 때문에 생산자들과 마케팅 담당자들은 대개 풍문과 이미지를 가공하고 유포하는 데 총력을 기울인다. 상품을 만들어내는 데보다 풍문과 이미지를 만들어내는 데에 더 많은 공력을 들이는 사람들도 많다. 그리고 더 이상 이 같은 현상은 낯설지 않은 풍경으로 받아들여진다. 운이 좋아서 좋은 이미지와 산뜻한 풍문이 '점지한' 상품은 말 그대로 '대박'이 되어 터진다. 이때 시장은 잠시 야시장의 떨이판처럼 경박해지고 혼란스러워진다. 시비가 일고 발빠른 모사와 복제가 시도된다. 가짜 상품들이 난립하기 시작하는 것이다. 하지만 시장은 이 모든 것들을 보듬어 안는다. 전쟁터가 승자와 패자의 기억을 함께 공존시키고 있듯이 말이다. 진흙탕의 이미지를 끌어들이면 좀 심한 것인지는 모르겠지만, 이 시장의 흙탕물은 결코 정화되지 않는다. 가혹하게 말하면 부정不淨은 그러므로 자본주의 시장의 에피센트로 간주된다. 사분오열의 욕망을 전시하고 해소하고 허용하는 것은 오로지 시장이라는 공간에서만 가능한 일이다. 그러니 오호통재라, 시장에서 독야청청하는 것은 낙타가 바늘귀에 들어가는 것보다 더 어려운 일인지도 모른다.

스타 시스템과 문학의 위기

나는 그동안 주로 교양예술을 포함하는 인문과 문학 분야의 책들을 기획해왔다. 그런데 인문과 문학은 늘 출판의 위기론을 언급할 때마다 그 명백한 예증으로 거론돼온 카테고리들이다.

영화와 연예, 오락 같은 엔터테인먼트 산업이 21세기 들어 급속도로 문화의 영역을 잠식하고 있는 것은 부정할 수 없는 오늘의 현실이다. 한국의 문화소비자들은 블록버스터 영화와 웰메이드 뮤지컬, 외국 록밴드 공연 등에는 아낌없이 돈을 쓰고 열광하면서 문화적 교양의 근간이 되는 인문서나 문학서를 사서 읽는 데는 인색하기 짝이 없다. 책은 이제 더 이상 문화소비의 주류로 간주되지 않는다. 이 같은 안팎의 분위기에서 가장 극심한 지위 하락을 겪고 있는 것은 아마도 문학일 터이다. 그렇다면 이 시대의 작가들은 어떤 자구책을 가져야 할까. 출간기획자인 동시에 문단 말석을 차지하는 소설가이기도 한 나는 이 문제를 제법 심도 있게 고민해왔다.

물론 산업적 파이, 문화적 효용이 분명히 다른 영화와 문학을 같은 맥락에서 단순 비교하는 것은 무리가 있다. 문학이 취해야 할 자구책이라면, 무엇보다 전통적인 관념으로서 문학의 겹을 이루고 있는 편견 혹은 아우라를 벗겨내는 것이라 생각한다. 작가들은 과감히 문학의 신성성divinity을 파기해야 한다. 근대 부르주아지 사회의 적자로 태어난 소설에 관해서라면 더욱 그러하다. '문학은 점지된 자만이 하는 것이다'라는 신성성의 옹호는 장르간 섞임hybrid이 현저하게 진행되고 있는 현대의 문화현상을 제대로 이해하지 못하는 데서 비롯된 일종의 '문화지체'에 해당한다. 문학적 순혈주의자들은 접속을 꺼리고 소통에 늦게 반응한다. 그런 태도는 당연히 기도폐쇄와 근위축을 불러온다. 문학은 햇볕을 가리는 울타리를 뛰어넘어 울타리 밖의 '비문학'과 섞여야 한다. 그럴 때 문화의 근음radical으로서 문학적 순기능이 좀더 능동적으로 수행될 수 있다.

2008년 노벨문학상 수상자는 몇 년 동안 유력한 후보로 거론돼오던 프랑스 작가 르 클레지오였다. 그러자 르 클레지오 작품의 출판권을 가지고 있는 출판사들은 노벨문학상 특수를 이용한 마케팅 준비로 부산을 떨었다. 노벨문학상 특수와는 별개로 한국 출판의 외국소설 의존도는 어제오늘의 일이 아니다. 문학 쪽 베스트셀러에서 항상 외국소설은 과반을 차지하고 있다. 문학이 위축된 상황에서 외국소설이 읽히는 기현상의 이면에는 어떤 생리가 숨어 있을까? 한국소설이 외국소설에 비해 부족한 점은 무엇이고, 한국소설의 경쟁력은 무엇일까를 생각해보는 것은 작금의 현실에서 매우 유의미한 고민이 될 것이다.

당연한 얘기겠지만 베스트셀러 목록을 차지하고 있는 외국소설을 전부 좋은 소설로 간주할 근거는 어디에도 없다. 그 소설들은 '로열티'라는 신분적 장애를 지니면서 한국에 들어온다. 막대한 로열티를 지불한 출판사는 자본회수를 위해 가공할 만한 마케팅을 동원한다. 이때 머니게임의 생리가 작동한다. 대대적인 프로모션 광고와 이벤트가 쇼처럼 펼쳐진다. 소비자로서 독자는 '광고'의 요설에 현혹될 수밖에 없다. 여기에 뿌리깊은 외국경사exotism와 황색인 콤플렉스가 개입하기도 한다. 하지만 작가들이 독자들에게 분별력을 요구하는 건 순진한 발상이다. 작가가 교사가 되어야 하는 시대도 아니기 때문이다. 작가라면 응당 순교자의 정신을 가지고 혼신의 힘으로 나아가야 할 것이다. 오리엔탈리즘 따위가 가공해낸 국지적 상상력을 버리고 이창동, 박찬욱, 봉준호의 영화처럼 한국소설이 '인간적 보편의 본질'을 투시하는 것도 유력한 대안으로 고려할 수 있다. 그래야 외국어로 번역하기도 쉽지 않겠는가. 한국 작가들이 개별적으로 작품의 질을 높이기 위해 치열하게 고민해야 하는 이유는 그것이 외국소설에 대항하기 위해서가 아닌, 작가로서 믿고 있는 개별적 신념과 작가적 실천을 일치시키기 위해서 요구되는 것이라야 한다. 그렇게만 된다면 시장에서의 '한국소설 vs 외국소설'이라는 괴이한 이항대립은 그 의미를 잃을 것이다.

문학의 위기와 관련해, 현재의 출판시장이 안고 있는 구조적인 문제점을 제대로 짚기 위해선 문화권력과 스타 시스템의 문제도 언급할 수밖에 없다. 출판사는 스타작가에게 집착한다. 그들은 가장 안정적인 수입의 메커니즘을 실제적으로 구현해주는 존재이기 때문이다. 문화권력의 자장을 이루는 삼각주delta에는 언론, 평론가, 출판자본이 자리한다. 이들은 소그룹별로 카르텔을 형성해 예견되는 이익 앞에서 결사적으로 담합한다. 나는 문학판을 드나들면서 이 문화권력의 삼각주를 주유하기에 바쁜 작가들을 직접 목격하기도 했다. 그런데 나는 그 누구에게도 이 작가들을 비난할 자격은 없다고 생각한다. 밥그릇 앞에서 초연할 수 있는 존재는 없기 때문이다. 이 같은 악성적인 출혈의 고리를 타파하기 위해선 좀 뻔한 대안이겠지만 문화소비자를 포함하는 시민사회의 각성이 절실하다. 시민 모두가 문화감시자로서 최소한의 감식안과 비평능력을 가져야 할 것이다. '책읽는사회문화재단'이나 '책으로따뜻한세상만드는교사들' 같은 의식 있는 시민집단의 독서운동은 마땅히 고무되어야 한다.

인문학의 위기가 인문학의 자리를 만든다

장 보드리야르가 현대사회의 특질을 '소비'라는 키워드로 간파해낸 이래, 소비 패턴의 일정한 집중을 뜻하는 트렌드라는 말이 시장의 중심 개념으로 대두되었다. 이 같은 현상은 학문 쪽에서도 예외 없이 적용되어, 유행하는 학문과 퇴조하는 학문 사이에 명암을 만들었다. '문학의 위기'라는 말과 더불어 흔히 듣게 되는 '인문학의 위기'라는 말도 절박한 생존조건이나 형편이 강제한 시장의 논리 앞에서 파생된 레토릭이다. 하지만 인문학은 정말 위기일까? 말 그대로 철이 지난 것일까? 내 생각은 그렇지 않다 쪽이다.

인간은 성찰을 수행할 수 있다는 측면에서 다른 동물들과 구분된다. 반성의 사유는 자신이 살아온 삶을 되돌아보고 더 나은 삶을 꿈꾸는 것을 가능하게 한다는 측면에서 반드시 필요한 정신활동이다. 인간은 밥만 먹으며 살 수 없고 쾌락만을 좇으며 살아서도 안 된다. 본디 사람의 사회는 타자와 어울리면서 조화를 추구하고 질서를 존중하며 살아가는 것을 요구받기 때문이다. 고래로부터의 지혜가 가르치는 인간의 본질적 가치는, 타자를 이해하고 세계를 끊임없이 개조하며 새로운 미적 가치를 창조하는 데 있다.

문학, 역사학, 철학, 종교학, 인류학, 정치학, 사회학, 심리학 등으로 구성되는 인문학은 이 같은 정신의 사회적 생산활동을 독려하고 권장하는 학문이다. 다시 말해 인문학은 인간의 가장 풍요로운 정신작용이 보편적인 진실을 추구하고자 하는 창조적 활동의 결과물이다. 우리가 특정한 생존조건이나 형편과는 상관없이 인문학을 존중해야 하는 이유가 여기에 있다.

기술문명의 꾸준한 진화와 IT 혁신을 통해 생활의 이기는 경이로운 성장을 거듭하고 있다. 하지만 그에 따른 자연스러운 부산물로 인간의 정체성 혼란은 가중되어 사회구성원간, 인종간, 문명간 대립의 골은 더욱 깊어졌다. 전쟁과 테러가 빈번하게 발생하고 살육이 자행되고 있다. 생존의 논리가 모든 생활질서를 강제함으로써 태동된 전대미문의 위기 앞에 직면해 있는 오늘날, 우리가 인문학을 읽어야 하는 이유는 그것이 가장 인간다운 삶의 차원을 고민하게 해주는 정신적 노력의 최소치라고 믿기 때문이다. 인문학은 어쩌면 소비가 주도하는 시장 논리, 경제 원리가 첨예해지면 첨예해질수록, 그리하여 삶의 일상적 차원이 비루해지면 비루해질수록 그 존재 가치가 빛을 발하는 학문인지도 모른다. 자, 한번 돌아보자. 지금 유행처럼 번지고 있는 '인문학의 위기'라는 말 자체가 지나치게 인문적이라는 것이 그 반증 아니겠는가?

최근 내가 몸담고 있는 생각의나무에서 인문을 메인 아이템으로 하는 총서 시리즈를 론칭한 것도 사실 따지고 보면, 인문학의 위기라는 불우한 레테르가 도대체 어떤 근거가 있는 것인지를 제대로 따져 묻기 위해, 그러니까 매년 되풀이되는 그 비관적 전망의 고리를 도발적으로 흔들어서 되묻는 작업의 일환이다.

우리는 이 총서에 '물을 문問' 자를 써 '문라이브러리'라는 브랜드를 만들어 붙였다. 그리고 1차분으로 김우창, 도정일, 최장집, 장회익, 윤평중, 강수돌 등 여섯 분의 책을 펴냈다. (필자 선생님들의 네임밸류만 보고 주변에서 많은 오해들이 있어서 일부러 하는 이야기지만, 이 책에 묶인 원고들은 하나같이 지금까지 단행본으로 묶인 적이 없는 신고들이다. 우리는 앞으로 계속 발간할 후속작에서도 이 원칙을 철저하게 지켜나갈 것이다.)

문라이브러리 총서의 기획 아이디어는 온전하게 생각의나무 박광성 대표의 것이다. 대학에서 철학을 전공한 박 대표는 인문학에 대해 태생적이다 싶을 정도로 골수에 사무치는 애정을 가지고 있는 사람이다. 그가 고등학교를 막 졸업하고 재수를 하던 시절 〈세대〉에서 김우창 선생의 글을 읽고 너무나 깊은 인상을 받은 나머지 직접 자택을 수소문해 찾아뵈었다는 일화는 이제 어지간히 알려져 있다. 그때의 인연이 발단이 되어, 박 대표는 출판사 오너가 된 후 김우창 선생을 찾아뵙고 인문학 전문 잡지의 창간을 제안했고, 그렇게 만들어져 계속 이어지고 있는 잡지가 바로 인문사회과학 전문 계간지인 〈비평〉이다.

사실, 적지 않은 재정적 손실을 감수하면서 펴내고 있는 〈비평〉은 생각의나무의 자존심이고 신념이며 이상이다. 그리고 문라이브러리는 이 〈비평〉을 '모기지'로 하는 총서이다. 물론 〈비평〉에 필자로 참여한 적이 있는 선생님들에게 좀더 공식적이고 체계적인 발언의 기회를 주고자 한 것도 이 기획의 중요한 의도 중 하나이지만, 역시 가장 의미심장한 것은 우리 인문학이 발 딛고 서 있는 현재의 입각점을 냉철하게 묻고자 하는 절박함과 진정성에 출판사와 필자 선생님들이 공감했던 부분이라고 생각한다. 그리고 이것이 문라이브러리가 탄생할 수 있었던 가장 결정적인 동인이라고 믿는다. 나는 이 시대의 인문학이 복합적으로 떠안고 있는 여러 차원의 소용과 기능, 그리고 지위 따위를 고민하면서 다음과 같은 문라이브러리 선언문을 만들었다. 그것은 우리와 같은 고민을 하는 우리 시대의 귀한 독자들에게 심장을 꺼내는 심정으로 던지는 제언과 다름없다.

삶의 질서는 하나의 물음을 갖는 것으로부터 시작됩니다. 매순간, 불확정적인 우연으로 구성되는 존재의 시간은 깨어 있는 자의 조건으로써 물음을 요구합니다. 물음은 마땅히 대답을 전제합니다. 물음에 대응하는 답은 인간의 사유 행위를 선동하고 작동시킵니다. 진정한 대답은 또 다른 물음을 잉태합니다. 왜냐하면 물음은 의식과 사물의 부딪침이며 세계를 향한 다른 열림이기 때문입니다. 물음, 그것은 시간의 부식성에 저항하며 과거와 현재, 그리고 미래를 종횡으로 엮는 통합의 열쇠말입니다. 생각의나무가 각별한 준비 끝에 펴내는 '間라이브러리' 총서는 지금 이 순간, 물음을 던지는 자와 대답하는 자의 지혜를 향한 모든 정신의 노고를 수렴합니다. 전시대의 엄연한 극복을 요구하는 21세기, 인간의 삶과 세계를 창조적으로 구획하고 재편하기 위해 우리는 어떤 물음을 가져야 할까요. 間라이브러리는 개별적 물음에 선행하는 근본적 물음을 꿈꾸며, 물음과 대답 사이에 놓여 있는 모든 고착화된 관습을 변증적으로 갱신하고자 하는 의지의 산물입니다. 한국 최고의 지성들이 여러 입각점에서 다양한 포물선을 그으며 던지는 물음의 향연이 될 間라이브러리는 사상과 문학과 예술의 세계를 아우르면서 새로운 세기, 사람의 희망을 향한 밑그림을 그리고자 합니다.

최고 필자의 최고 수준의 원고를 저렴한 가격으로 독자들에게 전달하고자 기획된 문라이브러리 총서는 이 같은 인식을 공유하면서 치밀한 준비 끝에 1차분을 내놓았고, 지금도 박광성 대표의 주도면밀한 지휘를 받으면서 많은 선생님들께 기획 취지를 알리고 적극적인 참여를 유도하고 있다. 현재 인문학을 전공한 비평팀장이 이 시리즈의 총괄 디렉터를 맡아 후속 라인업을 만드는 작업을 열성적으로 진행하고 있는데, 우리가 자의적 기준에 따라 섭외 대상으로 정한 선생님들의 반응이 좋아서 매우 고무적인 상황이다. 또한 생각의나무는 문화적 자산의 공유를 통해 창출되는 사회적 가치가 수익의 나눔으로 이어질 때 온전하게 뿌리내릴 수 있다는 믿음 아래, 문라이브러리 총서의 판매부수에 따라 도서 정가의 1퍼센트에 해당하는 금액을 '책읽는사회문화재단'에 기부하기로 결정했다. 이 같은 결정에는 우리 사회에 책 읽는 문화가 지속적으로 확산되어 지식의 부국, 문화의 강대국으로 나아갈 수 있는 초석을 닦고자 하는 모든 의식 있는 사회운동을 생각의나무가 적극적으로 지지한다는 의미도 담겨 있다.

우리의 선택과 결정이 증빙하는 것처럼, 인문학의 위기라는 진단은 역설적으로 인문학의 고유한 자리를 만든다. 내가 인문학의 위기라는 말을 인정하지 않는 것은 다름 아닌 이 같은 인문학 특유의 생리 때문이다.

◆ **김도언**—— 출판기획 및 편집 10년차이다. 생각의나무에서 처음 편집자로서 수업을 쌓았다. 〈출판저널〉과 〈샘터〉 등을 거쳐 다시 원대에 복귀해 편집부 데스크를 맡아 좌면우고하고 있다. 1999년 〈한국일보〉 신춘문예 소설 부문에 당선되어 소설가로도 활동하고 있다. 편집자의 아들딸들이 자기 아버지와 어머니의 직업을 자랑스레 여기는 날이 빨리 오길 고대하고 있다.

어린이책 편집자가 되고 싶은 후배들에게

심조원 호박꽃출판사 대표

얼마 전에 새로 편집자를 뽑았습니다. 편집자들이 자주 모이는 인터넷 사이트를 비롯해서 몇 군데 공고를 냈더니 짧은 시간 동안 많은 분들이 서류를 보내왔습니다. 서류를 심사하고 면접을 보면서 많은 것을 느끼고 배웠습니다. 새로 식구를 맞이할 때마다 느끼는 점이지만, '내가 먼저 자리를 차지했으니 망정이지 지금 같으면 나 같은 사람은 어디 한 군데 말 꺼내볼 곳도 없겠구나' 싶습니다. 다들 젊은이답게 싱싱하고, 똑 부러지게 자기 생각을 말할 줄도 알고, 주눅든 구석 없이 당당하더군요. 그렇지만 아쉬운 점도 없지는 않았어요. 그래서 이 글을 쓰게 되는군요. 편집자가 되고 싶은 분들께 조금이나마 도움이 되면 좋겠어요.

한 가지 미리 밝혀둘 것은 제가 우리나라 출판사 사정을 두루 잘 알지는 못한다는 사실이에요. 오래하다 보니 귀동냥으로나마 더러 속내 이야기를 듣기는 했지만요. 그러니 이 글은 그저 참고만 하시길 바라요.

선택

서류를 내기 전에 가장 먼저 해야 할 일은 자기가 지원하는 회사가 어떤 출판사인지 알아보는 거예요. 적어도 그 회사에서 무슨 책을 펴냈는지는 꼭 알아야겠지요. 당연한 거 아니냐고요? 뜻밖에도 그러지 않는 분들이 너무너무 많답니다.

자기소개서 보면 알아요. 워낙 취업하기가 어려우니까 그럴 수도 있겠지요. 그렇지만 자기소개서 한 장 써놓고 이 출판사, 저 출판사 보내신다면 그 사람을 선택하기가 좀 어렵지 싶어요. 책을 정해진 포맷대로 서둘러 만들어서 싸게 싸게 파는 출판사도 있기는 해요. 이런 곳은 편집자도 잠깐 머물다 가려니 하고 대충 뽑기 쉽겠지요. 그렇지만 책을 제대로 만들려는 출판사라면 편집자를 참 중요하게 여기거든요. 어떤 출판사에 보내는 글인지 정해놓고 쓴 글이 아니라면 우선 재미가 없어요. 구체성이 없다 보니 뻔한 이야기가 많지요. 입사하고자 하는 출판사를 정했다면 먼저 그 출판사에 관해 조사를 해보세요.

또 꼭 가고 싶은 출판사가 있다면 한번 도전했다가 실패했다고 포기하지 말고, 다시 도전하기를 권해요. 제가 아주 좋아하는 후배 편집자 한 사람도 그랬어요. 어찌나 함께 일을 하고 싶었던지 편집부 응모해서 떨어지고, 같은 책 영업이라도 해야겠다고 영업부에 응모했다가 또 떨어졌대요. 나중에는 직접 찾아왔더군요. 일하고 싶다고요. 차 한잔 같이 마시면서 이야기 나눈 게 면접 아닌 면접이 되어버렸어요. 그러잖아도 몇 달 뒤에 한 사람을 뽑으려던 참이어서 얼마 지나지 않아 함께 일하게 되었답니다.

서류 심사

참 이상하지요? 옷 한 벌을 골라도 몇 번을 들락거리면서 입어보고, 견줘보고, 다시 생각하잖아요. 그런데 몇 년(때로는 몇십 년)을 함께해야 할 편

62

집자를 뽑으려는데, 따져볼 기회가 서류 심사와 면접 딱 두 번뿐이에요. 그러니 서류 심사가 얼마나 중요하겠어요. 선배 편집자로서는 눈에 불을 켜고 서류를 들여다볼 수밖에요.

지금까지 적어도 열댓 번은 더 서류 심사를 해본 것 같은데요, 보통 지원 서류 가운데 10퍼센트쯤 가려지더군요. 백 사람이 지원하면 열 사람 정도가 서류를 통과하지요. 더 많이 추려낼 때도 있지만 지원한 사람이 많으면 그보다 비율이 썩 줄어들 때도 있으니 이래저래 평균으로 치면 그 정도이지 싶어요. 그만큼 서류 심사에서 크게 가려지는 거죠.

저희 호박꽃에서는 식구라야 달랑 셋이니 이번에 모두 함께 돌려읽었어요. 면접을 꼭 봤으면 하는 사람을 모두 추천하는 방법이지요. 이렇게 하면 대개 결과가 비슷해요. 셋이 모두 보고 싶어하는 사람은 우선 정해두고, 의견이 갈라지는 사람만 집중 토론하는 방식으로 두 차례에 걸쳐 추렸어요. 제 짐작에는 다른 출판사도 비슷하지 않을까 싶어요. 이렇게 신중하게 검토하기 때문에 이력서와 자기소개서를 엉성하게 써서 보내면 서류 심사를 통과하기가 매우 어렵답니다. 자기소개서를 쓸 때는 너무 길어지지 않게 조심하면서, 솔직하고 꾸밈없이, 쉬운 우리말로 조곤조곤 말하듯이 쓰기를 바라요.

이력서

이력서를 볼 때마다 미안한 마음이 많이 들어요. 개인 정보가 좌르르 나오니까요. 어떤 분들은 몸무게랑 키까지 적어서 보내요. 아마 인터넷에서 다운받은 이력서 양식이 그랬나 봐요. 이력서 양식을 다운받을 때 지나치게 자세하게 적도록 되어 있는 것은 피하는 게 어떨까 싶어요.

저는 이력서 양식에 아쉬움이 좀 많아요. 주민등록번호를 적으라는 것도, 가족관계를 시시콜콜 적으라는 것도 지나치다 싶어요. 주민등록번호는 'ㅇㅇ년에 태어난 여자(남자)' 정도로 대신할 수 있을 것 같고요, 가족관계도 굳이 쓴다면 '어머니, 아버지, 저, 남동생 네 식구가 함께 삽니다' 정도로 쓰면 안 될까요? 사실 가족관계 같은 것은 함께 생활하면서 차차 알아갈 일이지요.

가끔 이런 질문을 받을 때가 있어요. "학력은 제한을 두시나요?" 이 질문에는 많은 걱정이 들어 있을 거예요. 남들이 부러워하는 명문대를 졸업한 분들이야 이런 질문을 할 필요가 없겠지만, 그렇지 못한 분들은 이력서를 쓸 때마다 주눅이 들 테니까요. 대학을 나오지 못한 분들은 말할 것도 없고요.

이력서를 쓰는 것은 나에 대한 신뢰도를 높이기 위해 지나온 발자취를 드러내는 거예요. '나는 내 학벌이 증명해주듯이 성실하고 똑똑한 젊은이다' '제도권 교육을 무사히 마치고 사회로 배출된 젊은이로서 몸과 마음이 건강하다', 이런 말을 하는 거죠. 이를테면 기초 데이터쯤 된다고 봐요.

그런데 막상 서류 심사를 하다 보면 명문대 출신이라고 특별히 점수를 더 주지는 않게 돼요. 오히려 날이 갈수록 명문대 출신은 좀 주의해서 보게 돼요. 경제적으로 어려움 없이 나고 자라서 부모의 집중 관리 덕에 입학하는 사람도 많으니까요.

어린이책 편집자는 생기가 있어야 해요. 일반화할 수는 없지만, 실패를 모르고 너무 곱게만 자란 젊은이는 글이나 얼굴에서 가라앉아 있는 느낌을 줄 때가 적지 않았어요. 그래서인지 제 경우에는 명문대 출신이라는 학력을 크게 여기지는 않아요. 지방대를 나왔거나 그렇고 그런 대학을 나왔다고 지레 주눅들 필요가 없어요.

오히려 이력서가 화려한 분들의 경우 자기소개서 쓸 때 더 신경 써야 할 일이 있어요. 바로 '자기 이야기'예요. '깔끔한 모범답안' 보다는 좀 꾀죄죄하더라도 솔직한 속내 이야기가 훨씬 더 감동적이거든요.

고졸자들은 어떻게 하냐고요? 사실 지금까지 정성껏 쓴 자기소개서를 보내온 분이 없었어요. 어쩌다 최종 학력이 고등학교 졸업인 분들이 서류를 내기도 하는데요, 노동부 워크넷을 통한 무작위 발송 서류이거나, 저희 출판사가 무엇을 하는 곳인지 모르는 채로 서류를 내신 분들이 대부분이었답니다. 그래서 뭐라 드릴 말씀은 없는데요, 단지 최종 학력 때문에 서류 전형에서 떨어졌다면 그 출판사는 크게 마음을 둘 만한 곳이 아니다 싶어요. 더구나 요즘은 홈스쿨링이다, 대안학교다 해서 제도교육을 벗어나서 자라는 젊은이들도 늘어나고 있어요. 그러니 학력 탓을 하지 말고 자기가 간절히 몸담고 싶은 출판사라면 당당히 문을 두드리기 바라요.

사실 전에 다니던 회사에서 고졸 편집자를 뽑으려던 적이 있었어요. 벽촌에서 나서 스무 살이 되도록 그곳에서 자란 처녀였는데, 처음에는 자료를 찾고 확인하는 단순 아르바이트생으로 만났어요. 그런데 맺고 끊는 일솜씨가 좋아 보여서 편집자로 일해보지 않겠느냐고 제안했더니 거절하더군요. 출판편집 일이 너무 지루하고 어려워 보인다고요. 이 당당한 처녀에게 오히려 퇴짜를 맞고 말았답니다.

자기소개서

라이프 스토리 '○○년 ○ 월 ○ 일 어디에서, 무슨무슨 일을 하시는 아버지와 가정적인 어머니 품에서 태어나~'로 시작하는 자기소개서는 참 재미

없어요. 생년월일은 이미 이력서에 썼고, 아버지 직업이나 어머니 성품은 궁금하지 않거든요. '저는 가정교육을 잘 받고 자란 참한 젊은이입니다'라고 말하려는 듯하지만, 오히려 좀 덜 자란 어른 같아 보이기도 해요. 아니면 글솜씨가 없어서 상투적인 양식을 빌려 자기를 소개할 수밖에 없었던지요. '가정교육 잘 받고 온순한 사람'이 '재능 있는 어린이책 편집자'와 어떤 관련이 있는지 잘 모르겠어요. 어린 시절 이야기부터 시작하다 보니 뒤로 가면서 정작 해야 할 이야기를 놓치거나 부실해질 때도 많아요.

그럼 무엇을 써야 할까요? 우선 '나와 어린이책'을 중심으로 써야 하지요. 왜 어린이책 편집자가 되고 싶은지, 어린이책을 펴내면서 무슨 이야기를 하고 싶은지, 나는 어떤 책을 편집하고 싶은지… 선배 편집자는 우선 이런 생각들이 궁금하지요. 자기소개서가 너무 길어도 지루해지니까 한 가지 주제를 정해놓고 집중해서 써도 괜찮아요. 어차피 생각은 사방으로 얽혀 있는 법이니까요. 라이프 스토리조차도 말이에요.

20년 가까이 어린이책을 기획하면서 참 많은 사람들이 포기하는 것을 봤어요. 생각만큼 폼 나는 일도 아니고, 일반 회사보다 대우가 좋지도 않으니까요. 편집한 책의 결과가 좋으면 화가나 작가의 공으로 보는데, 그렇지 않으면 편집자 탓을 할 때도 많아요. 편집 일이라는 게 어린이책을 좋아하지 않으면 오래할 수 없지요. 그만큼 처음 각오가 중요하니까, 선배 편집자는 이 점을 확인하려고 할 거예요.

이번에 서류를 낸 사람 가운데는 남해안 외딴섬에서 나고 자란 젊은이가 있었어요. 갯벌에서 어린 시절을 보내고 뭍으로 올라와 읍내에서 고등학교를 마치고 서울에서 대학 공부를 했더군요. 이 젊은이는 어린이책을 기획하는 데 자신의 어린 시절이 도움이 될 거라 확신을 했는지, 아주 당당하게 시골생활을 써내려갔어요. 그 점이 눈에 두드러져서 서류 심사를 통과했지요. 그럼 도시에서 나고 자란 사람은 내세울 게 없지 않느냐 하는 분이 있다면 그건 아니에요. 도시에도 자연이 있고, 이야기가 넘쳐나는 걸요. 어디에 이야기가 있냐고요? 그걸 찾는 게 편집자랍니다.

경력사항 쓰기 경력사항은 자세히 쓰는 게 좋아요. 출판사에 다닌 경력이 있다면 더욱 그렇지요. 출판사 일이라는 게 정해진 게 아니고, 출판사마다 편집자가 하는 일도 많이 다르니까요. 자기가 편집했거나 참여한 책을 소개하고, 책이 나오기까지 본인은 무슨 일을 했는지 자세히 적으면 도움이 될 거예요. 기획안 작성, 작가 섭외, 원고 진행, 편집, 디자인, 제작, 홍보 등등. 책이 나오기까지 과정마다 어떻게 참여했는지 쓰는 게 좋아요. 읽는 사람이 일하는 모습을 환하게 떠올릴 수 있게 써야겠지요.

그리고 출판사를 옮기려는 까닭이나 전 출판사를 그만둔 까닭을 쓰는 게 좋겠지요. 또 이 출판사에 와서는 무슨 일을 하고 싶은지, 어떤 일을 할 것으로 기대하는지 뚜렷이 밝히세요. 입사를 한다 해도 예상하지 못한 엉뚱한 일을 하게 된다면 서로 괴로울 테니까요.

어린이책 편집자는 그저 '출판사 다니는 회사원'이 아니에요. 출판사에 소속된 신분이지만 결국 편집자는 책으로 말해야 하거든요. 기자는 기사로 말하고, 영화감독은 영화로 말하는 것과 같아요. 한두 해나마 출판사에서 일한 경력이 있다면 새로 찾는 출판사에서 무엇을 기대하는지 뚜렷이 드러내야 해요.

출판 경력이 없다면 자기가 얼마나 일에 대해 준비된 사람인지 써야 해요. 아르바이트를 했거나 다른 계통에서 일했다면 그 일을 하면서 겪은 것을 써도 도움이 될 거예요. 몇 년 전에 어떤 분이 서류를 냈는데, 서점에서 아르바이트하던 경험을 썼더군요. 매장에서 일어나는 이야기나, 책에서 하자를 찾아내거나 오자를 체크하여 해당 출판사에 편지를 보낸 이야기 따위를 자세하게 썼더군요. 어찌나 생동감 있게 썼던지 서점 매장에서 활기차게 일하는 모습이 그려졌어요. 서류 심사를 하면서 참 유쾌하더군요. 물론 서류 심사를 가볍게 통과했답니다.

나이가 많은데 특별히 내세울 경력이 없는 분이라면 좀더 많이 생각해야 할 것 같아요. 저도 이런 경우는 부담스러운 게 사실이에요. 함께 일하는 다른 편집자들을 생각하지 않을 수 없거든요. 급여도 부담되고요.

이런 분의 경우에는 기획안을 함께 내보는 게 어떨까 싶어요. 원하는 대로 입사를 하여 일을 하게 되면 좋겠지만, 그렇지 않더라도 기획안이 좋다면 다른 길이 있지 않을까요? 출판사에 적을 두지 않더라도 외주 편집자로 일할 수도 있으니까요. 제가 아는 선배 편집자가 있는데요, 이분은 최근에 출판 관련 강좌를 하다가 수강생이 낸 기획안이 좋아서 계약을 검토하고 있대요. 좋은 기획안은 눈에 띄게 마련이랍니다.

구직을 한다는 게 어차피 노동시장에 자신을 내놓는 일이잖아요. 자신의 시장가치를 생각하지 않을 수 없는데요, 일반적인 시장과 틈새시장, 특수시장이라는 게 있을 수 있는 것 같아요. 분명한 것은, 나이는 많은데 경력이 없다면 일반적인 노동시장에서는 승산이 없다고 할 수 있어요. 또 다른 틈을 찾아야 해요.

그 출판사에서 펴낸 책 자기소개서에 꼭 덧붙였으면 하는 게 있어요. 그출판사에서 펴낸 책에 대한 서평이랍니다. 저는 저와 함께 일하려는 사람이 제가 편집한 책을 제대로 안 봤다 싶으면 믿음이 안 가더군요. 무엇 때문에 나와 함께 일하려는지 알 수가 없으니까요. 또 책을 꼼꼼히 살펴보고

치밀하게 분석하는 일이 편집에 크게 도움이 되기 때문에 그 능력도 봐야 해요. 그 출판사에 들어가 책을 기획하게 된다 해도 가장 먼저 해야 하는 게 시장조사이기도 하고요. 사실 궁금하기도 해요. 젊은 편집자 지망생들은 내 책을 어떻게 보는지 귀가 쫑긋해진답니다.

서평 형식은 많은데요, 한 가지 제안해보고 싶은 형식이 있어요. 여러 사람의 눈으로 서평을 써보면 어떨까 싶어요. 어린이, 학부모, 선생님, 어린이책 관련 시민단체 회원, 기자, 서점 직원, 인터넷 서점에서 일하는 분들… 책을 보는 사람들은 참 많아요. 같은 책이라도 놓인 처지에 따라 보는 눈이 다르겠지요. 이렇게 타인의 눈으로 책을 바라보는 일은 편집자가 된 뒤에도 해야 한답니다.

면접

면접은 출판사마다 많이 다르다고 해요. 저는 제 경험만 이야기할게요. 면접 볼 때 가장 중요한 것은 '이야기'인 것 같아요. 주거니 받거니 이야기가 되는 거 말이에요. 선택권을 지닌 사람과 선택을 받아야만 하는 사람이 편안하게 이야기를 나누는 게 쉽지는 않지요. 입이 얼어붙고 내가 무슨 말을 하고 있나 싶을 정도로 횡설수설할 때도 많아요. 사실 면접관도 힘들기는 마찬가지랍니다. 처음 만나는 자리에서 짧은 시간 동안 몇 마디 말을 나누고 상대방을 평가하는 게 쉬운 일이 아니지요. 일방적으로 묻고 대답하는 자리에서 속내 이야기가 나올 리도 없어요. 참 답답하지요.

그렇지만 다시 생각해보면 선택권은 쌍방간에 같이 지니고 있지 싶어요. 면접 자리에서 출판사에 대해 얻을 수 있는 정보도 참 많거든요. 직접 방문했으니 회사 분위기도 느낄 수 있고, 높은 사람과 이야기도 나눌 수 있는 자리니까요. 하루종일 일할지도 모르는 일터를 정하는 자리이자, 함께 일할 윗사람이나 동료를 면접 보는 자리로 삼을 수도 있어요.

좋은 어린이책을 펴내려면 출판사 분위기도 좋아야 하고, 팀워크도 좋아야 해요. 윗사람이 지나치게 권위적이면 기획안 하나 실현해보지 못할 수도 있어요. 어린이책 창작물을 개발할 경우 늘 아무것도 없는 것에서 출발해요. 기획안을 마련하고 다듬어가면서, 또 실제 원고 작업에 들어가면서 조금씩 형체를 드러내지요. 처음에는 편집자의 구상 속에 들어 있을 뿐이에요. 이 구상이 책으로 현실화되려면 많은 지지와 격려가 필요하답니다. 서로 믿는 따뜻한 분위기에서 창조성을 존중하는 분위기가 마련되어야만 나올 수 있지요. 출판사와 소속할 팀의 분위기는 이래서 참 중요하답니다. 그러니까 출판사와 윗사람을 잘 면접 보고 결정해야 해요.

알고 보면 출판 바닥은 참 좁아요. 어린이책 편집자가 되고 싶은 꿈이 간절하다면 꼭 다시 만나게 되어 있어요. 당장은 지망하는 출판사에 들어가고 못 들어가고가 가장 중요하지만, 훌쩍 시간이 지난 뒤에 다시 만났을 때는 중요한 게 한 가지밖에 없어요. '어떤 책을 편집했느냐' 하는 점이지요. 편집자는 책으로 말하니까요. 그러니까 출판사를 잘 고르는 게 얼마나 중요한 일이겠어요.

어떤 여자아이 이야기인데요, 엄마가 언니 옷을 사준다고 언니만 데리고 나가려고 했대요. 그랬더니 이 아이가 자기도 따라가겠다고 하더래요. 언니 옷만 살 것이니 너는 집에 있으라고 했더니 이 아이가 이렇게 말했대요. "언니 옷 작아지면 나한테 물려줄 거잖아. 그러니까 내 마음에도 들어야 돼."

아무리 취직이 급해도 아무데나 들어갈 수는 없잖아요. 내가 일할 곳이

70

니까, 내가 도움을 받아야 할 윗사람이니까, 내 책을 펴낼 곳이니까 "내 마음에도 들어야 돼" 하면서 당당하게 면접을 보기 바라요.

낙방

이번에 면접을 보면서 대학을 갓 졸업한 지망생에게 "저희 출판사에 취업을 못하신다면 어떤 일을 하시겠어요?" 하고 물어봤어요. 출판 관련 강좌를 듣겠다고 하더군요. 그 자리에서는 주제넘는 것 같아서 "네에" 하고 말았는데요, 그 친구가 내 딸이라면 서점 아르바이트를 적극 찾아보라고 권했을 것 같아요. 수강료도 벌 겸 낮에는 서점 일을 하면서 출판을 배우라고요. 강좌를 들어두면 도움은 되지만 강좌는 강좌일 뿐이지요. 서점은 책이 펄펄 살아 있는 현장이에요. 어린이책이 어떻게 살아 움직이는지 배울 수 있는 곳이랍니다. 나중에 편집자가 되어서도 이런 경험은 큰 도움이 될 거예요.

서점뿐 아니에요. 요즘은 어린이책을 공부하려고 마음만 먹으면 공부할 곳은 참 많은 것 같아요. 인터넷 동호회도 제법 있고, 어린이책 읽기 모임도 참 많아졌어요. 출판사에서 일하는 사람들도 많이 드나들지요. 이런 곳에서 활동한 경력도 훌륭한 경력이 된답니다.

그리고 다시 도전하세요. 앞에서도 썼듯이 중요한 것은 '얼마나 어린이책을 좋아하는가' '정말 어린이책 편집자가 되고 싶은가' 하는 점이에요.

글 말미에

요즘 촛불집회를 보면서 '아이고, 내가 이렇게 갇혀 있었구나' 하는 생각이 들더군요. 공동체를 살리는 힘이 다른 곳에 있었구나, 내가 헛다리 짚고 있었구나 하는 생각에 많이 부끄러웠어요. 어린이책 편집 일도 마찬가지인 거 같아요. 우리 어린이책이 앞으로 나아가게 하는 큰 힘이 다른 곳에서 나올지 모른다는 기대감, 위기감에 정신이 번뜩 들었어요.

1980년대 후반에서 90년대 초반, 어린이책이 한창 활기를 띠던 때가 생각나요. 거리에서 대학 시절을 보낸 젊은이들이 어린이책 판으로 뛰어들던 그때가요. 그때만 해도 '어린이책' 하면 '아동물'이라면서 출판계에서도 아래 급으로 치던 때였어요. 외국 책을 무단으로 복제해서 팔아먹는 사람도 많았지요. 그 판에 뛰어든 젊은이들이 작가가 되고, 이 사람들이 편집자가 되어 어린이책 판을 키워갔어요. 아이를 낳고 어린이책의 주요 독자가 되기도 했지요.

이제 건강하고 뛰어난 젊은이들이 어린이책 편집자로 많이 나섰으면 좋겠어요. 그래서 어린이책 역사가 다시 쓰였으면 좋겠어요.

◆ **심조원**── 마흔네 살 아줌마. 1987년에 대학을 졸업하고 인쇄소며 편집기획사를 전전하다가 1990년 1월 1일부터 보리출판사에서 어린이책 편집을 시작했다. 보리출판사에서 쓰고 편집한 그림책으로는 달팽이 과학동화 시리즈, 개똥이 그림책 시리즈(원래 시리즈 제목은 올챙이 그림책이다) 가운데 수십 권씩이 있다. 『세밀화로 그린 보리아기그림책』 15권과 『누구야, 누구』도 쓰고 편집한 책이다. 주도적으로 편집한 책은 '도토리 계절 그림책' 시리즈, 『세밀화로 그린 동물도감, 식물도감』 등 도감류와 '도토리 살림 그림책' 시리즈가 있다.
2007년부터는 호박꽃출판사 대표로 일하고 있다. 호박꽃은 웅진씽크빅의 임프린트이고, 호박꽃에서 펴낸 책은 '내가 좋아하는' 시리즈가 있다. 2008년에 나온 『우리 가구 손수 짜기』(현암사)도 심조원이 쓰고 편집한 책이다.

‘노가다’ 편집장의 좌충우돌

우일문 전 청림출판그룹 편집주간

제대하고 복학했지만 삶은 심드렁할 때였다. 제대할 날만 꼽았는데 막상 사회에 복귀해보니 구호와 스크럼 대신 짱돌이 날았고, 후배들은 사투思 想鬪爭에 골몰할 뿐 어느 집 손님인지 반기지도 않았다. 잠깐 이벤트도 있 었다. 학보사에서 주최하는 무슨 문학상이었는데 응모작이 터무니없이 부족하니 이판에 대폿값이라도 벌충해볼 생각이 없느냐는 후배의 정보 제공. 무려 50만 원의 거금이 걸렸단다. 옳거니. 무료해서 사는 게 심드렁 했던 복학생은 70매짜리 작문인지 뭔지 모를 물건을 단번에 휘몰아 마감 시간도 넘겨 제출했는데 30만 원인지 20만 원인지 상금을 주는 당선작 없 는 가작으로 뽑히는 횡재를 했다(20만 원이래도 당시 등록금의 3분의 1이다). 상금 봉투를 받은 날, 복학생 눈에 걸린 인사들은 모조리 학교 앞 대폿집, 생맥줏집을 돌며 술 호사를 했다.

놀러와, 자장면이나 먹게

“아무갭니다.”

　학교에는 가도 그만, 안 가도 그만이라고 여겼는지 어쨌는지 툭하면 선

73

배들에게 전화를 했다.

"어어. 놀러와, 자장면이나 먹게."

후배가 찾아가면 밥과 술을 먹여주는 것은 물론 용돈도 찔러주는 아름다운 풍습이 고스란히 전래되던 시절이었다. 두셋이 작당해 찾아갈 선배들을 정할 때 기준은 은행 같은 '좋은 직장'이었다. 그래야 월급도 많을 것이고 덕분에 삼겹살이라도 얻어먹을 수 있기 때문이다. 혼자서 찾아갈 때는 잡지나 출판 쪽 선배였는데 그쪽 분위기가 한결 푸근했기 때문이다. 게다가 여직원들이 얼마나 친절하고 지적으로 보이던지. 하루종일 뭉개고 있어도 누구 하나 눈치를 주지도 않았다. 작고한 시인 조태일 선생이 운영하던 공덕동의 시인사나 서초동의 전예원이 그런 곳이었다. 강 아무개 시인, 정 아무개 시인, 박 아무개 시인(하필이면 선배들이 하나같이 밥 빌어먹기 힘들다는 시인 명함이냐) 들이 거기서 책을 만들었다. 이 선배들은 교정지를 던져주며 훈련도 시켰다. 후배들에게 징발되어 예비군복 입고 시위대 전위로 나서는 일도 바빴지만 그날의 밥과 술이 보장된 출판사에서 교정지에 빨간 칠 하는 게 더 재미났다.

"우 아무개 결근입니까?"

출판사 사장이 그렇게 묻기도 했단다. 빠질 수 없는 수업이나 시험 때문에 못 나갈 때도 있었지만, 너무 자주 자장면을 얻어먹으러 다니다 보니 내가 직원인 줄 착각도 했고, 빈 책상을 꿰차고 앉아 교정지를 보고 있으니 월급날에는 약소하나마 봉투도 건네줬다.

졸업을 앞두고 진로를 모색해야 했는데 '좋은 소설' 혹은 '이 땅의 민주화'말고 직업에 대해 무슨 생각을 했었던가? 삶의 엄중함에는 아무 생각 없는 철없던 청춘이었다. 게다가 색깔조차 희끄무레하여 당시 유행이던

'현장 투신(이른바 위장취업)'에서는 자의반 타의반 일찌감치 제외됐으니 '문화운동'을 하는 게 내 몫이었고 그 일환으로 출판이 선택되었다. 당시 '문화일꾼'들도 차고 넘쳤다. 사회과학 출판사들이 아직 연명하고 있을 때이기도 했다.

악악 대들기 위해서는 기본이 먼저

대표가 장기출장 중(국보법 위반 복역)인 ㅍ출판사에 입사했다. 강 아무개 선배가 꽂아줬는데 첫 월급이 15만 원이었다. 대여섯 명의 직원이 지지고 볶았고 여기서 책 만드는 기술(?)을 익혔다. 나이는 또래이나 경력이 3년쯤 앞서는 여성 편집자에게 3개월간 새벽과외를 받은 덕분이다. 대표든 선배든 대들고 싸워 이기려면 우선 기본 실력을 갖춰야 하지 않겠는가. 다른 사람보다 한두 시간 일찍 출근해 필요한 여러 기능을 배우고 익혔다. 그 친구에게 고맙다는 인사는 제대로 했는지 모르겠다.

편집자들은 예나 지금이나 개성이 강하고 고집도 세다. 그런데 아는 것도 실력도 없이 고집부리는 건 우습다. 우습다 못해 안쓰럽다. 내 경우 그런 후배에게는 두세 번 지적을 하지만 그래도 여전히 되도 않는 고집을 부리면 아예 쳐다보지도 않는다. 그러나 정말 실력도 나무랄 데 없고 의욕도 감각도 넘치는 후배가 덤비면 내 감각을, 내 고집을 접는다. 내가 악악 덤볐듯 후배도 그래도 된다. 그걸 발전이라고 믿는다.

ㅍ출판사에서 소설가 이호철과 우희태를 만났다. 토씨 하나 바꾸는 걸 치욕으로 아는 작가정신을 가진 분들이다. 이호철 선생은 마구 휘갈긴 필체 때문에 조판 실수가 잦은 편이지만, 우희태 선생은 원고지 칸에 딱 들어맞게 반듯한 정체로 꾹꾹 눌러 원고를 쓰시는 분이라 여간 신경 쓰이지

않았다.

요즘 편집자들은 저자 원고를 맘대로 뜯어고치는 데서 희열을 느끼기도 한다지만, 이런 분들의 원고는 정말 보물 다루듯 해야 했다. 혹 고치고 싶어서 식욕도 떨어지고 잠도 안 오는 부분이 있다면 야단맞을 각오를 하고 댁으로 찾아가 정중하게 여쭤봐야 했다. 원고를 얼마나 소중하게 다뤄야 하는지, 저자의 역할과 의도가 얼마나 중요한 것인지를 뼈저리게 느끼고 배웠다.

그러나 ㅍ출판사는 겨우 10개월을 넘기고 퇴사했다.

"젠장. 만날 글자 수나 헤아리는 게 편집이란 말야?"

20대 중·후반의 혈기는 그걸 견디기 어려웠다. 당장 부천으로 내려가 열댓 명이 일하는 대장간 같은 공장에 위장 잠입했다. 연마기를 만드는 공장인데 '삐빠'질로 한 6개월 보냈지만 노조를 만들지도, 의식화시키지도 못한 채 코피만 쏟다가 자취방으로 돌아왔다.

당장 호구가 막막해졌는데 어찌어찌 유명 드라마작가와 연결되었고 면접이랄 것도 없이 몇 가지 물어보더니 바로 취직이 됐다. 취직이라기보다는 일종의 도제徒弟인데 그 계통의 말로는 '새끼작가'라고 했다. 암튼 새끼작가로 '시다바리' 노릇을 착실히 하다가 작가의 큰 호의로 단막극을 '써볼' 기회가 생겼다. 초고를 써봐서 싹수가 없으면 그만두기로 했지만 의외로 내 대본이 연출가의 눈에 들어 '수정하면 물건 나오겠다'는 판정을 받고 곧 드라마작가로 데뷔하는 꿈에 부풀었다. 프로 작가들도 수정을 밥먹듯 하여 녹화 당일까지 고치고 또 고치는 법인데 생초보가 오죽하겠는가. 그러나 열 번인들 스무 번인들 수정하는 게 문제는 아니었다. 호사다마란 말이 무색하지 않아 그날 밤 맹장이 터져(복막염) 수술과 입원, 요양으로 한 달을 보내고 왔더니 '아무 소리 없이 사라진 우 아무개 놈 방송 국 근처에 얼씬거리면 얼굴을 갈아버리겠다!'는 무시무시한 연출자의 분 노가 있었다고 해서 그쪽 꿈을 접어버렸다. 필시 그 양반이 나쁜 사람은 아닌데 내 극본이 완성되지 않은 상태에서 무지 곤란한 일을 겪었는가 보 다, 생각했을 뿐이다.

"난 원래 노가다 출신이거든"

ㅍ출판사에서 창고 일을 배웠다. 당시는 대부분의 출판사가 사무실 한켠 혹은 인근에 창고를 같이 썼는데 영업자가 오전에 출고를 마치고 영업활 동을 나갔다. 그러나 우리 영업자는 얼마나 바쁜지 늘 내게 출고를 부탁하 고 사라졌다. 밴딩기도 없던 시절이어서 그때 '미수꾸리'를 배웠는데 노끈 을 손으로 잘라내는 기술만 못 익혔다.

이 이무개 시인 소개로 입사한 ㅅ출판사는 편집부 직원이 아무도 없었다.

"어차피 일은 사환처럼 해야겠지만 명함은 편집장으로 찍어주세요. 편 집장 구할 거 아니면….."

무슨 욕심이었는지 모르겠다. 대표도 순순히 그렇게 해줬다. 편집 10개 월 경력으로 편집장 명함을 가졌다. 그러고는 '노가다' 편집자가 되었다. 출근하면 청소부터 반짝반짝, 주문 처리며 각종 거래처 외상 독촉 전화 등 이 오전 일과였다. 오전에는 총무팀 사환 업무라면 오후에는 편집팀 '따까 리' 업무다. 원고 기획부터 편집, 제작, 출고, 홍보에 이르기까지. 지금이 라면 여느 편집부 막내일 나이였다. 모든 과정을 진행하다 보니 요령이 생 겼고 정확한 길, 빠른 길도 알게 되었다. 원고 입고되면서 편집 계획 잡고, 교정 보면서 조판소에 연락하고, 디자이너 표지 시안 일정 체크하고, 출력

소와 일정 상의하고…. 남에게 기대지 않고 혼자서 일을 익히면 그대로 자기 것이 된다. 몸으로 배운 건 평생 간다지 않던가. 그 격이다.

그렇다면 요즘 편집자들은 내 업무말고는 제작이든 마케팅이든 몰라도 될까? 그렇지 않다. 편집자든 기획자든 전 과정을 꿰뚫어볼 수 있어야 한다. 그러나 누가 나서서 가르쳐줄 이도 없을 테니 제작부서 혹은 마케팅부서와 친하게 지내는 게 지름길이다. 진행과정을 잘 모르면 타 부서와 원만한 의사소통도 어렵고 '교정기능사'로 전락하기 쉽다. 크고 넓게 보아내는 능력이 중요하다. 그런 면에서 '노가다' 경험은 행운이었다. 편집 혹은 기획 업무는 관계 혹은 소통이다. 독불장군으로는 좋은 편집자도 기획자도 언감생심이다. 이렇게 얘기하고 보니 편집자의 기본소양은 '싸가지'다.

잘못 배운 편집자들은 마케터를 수금사원으로 여기거나 디자이너를 늘 가르치고 이끌어야 할 대상으로 여긴다. 그러나 유능한 편집자들은 본능적으로 디자이너를, 제작담당자를, 마케터를 상전으로 여긴다. 디자이너의 창조성을 이끌어내려면 그의 창조성을 믿는 것이 무엇보다 중요하다. 제작담당자가 일정을 어김없이 맞춰 제작해내려면 전문적인 조율과 조정능력이 필요하다. 매출을 높이려면 마케터가 편집자보다 더 설쳐줘야 한다.

이 무렵 제임스 미치너의 『소설』을 읽었다. 편집자란? 아직 안 읽으신 편집자들 필독을 권한다.

쌀집 아저씨의 반성

밀리언셀러도 낸 ㅎ출판사 대표는 문학도였다. 대박으로 폼도 났지만 늘 외로운 영혼이었다. 기획력이 뛰어났지만 욕심도 끝이 없었다. 밤에는 늘 외롭고 낮에는 세상을 한입에 삼킬 것처럼 설쳤다. 이곳은 직원이 20명이 훌쩍 넘어 이른바 관리가 필요했다. 편집장 명함이었지만 총무부장 역, 제작부장 역을 다 맡아야 했다.

하루종일 거래처, 광고사원을 만나야 했고, 기획을 확정하고 편집 일정을 챙겨야 했다. 일은 많았고 심신은 피곤했다. 직원들에게 쌍소리가 마구 나갔다. 20대 초반 학보사에서 그랬던 것처럼 아마 군대식이었을 것이다. 그런 어느 날 도를 깨쳤다. 창의적인 사람들은 창의적으로 대하거나 아니면 실력보다 100배 더 인정해줘야 능력을 발휘한다는 것.

"그동안 감사했어요."

어느 직원이 대들지도 않고 조용히 사표와 함께 전해준 편집 컨셉트가 계기였다. 헉, 나는 생각도 못해본 신선한 아이디어였다. 자괴감이 컸다. 사표를 반려했다.

"당신 생각대로 해봐."

그때부터 웬만한 판단은 담당자 스스로 하도록 맡겼더니 놀랍도록 멋진 결과가 나왔다. '이 돌탱아'라고 불렀던 직원에게서 디자인 아이디어가 나왔고 뿅 가는 카피가 나왔다. 편집장 일은 반으로 줄었고, 편집부 직원들도 신이 났다. 그때쯤 별명이 생겼는데 '쌀집 아저씨'란다. 생긴 대로인데 나중에 무슨 코미디 프로에 그 별명이 등장해 웃었다.

아마 이 무렵 출판계에 '기획'이란 개념이 본격적으로 등장한 것 같다. 편집부 직원들에게 기획안을 제출하도록 강요했고, 수시로 기획회의를 열어 공개토론을 했다. 그전까지는 출판에서 '기획'이라 하면 '싸구려 원고로 얼렁뚱땅 만든 책' 정도 취급을 받았다. 그러나 달라졌다. 저자의 원고를 기다리는 것이 아니라 편집자가 아이템을 만들어 저자를 찾는 것으로 '기획'이 자리잡기 시작했다. 요즘은 '편집팀이 곧 홍보팀이자 마케터'

같은 말을 하지만 그때는 갑자기 들이닥친 '기획'에 편집자들이 몸살을 앓았다. 암튼 편집자가 기획자를 겸하는 시대가 됐다.

이때 등장한 개념은 '기획'뿐이 아니다. '마케팅'도 이 무렵 출판계에 나타났다. 일본 책『효과적인 출판마케팅』이 번역돼 나와 매주 조찬(?) 세미나를 가졌다. 대표와 편집장, 영업부는 의무 참석, 편집부 등 기타 직원은 희망자 참석이었다. 그 책을 꼼꼼하게 읽으면서 출판에서 마케팅이란 게 무엇인지 얼추 감을 잡았나 싶었더니, 출판계의 마케팅은 이미 '사재기' 같은 방식으로 자리잡았다.

창업 전문가?

ㅊ출판사에서 지금은 작고한 이창훈을 만났다. 막 창업한 출판사였다. 마케팅 전문가인 대표와 이창훈은 친형제보다 더 가까운 사이. 지방 서점에 근무하던 이창훈은 당시 출판영업자들에게는 멘토였다. 창업을 꿈꾸는 사람들도 늘 이창훈을 찾아가 조언을 청했다. 암튼 이창훈과 ㅊ사의 설계를 하는 동안 즐거웠다.

"우리가 왜 이제야 만났니?"

생긴 건 호기심 많은 악동 같지만 약간 여성스러운 성격의 이창훈은 그렇게 애정을 드러냈고, 나 역시 의견이 통하는 사람을 만났다는 생각에 흥분했다. 그러나 한 달을 넘기지 못하고 이런저런 갈등이 생겼고 결국 6개월 만에 동거는 깨졌다. 하지만 지금도 이창훈의 반짝이는 재기는 인정하지 않을 수 없다. 가끔 기획이 풀리지 않을 때는 '창훈 형이라면 어떻게 했을까?' 하기도 한다. 수년 전 유명을 달리한 창훈 형의 명복을 빈다. 작고하기 한참 전에 '나 형 좋아하는 거 알지?' 하고 고백해둔 게 얼마나 다행인지 모른다.

ㅇ출판사는 맥줏집을 하려던 출판 경력 15년의 유 아무개를 지인들이 꼬드겨 창업한 경우인데 초기부터 합류했다. 기획편집에 관한 한 무한책임을 지라는 게 대표의 명령이었다.

"난 돈이나 꾸러 다닐게."

자조적이지만 출판사의 처지를 잘 표현한 말이다. 당시 유 아무개에게 출판 창업을 꼬드기던 인사들 중 여러 명이 거금을 투자하겠다는 약속을 했다고 들었다. 지금이라도 그 약속들을 지키시는 게 어떨지.

ㅇ출판사는 가족공동체 같은 느낌의 회사여서 내내 즐거웠다. 인문교양을 표방했고 중국학이 전문인 것처럼 알려지기도 했다. 그러나 기자들이 좋아하는 책이 많았고 독자들은 조금 멀었다. 이때 주로 자사 책 광고를 싣는 표 3에 '편집자 칼럼'을 실었는데 아마 최초 시도였고 그 후에도 없을 것이다. 무슨 정보기관원은 아니지만 편집자 팔자도 '음지에서 일하고 양지를 지향'하는 처지인데 편집자가 나댄다는 일부 비판도 있었지만, 대부분은 신선한 시도로 받아들였다.

그 후 30년도 넘는 역사를 가진 법률 및 경제경영 전문 청림출판그룹에서 '인문팀'을 맡게 되었고, '추수밭'이란 임프린트를 시작했다. 그러나 실용적 학풍(?)의 청림에서 인문서를 시도한다는 것은 쉬운 일이 아니었다. 외부 인문서 시장도 어려운 터에 내부 장벽은 정말 높고도 높았다. 그래도 어쩌랴. 돌파해나가야만 했다. 위아래 적들을 아군으로 편입시키는 데 몇 달이 걸렸지만 우여곡절 끝에 추수밭 책이 나오기 시작했고, 그 중에는 제법 매출을 올리는 책도 있어 한숨 돌렸다. 게다가 강남 본사에 있던 추수밭이 집 가까운 파주 사옥에 입주하여 출퇴근 걱정도 접고 책만 잘 만들어낼 결심을 막 하고 났더니, 다시 강남 본사로 출근하라는 '공익근무' 명령을 받았다. 추수밭만 해도 벅찼는데 경제경영, 문학, 어린이, 종교 등을 다 기웃거리려니 그나마도 빈약한 머리숱이 더 쓸쓸해졌다.

전문가를 대중 품으로 끌어내라

도발적이지도 깡다구도 없는 착한 편집자는 끈기와 함께 아이디어라도 넘쳐나야 한다. 그도 저도 아니라면, 그러나 편집자 노릇을 하고 있다면 당장 직종을 바꾸는 게 좋다. 이래도 좋고 저래도 좋은 착하디착한 선남선녀의 일이 아니다. 오기와 끈기로 똘똘 뭉쳐 다른 전문가들과 길게 관계를 가지면서 100년 이상 남을 책을 만드는 일이다. 대부분의 독자들은 책을 진리로 여긴다. 서늘하지 않은가? 우리는 진리를 창조하는 사람들인지도 모른다.

나는 늘 전문연구자를 대중의 눈높이로 끌어내는 데 희열을 느낀다. 강단에서 소통하는 학문도 물론 중요하다. 그건 그쪽 '나와바리'가 있을 것이다. 그쪽을 넘볼 생각은 없다. 그러나 학력으로 치면 중 3 수준인 일반교양인들 —기분 나빠 마시라. 같이 앉아 퀴즈를 풀어도 중 3이 훨씬 낫다는 게 내 생각이다. 딱 내 수준이다— 에게 보여줄 책을 만드는 게 목표다. 바로 대중교양서다. 서점에서는 대개 인문서로 분류된다.

존경하는 저자 중에 한양대 중국학부 이인호 교수가 있다. 지금은 문을 닫아걸었지만 8년 전쯤에 우연히 이 교수의 엄청난 홈페이지를 방문하게 됐다.

"이샘의 홈피 콘텐츠에 반했습니다. 일반인들도 읽을 수 있게 300쪽 정도의 단행본으로 '퓨전 중국'을 보여줍시다."

"우샘의 말씀은 감사하나 나는 아직 공부가 부족한 사람입니다. 나댈 처지가 아니지요."

이런 뉘앙스의 메일을 한 달간 주고받다가 겨우 출간 약속을 하고 몇 달 기다려 원고를 받았는데, 세상에 3,500매였다. 이것을 750쪽짜리 『中 國 이것이 중국이다』로 냈는데 '인문과 실용의 만남'에 의미를 부여했다 (최근 『인트로 차이나』란 제목으로 다시 나왔다).

이 교수를 존경하는 이유는 교수, 박사라는 '후카시' 없이 대중적 글쓰기의 모범을 보여주고 있기 때문이다. 이런 전문가들이 대중의 교양 수준을 한 뼘씩 올려줄 수 있다고 믿는다.

기획자라면 누구나 그렇겠지만 숨어 있는 저자를 찾아내는 데 큰 기쁨을 느낀다. 내가 만난 이성주는 멋진 저자다.

"책 낼 생각 없는데요."

한 신문에 연재 중인, 배꼽 빠지게 재미있는 역사 이야기를 보고 연락했더니 대뜸 그런 대답이 돌아왔다.

"코미디나 유머가 아니라 인문서를 만들 생각입니다."

내 말을 들은 이성주는 한참을 킬킬킬 웃더니 만나잔다. '레지' 아주머니가 있는 오래된 다방에서 만난 이성주는 말이 안 된다며 손사래를 치다가 어렵게 출판 약속을 했다. 의리파 돌쇠이기도 한 이성주는 천재적 기획자인데 아이디어가 너무 많아 괴로운 사람이다. 영화판에서 전시판에서 혹은 연구소에서 신문사에서 너무 불러대 그것도 괴롭다. 지금까지 해왔던 것처럼 독자들이 목말라하는 지식을 발랄한 문체로 전해주기를 기대한다.

저술가라고도 부를 수 있는 전문 필자는 능력만큼 존중받는 풍토가 되어야 한다. 이상각은 한때 글 공장인 것처럼 쏟아냈는데, 그래서 한동안 지쳐 있었다. 그러나 글을 워낙 깔끔하게 쓰는 시인이자 전문 필자다. 기획자와 오랫동안 토론하면서 기획의도를 명확하게 하면, 그것이 아주 전문적인 분야가 아니라면 이상각만한 필자가 없다. 전문 분야라 하더라도 그 방면 연구자와 이상각이 결합하면 최고의 작품이 나올 수 있다. 한때 중간 필자라고도 불린 전문 필자가 어서 양지로 나와야 한다. 그런 면에서 이상각은 이미 일가를 이루었다.

제발 소설책 좀 읽읍시다!

미국발 경제위기라던가. 뒤숭숭하다. 어려울 때는 불필요한 소비를 줄이는 게 먼저인 법인데 늘 책이 우선이다. 밥은 먹어야 하지만 책은 안 봐도 그만이니. 그렇다고 우리 출판계가 불황 아닌 때가 있었던가. 내가 이쪽 밥을 먹기 시작한 80년대 후반에 '단군 이래 최대 불황'이란 말을 들었다. 그 후로 해마다 거의 거르지 않고 들린다. 실용정부가 들어서고 국민들은 잘 먹고 잘 사는 데에만 관심이 있다고 한다. 실제로 서점에서 가장 잘 팔리는 책도 '자기계발'로 분류되는 '부자 되기' 실용서 위주다. 앞으로 편집자(이 글에서는 편집자와 기획자 개념을 굳이 따지지 않고 혼용했다)들의 고민은 점점 깊어질 것이다.

고민은 일단 선배들에게 맡기고 새내기 편집자들에게 당부한다. 제발 소설책 좀 읽어라. 외국 팩션만 읽지 말고 우리 소설을 읽어라. 홍명희, 이문구, 박경리, 황석영, 김소진을 읽어야 우리말을 알게 된다. 채만식이나 염상섭을 읽어야 우리 말법의 정서를 알게 된다. 제대로 알아야 독자에게 제대로 전달한다. '개짐' '는개' 정도는 쩔쩔매지 않아야 한다.

"난 소설 별로 흥미 없어요."

그런 사람 있다. 누구나 소설 읽는 게 즐겁지는 않을 것이다. 그렇다면 국어사전을 읽으시라. 아마 외우셔야 할 듯. 소설을 읽으라는 것은 자연스럽게 우리말의 묘미를 체화시키라는 것이다. 이는 소설 편집자에게 하는 말이 아니다. 경제든 실용서든 어느 분야든 편집자라면 우리말글의 맛을 제대로 아는 게 우선이다. 맞춤법 아는 것이 전부가 아니라는 뜻이다.

편집자의 소양을 키울 것이 어디 소설뿐이겠는가. 그러나 소설 읽는 것이 기본 중의 기본이고 기초 중의 기초다.

◆ **우일문**——지금은 번듯한 수도권이지만, 나고 자랄 때는 깡촌이었던 임진강가에서 읍내로, 인천으로, 서울로 유학에 유학을 거듭했던 나름 수재형. 중학교 때까지만 해도 주변의 시선과 기대가 그랬으나 고등학교를 인천으로 진학한 후에는 부적응아였던 모양이다. 당시 기억으로는 아침부터 저녁까지 도서관에 틀어박혀 책 읽은 기억밖에 없다. 과장하자면 참고 서류를 제외한 모든 책을 읽었던 듯. 주말마다 인천 배다리 인근 헌책방을 순례하던 기억도 새롭다. 20대는 누구나 다 보고 들어 아는 80년대다. 그리고 90년대, 00년대(00학번이래서 웃었더니 이렇게 써도 되겠다)…. 앞으로는 고향 기와지붕 아래에서 다시 시나 소설, 희곡 지망생이 되면 좋겠다.

도덕과 이데올로기

박상훈 후마니타스 대표

인간은 살면서 몇 번의 거짓말을 할까? 영국의 한 여론조사기관은 하루 평균 네 번의 거짓말을 한다고 발표한 적이 있다. 그게 정확한지 묻는 것은 어리석은 일일 것이다. 돌아보면 누구나 거짓말의 경험이 있고, 거짓말과 거짓말이 아닌 것의 경계도 애매하다. 도덕적으로 불완전한 피조물인 인간에게 거짓말은 차라리 자연스러운 존재적 특징이라고도 할 수 있다. 따라서 거짓말을 줄이려 노력하고 좀더 도덕적이고자 노력해야 하겠지만, 나 아닌 누군가에게 완전무결한 도덕성을 강요하거나 거짓말을 하는 행위가 있어서는 안 될 범죄라고 공격한다면, 때로 그것은 굉장한 폭력의 구실일 때가 많다.

  대구대에서 헌법을 가르치는 신철영 교수는 우리 사회의 현존하는 법 중에서 시민의 도덕성을 따져 묻고 언제라도 마음속 생각을 공공연하게 밝힐 것을 요구하는 법이 있다고 한다. 짐작하겠지만 국가보안법을 두고 하는 말이다. 그러면서 이렇게 덧붙였다. "정직하지 못한 대다수 인간은 나날이 조금씩 도덕적으로 타락해가는 일상생활을 받아들여야 한다. 철저하게 정직한 마음을 갖고 내면에 감춘 자기의 가치를 계속 지키고 싶은

86

사람에게 선택할 길은 하나밖에 없다. 공안사범이 되는 것이다"(〈경향신
문〉 2004.7.26)

섬뜩한 주장 같지만, 신 교수의 지적은 틀린 말이 아니다. 국가보안법의
추궁에 거짓말을 하거나 혹은 그저 아무 말 하지 않으면 될 상황임에도,
정직하게 말해서 공안사범이 된 일이 가끔 있기 때문이다. 황당한 일은,
그렇게 정직하게 말했더니 누군가가 와서 아니 그런 걸 바보같이 말해서
다른 사람을 곤혹스럽게 만드느냐고 질책하는 때일 것이다. 더 황당한 경
우도 있다. 그것은 왜 미리 사실을 말하지 않았느냐며 당신은 거짓말쟁이
라고 공격하는 경우다. 이런 일이 있을 수 있을까?

아픈 기억

지금껏 만든 책 중에서 마음에 큰 빚이 되는 책이 있다. 2007년 4월 출간한
송두율 교수의 책 『미완의 귀향과 그 이후』가 그렇다. 송 교수의 기대와는
달리 이 책은 출간 후 별로 주목받지 못했다. 판매도 매우 저조했다. 저자
나 편집자나 책을 내고 나서 오히려 더 힘들고 괴로운 심리적 경험을 해야
했다. 새삼 그 이야기를 하고자 하는 것은, 나 자신이 꼭 기록해두고 싶은
부분도 있고 또 출판사 경력이 얼마 되지 않는 나에게 미숙함과 부족함을
깨닫게 해준 책이기 때문이기도 하다. 대체 책이란 어떤 것이어야 하는가
의 문제와 함께, 인간과 도덕성 그것이 갖는 이데올로기적 폭력성의 문제
에 대해 무척이나 많은 생각을 했다. 아픈 기억만큼 개인적으로 얻은 교훈
도 많았다.

이 책의 중심 주제는 2003년 9월 귀국해서 이듬해 8월 독일로 돌아갈 때
까지 송두율 교수가 한국에서 겪었던 경험에 관한 것이다. 당시 입국은 민

주화운동기념사업회 초청으로 이루어졌다. 그러나 한국에 들어오자마자 송 교수는 국정원 조사를 받았다. 그 과정에서 1973년 송 교수가 북한 노동당에 가입한 사실이 공개되어 사회적으로 큰 이슈가 되었다. 대다수 언론은 '분단 이후 최대 거물 간첩'으로 송 교수를 몰아세웠고, 지식인 사회의 반응도 매우 부정적이었다. 그의 철학적 성취는 별거 아니라거나, 독일 뮌스터 대학의 정식 교수가 아니라 시간강사라는 근거 없는 말도 공공연히 돌아다녔다. 심지어는 기아에 허덕이는 북한 동포의 돈을 받아다 해외에서 호의호식하는 파렴치범으로 비난당하기도 했다. 그런 여론의 압박 속에서 송 교수는 그해 10월에 구속, 수감되었다.

2004년 3월 30일 1심 판결에서는 징역 7년이 선고되었다. 그러나 뒤이은 2004년 7월의 2심 판결에서 검찰 공소 내용의 대부분이 무죄로 인정되어 석방되었고 보름 후 독일로 돌아갔다. 최근인 2008년 4월 17일 대법원 전원합의체는 그나마 유죄로 인정된 부분에 대해서도 무죄 취지로 사건을 고등법원에 돌려보냈다. 결국 국가보안법에 따른 법의 판단에서조차 처벌할 수 없는 사건으로 귀결되었지만, 그 사이 송 교수 개인은 거의 10개월의 인신 구속과 함께 폭력에 가까운 도덕적 비난을 감수해야 했다. 〈한국일보〉 이진희 기자는 이렇게 적고 있다.

1심 공판에서 그를 괴롭힌 검사의 질문은 주로 이랬다. "80년대 저서에서 '지렁이도 밟으면 꿈틀한다'는 표현으로 남한의 노동자와 농민을 지렁이에 비유한 것은 잘못 아닙니까? 우리 농촌이 매우 비참한 것처럼 썼는데 이것은 88올림픽을 앞두고 남한의 부정적 측면을 부각하기 위해 쓴 글 아닙니까?" 이러한 질문은 한 시간 가까이 지속됐고, 법정을 지배해야 할 '증거'나

'사실'에 대한 논박은 찾아보기 어려웠다. (…) 국보법의 모호성에 힘입어 행적은 왜곡되고, 살아온 정체성을 부정하라는 반성과 전향 요구에 개인의 정신은 짓눌렸다. 송 교수 사건은 냉전 이후 고착된 우리 사회의 이념 갈등과, 여기에 뿌리를 두고 때만 되면 터져나오는 '집단적 가학성'의 실체를 남김없이 보여준 사건이었다. —〈한국일보〉 2004.12.22

예기치 못한 출간 약속

2003~2004년의 송두율 사건과 2007년 이 책의 출간은 2년 반 가까운 시간의 거리를 두고 있다. 그 2년 반의 기간 동안 내가 송두율 교수의 책을 만들게 되리라고는 생각하지 못했다. 2006년 10월 독일에 갈 일이 있었고, 같이 간 분 덕분에 송두율 교수를 만날 기회가 생겼다. 그날 저녁 긴 술자리와 함께 이런저런 이야기를 나누던 차에 송 교수는 책을 출간하고 싶은데 소개할 만한 출판사가 있는지를 물었다. 마음이야 우리 출판사에서 내자고 하고 싶었지만, 그래도 좀 큰 출판사가 낫지 않을까 해서 한국의 대표적인 두 인문사회과학 출판사를 추천했다.

반응은 예상과 달랐다. 다른 곳은 몰라도 그 두 출판사에서는 책을 내고 싶지 않다고 했다. 그 이유를 듣게 되었는데, 송 교수가 입은 마음의 상처가 아주 컸구나 하는 생각을 했다. 그 중 한 출판사는 그간 송 교수가 책을 낸 곳이었다. 그 출판사 대표는, 프랑크푸르트 북페어 행사장에서 송 교수와 몇몇 독일인이 주최한 국가보안법 비판 세미나에 대해 "잔치 망친다"며 불쾌해했다고 한다. 또 다른 출판사 대표 역시 독일 송 교수 집에도 다녀갈 만큼 친분이 있었다고 한다. 그분은 '거물 간첩' 내지 '사이비 지식인'으로 낙인을 당한 송 교수와 알고 지냈다는 인상을 주기 싫었는지 송 교수 부인이 구명운동으로 이곳저곳을 찾아다니며 사람들을 만났을 때 모르는 사람처럼 대했다고 한다. 2003~2004년의 경험은 그간 자신의 인간관계가 얼마나 진정성을 갖는 것인지에 대해 깊이 회의하게 만들었다고, 송 교수는 말했다.

결국 내가 조그만 출판사를 몇 사람과 같이 하고 있다며 괜찮다면 우리 출판사에서 내는 게 어떤가를 물었고, 그렇게 해서 2006년 말까지 원고를 이메일로 보내주겠다는 약속을 얻게 되었다. 이 책과 관련해 예기치 않은 일들은 이렇게 시작되었다.

독일에서 송 교수와의 만남과 그 긴 대화는 여러 생각을 갖게 했다. 무엇보다 책의 출간을 계기로 송 교수가 자유롭게 한국에 들어올 수 있었으면 하는 희망도 가졌다. 마음이 급했고 한국에 돌아가면, 송 교수 사건을 자세히 조사해봐야겠다고 마음먹었다.

원고의 핵심 찾기

한국에 돌아와 송 교수 사건을 둘러싼 여러 자료를 찾아 읽으면서 나는 송 교수 문제가 매우 중요한 주제를 담고 있다고 생각했다. 국가보안법은 법과 제도의 한 형식으로서 기능할 뿐 아니라 수많은 사람들의 의식세계에서 매우 강력한 힘을 발휘한다는 사실을 절실히 느꼈다. 주류 언론의 비이성적 태도도 문제였지만 무엇보다도 운동권 엘리트와 지식인들의 자기기만적인 태도가 몹시 싫었다. 한국 최초로 노벨문학상을 수상하겠다는 한 소설가는, 송 교수를 찾아가 귀국 전 진실을 밝히지 않은 데 대해 대국민 사과를 하라고 충고했다는 말을 자랑스럽게 언론에 늘어놓으며 "차라리 처벌을 받는 길이 지식인으로서 자기 존재를 지키는 길"이라고 썼다. 한 진보 인사도 칼럼을 통해 "우리는 그의 정직과 분명함과 단호함을 원한다"고 말했다. 타인에 대해 진실과 정직을 주장하는 사람을 믿지 않는 나로서는, 개인의 도덕성을 따져 물으면서 더 큰 문제를 놓치고 결국 비인간적인 법체제를 정당화해주고 말았구나 하는 생각을 했다. 그래서 이 문제를 다뤘으면 좋겠다고 기대했다. 그럴 즈음 송 교수로부터 원고가 도착했다.

그러나 송 교수가 보내온 원고는 나의 문제의식과는 좀 거리가 있었다. 독일에 돌아가서 그저 여러 지면에 썼던 글들을 모은 것이었다. 그것도 일상의 철학적 문제들에 관한 단편적인 글이 주를 이루었다. 한국에서 겪은 자신의 경험에 대한 이야기는 다소 추상적으로 느껴지는 소회 정도였다. 그래서 이 원고만으로는 책을 내기 어렵다고 생각했다. 관련 자료를 더 찾아보고 여러 방법으로 보강 조사를 한 끝에 송 교수에게 긴 이메일을 보냈다.

"원고의 편집 방향을 설정하기 위해 관련 자료를 찾아보면서 저희는 새로운 문제에 봉착하게 되었습니다. 그리고 이 때문에 오랜 고민을 해야 했습니다. 저희가 발견하고 놀란 것 중의 하나는 선생님께서 독일로 떠나신 다음, 지난 2년 반 동안 선생님 문제에 대한 논의를 찾을 수 없었다는 사실입니다. 이른바 '송두율 사건'은 선생님의 출국과 더불어 사회적 공론의 의제에서 갑작스럽게 실종되어버린 겁니다. 보수파는 그렇다 치고 개혁적이고 진보적인 범위에서도 모든 논의는 신기루처럼 사라져버렸습니다. 비이성적인 여론재판과 법의 폭력에 휘둘렸던 한국사회의 '이데올로기 시간'이 오랫동안 정지상태로 있었다는 사실을 어떻게 이해해야 할지 (…) 밀란 쿤데라는 권력의 핵심은 망각하게 하는 것이라며 기억하기 위한 투쟁의 중요성을 강조했는데, 우리는 그 평범한 진리조차 실천하지 못한 것 같습니다. 요컨대 언론, 법, 이데올로기, 지식인의 세계 속에서 음험하게 작용하는 냉전반공주의의 권력 효과를 문제삼지 않는 한 한국사회의 미래는 없다는 절실한 생각에 도달하게 된 것입니다. 민주화가 되고 운동권 출신이 정치의 영역에서 최대 다수 집단이 되었다 한들, 한국사회를 둘러싼 이 엄청난 허위와 위선의 구조 안에서 어떤 큰 변화가 가능할지 회의적이지 않을 수 없습니다. 냉전과 반공의 이데올로기, 그리고 그 제도적 화신으로서 국가보안법을 누구나 담론의 차원에서는 비판하지만, 실제 그것이 구체 현실로 내 의식 앞에 다가왔을 때 한국사회의 민주 역량이 보여준 나약함과 안이함은 정말 들여다보기 괴로운 일이 아닐 수 없습니다. 누구든 그 당사자가 되는 일을 감수하려는 의사를 갖지 않은 채, 냉전반공주의를 비판한다는 선언만으로는 어림없다는 생각을 하게 됩니다. 오늘날까지 국가보안법이 그대로 있고, 점점 더 폐지의 전망이 어두워지고 있는 것의 비밀은 바로 여기에 있지 않나 합니다. 이야기가 길어졌습니다만, 그래서 이번 책이 '침묵과 망각의 카르텔'이라 부를 만한 그간의 상황에 대해 뭔가 문제를 제기하는 것이 되어야 하지 않을까 하는 생각을 하게 되었습니다. 이번 책에서 이런 문제들에 대해 선생님의 생각을 글로 표현하실 의향은 없으신지요? 이 책에서조차 이 주제들이 회피된다면 그건 그것대로 또 다른 문제로 남지 않을까 걱정이 들기 때문입니다."

"정말 고마웠어요"

송 교수는 자신의 문제에 대해 스스로 직접 말하기를 꺼렸다. 한국사회에서 전혀 논의가 없는 것을 답답해했고 먼저 말을 걸고도 싶어했지만, 그러나 그렇게 할 경우 되돌아올 반응이 두렵다고 했다. 서로 한참의 고민을 나누던 끝에 송 교수는 만약 누군가 물어봐준다면 대답은 할 수 있겠다며 대담을 통해 말하는 방식을 제안했다. 송 교수는 내가 독일로 와줄 수 있는지를 물었고 나는 흔쾌히 그러겠다고 했다. 이때까지만 해도 나는 사태를 너무 낙관적으로 보았던 것 같다. 소심하게도 내 걱정은 혹시 공안당국에서 내가 송 교수를 만나러 독일에 가는 것을 주시하지나 않을까 하는 정도였다.

대담을 위해 독일 베를린의 송 교수 집에 도착한 것은 2007년 1월 27일 늦은 밤이었다. 그때부터 송 교수 집을 나선 2월 5일까지 나는 하루 일과를 모두 송 교수 부부와 함께했다. 때마침 송 교수는 종강을 했고 부인 정정희 여사도 며칠 휴가를 냈다. 내 편견과는 달리, 송 교수는 부드러운 성품을 가졌다. 약간 유약한 지식인의 느낌도 있었다. 지지하는 대통령 후보로 정동영을 꼽았다. 이념적으로는 중도에 가까운 편으로 보였다. 이런 사실이 모두 새롭게 보인 것은, 우리 사회가 송 교수에게 부여한 어떤 경직된 이미지와 대조적이었기 때문이었다. 부인 정 여사는 매사 분명한 사리 판단의 소유자였다. 귀가 엷은 송 교수가 판단을 흐린 적이 많았다고 질타하기도 했다. 하지만 자주 눈물을 보였는데, 한국에서의 그때를 생각하면 그렇게 된다고 말했다.

송 교수 부부는 사람을 대할 때마다 '혹시 저 사람도 나를 북한 노동당원이나 거짓말쟁이로 보고 있지 않을까?' 하고 신경을 쓰는 것 같았다. 무의식적이겠지만, 자꾸 자신들이 왜 그랬는지를 설명하려 했다. 마음이 편치 않았다. 송 교수 부부는 한국에서 자신들을 도왔던 많은 사람들에게 진심으로 고맙다고 말했다. "정말 고마웠어요"를 여러 번 말했다. 나에게도 고맙다는 말을 많이 했다. 왜 그들이 고마워해야 할까? 고마움을 강요당하는 두 사람의 의식세계 속에서 우리 사회의 가혹함을 문득문득 발견할 때마다, 나 스스로도 어떤 가해자 의식을 갖고 있는 것은 아닌지를 자꾸 되돌아보았다.

대담 원고는 송 교수 집에서 곧바로 작성했고, 함께 수정해 완성했다. 그렇게 해서 다시 한국으로 돌아오게 되었는데, 오면서 나는 원고 작성은 끝났고 이제 기술적인 편집만 남은 줄 알았다. 정말로 그렇게 생각했다.

왜 개인의 희생을 강요하는가

돌아와 대담 원고를 가까운 사람들에게 돌려서 읽어달라고 부탁했다. 반응은 내가 기대했던 것과는 크게 달랐다. 운동권의 신성화가 낳은 문제를 비판적으로 성찰할 수 있는 계기가 되었으면 하는 소망을 이야기한 사람도 있었지만, 대부분은 이 책의 출간을 달가워하지 않았다. 2007년 겨울 대통령 선거를 앞둔 시점에서 굳이 민주파 스스로의 아픈 과거를 문제삼아 보수파를 이롭게 해야겠느냐며 만류하는 의견도 있었다. 모든 일이 송 교수가 미리 사실을 밝히지 않아 생긴 일이었다며, 그런데도 이 책이 나오면 송 교수는 또다시 도덕적으로 무책임한 사람으로 비난받을 것이라고 압박하는 사람도 있었다. 정말 괴로운 시간의 연속이었다. 거의 두 달은 그렇게 시간을 보냈다.

그런 가운데 나로서는 충격적인 일을 경험하게 되었는데, 그것은 내게 전달된 한 통의 편지 때문이었다. 송두율 교수에게 보내는 형식으로 쓰인 A4 석 장의 긴 글로 내용은 완곡한 듯했지만 사실 매우 단호한 태도로 출간을 만류하는 것이었다. 제삼자를 통해 내게 전해진 이 편지를 쓴 사람은 사건 당시 송 교수를 가장 가까이에서 도운 것으로 알려져 있는 분

94

이었다. 나중에 알게 되었지만 흥미로운 사실은, 그 편지는 내게만 보내졌을 뿐 실제로 송 교수는 받지 못했다는 점이다.

사정이 어찌된 것이든 또 편지의 목적이 무엇이었든, 결국 이 편지는 내게 보낸 것이 되었다. 내용 중에는 대담을 맡았던 나에 대해 "당시 상황에 대한 정확한 파악 없이 그저 책임 없는 멋있는 비판의 말들로 선생님을 유도한 것이 아닌가" 하는 식의 비난이 많았다. 그러면서 송 교수에게 대국민 사과와 함께 독일 국적 포기를 요구했던 자신의 행위에 대한 긴 설명이 적혀 있었다.

"제가 선생님께 독일 국적 포기를 권유한 이유는 남한을 비판할 자격이 있으려면 독일 포기를 통해 보안법 체제의 남한에서의 처벌도 감수하겠다는 결연한 의지를 보이시라는 뜻에서였습니다. 저의 이런 생각은 지금도 변함이 없습니다. 선생님이 이번 대담을 통해 보안법 체제와 남한 운동권을 비판하시려면 한국에 다시 들어와 처벌과 비난을 직접 몸으로 감수할 의지를 가지고 하셔야 비판의 '진정성'이 이해될 것으로 사료됩니다.

국적 포기 권유의 두 번째 이유는 조선노동당원이라는 인식을 불식시키기 위해서였습니다. (…) 그때 그들이 그 난리를 쳤던 가장 큰 이유는 조선노동당원은 남북 경계인 자격이 없으며, 노동당원인 사실을 숨기고 객관적인 제삼자인 것처럼 하면서 남쪽을 비판한 것은 기만이라는 인식에서입니다. 선생님께서 그렇게 터무니없는 고생을 당하신 이유의 핵심은 여기입니다. (…) 다시 말씀드리지만 독일 국적 포기 권유의 핵심 이유는 이 두 가지에 있습니다."

기획자의 숙명

이 편지의 내용이 왜 문제인지 따지지는 않았지만, 차라리 법률을 다루는 조력자로서 그저 법의 기준으로만 접근했어도 좋았겠다는 생각을 했다. 개인에게 왜 그렇게 과도한 도덕적 기준과 희생을 강요해야 했는지, 지금 생각해도 답답하다. 왜 독일 국적으로는 안 되는지, 왜 보호되어야 할 인권을 가진 한 개인이 아니라 국가보안법에 정면으로 맞서야 하는 영웅이 필요했는지 도통 나로서는 이해하기 힘들었다.

편지를 받고 화도 나고 불쾌감도 컸지만, 이상하게도 나 자신의 손길은 원고에서 자꾸 비판적 논조를 줄이는 쪽으로 가고 있었다. 그러면서 송 교수 입장을 이해해주길 기대하는 감상적인 내용이 많이 첨가되었다. 필자 소개는 자꾸 길어졌고, 대담을 다시 정리하면서 설명조의 내용이 자꾸 추가되었다. 1982년 만들어진 〈욜YOL〉이라는 터키 영화에 대한 이야기는 이때 첨가된 내용으로, 내 개인적으로는 그 편지를 의식하고 썼다.

〈욜〉은 칸 영화제에서 황금종려상을 받은 작품이다. 가혹한 군부독재 체제에서 5일 동안의 가석방 출옥 혜택을 받은 다섯 명에 대한 이야기를 다루었다. 그 중 한 사람은 처남이 정부군에 잡혀 죽을 때 망을 보다 도망해 나중에 잡힌 사람이다. 가석방되어 찾아간 그에게 처갓집에서는 형제의 죽음을 외면했다는 이유로 아내와 만나지 못하게 한다. 그날 밤 가족 몰래 그를 만난 아내는 "너무 무서워서 도망쳤다"는 남편 말에서 진심을 확인하고, 함께·떠난다. 이어지는 낡고 어두운 기차 안의 한 장면. 보안 군인들이 총을 들고 들어와 신분증을 확인하고 수상한 물건을 수색한다. 사람들은 당연한 듯 묵묵히 명령에 따른다. 이들이 지나가고 모두 잠든 사이, 이 가난한 부부는 기차 화장실에 몰래 들어가 사랑을 확인하다 한 승객에게 발

각된다. 그가 부부의 음란함을 비난하자 그 조용했던 승객들이 모두 일어나 부도덕하다며 욕설과 야유를 퍼붓는다. 이윽고 뒤따라온 처가 식구가 부부를 살해한다. 이 비극적 장면들을 통해 감독은 이렇게 묻는 것 같았다. 부부의 부적절한 행위를 비난하는 것과 군부독재에 침묵하고 순응하는 것 사이에서, 당신은 무엇에 저항하고 무엇에 분노하고 있는가?

가끔 도덕의 기준이란 것이 억압적 질서를 방조하는 사람들의 알리바이가 되기 십상이란 사실을 우리는 기억해야 할 것이다. 2003년 가을, 한국사회의 모든 사람들은 송 교수의 도덕성을 소리 높여 비난했다. 그러는 사이 국가보안법은 당연한 것이 되었다. 모든 것은 송 교수가 솔직히 말하지 않았기 때문이라는 논리 아닌 논리가 흡사 집단적 가학행위를 정당화하듯 아무렇게나 이야기되었다. 한국사회의 그 높은 도덕적 기준을 우리는 자랑해야 할까? 체제의 문제를 개인적 도덕의 문제로 환원함으로써 가장 부도덕한 결과를 낳고 있는 것이 진짜 문제라는 것을 증언해야 하는 것은 아닐까?

책 만드는 일을 하면서, 무엇을 어떻게 만들어야 할까 하는 질문을 숙제처럼 달고 산다. 생각했던 책을 만들고 난 후에도 그런 부담감은 크게 달라지지 않는다. 오히려 고민은 더 또렷해지고 생각은 더 많아지는 게 보통이다. 왜 이렇게 만들었을까, 좀 다르게 접근했더라면 더 좋았을 텐데 하는 생각이 들 때도 있다. 그러다가도 글쎄 아마 달리 만들었다고 해도 그건 그것대로 문제였을지 모른다는 회의감이 든다. 그렇게 고민은 자주 원점으로 돌아가곤 하는데, 그러면서 결국은 잘 모르겠다는 다소의 무기력한 심리상태와 다시 마주하게 될 때가 많다.

말 그대로 우여곡절 끝에 송 교수의 책은 출간되었다. 그러나 기획자로서 나의 역할은 분명 실패했다. 책은 독자에 대해서든 비판자에 대해서든 대화를 이끌지 못했고, 기존의 편견은 약화되기보다 오히려 더 강해졌다. 차라리 처음 송 교수 생각처럼 그때 그 일을 직접 말하지 않고 전혀 다른 이야기로 책을 만들었어야 했는지, 아니면 다소 거칠더라도 처음 대담 원고를 그대로 두었어야 했는지 지금도 판단이 잘 안 선다. 항변하고 싶은 부분도 많지만, 그러나 기획자의 의도가 공유되지 못했다면 그건 어딘가에 문제가 있었을 것이다. 오늘도 나는 그 이유를 찾고 있지만, 여전히 결론 없이 생각만 맴돌고 있다. 언젠가 그 이유와 함께 내 미숙함의 실체를 알게 된다면, 그때는 나도 제대로 된 기획자가 될 수 있지 않을까 한다. 하지만 아직까지는 잘 모르겠다.

◆ 박상훈──── 정치학으로 박사학위를 받았으나, 대학보다 출판을 선택했다. 선택했다기보다 그 길밖에 없었다고 생각한다. 가까운 선후배, 친구들과 어울리며 함께 책도 기획하고 같이 만들고 자신의 글도 쓰고 싶다. 과거와는 달리 점점 분명한 판단을 갖기 어렵다고 말하며, 그래서 단호한 입장보다는 여러 의견의 공존을 좀더 중시하게 되었다. 좋은 책을 만들면서 출판사 경영도 잘했으면 한다.

출판에 대한 몇 가지 단상

|

김성은 아우라 대표

D.H. 로렌스 하면 대부분의 독자들은 소설 『채털리 부인의 연인』을 제일 먼저 떠올리면서 남녀간의 애정문제에 관심을 쏟은 소설가라고 생각한다. 그런데 그가 1,000여 편의 빼어난 시를 남긴 영미의 대표적 시인이고 소설보다 시를 먼저 발표했었다는 사실은 충분히 알려져 있지도, 그동안 조명받지도 못했다. 시뿐만 아니라 소설이나 산문 등 그의 글 전반에 담긴 자본주의 문명 비판, 기독교 비판 내용 역시 소수의 전공자만 알고 있을 뿐, 널리 알려져 있지 않다.

이런 마당에 로렌스의 사상을 일목요연하게 보여줄 수 있는 시선집을 내는 것은 로렌스에 대한 새로운 발견이 될 것이고 책 내용으로 보건대 충분히 입소문을 탈 여지가 있다고 판단했다.

제목 달기의 괴로움

그런데 이 시선집에 어떤 제목을 달지가 문제였다. 교보문고가 언론사에 제공한 자료에 따르면 시의 주 독자층은 40대 남성이란다. 그 말을 듣는 순간 뇌리를 스치고 지나간 생각은 시집에 여성적이고 감성적인 제목을 흔히 붙이는 이유가 시의 주 독자층이 20~30대 여성이라는 선입견 때문이 아닐까, 라는 것이었다. 80년대 '시의 시대'에 대학을 다녔던 40대가 그나마 시를 읽고 나머지 세대는 시를 거의 읽지 않는다고 볼 수 있다. 그런데 남성이 여성보다 시를 더 많이 읽는 이유는 뭘까? 40대가 되면 남녀의 호르몬 분비에 변화가 생겨 남성이 여성화된다고 하는데 그 때문일까?

하여튼 나는 「제대로 된 혁명A Sane Revolution」이란 로렌스의 시를 처음 보자마자 당시 촛불시위 상황과 너무나도 잘 어울려 뒤표지에 넣으려고 작정을 했다. 그 시를 가지고 모니터링을 해보니 제목으로 해도 좋겠다는 의견이 많아 고심 끝에 그것을 제목으로 정했다. 이것이 옳은지 다음의 「제대로 된 혁명」이란 시를 보고 여러분도 판단해보시라.

혁명을 하려면 웃고 즐기며 하라

소름끼치도록 심각하게는 하지 마라

너무 진지하게도 하지 마라

그저 재미로 하라

사람들을 미워하기 때문에는 혁명에 가담하지 마라

그저 원수들의 눈에 침이라도 한번 뱉기 위해서 하라

돈을 좇는 혁명은 하지 말고

돈을 깡그리 비웃는 혁명을 하라

획일을 추구하는 혁명은 하지 마라

혁명은 우리의 산술적 평균을 깨는 결단이어야 한다

사과 실린 수레를 뒤집고 사과가 어느 방향으로

굴러가는가 보는 짓이란 얼마나 가소로운가?

100

노동자 계급을 위한 혁명도 하지 마라

우리 모두가 자력으로 괜찮은 귀족이 되는 그런 혁명을 하라

즐겁게 도망치는 당나귀들처럼 뒷발질이나 한번 하라

원고를 처음 읽고서 제목으로는 '아름다운 노년' '고래는 울지 않는다' '디종의 영광' 등을 떠올렸다. 그런데 무난하다. 고전 번역물은 언론을 타기 힘든데다 이 제목으로는 기사 한 줄 실리기도 힘들 것 같았다. 부드러운 제목을 달면 자칫 시장에서 책이 묻혀버릴 우려도 있다. 다소 딱딱한 느낌이 들지만 강렬한 인상을 줄 수 있는 '제대로 된 혁명'을 생각해낸 것은 그 때문이었다. 강한 제목을 달면 일부 독자들에게 거부감을 줄 수도 있다. 하지만 책을 묻히지 않게 하는 게 더 중요했다. 강한 제목 덕인지는 몰라도 언론을 좀 탈 수 있었고 초반 판매도 시집치곤 순조롭다.

세계 시인선 같은 시리즈 계획도 없이 이 책을 내게 된 것은 순전히 로렌스 시가 좋아서였다. 출판사를 설립하고 2008년 3월 말에 낸 첫 책이 로렌스 시선집을 번역한 분의 저서였다. 사실 다른 책을 첫 책으로 낼 수도 있었다. 미리 확보해놓은 원고로 역사소설 『신의 그릇』이 있었다. 책으로 만들면 어느 정도 판매를 기대할 수 있는 원고였으나 역사소설이어서 출판사의 방향을 보여주는 첫 책으로 내기에는 조금 부담스러웠다. 그때 로렌스의 시를 문학생태학적으로 고찰한 류점석 선생의 원고를 발견하고 서둘러 출간했다. 제대로 번역된 로렌스 시를 접하면서 로렌스의 시가 이렇게 좋다는 것을 처음 알았다.

그런데 첫 책의 제목은 아무래도 잘못 붙인 것 같다. '생명공동체를 향한 문학적 모색'이란 말이 확 다가오지 않는다. 제목이 어렵다는 이야기도

많이 들었다. 제목이 어렵다는 말은 읽고 싶은 마음이 들지 않는다는 뜻이 아닌가. '문학, 생태학을 캐스팅하다'나 '생태학, 문학에 말을 걸다' 같은 형식의 제목을 붙였더라면 어땠을까? 학술서라도 대중에게 다가가기 쉬운 제목을 볼 때마다 어떻게 저렇게 제목을 잘 달까 하며 감탄을 하곤 한다. 잘 나가기를 기대할 수 없는 책이라 하더라도, 그리고 저자가 제목을 제안했다 하더라도 '저자를 존중해 그대로 가기'보다는 책이 독자에게 전달될 수 있도록, 그리고 시장에서 살아남을 수 있도록 편집자가 제목에 대해 생각하고 또 생각해야 하리라. 사실 무명의 저자이긴 하지만 40대에 이만큼 철학, 생태학 공부를 많이 하고 그것을 문학과 잘 버무린 경우는 드물 터인데 제목 때문에 책이 사장되는 것 같아 안타깝다.

임진왜란 때 일본으로 끌려간 사기장(도공) 이야기인 『신의 그릇』 원고는 2007년 봄 직장을 그만두고 쉬고 있을 때 처음 보게 되었다. 이미 어떤 출판사와 출간 이야기가 되고 있던 그 원고에 저자가 붙인 제목은 '사발 전쟁'이었다. 임진왜란을 일본에서는 '다완 전쟁'이라고도 하는데 거기에서 힌트를 얻은 것이다. 저자와 고등학교 선후배라는 인연으로 그 원고를 한번 봐주고 조언해준 것이 계기가 되어 2007년 5월 일본 여행을 같이하게 되었다. 제목은 '신칸센' 열차 안에서 우연히 떠올랐다. 우리나라에서 흔히 '막사발'로 잘못 알려진 '이도다완'이 일본에서 국보가 되고 100억 엔을 호가한다면 정말 대단한 것인데 '신의 그릇'이라 불러도 괜찮지 않을까 생각했다. 『신의 물방울』이란 만화책이 있긴 했으나 책 내용과 관련해 그보다 더 좋은 제목은 없다, 라고 저자도 결론을 내렸다.

원고를 처음부터 다시 쓰고 수많은 수정을 거치는 등의 우여곡절 끝에 『신의 그릇』이 아우라의 두 번째 책으로 나왔으나 판매는 기대치에 미치지 못했다. 4월 말에 출간돼 5월 중순까지 신나게 잘 나가던 책이 5월 하순이 되자 주문이 뚝 그치는 게 아닌가! 매일 판매 데이터를 보고 신나하다가 비로소 출판이 얼마나 예상대로 잘 되지 않으며 판매란 얼마나 어려운가를 절감했다. '매도 빨리 맞는 게 낫지 뭐. 초기에 맞은 것이 보약이 될 거야'라고 스스로를 위안하며 정신을 차렸다. 그렇지만『신의 그릇』은 드라마화 계약을 했고 일본 수출을 눈앞에 두었으니 신생 출판사로서는 정말 고마운 책이다.

과거의 기억들

제목 이야기를 하자니 창비에 있을 때가 떠오른다. 2007년 4월에 그만두기까지 13년간 몸담았던 창비에서는 편집 담당자가 제목을 생각해내고 편집회의를 거쳐 그 제목을 확정하는 시스템이었다. '조홍식 교수의 프랑스 문화 이야기'란 부제를 단『똑같은 것은 싫다』는 지금 생각해봐도 제목을 잘 단 것 같아 흐뭇하다. 아프리카 가봉에서 중학교를 졸업한 뒤 프랑스에서 고등학교와 대학교를 나온 저자는 책이 출간된 2000년도엔 임용된 지 얼마 되지 않은 젊은 교수였다. 점잖은 교수인 저자는 '똑같은 것은 싫다'란 제목이 튀는 것 같아 처음엔 난색을 표명하며 '조홍식 교수의 프랑스 문화 이야기'를 제목으로 하자고 주장했다. 제목에 대한 모니터링을 해보고 대안을 생각해보기로 했으나 원안보다 더 좋은 제목은 떠오르지 않았다. 몇 차례의 설득으로 저자 동의를 구해 '튀는' 제목을 달고 책이 나왔다. 매년 한두 차례씩 중쇄를 찍어온 그 책은 '조홍식 교수의 프랑스 문화 이야기'란 제목을 달았다면 그렇게 주목을 받지 못했을 것이라는 게 나의 생각이다.

창비 선배들로부터 『서른, 잔치는 끝났다』의 경우 최영미 시인이 '마지막 섹스의 추억'을 제목으로 고집해 그것을 만류하느라 애먹었다고 들었다. 독자들이 책을 들고 다니는 자신의 품위도 염두에 두고 책을 산다는 걸 작가는 알지 못했을 것이다. '서른, 잔치는 끝났다'가 아니고 '마지막 섹스의 추억'이 제목이었다면 몇십만 부가 팔리는 베스트셀러가 안 될 수도 있었을 것이다.

비슷한 경우로 은희경 소설집 제목이 있다. 소설집의 제목으로 저자는 '명백히 부도덕한 사랑'을 생각했었나 보다. 베스트셀러 작가의 책은 제목이 판매와 밀접하지 않을 수도 있고, 그래서 좀 점잖게 제목을 붙이자고 했다. '창비'라는 출판사의 이미지도 고려한 것이었다. 결국 '행복한 사람은 시계를 보지 않는다'로 정해졌다. 그런데 이 제목은 '포스force'가 약하다. 제목을 '명백히 부도덕한 사랑'으로 했더라면 이 책의 운명이 어떻게 되었을지 새삼 궁금해진다.

1998년 12월에 출간된 박완서 소설집 『너무도 쓸쓸한 당신』은 IMF 사태 이후 어려웠던 창비를 구해준 고마운 책이었다. 프랑스 영화 〈내겐 너무 이쁜 당신〉이 연상되는 것 같다는 저자의 우려에 대해 전혀 그렇지 않다고 하면서 '너무도 쓸쓸한 당신'을 제목으로 정하자고 했다. 그러나 좀 가라앉는 분위기의 제목이라 걱정스러웠다. IMF 사태란 시대적인 분위기와 잘 맞아떨어지긴 했으나 독자들은 부정적인 제목을 꺼리는 경향이 강하기 때문이었다. 책표지를 좀 발랄하게 해 제목의 약점을 보완했고 워낙 좋은 소설집이라 판매도 순항을 거듭했다. 6개월 후에 나온 공지영 소설집 『존재는 눈물을 흘린다』도 그러했다. 좀 가라앉는 제목이니 표지를 밝게 해달라고 디자이너(홍동원)에게 부탁했고 표지가 아주 잘 빠진 경우라

할 수 있겠다. 표지디자인으로 제목을 보완할 수는 있겠지만, 그래도 결정 적인 것은 제목일 것이다. 인기작가나 잘 알려진 필자가 아니라면 더욱더 제목에 신경 써야 하리라.

『스토리텔링의 비밀』을 출간할 때도 제목으로 끙끙댔다. '스토리텔링 의 비밀'이란 가제를 달고 있는 원고는 영화제작사의 스토리 애널리스트 로 일했던 저자가 시나리오 작법에 대해 쓴 것으로, 아리스토텔레스의 『시학』에서 밝힌 비극과 서사시의 원칙을 주요 분석틀로 삼고 있었다. 이 렇게까지만 이야기하면 시나리오 교재처럼 오해받을 수도 있지만 책 내 용은 〈대부〉 〈록키〉 〈죽은 시인의 사회〉 등 유명 영화를 아주 쉽고 재치 있 게 이야기하고 있어 (기대대로라면) 스티븐 킹의 『유혹하는 글쓰기』처럼 대 중적이면서 널리 읽힐 수 있는 여지가 다분했다. 그런데 '스토리텔링의 비 밀'이라니 좀 무던하게 들리고 재치 있는 제목 같지는 않았다. 살림Biz에 서는 '비밀'이라고 하지 않고 뭔가 있어 보이는 '시크릿'이라 하지 않았던 가. 그런데 기똥찬 다른 제목이 생각나지 않아 괴로웠다.

기획이란 뭘까

제목을 고민하며 괴로워하는 것은 낼 책, 기획한 책이 있을 때나 하는 것이 다. 무작정 출판사 등록을 해놓고 그제야 부랴부랴 낼 책을 정하던 2007년 말 2008년 초를 생각하면 지금도 아찔하다. 아무 대책 없이 직장을 그만두 고 6개월을 노는 동안 출판사 취직은 기회가 없었거나 오라는 데는 마음에 들지 않거나 둘 중의 하나였다. 2007년 9월 말 몇몇 출판인이 모인 술자리 에서 출판사를 막 그만둔 한 편집기획자가 창업 계획을 털어놓았을 때 충 동적으로 나도 출판 창업이나 해볼까 하며 그길로 사무실을 알아봤다. 창업을 내내 말려왔던 집사람에게 편집대행사를 하겠다고 둘러댔다. 둘러대긴 했지만 초기에 할 일이 없어 두 종의 책을 맡아 교정을 보기도 했다.

낼 책을 정할 때 손쉬운 방법은 아무래도 외서 번역일 것이다. 1년 동안 아마존 리서치를 해서 꼽아둔 책이 몇십 권 되었으나 에이전시에 판권 조회를 많이 하지는 않았다. 유명 에이전시의 악행에 대한 소문을 듣기도 했거니와, 에이전시와 접촉해보니 출판하고 싶은 책과 출판할 수 있는 책이 다를 수밖에 없다는 것을 알게 됐다. 경쟁에서 지거나 이미 계약이 되어 있거나 판권을 조회해도 답변이 없거나 하는 경우를 한 차례씩 겪다 보니 에이전시 접촉 공포증까지 생길 지경이었다.

한동안 내가 꼽아둔 책이 한 권, 두 권 다른 출판사에서 나오는 것을 지켜보았다. 편집기획자들의 눈은 대개 비슷하다. 그리고 최근 1~2년 사이에 나온 중요한 책들은 외서 기획자라면 대체로 잘 알고 있다는 사실도 확인했다. 또 내용이 괜찮고 팔릴 만한 원서는 다들 계약이 되어 있었다. 남은 것은 정말 안 팔릴 책뿐. 그런데 그런 것조차 선인세가 2,000달러는 된다.

『마지막 강의』 한국어판 선인세가 64만 달러라고 들었다. 그 책의 일본어판 선인세는 겨우 8만 달러에 불과하다고 한다. 인구가 우리의 세 배나 되고 출판시장 규모가 훨씬 큰 일본이 한국의 8분의 1밖에 안 되는 계약금을 지불하다니 한국 출판인으로서 부끄럽다. 물론 우리나라에서 그 액수에 도달하기까지는 경쟁 또는 경매란 과정이 있었을 터이고 모두들 그 과정이 바람직하지 않다고 생각할 것이다.

경쟁과정에서 상대방이 나보다 더 높은 액수를 부르면 나는 자신의 예상 판매부수를 불신하고 상대방이 높게 부른 만큼 예상 부수도 올라간다.

그래서 정말 놓치고 싶지 않은 책이라면 더 높은 액수를 부르게 될지도 모른다. 그러나 나는 외서 시장에서 경쟁은 하지 않으려고 한다. (베팅할 돈도 없지만) 경쟁하는 좋은 책을 다른 출판사에 양보하고 나는 더 좋은 책을 찾고 말 테다, 라는 생각으로 여유 있게 출판을 할 수는 없을까? 서로서로 돕고 사는 출판공동체? 물론 꿈같은 이야기다.

출판이란 독자들에게 지적 서비스, 또는 지적 오락을 제공하는 행위일 것이다. 국내에서 필자를 찾지 못하면 외서를 번역해 출간할 수도 있다. 그런데 그것이 국내의 문화적, 지적 성숙으로 이어지지 못한다면 한국에서 출판을 하는 의미가 없다. 이런 생각으로 나는 기획에서 국내물과 외서물의 균형을 유지해나가는 것을 모토로 삼았다.

문화사업이긴 하나 출판도 엄연히 기업활동인 이상 수익을 내야 한다. 어떻게 수익을 창출할 수 있을까, 그것이 고민이다. 다행히 『신의 그릇』이 드라마화 계약을 맺었으니 편성만 된다면 판매를 기대할 수도 있겠다. 그리고 일본의 한 출판사에서 만화로 각색할 것을 검토하고 있으니 일본에서 만화로 나왔을 때 그걸 역수입하면 장사가 좀 될까? 그전에 일본에서 소설이 먼저 번역돼 나오도록 해야겠다. 이 기회에 일본 판매루트를 뚫어 놓고 아우라에서 내는 국내 작가의 소설을 일본에 왕창 수출한다면 출판사를 반석 위에 올려놓을 텐데, 가끔 이런 꿈을 꾸곤 한다.

편집자를 위한 한 가지 상상

학력 대비 연봉이 가장 낮은 곳이 출판사란 말이 있다. 내가 출판계에 처음 옷을 적신 1993년도만 하더라도 출판사엔 대학원 졸업자가 드물었는데, 요즘은 석사는 물론 박사까지도 종종 볼 수 있다. 대기업이나 은행에

다니다 출판사로 직장을 옮긴, 책을 좋아해 책을 만들고 싶어하는 사람도 보았다. 하지만 출간일정을 맞추기 위해 야근을 밥먹듯이 하는데도 박봉이고 앞날에 대한 대책이 없다.

창업하면서 출판사에서 편집자의 노후를 보장하는 방법이 무엇일까를 곰곰 생각해보았다. 대박이 나지 않으면 만성적인 어려움에 시달릴 수밖에 없고, 대박이 났다 하더라도 몇 년 후에는 다시 어려워지는 출판동네에서 편집자에게 금융계나 대기업처럼 고액 연봉을 주거나 노후를 보장해줄 수는 없을 것이다. 그래서 기획력이 있는 사람들은 창업을 생각하게 되는지도 모른다.

편집자가 아이템을 떠올리고 필자를 찾아 책을 만들거나, 필자를 발굴해 책의 저자로 데뷔시켰을 경우, 그 편집자는 그가 만든 책의 창조과정과 밀접히 관련돼 있다. 그 책이 잘 나갈 경우 편집자의 연봉이 올라갈지도 모르나 출판사를 그만두면 그뿐이다. 저자와의 인연은 계속될지 모르지만 자신이 기획한 책과 편집자의 끈은 없어지고 만다.

만약 편집자에게 기획인세 1퍼센트를 준다면 어떨까? 출판사에 근무하고 있을 때는 손익분기점(대략 5,000부)을 넘었을 경우에만 주고 그 출판사를 그만두더라도 책이 나가는 한 기획인세를 준다면 자신이 기획한 책과 더불어 편집자가 남을 수 있지 않을까? 판권에 책임편집으로 이름 올리는 것말고 말이다. 이렇게 하는 출판사도 있다고 들었다. 널리 출판계에 정착되면 기획편집자에 대한 대접이 달라지지 않을까?

영업 체험

창업 이후 첫 책을 내고 서점 거래를 틀 때 창비 영업자들의 도움을 받아

온라인서점, 도매상 등을 돌았다. 나로서는 생전처음 영업현장을 돌아보는 것이었다.

나를 대하는 서점 구매 담당자들의 태도는 친절해 보였으나 책을 대하는 그들의 태도는 냉정해 보였다. 하루에 몇십 권씩, 1주일에 200종 안팎으로 쏟아지는 책들을 재빨리 판단해 나갈 책을 무리하게 주문하지 않고, 잘 나갈 책을 충분히 갖다놓는 게 그들의 일일 것이다. 신문기사가 났다고 하자 책을 바라보는 그들의 태도가 순간적으로 아주 약간 부드러워지기도 했다. 나의 착각이었는지는 모르지만.

어쩌면 그들에게는 나갈 책이냐, 아니냐를 판단하는 것이 최우선인지도 모른다. 판매가 잘 되지 않을 책을 들고 간 나는 그들 앞에서 자꾸 왜소해짐을 느꼈다. 편집자로 지낼 때는 책을 만들어내면 그만이었다. 판매는 영업자의 몫이라고 생각했다. 그런데 영업현장에 와보니 편집자가 좋은 책을 만들었다 하더라도 그 책이 시장에서 잘 나가지 않는다면 영업자는 그 책으로 인해 괜히 기가 죽을 수도 있겠다 싶었다.

책이 팔려야 출판사도 기억되고 살아남는다. 팔리지는 않지만 좋은 책 냈다고 자위할 여유는 최소한 영업자에게는 없어 보였다. 영업현장을 돌면서 영업자를 위해서라도 책을 만들 때 편집, 제목, 디자인에 더 신경 쓸걸 하는 생각도 들었다. 편집자들이여, 꼭 영업 체험을 해보시길. 그러면 그대의 앞길이 순탄해지리라.

책이 잘 나갈 때 편집자는 자기가 잘 만들어서 그렇다고 생각하고, 영업자는 자기가 영업을 잘해서 그렇다고 생각한다. 그럴 때는 회사 분위기도 좋아진다. 그러나 책이 잘 나가지 않고 평소 영업과 편집의 소통이 원활하지 않을 때는 각자 상대방을 흉보게 된다. 물론 책이 잘 나가는 근거는 텍스트에 있다. 그러나 잘 나갈 만한 텍스트라도 본문 편집이 엉성하고 타깃 독자를 잘못 설정해 제목을 엉뚱하게 단다면 시장에서 사장될 수도 있다.

2007년에 퇴사하고 몇 달간을 도서관에서 보내며 퇴직 이후 제2의 인생과 관련된 책, 내가 좋아하는 역사서 등을 주로 살폈다. 살펴본 책들 중 몇 권은 1만 부 이상은 족히 나갈 수 있는 내용이었다. 그런데도 시장에서 반응이 없었던 듯하다. 어떤 기획자의 말처럼 리바이벌해 1만 부 이상을 팔 수 있는 책 100권의 리스트를 만들 수도 있을 것 같았다. 그런 책들은 한결같이 제목이 엉뚱하고 본문 편집이 촌스러웠다. 지금 나는 "이런 제목으로는 책을 팔 수 없어. 독자에게 어필할 수 있는 제목을 달아줘"라고 말해줄 사람이 필요하다. 어쩌면 앞으로는 내가 그런 말을 하게 될지도 모르겠다.

◆ 김성은── 국문과를 졸업하긴 했으나 대학 때 사회과학 서적을 더 많이 읽었다. 창비에서 『한국현대대표소설선』『민족문학사 강좌』를 편집하고 문학팀에 한동안 있으면서 비로소 자신이 국문과 출신이라는 자각을 하게 됐다. 상업적으로나 내용적으로 인정받는 출판사를 만들고, 책 한 권 쓰는 게 소원이다.

좌충우돌 출판 체험기

강성민 (주)글항아리 대표

'글항아리'라는 이름을 달고 벌써 많은 책이 나왔다. 2007년 1월 문학동네의 첫 임프린트 대표로 입사해서 7월 초에 첫 책을 냈으니 제법 '달렸다'고 할 수 있다. 그동안 출판계 주변에서 머물렀지만 출판실무에는 어두웠던 내가 이만큼 책을 낼 수 있었다는 게 놀라울 뿐이다. 임프린트인지라 기획과 편집 이외의 일들은 모회사가 전부 감당해줬고 오직 콘텐츠를 만드는 일에만 집중했다. 그러면서 책꽂이가 차가는 걸 보면 철없이 마음이 뿌듯해진다.

기자에서 출판인으로

2006년 말 〈교수신문〉 기자를 그만뒀을 때 원래는 글을 쓰려고 했었다. 이런저런 잡지에 글을 연재하면서 단행본 집필을 하고 싶었으나 주변에 눈치가 많이 보여서 결국 출판인의 길로 접어들었다. 당시는 임프린트라는 제도가 몇몇 대형 출판사에 도입되어 퍼져나가고 있었다. 급조한 50여 편의 기획안을 포트폴리오로 만들어 한 곳에 지원해보았으나 보기 좋게 거절당했다. 자칫 기획안을 들고 유목민처럼 떠돌 뻔했는데, 우연히 아트북

111

스 정민영 대표의 소개로 문학동네에 들어갈 수 있었다. 문학동네는 전혀 생각하지 못하고 있었는데 운이 좋았다. 강태형 대표가 기획안을 보더니 "가능성은 있어 보이네"라고 했던 기억이 난다. 한마디로 반신반의의 분위기에서 겨우 출판을 시작할 수 있었던 것이다. 그때 포트폴리오로 만들었던 기획안들 가운데 지금 책으로 나온 게 하나도 없다. 당시에는 나름대로 참신하다고 생각하며 만들었는데, 추진하는 과정에서 저자와 시장에 부딪혀 사정없이 굴절돼버렸다.

외국어에 약한 나는 번역서는 엄두도 못 냈다. 어떻게든 〈교수신문〉에서 일군 국내 필자들과의 인연을 출판으로 연착륙시키는 게 중요했다. 처음 몇 달 동안은 계속 사람들을 만나고 다녔다. 그래봤자 한문학계와 역사학계를 벗어나지 못했지만 말이다. 몇 달이 지나니 계약이 서른 건을 훌쩍 넘어갔다. 너무 속도가 빨라 주변에서 말릴 정도였다. 책은 하나도 내지 않은 상태에서 계약만 쌓아가는 것은 자칫 위험할 수도 있기 때문이다. 계약의 질도 문제였다. 유명한 필자들은 이미 예약이 꽉 차 있었다. 열 권이 예약된 분도 있었다. 하지만 구두약속이라도 받아냈다. 그분들과 이런저런 책을 계약했다고 하면 다른 필자들을 설득하기 쉬울 것 같아서였다. 그것이 꽤 효과를 발휘했던 듯하다.

글항아리 첫 책의 저자인 강판권 선생과의 인연은 특별하다. 출판사를 세우고 필자를 찾아 전국투어를 다닐 때 계명대 근처에서 강 선생을 만났는데, 〈교수신문〉에서 맺은 인연으로 겸사겸사 마련한 자리였다. 큰 기대는 없었다. 이미 부산에서 많은 분을 만났지만, 원고 이야기는 꺼내지도 못하게 한 분도 있었고, 또 대부분이 앞으로 몇 년간은 책 계약이 꽉 차 있다는 답변만 들려줬다. 그러던 차라 강판권 선생께도 안부만 물었는데, 필요한 게 있으니 찾아왔을 거 아니냐며, 나에게 '숲으로 떠나는 한자여행'이라는 원고가 있는데 필요하다면 줄 수 있다고 했다. 나무를 통해 한자공부를 하는, 청소년층을 겨냥해서 쓴 원고였다.

강판권 선생은 편집자의 영역을 매우 존중해주는 편에 속했다. 첫 책이라 더 신경이 쓰여서 이것저것 수정할 부분, 추가할 부분에 대해 요구를 많이 했는데 다 들어줬다. 나무의 종류는 처음 원고에서 분량을 두 배로 늘렸고, 저자의 사적인 이야기를 대폭 축소했다. 전반적으로 정보 위주로 편집을 했다. 각 장이 끝날 때마다, 가령 뽕나무 장에서는 뽕나무와 관련된 한자단어를 사전에서 일일이 찾아 소사전 형식으로 추가해 넣었고, 본문이 나열식 구조이기 때문에 자칫 지루해질 수 있어 중간중간 열 편 정도 곁가지 이야기를 팁으로 써넣기도 했다. 꽤 오랜 시간 편집을 거쳐서 『나무열전—나무에 숨겨진 비밀, 역사와 한자』가 출간되었다. 신문사도 일일이 다 찾아다녔다. 그 때문인지는 모르지만 언론에서 꽤 다뤄졌고 초판 2,000부와 중쇄 2,000부가 2주 만에 다 팔려나갔다. '우와' 하면서 탄성이 터져나왔다. 반응이 이 정도로 좋을지는 몰랐다. 그래서 3쇄는 3,000부를 찍었다. 책 판매 꺾이는 속도를 아직 모를 때였다.

두 번째 책은 임상심리학 에세이인데 스토리텔링이 매우 우수한 책이었다. 여행 웹진 ㈜노매드 www.nomad21.com(당시 〈딴지일보〉 관광청)에 우연히 들어갔다가 연재 중인 원고를 보고 접촉해서 따낸 것이다. 원고 내용이 너무 좋아서 최소한 중박은 될 줄 알았다. 교정교열도 거의 없었고 일러스트만 넣어서 편집을 마무리했는데 8월에 접어들어 책 제작 일정이 인쇄소 휴가 일정과 겹쳐버렸다. 초판이 나오면 인쇄소가 휴가에 들어가는지라 책이 잘 팔릴 경우 중쇄가 걱정됐다. 첫 책 『나무열전』도 재고가 없어 허둥지둥했기에 이번에는 초판에서 5,000부를 질러버렸다. 저자의 첫 책이고 이슈성도 없는 책을, 단지 내용이 재미있고 인쇄소가 휴가라는 이유로 겁도 없이 말이다. 이 책은 아직 재고가 남아 있다. 당시 3,000부만 찍으라면서 말렸던 분은 리어카 끌고 나가서 팔라고 장난삼아 이야기한다. 만 부 단위를 넘어가는 베스트셀러에서 이런 실수를 하면 큰일나겠지?

서당 개 3년이면 풍월도 읊는다는데

나는 욕심도 많고 성격도 조급한 편이다. 계약은 많이 했지만 원고가 들어오지 않으니 조바심이 나서 점점 설레발을 치게 됐다. 출판사를 시작할 때 자신있었던 것은 학계의 지형과 학문의 동향 뭐 이런 것이었다. 어떤 주제에 대해 글을 쓸 수 있는 사람이 누구라는 것을 적어도 인문학 분야에서는 꿰고 있다고 생각했다.

기자 시절 나는 습관이 하나 있었다. 하루 날 잡아 국회도서관 정기간행물실에 가서 새로 나온 학술지들을 쭉 훑어보며 기삿거리를 찾는 것이었다. 학자들은 논문을 단행본보다 우선순위에 두고 중요하게 생각하기 때문에 신생 논문들을 빠르게 섭렵해서 중요한 주장이나 논쟁지점을 찾아내는 게 기자로서 당연히 할 일이라고 생각했다. 많은 학술대회를 직접 취재하지는 못해도 항상 자료집을 협찬 받아 목록을 훑고 흥미로운 제목의 논문은 저자에게 직접 받아서 모아두기도 했다. 내심 출판을 시작하면 이것을 콘텐츠 생산의 주요 라인으로 가동할 생각이었다. 그래서 초기에는 국회도서관에 뻔질나게 드나들었다. 서당 개 3년에 풍월 읊는다고, 그 넓고 방대한 서가를 수십 수백 바퀴 돌다 보면 알짜배기 논문집들이 꽂혀 있는 곳을 어느 정도 익히게 된다.

〈군사〉라는 잡지는 그 관변스러운 이름과는 달리 흥미로운 논문이 많이 실리는 잡지다. 어느 날 새로운 호가 출간됐기에 차례를 살펴보는데 「고구려 국마國馬」라는 논문이 보였다. 서영교라고 처음 들어보는 학자였다. 말이면 말이지 무슨 국마야? 논문을 읽어내려가는데 정말 내용이 쇼킹했다. 고구려라는 나라의 전마戰馬 생산관리 시스템을 매우 정교하게 분석한 논문이었다. 사실 고구려 연구는 글자 몇 구절, 그림 몇 조각을 이리저리 끼워 맞춰서 역사상을 만들어내는 그야말로 척박한 땅에 삽질하기인데, 저자는 특출한 상상력과 2차 자료를 통해 그 여백을 꽉꽉 채워 넣고 있었다. 이거 웬 봉이냐 싶어서 곧바로 2층에 있는 멀티미디어실로 내려가 메일부터 보냈다.

그런데 행운이 겹쳤다. 저자는 「고구려 국마」라는 논문을 포함해서 그동안 써놓은 여러 편의 논문을 한 권의 책으로 내기 위해 이미 원고 작업을 끝내놓은 상태였다. 논문을 기계적으로 합치고 재배열한 게 아니라 완전히 해체해서 다시 쓴 원고였다. 그렇게 여차저차해서 나온 게 바로 『고구려, 전쟁의 나라—7백 년의 동업과 경쟁』이다. 고구려라는 나라가 주변 유목민들에 대한 약탈경제로 꾸려졌고, 거란과 말갈 등 유목민을 용병으로 부려가면서 중국 본토의 강대국들과 백중세를 유지하며 강소국으로 자랐다는 내용이다. 책을 읽고 많은 이들이 저자의 관점에 비판적인 의견을 보여왔다. 고구려를 너무 왜소화했다는 지적들이었는데, 그만큼 저자의 관점은 고구려에 대해 차갑고 객관적이었으며 매서웠다. 서영교 선생은 이 책 때문에 〈국제신문〉에 '전쟁과 시장'이라는 테마로 1년간 연재를 시작했고, 2008년 10월엔 연재원고가 『전쟁기획자들』로 다시 묶여 나왔다. 그와는 앞으로도 여러 권의 책을 진행해나갈 계획이다.

내가 학술지를 들추는 이유는 논문이 가장 정리된 문제의식을 담고 있다고 여기기 때문이다. 어떤 주제에 대해 논문 한 편을 썼으면, 그걸 단행본으로 늘리는 것은 상대적으로 쉽다고 판단한 건데, 『조선을 훔친 위험한 책들』이 그랬다. 저자인 이민희 교수는 조선시대 책의 유통이라는 희귀한 주제를 전공해서 학술서를 한 권 낸 경력이 있다. 책의 유통과 관련해서 계속 논문을 쓰다 보니 조선시대 지식 유통과 관련해 하드웨어적 기반을 가지고 의견을 개진할 수 있는 더할 나위 없는 여건을 갖춘 셈이었다. 이 책은 간행물윤리위원회의 '이 달의 책'에 선정되는 등 비교적 호의적인 반응 속에서 꾸준히 잘 나가고 있다.

누구나 처음에는 신인이다

많은 사람들이 글항아리가 역사인문서를 주로 내는 출판사로 알고 있다. 처음 출판의 방향을 잡을 때부터 조선시대를 다양하게 요리해볼 생각이었다. 우선 개인적으로 관심이 많았다. 기자 말년에 조선시대 사상사 쪽으로 책을 많이 읽었고, 의외로 풍부한 역사적 맥락에 놀라면서 구미가 당겼다. 게다가 필자군이 풍부해 비교적 접근이 쉽고, 이덕일이나 이수광 같은 저자들이 시장을 확장해놓았으며, 1년 내내 텔레비전에서 조선시대 사극이 그치는 날이 없을 정도로 안정성을 갖춘 시장이라고 생각했기 때문이다.

정말 엄청나게 많은 기획을 했고, 계약도 많이 맺었다. 흥미로운 이야기책부터 조선의 권력 시스템이나 문화구조를 획기적으로 들여다보는 책까지 색깔도 다양하다. 그런데 마감을 훌쩍 넘겨도 원고들은 들어올 기미가 보이지 않았고 스위스 은행에 예치해둔 돈처럼 머나먼 적막에 휩싸였다. 드디어 언제 들어올지 모르는 원고를 기다리는 출판인의 마음고생이 시작되었다.

문학동네에 입사할 때 학계 인맥을 자랑하며 유명한 학자들을 모셔오겠다고 뻥 아닌 뻥을 쳐놨는데 막상 내는 책은 절반 정도가 신인저자였다. 이것이 글항아리의 특징이라면 특징이다. 〈출판저널〉과 〈교수신문〉을 거치면서 그래도 가장 자신있는 부분이 원고를 주물러서 뭔가를 만들어내는 것이었다. 그 점에서 신문과 출판은 그리 다르지 않은 듯하다.

지금까지 낸 책 중에 순수하게 출판사가 기획한 것은 몇 권 되지 않는다. 거의 변칙적으로 나오게 된 것들이다. 특히 『나무열전』의 저자 강판권 선생과의 인연은 좋은 저자 한 사람을 만나는 것이 출판사에 얼마나 중요한 일인지 느끼게 했다. 가장 많이 팔린 『조선이 버린 여인들』의 저자 손경희 선생은 강판권 선생의 후배이다. 명미당 이건창을 독서계에 부각시킨 『조선의 마지막 문장』의 저자 송희준 선생 역시 강판권 선생이 소개해준 동료이자 선배다. 그뿐인가. 한국간행물윤리위원회에서 개최한 우수도서기획안 공모전에 당선되어 2008년 11월에 출간한 『강대국의 비밀, 로마 제국은 병사들이 만들었다』의 저자 배은숙 선생도 강판권 선생의 학과 후배이다. 전부 강판권 선생이 연결해줬다.

지방에서 박사학위를 받고 교수가 되는 건 얼마나 멀고도 험한 길인가. 어쩌면 불가능한 일인지도 모른다. 그 과정에서 지치는 사람들을 많이 지켜본 강판권 선생은 자신의 후배들이 어렵게 공부한 내용을 묵히는 게 안타까웠다고 한다. 자신감을 가지고 대중사회를 직접 두드리도록 유도했다. 강판권 선생은 매주 반강제로 글을 쓰게 해서 직접 교정도 봐주고 어느 정도 틀이 잡히면 출판사를 연결해주는 순수한 산파 역할을 즐겁게 한다. 몇 번 대구에 내려가 대화를 나누었는데 그와 이야기를 하다 보면 마음이 착해지는 기분이 들고, 인기저자도 중요하지만 신인저자를 발굴한다는 게 얼마나 가치 있는 일인지 깨닫게 된다.

물론 책을 내는 과정이 쉽지는 않다. 유명저자가 괜히 유명한 것은 아니구나! 한탄하기도 했다. 하지만 아무리 신인저자라 해도 전공이 확실한 학자들은 상대적으로 자유롭다. 그리고 한 권이 잘 팔리면 그것만으로도 얼마든지 스타 대열에 합류할 수 있다.

손경희 선생과는 벌써 책을 두 권이나 계약했는데 한 권은 스탠바이 중이고 나머지 한 권도 한창 원고 작업 중이다. 배은숙 선생도 국내 학자로서는 드물게 로마사를 전공해 대중저술로 활발히 진출해보고자 하는 분인데, 여러 가지 아이템을 가지고 이야기를 만들어나가는 중이다. 나는 앞으로도 계속 신인저자들을 찾아나설 생각이다.

질풍노도의 시기를 거치며

요즘 금융위기가 실물경제에까지 심각한 영향을 미치는 것을 보면서 마음을 다잡게 된다. 그동안 내는 책마다 언론에 소개가 잘 되는 편이었다. 『제국의 종말 지성의 탄생』은 세기말 비엔나의 지성사적 풍경을 다룬 책이었는데, 지인의 소개로 역자들과 연결이 되었다. 얘기를 듣고 보니 번역한 지 10년이나 지난 원고였다. 만약 10년 전에 나왔다면 분명 히트를 쳤겠다 싶을 정도로 내용이 충실하고 유려했다. 다만 지금 와서 그걸 낸다는 게 약간 꺼려졌다. 게다가 원제는 'The Austrian Mind'였다.

좋은 책을 내야 한다, 이런 책을 계속 쌓아나가야 출판사에 힘이 붙는다는 생각에 출간 결정을 내렸다. 역자들은 아예 인세를 받을 생각도 하지 않았고 책만 내주면 된다는 식이었다. 그럴 수는 없다고, 1,001부부터 인세를 주는 조건으로 계약을 맺었다. 어떻게든 팔아보려는 생각에 고심해서 제목을 붙였다. 예전에 『천재를 이긴 천재들』을 낼 때도 아침에 눈을 뜨고 미적거리는 와중에 제목이 떠올랐는데 이번 책도 마찬가지였다. 그 수많은 제목들 속에서 헤매다가 갑자기 종말과 생성의 이원적 구조가 또렷하게 떠올랐다. 제국이 끝나고 이제 지성의 시대가 열린다는 의미로 말이다.

개인적으로 제목이 너무 마음에 들었다. 그러자 마음이 달라졌다. 판매 쪽으로는 거의 포기상태였는데 제목이 정해진 뒤에는 어떻게든 팔아보겠다는 심정에 양장을 포기하고 종이도 가장 싼 이라이트를 써서 가격을 낮췄다. 책이 나오고 언론의 반응을 기다리는데 시쳇말로 장난이 아니었다. 거의 모든 언론사에서 기사를 쓰겠다고 관련 자료를 요청해왔고 그 주 북섹션을 도배하다시피 한 것이다. 황홀했다. 그전 책들도 언론을 타긴 했지만 동시다발적인 톱기사가 나오긴 처음이었다.

꿈에 부푼 나는 야! 잘하면 5,000부도 나가겠다 싶었다. 그러나 웬걸, 초판 2,000부를 찍었는데 초반에 조금 움직이더니 중쇄 1,000부를 찍자마자 올스톱하는 게 아닌가. 역시 제목과 홍보로 돌파하기에는 책의 주제가 대중적인 한계를 지니고 있음을 인정하지 않을 수 없었다. 그리고 시간이 좀 지나자 책표지와 본문 종이가 변색되면서 초반의 산뜻함이 싹 사라져버렸다. 역자들에게 이 부분이 미안하다. 오랫동안 천천히 나갈 책인데 적어도 양장이라도 했으면 좋았을 것을….

실물경제 얘기를 하다가 잠깐 다른 곳으로 샜는데, 아무튼 우리 출판사의 골격을 이룰 스테디셀러를 구축하는 게 중요하다 싶었다. 도저히 내부 인력만으로 이슈와 트렌드를 따라갈 여력이 없었다. 가령 촛불집회가 한창일 때 주변에 아는 글쟁이들을 끌어모아 분석해보려 시도한 적이 있었는데, 그 와중에 갤리온에서 『끌리고 쏠리고 들끓다』라는 번역서가 출간되었다. 순간 '이런 걸 빛의 속도라고 하는구나' 하는 생각이 들었다. 도저히 따라갈 재간이 없다. 사회가 요동을 칠 때마다 계속 그와 관련된 아이디어들이 떠오르지만 그걸 실현할 방법이 없다. 또한 계속 다른 분야를 넘보게 된다. 경제경영도 좋고 자기계발도 좋다는 생각으로 시중에 나와 있는 잡지며 인터넷이며 단행본을 찾아나가는 작업을 또 엄청나게 했다. 그 분야 베스트셀러라는 책을 구입해서 읽어보고(사실 구입한 책에 비해 읽은 책이 거의 없긴 하지만) 아이템을 쌓아나갔다.

　그런 심리상태일 때 딱 걸린 책이 『2천년의 강의 사마천 생각경영법』이었다. 『사기열전』으로 책을 내보자는 생각이 든 것은 2007년 여름 무렵이었다. 그런데 연말에 들어온 원고를 보니 너무 점잖았다. 그래서 내가 집요하게 수정을 요구했다. 샘플로 원고를 만들어서 이렇게 해달라고 부탁했다. 그런데 김원중 선생은 고전을 전공한 학자인 터라 너무 조심스러웠다. 그래서 타협한 것이 현대인의 '생각경영법'으로 사기열전을 완벽하게 한번 구성해보자는 것이었다. 김원중 교수가 기본 골격을 잡고 그 위에 내가 살을 붙여나갔다. 어떤 것은 그 반대가 되기도 했다. 인문학적 깊이를 가진 경제경영서를 만들어보자는 것이 의도였는데, 나중에 사람들에게 읽혀보니 그냥 인문학 서적이라는 의견이 지배적이었다. 내 딴에는 고전을 활용한 경제경영서로 시장에서 승부를 걸어보고 싶었는데, 엉덩이는 움직이지도 않은 채 손만 내저었던 게 아닐까 하는 반성도 들었다.

120

김원중 교수와는 앞으로도 계속 이와 유사한 작업을 해나갈 생각이다. 편집자와 저자의 공저 형식은 어떻게 보면 바람직하지 않을 수도 있다. 거기에 과도하게 시간을 쏟아부어 다른 책에 신경을 덜 쓸 수도 있고, 독자들이 좋지 않게 볼 수도 있다. 하지만 지금 글항아리는 질풍노도의 시기라고 생각한다. 되든 안 되든 많은 것을 과감히 실험해보고 그 과정에서 계속 배워나가고 싶다.

시류에 흔들리지 않는 출판

사실 트렌드에 몸을 섞고 시장의 진리를 익혀나가는 것도 좋지만, 계속 겁이 나는 것도 사실이다. 책을 이런 식으로 빨리빨리 뽑아내다가 몇 년이 지나 우리 책이 과연 몇 권이나 살아 있을까 하는 걱정 말이다. 물론 지금 내놓은 책들을 허투루 만들었다는 건 아니다. 하지만 많은 시간을 투자하고 이모저모를 종합적으로 고려해서 신중하게 만든 책이 좀더 긴 생명력을 가지는 것 같다. 그래서 스스로를 비유한 것이 '실물경제의 위기감'이었다. 틈새시장을 고민하면서 기획을 만들고 허물고 하는 것, 책의 사이즈를 늘리기 위해 기획과 편집에 인위적 요소들을 많이 개입시키는 것, 그리고 무엇보다 끊임없이 머릿속을 회전하는 돈에 대한 계산들이 사람을 말려 죽이는 것 같은 느낌이었다. 책들 또한 만든 사람을 닮아서 시류에 따라 끊임없는 소멸의 과정만 반복하는 게 아닐까 걱정이 됐다.

그래서 기획한 것이 평전 시리즈와 '비평총서'이다. 본격 평전 풍토가 약한 한국에서는 중요한 인물들에 대한, 어른들이 읽을 만한 평전이 너무 없다. 해외인물에 대한 번역서는 많이 나와 있는데 말이다. 그래서 좋은 의미에서든 나쁜 의미에서든 불멸의 인물들, 예를 들면 조선시대의 정도

121

전, 연산군 같은 이들을 라인업해서 적극적으로 기획하기 시작했다. 이 평전 시리즈는 2008년 12월부터 출간하고 있다.

'비평총서'는 박홍규 교수의 『누가 아렌트와 토크빌을 읽었다 하는가』로 이미 첫선을 보였다. 우리 시대 최고의 다작 저자인 박 교수는 역시 개인적으로 친분이 있는 분이다. 출판하겠다고 대구로 찾아갔을 때 "내 책은 잘 팔리지 않아서 별로 영양가가 없을 것"이라 하시더니 어느 날 문득 출판사 대표 이메일로 원고를 보내셨다. 팔릴 만한 주제는 아니었다. 아렌트와 토크빌을 읽기 위한 안내서였는데, 내가 이 원고에 매혹된 것은 철저하고 성실한 원전 중심의 텍스트 이해를 기반으로 국내에 잘못 알려진, 혹은 보수적으로 안착한 두 사상가의 면모를 지금 이 시대가 필요로 하는 사상적 자원으로서 현실과 깊숙하게 매개시켜 읽어내는 지적 실용주의 때문이었다. 정말 딱 부러지는 문제의식을 가진 책이었다.

당시 촛불정국이기도 해서 바로 일을 진행시켜 책이 총알같이 나왔다. 저자가 모든 걸 출판사에 일임했는데, 옳다구나 하는 마음에 제목을 강렬하게 붙였더니 저자가 나중에 좀 불쾌해하는 일이 벌어지고 말았다. 책을 읽어본 사람들이 제목과 내용이 전혀 딴판이라는 얘기를 하지 않은 게 그나마 다행이다. 이 책을 시초로 해서 예전 한길사에서 나온 '한길인문정신' 같은 총서를 계속 꾸려나갈 계획이다. 출판에 대한 나의 낭만적 열정은 아마 여기에 많이 바쳐질 것 같다. 나는 책은 재미가 우선이고 메시지는 그 다음이라는 나름의 철학을 갖고 있기 때문이다. '비평총서'에서는 예외적으로 '재미'보다는 '메시지'를 추구하려고 한다. 출판이 담론의 출발점이 될 수 있다는 것을 이 총서를 통해서 보여주고 싶다.

반면 평전 시리즈는 철저하게 읽는 재미에 초점을 맞추려고 한다. 평전을 타이틀로 해서 이미 로맹 롤랑이나 슈테판 츠바이크 등에 익숙해진 고급독자들을 찾아가려면 문학적 구성은 기본이고, 인간심리를 격동시키는 강렬한 문체와 과감한 해석이 필요하리라. 이런 점들을 감안해서 저자들을 안배했다. 『연산군 평전』을 집필 중인 김범 선생은 김훈의 문체에 매혹된 역사학자이니 더욱 기대가 크다.

◆ 강성민── 동국대 국문과를 졸업했다. 같은 대학원에서 김구용 시 연구로 석사학위를 받았다. 〈출판저널〉에 어렵사리 들어가 2년간 기자생활을 했으며, 〈교수신문〉으로 자리를 옮겨 비슷한 일을 5년간 했다. 2007년부터 글항아리를 맡고 있다. 지은 책으로 『학계의 금기를 찾아서』 『2천년의 강의』(공저)가 있고, 월간 〈인물과사상〉에 '탈脫 아카데미 저자열전'을 연재하고 있다.

2부

편집기획자로 산다는 것

책 만들기에서 배웠던 자기계발 파이브

|

윤승일 출판 트랜스포머

전환기 변신의 책들

나에겐 전환기마다 책들이 있었다. 출판 경력에 방점을 찍은 책들을 열거하면 『묵향』『소설 정약용 살인사건』『강릉대 아이들, 미국 명문대학원을 점령하다』『내 인생을 바꾼 1% 가치』『태양골목시장 이야기』. 얼핏 제목만 보면 베스트셀러를 찾을 수는 없을 것이다. 공통점은 내게 변신의 빌미를 제공해준 책들이고, 거기에 의미가 있다.

출판에 몸을 담은 지 햇수로 10년째다. 10년이 지나고 나니 "10년이면 강산도 변한다"는 말을 절대 허투루 듣지 못하겠다. 10년의 힘은 정말 대단하다. 나는 출판에서 많은 것을 배웠다. 사람은 직업이 인생이다. 한때는 그게 구차하게 보였다. 평생을 한 일터에서 보내다 문득 가는 게 허망하지 않은가! 그러나 10년 만에, 인생을 직업에서 보낸 사람들을 존경하게 되었다. 관조의 깊이를 키우는 철도원처럼 살 수 있다면 나도 그렇게 되었으면 좋겠다. 장인처럼 한눈팔지 않고 매진해 살 수 있다면 그것도 복이다 싶다. 철도원이든 장인이든 그들이 제 일에서 터득했던 것처럼 나도 나를 부려 얻은 것들이 몇 가지 있다. 일명 '책 만들기에서 배웠던 자기계발 파이브'다.

소용돌이 중심으로 들어가라
— 『묵향』(전동조, 명상)

출판기획은 분야가 다양해서 생경한 분야로 건너가면 공부가 많이 필요하다. 그래서 처음 무작정 맡게 되는 분야가 굴레가 되기도 한다. 나는 장르소설에서 시작했다.

10년 전, 파스요법을 다룬 건강서를 베스트셀러로 만들면서 다시 재기한 분에게 처음 출판 일을 배웠다. 그분은 날 보자마자 판타지 장르가 붐을 이룰 것이라고 예견했다. 편집의 세부는 지금은 아동작가이기도 한 김순자 편집장에게 배웠다. 두 분은 내 출판의 처음이었다.

『묵향』은 남의 손을 거쳐 입고된 원고였다. 판타지 장르를 전담했지만, 이 원고는 그다지 가능성이 없어 보였다. 무협소설을 잘 몰랐던 때라 이질감이 더 심했다. 나는 작가를 관리하고 원고를 검토하고, 디자인을 책임졌다. 책이 나온 뒤에는 광고마케팅까지 도맡았다.

결과적으로 애초의 내 판단은 오판이었고, 『묵향』은 1년 만에 판타지 장르에서 큰 성과를 거두었다. 책 대여점 수가 불어나면서 이 책의 판로는 수만 부가 기본으로 보장되었다. 한두 달에 한 권씩 나오는 책은 출판사의 든든한 기반이었다. 나는 판타지 분야의 중심에 서게 되었다. 내는 책마다 부수를 걱정해보지 않았다. 이때 많은 사람들이 내게 조언을 구했다. 『묵향』을 서울대 학생들이 도서관에서 가장 많이 빌려다 봤다는 통계가 나오면서 판타지 장르의 정체를 다들 궁금해했다. 일간지들까지 이 장르의 유행을 관심 있게 다루었다. 따옴표로 묶은 전문가 인용은 나의 말이 많았다.

나는 빤히 다 알아서 전혀 궁금하지 않은 일들이 남에겐 생소하다는 게 되레 낯설었다. 알고 보니 그건 큰 무기였다.

쌍둥이가 태어나면서 잠시 집에 들어앉아 있을 때 『묵향』의 표지디자인을 해주셨던 디자인 붐의 여상우 실장으로부터 연락이 왔다. 거래 출판사에서 판타지 브랜드를 뽑아낼 예정인데, 실무 적임자로 나를 추천했다고 했다.

그때부터 6년간 판타지 장르에서 편집팀장으로 일했다. 하나의 브랜드에서 올린 연간 매출이 웬만한 중견출판사 매출을 넘었다. 그때도 내내 판타지의 중심에서 흐름을 온몸으로 느꼈다. 그리고 변방에 서 있는 사람들을 많이 보았다. 그들은 이 시장을 늘 궁금해했다. 한가운데서는 얼마나 많이 보이는지. 이치는 간단하다. 한가운데 있어야 모든 게 보인다.

가운데는 압력이 가장 세게 마련이다. 그래서 뚫고 들어가는 게 쉽지 않다. 그래도 어느 분야에서든 항상 자신을 다수에서 소수자로 만드는 작업을 게을리 해서는 안 된다. 중심에는 많은 사람들이 서 있을 수 없지만 압력을 견디고 마침내 거기에 서면 주변과의 격차는 현저해진다. 얼마나 더 보이느냐의 차이만으로도 그렇다는 얘기다.

파생 분야를 개척하라
― 『소설 정약용 살인사건』 (김상현, 랜덤하우스)

일본의 미스터리 소설에 깜짝 놀랐다. 장르가 아름다운 수준이었다. 그만한 경지로 끌어올린 수작들은 작가별로 모으기까지 했다. 장르 분야에 일가견을 가졌다고 자부했던 나에겐 그것들이 보물이 아니었다. 심하게 표현하면 내겐 월나라 왕 구천이 밤마다 핥던 쓸개였다. 무지 썼다. 막막했다. 보고 또 볼 때마다 신비로웠고 그만큼 입은 소태 같았다. 심지어 일본에서 어중이떠중이 작품들이 다 들어와도 할 말이 없었다. 아무리 후져도 기본기는 되어 있었으니까.

나는 한국 미스터리의 주소를 잘 알았지만 막상 찾아가려니 다리가 후들거렸다. 출판의 도시에서 그곳은 달동네 중에서도 꼭대기에 위치해 있었다. 시장의 규모를 그대로 연상시켜도 무리 없다. 장르에 도전하는 작가도 찾기 어렵고, 능력 있는 작가는 출판사가 알아보지 못했다. 평행한 줄을 당겨다가 서로 접점이 되도록 붙여보고 싶었다.

구원처럼 『다빈치 코드』가 물 건너 왔다. 다 읽은 후 책을 세워놓고 모나리자 앞에서 절을 했다. 이 작품에서 장르의 틈새를 보았기 때문이다. 일본 미스터리로부터 안전한 지역이 발견된 것이다.

팩션은 저주받은 달동네 꼭대기에 비친 한 줄기 빛이었다. 조선 역사와 추리가 결합될 때 일어나는 앙상블은 빛줄기를 타고 내려오는 천사의 노래 같았다.

출판에서 한 분야를 태동시킬 때 잘해야 하는 것은 '뻥'이다. 요는 작가였으므로, 작가를 움직이는 재주를 부릴 줄 모르면 안 된다. 더군다나 신新분야라는 무보증상태를 극복할 수 있는 거라곤 '구라' 밖에는 달리….

아무튼 작가가 면전에서 독배를 들기까지 입은 한없이 나불거려야 했다. 나는 학교 후배에게 그걸 먹였다.

김상현 작가는 장르 성향이 강한 소설을 많이 썼으므로 그 역시 구미가 당겼을 것이다. 작업은 쉽지 않았다. 초반에 날린 원고가 1,000매가 넘었다. 팩션은 남사당패의 곡예 줄타기와 비슷했다. 한 발만 헛디뎌도 역사가 안 되든가, 추리가 안 되든가 했다. 한 줄을 고대로 타고 가야 한 편의 팩션이 완성되었다.

김상현 작가는 10개월에 걸쳐 떨어지기를 반복한 끝에, 안 되면 나보고 다 책임지라는 엄포도 반복한 끝에 자극적인 제목의 『소설 정약용 살인사건』

130

을 출간했다. 우리나라에서 팩션이라는 장르를 표방하고 나온 첫 작품이다.

팩션은 장편 역사소설에서 관심을 돌린 독자들에게 기존의 역사소설에 대한 대체 효과도 가지고 있었다. 팩션을 쓸 작가가 더 많이 필요하다는 얘기다. 퇴역에서 신인까지 작가들을 계속 발굴했다. 역사와 추리를 동시에 다룰 줄 아는 작가는 의외로 적다. 그래서 더더욱 팩션의 미래는 전적으로 작품을 공급하는 작가의 수에 달려 있다.

그동안 또 발굴하고 다듬어온 작가들의 팩션이 세 작품, 여름시장을 겨냥하고 출간될 전망이다. 팩션 작가를 표방하고 있기에 이들은 여전히 신 분야 팩션의 미래다.

팩션이라는 광정鑛井을 발견할 수 있었던 데는 나의 지하에 장르가 흐르고 있었기 때문이다. 팩션은 우물 하나에 불과했지만 나는 그게 얼마든지 오션이 될 수 있다고 지금도 열심히 독배를 타고 있다. 작가들에게 준 팩션의 독배에 가장 진하게 탄 게 '블루오션'이란 단어다. 그러고 보면 나는 이미 '블루오션'을 과도하게 조제하다 중독된 상태인지도 모른다.

변화를 충동질할 멘토를 찾아라
—『강릉대 아이들, 미국 명문대학원을 점령하다』(조명석, 김영사)

성공에 대한 가장 큰 착각을, 한 공익광고의 카피에서 발견할 수 있다.

"안철수는 평범한 (서울대) 의대생이었습니다."

한 네티즌은 이 광고에 대해 이렇게 비아냥거렸다.

"빌 게이츠는 평범한 하버드 대학생이었다. 노무현은 평범한 사법고시 합격자였다. 추성훈은 평범한 아시안게임 유도 금메달리스트였다. 마이클 조던은 평범한 전미 대학교 랭킹 1위 선수였다. 스티븐 호킹은 평범한

IQ 200이었다.

…장난하냐 씨발."

현실의 문턱을 잘못 지정하면 욕밖에 안 나온다. 이 정도는 되어야 한다.

"미국 명문대학원의 이 한국인 장학생들은 전에는 지방대에서도 평범 그 이하인 학생들이었습니다."

2006년 말에 누구나 공감할 수 있는 사례가 강릉에 출현했다. 지방대한 학과의 학생들이 무더기로 미국 100위권 안의 명문대학원에 들어간 것이다. 미국에 대학이 4,500군데 정도니까 100위권은 우리로 치면 서울·연·고대 수준이다. 한 학과에서 무려 20퍼센트가 여기에 진학한 것이다.

나는 직접 이 대학의 전자공학과를 찾아가 학생들을 인터뷰했다. 그들은 자신들을 아주 비하했다. 삼류 대학생의 자질을 고루 갖추고 있었다고. 로또 교수님을 만나기 전까지 학점 1.5가 안 되었고, 영어는 점수로 환산하는 게 별 의미가 없었다. 게다가 더러는 가난하기까지. 전공으로 밥벌이하는 미래는 일찌감치 포기했다.

그들은 조명석 교수를 만나면서 변신을 시도한다. 시작은 면담이었다. 왜 자신들을 붙들고 한두 번도 아니고 두세 시간이 넘도록 이야기를 해주는지 처음에는 몰랐다. 될성부른 놈만 고른 것도 아니다. 면담은 누구에게나 평등했고 자유로웠다. 누구도 이처럼 자신들의 미래를 설계해보자고한 사람이 없었다. 면담이 계속되면서 그들은 변화의 힘을 얻었다. 공부가가장 쉽지는 않았지만 가장 해볼 만했다니 놀라운 변화였다.

그리하여 지금까지 40여 명이 넘는 형편없던 아이들이 미국 명문대학원을 나와 삼성, LG, 인텔 같은 대기업 전자회사에 들어갔다. 매년 학벌세탁(?)에 나서는 학생들은 늘어나고 있다.

132

그들은 조명석 교수를 '내 인생의 로또'로 여긴다고 했다. 『강릉대 아이들, 미국 명문대학원을 점령하다』에는 이미 유학 중인, 혹은 대기업에 취업한 제자들의 편지까지 생생한 목소리로 실려 있다.

로또를 사는 대부분의 사람들은 평범할 것이다. 평범한 수많은 사람들의 돈을 모아 몇 사람을 특별하게 만드는 게 복권이니까. 이 책을 기획한 목적은 평범의 가치 때문이었다. 타고난 사람이 아니라 평범한 사람의 가능성이 어디까지인지 보여주고 싶었다.

조명석 교수의 원고를 받고 또 수시로 만나면서 나는 맙소사, 중독되었다. 그의 원고를 읽으면서 독이 묻은 책의 페이지를 넘긴 꼴이었다. 평범함의 힘을 가르쳐준 조명석 교수는 나에게도 멘토가 되어주었다.

동기를 부여하고, 정확한 목표를 설정하고, 매진하면 된다는 것을 누가 모르랴. 학생들은 조명석 교수의 끈질긴 관심에 감화를 받았으리라. 그가 학생들에게 그랬던 것처럼 내게도 관심을 가져주었다. 가능성의 껍질을 벗기도록 부추겨주었다.

지금도 교수님 내외와 우리 부부가 만나곤 한다. 그는 학생들의 정곡을 찌르는 방법을 구사하지만 내게는 그렇지 않다. 대신 학생을 변화시키는 지속적인 과정을 들으면서 내가 변할 줄 알게 되었다.

나의 가능성에 도전하라
—『내 인생을 바꾼 1% 가치』(윤승일, 서돌)

페르디낭 슈발은 프랑스의 평범한 우편배달부였다. 그는 죽을 때 가장 아름다운 성의 주인으로 죽었다. 40대 중반에 처음 돌덩이를 주웠고, 그 돌을 쌓아 성을 짓기 시작했는데, 완성시키는 데 33년이 걸렸다. 그는 건축에 대해 전혀 몰랐다. 그런데도 누구의 도움도 없이 홀로 성을 세워 문화재까지 되도록 만들었다.

이 이야기에서 가장 중요한 건 완벽하게 평범한 것들의 조합이다. 길거리에 널린 돌덩이와 하루종일 걷는 게 전부였던 우편배달부처럼 평범한 게 또 있을까.

『내 인생을 바꾼 1% 가치』의 기획은 그렇게 시작되었다. 작은 소재로 변화에 성공을 거둔 실제 이야기들의 리스트를 만들었다. 자료가 쌓이면서 서둘러 작가를 구하려 했지만 여의치 않았다. 생각해보았다. 나의 기획을 완벽하게 이해해서 쓸 수 있는 작가를 구할 수 있을까.

『내 인생을 바꾼 1% 가치』의 저자는 그렇게 구해졌다. 나만큼 이 기획을 더 잘 이해하는 사람은 없을 듯싶었다. 스토리에 감성을 적절한 농도로 풀 수 있어야 하는데 작가와의 시행착오도 우려되었다. 내가 작가이자 기획자가 되기로 했다.

집필에 들어가기 전에 조명석 교수를 만났다. 그에게 제가 이 작업을 완수할 수 있을까요, 하고 묻지 않았다. 그와의 대화에서 몇 마디를 조합해내는 것으로 충분했다. '재주보다는' '힘들더라도' '포기하지 않고' '조금씩 나가다 보면' '어느 순간 갑자기' '끝이 나 있을 겁니다' '윤 실장도' '강릉대 학생들처럼' '할 수 있을 겁니다.'

집필에 들어간 지 두 달 만에 탈고를 할 수 있었다. 책은 그 뒤로 두 달 뒤에 출간되었다. 놀라운 경험이었다. 편집자에서 작가의 처지가 된 것보다 더 놀라운 건 내가 형편없는 편집자였다는 걸 알게 된 것이다.

이 책의 담당편집자는 경력이 그리 오래되지 않았다. 그런데 작가를 다루는 솜씨가 능숙했다. 작가고 편집이고 다 꿰고 있는 사람을 능숙하게 다루었던 그의 무기는 성실이었다. 평생 몇 번 써보지 않았던 이 단어가 나를 반성하게 했다.

출판에서 노련해진다는 것만큼 위험한 착각은 없을 듯싶다. 점점 맞춘 듯이 착 달라붙는 옷을 입을 때의 감각은 출판계에서는 저릿한 공포감이다. 나는 그 편집자에게서 섬뜩함을 느꼈다. 나의 계기판에서 먼지를 벗기자 성실도의 게이지가 밑바닥이었던 것이다. 작가가 되고서야 내가 얼마나 불성실한 편집자였는지 돌아볼 수 있었다.

작가와 출판기획자를 겸하고 얻은 소득은 자기 제어 기술로 두 가지 일을 완수하는 게 아니었다. 양편을 다같이 솔직한 시각으로 봄으로써 가능성을 더 끌어올리게 되었다. 두 개의 거울이 반사해내는 자기반성의 각도가 누구보다 커지게 된 것이다.

가능성을 실험하면 실패하든 성공하든 또 다른 가능성을 열어준다. 겁먹지 말지어다. 바닥이 비포장도로일수록 신난다. 어디로 튀게 될지 모르기에 설레고 가슴 뛰는 순간을 맞이한다. 이때 팽팽하게 바람을 채우는 게 중요하다. 실속 없이 허망한 바람이어도 좋다. 원래 바람이란 게…. 대신 그걸 헛짓거리로 여겨서는 안 된다. 스스로 바람을 빼버리면 엉뚱한 데로 튀지는 않겠지만 바닥에 눌러앉고 말 것이다.

가장 괴물다운 괴물을 찾아라
— 『태양골목시장 이야기』(윤승일, 밀리언하우스)

첫 번째 책과 두 번째 책은 분야(자기계발)는 같아도 성질이 달랐다. 에세이풍의 자기계발서를 썼다가 현장성이 담보된 경제우화를 쓰려니 애를 먹었다.

책은 재래시장의 성공담이 모델이었다. 재래시장은 외부 환경이 바뀌지 않으면 탈이 없다. 90년대 중반 유통시장이 열리면서 변수가 생겼다. 대형마트들이 경쟁적으로 시장 주변에 포진하자 시장이 통째로 사라졌다. 그런데 광진구의 한 재래시장이 골리앗과의 싸움을 견뎌냈다. 500미터 근방에 국내에서 두 번째 큰 규모의 대형마트가 들어섰지만 시장은 건재하게 살아남았다. 외부의 치명적인 공격을 방어해낸 비결을 찾았다. 성공 요소를 뽑아내고 거기에 맞춰 이야기를 재구성하는 방식이었다. 각 장에는 덧붙일 자료도 많이 필요했다. 인터뷰는 기본이었다.

『태양골목시장 이야기』에서 가장 매력적인 요소는 개인의 성공이 아닌 전체의 성공이었다. 우석훈 교수가 지적했듯이 자기계발서는 이데올로기상 우파적이다. 자기계발서는 경쟁이라는 구도와 자기 책임이라는 배경을 게임의 룰로 제시한다. 그러니 혼자 싸워서 경쟁에서 살아남아 더 많은 부를 확보하라는 것이다.

재래시장의 룰은 달랐다. 대형마트에 치여 몰락하는 시장의 룰은 모두가 살든가 함께 무너지든가, 둘 중 하나였다. 여기에 반했다. 기왕이면 한꺼번에 사는 게임, 먼저 이루어낸 조직의 성공이 차후 개인의 성공 경험으로 녹아드는 선순환! 자기계발서의 색깔을 조금이라도 바꿔보고 싶었다.

여기까지는 이 책을 쓰게 된 목적이다. 동기는 조금 다르다. 나는 일견 무리해 보이는 계획을 세워놓고 있다. 『태양골목시장 이야기』는 그 계획의 첫 작품이다. 이어서 『마지막 강의』의 청소년판인 『청소년을 위한 마지막 강의』가 출간된다. 어린이책 『요까짓 것들의 힘』(가제)과 『성공을 이끌어내는 1% 비결』도 준비하고 있다.

각각의 책이 다루는 분야가 다 다르다. 향후 장르 입문서도 쓰려고 한다. 읽기 쉬운 인문교양서도 마무리해보려고 한다. 매년 일곱 권의 책을 출간한다는 계획도 세워놓고 있다. 독서량은 2008년의 경우 정독한 것만 120권 가까이 되었다. 2009년에는 150권까지 독파했으면 좋겠다. 그러나 아직 멀었다고 생각한다. 그 괴물들에 비하면 말이다.

『태양골목시장 이야기』를 쓰기 시작하면서 괴물 중의 괴물들을 찾아냈다. 세대별로 꼭 해야 할 50가지 시리즈로 유명한 일본 작가 나카타니 아키히로와 북세미나닷컴의 이동우 대표다. 한 사람은 연간 50권의 책을 출간하는 사람이고, 한 사람은 한 달에 책을 30권 이상 읽는 사람이다.

(책의 양질과 수준을 떠나 숫자의 의미만 놓고 보면) 나는 이들이 사람 같지 않다. 괴물이 아니고서야 한 주에 한 권을 쓰고, 한 달에 30권을 넘게 읽어낸다는 게 믿기지 않는다. 그들은 정말이지 연구대상이다. 한마디로 괴물 중의 괴물이다. 이들에 비하면 나는 새 발의 피다.

그러나 이들을 상정해놓고 나니 글을 쓰고 읽는 데 도움이 되었다. 내가 그들의 어디까지 도달할 수 있는지 도전해보고 싶었다. 그들의 존재가 내일의 추동력이 되고 있다.

모든 분야에서 괴물을 찾는 일은 유용하다고 생각한다. 어디에나 믿기지 않는 괴물들이 있게 마련이다. 그들은 그 분야의 확장된 폭이다. 내 위치를 정확하게 측정하는 척도가 될 수 있다. 기왕 찾는 김에 괴물 중의 괴물을 찾게 된다면, 적어도 우물 안 개구리처럼 되지는 않을 것이다.

◆ 윤승일──── PCB 북컨설팅을 운영하고 있으며, 팩션 전문가로 활동하고 있다. 출판기획자와 작가를 겸하고 있다. 스토리텔링 기법을 이용한 코칭법도 연구하고 있다. '작가 발굴'을 출판의 한 영역으로 만드는 게 장기적인 계획이다. 쓴 책으로는 『내 인생을 바꾼 1% 가치』와 『태양골목시장 이야기』가 있다.

나 같은 당신을 위한 책을

|

이현수 media2.0 편집장

일단 묻자. 나는 뭘 하는 사람인가? 기획자인가? 잡지만 내던 회사가 단행본 출판을 시작한 이래 서른여덟 권의 책을 시작부터 지금까지 만들었으니 내게 기획자란 이름을 붙여줘도 되지 않을까? 근데 기획자와 편집자는 다른 건가? 마케팅 일도 하고 있는데, 마케터라고도 할 수 있나? 여기저기 이런저런 글쓰기로 치면… 앵벌이? 사무실에서 매일 커피도 파는데 그럼 그건?

고양이가 책과 함께 내게로 왔다

나는 1년에 열 권이 채 못 되는 책을 내는 작다면 작은 출판사의 기획자이자 편집자이자 (밑으로 꼴랑 한 명의 편집자를 둔) 편집장이자 마케터이자 앵벌이이자 다방 언니다. 출판사로서는 'media2.0'이란 이름을 쓰고 있고 입 밖으로 낼 때는 '미디어이쩜영'이라 부르고 있으며 사람들이 놀다 가는 다방 역할을 할 때는 '미디어이쩜빵'이라고도 한다. 자고로 출판사란 '문학어쩌고' '저쩌고책' 같은 이름이 제격이거늘. 별로 출판사스럽지 않은 이름에 영문 표기까지 모두 별 뜻 없으니 '그 이름의 의미' 따위는 궁금

138

해하지 않았으면 한다. 다행히 얼마 전부터 웹2.0의 시대가 열리면서 '2.0'에 대한 의문은 많이 사그라졌지만, 그 옛날 media2.0이란 이름을 지었을 때는 그리 대단한 뜻은 없었다. 그냥 '어쩌다가'라고 하는 게 옳을 것이다.

시작은 미미하였다(어쩌면 끝도 창대하진 않을지도). 〈FILM2.0〉이란 영화 주간지에 매진할 때였는데 영화지라는 인연으로 이와이 순지 감독과 친분을 맺으면서 그가 낸 소설이 있다는 것을 알게 되었다. 〈러브레터〉〈4월 이야기〉 같은 영화로 많은 이들이 그에게 빠져 있던 시기라 나 또한 그가 직접 써내려간 소설을 간절히 읽고 싶었다. 그래서 그에게 주세요, 했고 그는 주었다. 그 책을 어떻게 낼지(그리고 누가 낼지. 설마 '나'라고는 생각 못했다)에 대한 생각은 완전 뒷전이었다.

그러다가 '내가' 직접 내고 싶다는 생각의 계기를 마련해준 책을 만났다. 어쩌다가 휴직을 하고 미국에 좀 머물게 됐고, 심심해서 서점을 들락거리며 쉬운 책(할리퀸 로맨스나 시드니 셸던 유)만 줄창 사서 읽고 있던 참이었다. 그날도 '이번엔 텍사스 카우보이 계통의 후끈남이 나오는 로맨스를 사볼까' 하며 서가를 뒤적이다가 아주 귀여워 환장할 지경인 녀석을 만났다. 꽃미남이 아니라 꽃미묘. '노튼'이라는 이름의 고양이였다. 당시 『THE CAT WHO'LL LIVE FOREVER』란 제목의 책이 출간되었는데, 사진 속 고양이가 내 눈을 똑바로 쳐다보며 '날 데려가, 날 데려가' 조르고 있었다.

데, 데려가줄게. 나는 근육남을 팽개치고 대신 고양이를 안고 돌아왔다. 알고 보니 이전에 두 권의 전작이 있었다. 오랜 세월에 걸친 고양이와 한 남자의 동거 이야기로, 사랑을 믿지 않고 공화당엔 절대 투표하지 않으며 고양이를 지독하게 싫어하는 시니컬한 남자 피터 게더스가 어느 날 스

139

코티시폴드 종의 귀 접힌 고양이 노튼을 만나면서 자신의 인생을 변화시켜가는 이야기였다. 그 둘은 어디든 함께하며 뉴욕, 로스앤젤레스, 파리를 누비다가(1권), 프로방스에 머물며 바르셀로나, 시실리 등으로 여행을 다니고(2권), 결국 슬프고도 아름다운 이별을 맞는다(3권).

이거였다. 바로 내가 읽고 싶은 책. 내가 만들고 싶은 책. 그런데 과연 어떻게?

그래서 나는 고양이책 편집자이다

슬슬 잡지에 질려가던 참이었다. 매주 마감 밤샘이 지겨워 미칠 지경이었다. 휴직을 할 정도로 몸도 심하게 망가져 있었다. 그리고 월간지 할 때는 한 달에 책 한 권을, 주간지 할 때는 한 주에 책 한 권을, 그렇게 수년간 뚝딱뚝딱 만들었으므로 단행본 내는 것은 별 문제 아니라고 생각했다. 맞다, 나는 바보였다.

해외 저작물을 내려면 에이전시라는 곳을 통해야 한다는 사실을 모르고 (반드시 그런 건 아니지만) 책 맨 앞에 있는 미국 연락처에 메일을 보낸 것부터가 어설픔의 시작이었다. 기다린들 연락이 올 리 있나. 결국 에이전시라는 게 있다는 얘길 건네 듣고 전화를 걸어 오퍼 신청서를 내고 계약을 하기까지 숱한 시행착오를 거치고 시간을 보내고 나서야 겨우 세 권을 손에 넣었다. 그게 후에 일명 '노튼 3부작'이라 불리게 된 『파리에 간 고양이』『프로방스에 간 고양이』『마지막 여행을 떠난 고양이』다.

고양이를 좋아하지 않는 사람이라면 아무도 모를, 하지만 애묘인이라면 이제 누구나 다 알 이 시리즈는 시작도 어수선했지만 중간 과정도 그리 순탄하지는 않았다. 책이 재미있다는(그것도 '내' 눈에만) 이유 하나만으로 무모하게 시작한 일이었다. 내가 읽고 싶은 책이라면 남도 읽고 싶어할 줄 알았다. 주변에 출판한다는 사람, 직접적으로 아는 이 하나 없으니 어디 물어볼 데도 없었다. 하는 수 없이 친한 선배한테 번역을 맡기고 친한 후배에게 표지를 맡기고 또 친한 후배를 사무실에 데려다놓고 그야말로 '친족체계' 또는 '가내수공업'적으로 책을 만들기 시작했다. (이런저런 패션잡지를 전전하다가 잡지계에 신물이 난다며 은행 면접을 보러 다니던 그 후배를 단행본 편집의 길로 끌어들인 것은 지금도 좀 미안한 마음이 든다. 은행에 취직했더라면 지금쯤 결혼도 하고 아이도 낳고 '평범한' 인생을… 이렇게 말하다 보니 갑자기 전혀 안 미안해지긴 한다.) 하여튼 번역이나 편집이나 표지나 모두 그야말로 초짜들이었다. 하지만 누구에게나 시작은 있는 법이다. 결과적으로 그들은 지금 프로 중의 프로가 되어 있으니(근데 나는 왜 여태 이 모양인데?).

일단 맘에는 들게, 예쁘게는 만든 것 같은데 이걸 파는 것이 또 문제였다. 한 다리 건너 아는 출판 쪽 사람들에게 샘플링을 했을 때 반응은 완전 꽝이었다. 다들 말하길, (개가 나와도 볼까 말깐데) 고양이가 나오는 에세이 따위를 누가 보겠냐는 거다. 아니, 이렇게 재밌는데? 당시만 해도 고양이는 '음지'의 동물이란 인식이 강했기 때문에 애견 인구는 전면에 드러나도 애묘 인구는 숨겨져 있었다. 고양이를 길에서 쓰레기통을 뒤지거나 만화가 집에 침거하는 동물로만 여기던 때였다. 한마디로 '궁디팡팡' '오뎅꼬치' 등의 고양이 용어가 없던 시절이었다.

어쩐다. 1권 『파리에 간 고양이』가 팔리지 않으면 2권이고 3권이고 말짱 꽝이었다. 광고할 돈은 먹고 죽으려 해도 없으니, 별수 없다, 입으로 떠들고 발로 뛰는 수밖에. 그래서 시작한 것이 블로그다.

2005년, 네이버에 '노튼 팬클럽'이라는 것을 만들었다. 원래 팬클럽이라면 노튼을 좋아하는 사람을 모으는 거겠지만, 이건 노튼을 좋아할 법한 사람을 찾아다니며 팬 해달라고 사정하는 구차한 팬클럽이었다. 우선 고양이를 좋아하는 블로거들을 꾸준히 찾아갔다. 그리고 신뢰 쌓기. 이 책의 두 편집자가 얼마나 애묘인인지, 우리 둘의 고양이가 얼마나 미묘인지(사실은 자기 자식 자랑이 제일 큰 목적, 우훗) 보여주고, 보면 바로 코피 흘릴 법한 실제 노튼의 사진도 공개했다. 또 배운 게 도둑질이라고, '노튼 시리즈'의 내용을 가지고 '노튼이 갔다는 레스토랑 스파고는 어디?' '노튼이 만났다는 로만 폴란스키 감독은 누구?' '다른 나라는 어떤 표지를 썼나?' 등등의 소싯적 재주를 활용해 기획기사를 만들며 이 책이 얼마나 재미있는지 알리려 애썼다.

그렇게 『파리에 간 고양이』는 고양이를 좋아하는 사람들 사이에서 조금씩 입소문을 타기 시작했다. 고양이를 좋아하는 사람은 고양이책이 나왔다는 사실만으로도 기뻐해주었다. 고양이를 키우거나 고양이와 이별을 했던 사람들은 이 책에 눈물 흘리며 옆 애묘인에게 추천해주었다. (아, 이렇게 쓰고 보니 낯 뜨거운 걸. 엄청 대박이 난 것처럼 떠들고 있으니까. '많이 팔렸다'는 우리 기준은 다른 출판사와는 상당한 차이가 있다. 나로 말하자면, 큰 출판사의 초판 부수 정도 되는 것 가지고도 대박났다며 방방 뛰는 멍청이다.)

어쨌든, media2.0은 이렇게 고양이와 함께 시작됐다.

아주 가끔, 책의 신 내림

그다지 많이 팔리지도 않은 책에 대해 뭐나 되는 양 이렇듯 장황하게 떠들어댄 데는 이유가 있다. 한때 출판 쪽 사람들을 만나면 늘 이런 질문을 받았다. "그곳은 어떤 책을 내는, 어떤 성격의 출판사입니까?" 그럴 때 나는 이렇게 대답하곤 했다. "아, 저, (우물쭈물) 우리는 고양이 출판사입니다." 진지하게 받아들이진 않았겠지만 그들에겐 '쟤 뭐냐?'는 표정이 역력했다. 하지만 나의 이 멍청한 대답은 어떤 면에선 사실이다. "저 좋은 대로 책 내는 출판사입니다"라는 결코 믿음직스럽지 않은 뜻을 얼버무린 말이기 때문이다.

자랑도 아니고, 잘난 척도 아니다. 내가 가장 잘할 수 있는 일이라 믿어 의심치 않았고 그렇기 때문에 꽤 오랜 시간 동안 했던 기자 일을 접고 내 인생의 어떤 터닝포인트가 될지도 모를 단행본 출판을 시작한 것은 어쩐지 내가 좋아하는 일만 하고 살 수 있을 것 같아서였다. 기자는 매체의 방향에 따라 쓰기 싫은 기사도 써야 하고 만나고 싶지 않은 사람도 만나야 한다. 어울렁더울렁 즐거운 글쓰기보다는 들뢰즈를 인용하는 무겁고 진중한 글쓰기가 대체적으로 적합하다. 재미있는 때도 많았지만 답답할 때도 많았다.

단행본은 달랐다. 출간된 책들을 몽땅 내가 좋아한다고 말할 순 없지만 (혹시 이런 책을 하면 돈을 벌까 싶어 낸 것들도 있다. 근데 왠지 이상하게도 그런 책은 어김없이 망하더라고), 적어도 내가 읽고 싶은 책을 만들 수 있었다. 위의 노튼 시리즈도 그러하지만, 애니 프루의『브로크백 마운틴』이나『시핑 뉴스』, 이언 매큐언의『암스테르담』『첫사랑, 마지막 의식』『이런 사랑』, 닉 혼비의『하이 피델리티』, 요시다 슈이치의『거짓말의 거짓말』『첫사랑 온천』, 가쿠타 미쓰요의『죽이러 갑니다』『이 책이 세상에 존재하는 이유』 같은 책들도 다 나의 '고양이들'이다. 이 책들이 좋았다. 그리고 이런 나의 마음과 같은 사람을 찾고 싶었다.

내가 좋아하는 책이라고 다른 사람들도 다 좋아하는 게 절대 아니니, 그렇게 따지자면 나는 정말로 운이 좋은 사람이다. 가끔 그분이 오시나? 지금 돌이켜 생각해보면 나름 애쓰는 나를 불쌍히 여긴 '책 신'이 가끔은 내리는 모양이다.

예를 들면 『브로크백 마운틴』. 친한 선배가 원작을 읽고 좋다며 줄거리를 얘기해주는데 처음엔 그다지 관심이 가지 않았다. 게이 카우보이? 글쎄. 중국 황사도 지겨운데 텍사스 모래바람까지…. 그러다가 우연히 한 미국 연예 프로그램을 보게 됐는데 이안 감독의 〈브로크백 마운틴〉이 소개되면서 몇 클립이 나왔다. 충격 먹었다. 그 짧은 장면이 불러일으키는 여운은 바람이 아닌 모래폭풍이었다. 서둘러 계약을 했고(왜 서둘러? 아무도 관심 없는데) 번역에 돌입했다. 사실 그때까지만 해도 지나치게 마이너적인 소재의 저예산 독립영화가 개봉할 수 있으리라곤 생각하지 않았고 그 영화가 후에 그렇게 대단한 평가를 받으리라 짐작하지 못했다. 결국 우리나라에도 개봉이 됐고 또 너무나 좋은 영화여서, 많은 관객이 그 가치를 알아줘서, 또 시상식 때마다 이안 감독을 비롯한 스태프들이 "이 영화가 만들어질 수 있었던 것은 훌륭한 원작을 써준 애니 프루 덕분"이라고 말해줘서, 소설 『브로크백 마운틴』도 '덩달아' 팔려나갔다.

이언 매큐언을 계약하고는 대체 이 작가를 어떻게 알려야 하나 고민하고 있던 차에 영화 〈속죄〉가 나오면서 또 '덩달아' 매큐언 책을 찾는 독자도 많아졌고, 〈사랑도 리콜이 되나요〉라는 엉뚱한 제목의 영화를 좋아했던 사람들은 원작인 『하이 피델리티』를 '덩달아' 찾아줬다. 과거에 영화 일 했다는 것에 (초딩 때부터 팬이었던 장미희 만난 이래 처음으로) 감사한 순간들이다.

144

낙천적인 아마추어

이렇게 써놓으니 거저 가는 인생이구만. 이쯤 해서 아까 한 얘기를 반복할 필요가 있겠다. 여기서 '많이 팔렸다'라는 말은 일반적인 기준과는 다르다. 예를 들어, 싼값에 계약해 초판(3,000부)을 넘기며 '2쇄'라는 말로 고쳐 적을 때 킬킬대며 '이야, 많이 팔렸다' 하는 게 내 수준이다. '많이 팔렸다'기보다는 '많이 알려졌다'라 하는 게 더 적절한 표현일 것이다. 실제 판매량은 많지 않지만 적어도 독자들이 책 제목을 기억하고 책을 읽어주고 출판사 이름을 인지해주고 좋아해줬다는 얘기가 맞다. 돈을 얼마 벌고 어쩌고 하는 것보다 내가 더 중요하게 생각하는 부분이다.

싸장님이 기함할 일이다. 돈을 벌고 어쩌고에 관심 없다고? 남의 돈을 먹고 일하는 사람이 이따위 말을 하다니. 근데 이렇게 살다 보니 가끔 『브로크백 마운틴』처럼 소 뒷걸음질치다가 쥐 잡는 책도 나오고 『이런 사랑』처럼 모두에게 추앙받는 책도 나오던데. 하하.

안다. 이 터무니없는 낙천주의는 나를 언제나 아마추어에 머물게 한다는 것. 앞으로도 절대 메이저리그에 진입할 수 없게끔 할 거라는 것. 처음 내가 출판을 해보겠다고 했을 때 선배가 대뜸 이런 충고를 했다. "네가 좋아하는 책을 하면 안 돼. 네가 좋아하는 식으로 만들어서도 안 돼." 요즘도 가끔씩 선배의 말을 곱씹어본다.

안다. 맞는 말이다. 내가 좋아하는 책보다는 남이 좋아할 만한 책을 만들어야 한다는 것. 독자가 필요로 하는 책을 만들어야 한다는 것. 제멋에 겨워 저 좋다는 짓만 했다가는 거지꼴을 못 면할 거라는 것.

안다. 아는데…. 정말 그러면 안 되는 건가? 나의 이런 바보 같은 방식이 가끔은 먹히기도 하던데. 잘하고 있다며 등 두드려주는 사람도 있고 더 잘하라고 혼내주는 사람도 있던데. 이렇게 (소수) 독자의 관심 속에서 나름 씩씩하게 크고 있는 것 같은데. 큰 욕심 부리지 않고 이렇게 자기 색깔 만들어가며 열심히 하다 보면 언젠가는 지금보다는 잘되지 않을까. 이게 바로 욕심인가? 다시 한 번, 민망함을 누르며, 하하.

오늘도 나는 집을 나선다

집을 나선다. 오늘 출근길의 백뮤직은 러브 사이키델리코. 신보를 사지 못해 약 오르다. 오늘은 필립 클로델의 새 소설을 28장까지 끝낼 예정이다. 몇 년 전 그를 만났던 기억이 떠오른다. 『회색영혼』을 내고 작가로서의 그를 발견한 것에 흥분해 있던 차, 『회색영혼』을 낸 전 세계 출판사 편집자들이 프랑크푸르트 북페어 기간 중 모임을 갖는다 했다. 아악. 사진기 체크, 사인 받을 책 체크. 그를 만난다는 것에 들뜬 나머지 볼 빨간 얼굴을 체크하지 않은 덕분에, 덜덜거리며 말을 더듬은 덕분에, 나는 그에게 깊은 인상을 남겼을 거라 자부한다. 그러고 보니 요시다 슈이치를 만났던 기억도 난다. 『거짓말의 거짓말』을 내고서 이런저런 매체를 위한 취재(일명 앵벌이)를 빌미 삼아 그를 만나러 갔다. 역시 사진기 체크, 사인 받을 책 체크. 근데 질문지는? 팬 미팅 나간 걸로 착각했던 거냐? 가쿠타 미쓰요를 만난 것도 잊을 수 없다. 그녀의 작업실을 둘레둘레 살펴볼 수 있다는 것에 광분하고, 이 멋진 작가가 아직 우리나라에서 제대로 평가를 받지 못하는 것에 또 광분했다. 언젠가는, 불끈! 이날의 목적도 인터뷰라기보다는 어쩐지 팬클럽 짱의 냄새가….

민망함에 머리를 한번 크게 떨쳐주고 회사에 들어선다. 요즘 우리는 연말 커피 행사 중이다. 작년부터 내가 집에서 쓰던 에스프레소 머신(업소용

146

임을 강조)을 회사에 갖다놓고 한 잔에 200원씩 팔고 있다. 열 잔 마시면 한 잔 공짜로 주는 건 기본이다. 지우개에 새긴 고양이 얼굴 도장도 찍어준다. 이번 겨울엔 덤으로 다섯 잔에 프린세스 쿠폰을 하나 주고 그 쿠폰을 다섯 장 모아오면 한 잔을 또 공짜로 제공하는 이른바 '프린세스 쿠폰 이벤트'를 실시 중이다(그 이름만으론 토할 것 같다. 편집한다는 사람의 작명 센스 하고는…). 그렇게 커피 판 돈은 불우이웃돕기, 했으면 좋겠지만 비싼 원두 값을 마련하는 데도 모자란다(참고: 그러다 보니 손님이 원두 사오는 걸 제일 좋아한다).

오늘도 클로델과 만나는 틈틈이 커피 몇 잔 팔고, 점심 먹고는 트림할 겸 블로그에 잠시 들른다. 책 정리도 한다. 몇 년 전부터 열심히 번호까지 붙여가며 정리하고 있는 서가에는 책이 제법 쌓여 직원 대출도 꽤 늘었다. 남들이 만든 책을 후룩 훑으며 감탄한다. 와아, 이런 책은 어떻게 만들었냐. 고생했겠네. 놀러오는 손님도 꽤 되니, 일하는 짬짬이 그들과 수다 떠는 것 또한 하루의 큰 즐거움이다. 저녁때 사무실에서 도시락을 먹고 클로델을 목표치까지 마무리한 다음, 만화집에 들러 '오늘의 만화'를 빌린다. 요즘 가장 큰 낙이다. 나잇살이나 처먹어서 "아저씨, 『순애특공대장』 있나요?" 같은 걸 물어보기는 심히 민망하지만, 좋은 만화를 찾기 위해 난 오늘도 달린다. 어제 본 『너에게 닿기를』은 너무 재미있어서 오늘 아예 소장용으로 주문해버렸다. 오늘도 20권이나 빌렸으니 일찍 자긴 글렀다.

이렇게 유치찬란한 편집자여서 죄송하다. 이렇게 생겨먹은 것을. 나는 세상의 모든 것이 즐겁다. 기자를 할 때도 놀지 않는 사람을 경멸했다. 텔레비전을 보지 않고 잡지를 읽지 않는 동료를 비웃었다. 나는 책을 만드는 사람이지만 책만 읽는 사람은 좋아하지 않는다. 세상의 모든 것에 더듬이를 세우고서 즐거워하는 사람이 좋다. 또 그런 사람이 되고 싶다.

기본적으로 나는 책을 기획, 편집하는 사람이지만, 책에 담기는 글씨도 쓰고 그림도 그리고 번역도 하고 스티커도 붙이고 포장도 하고 물건도 나르고 원고도 쓰고 만화도 보고 블로그도 하고 커피도 뽑는 사람이다. 그리고 이 하나하나의 소중한 과정을 한 권의 '책'이라는 이름으로 완성한다. 나는 가내수공업이라는 말을 좋아한다. 아날로그도 좋다. 아마추어도.

내가 좋아하는 책을 기획하고 내가 원하는 모양새로 만들고 나와 비슷한 사람을 찾아 책을 읽도록 권하는 일. 내 책을 좋아하는 사람을 작은 소통으로 더 가깝게 만날 수 있는 일. 그런 생각으로 이 일을 시작했고 지금도 그렇다. 그래서 나는 늘 이 모양이다.

◆ **이현수**──── 남들은 편집자라고 하는데 아직 자신이 정확히 뭔지 잘 모르고 있다. 활자로 된 모든 것에 중독이지만 영상물 또한 마찬가지라, '즐거운 것 모두'에 중독이라 해야 할 것이다. 매체에 따라 이런저런 필명으로 잡글을 쓰다 보니 이제 자기 이름을 걸고 글을 쓸 때면 자판 두드리는 손가락이 꼬이지만, 그렇게 해서 내는 오자 또한 운명이라고 오늘도 같잖은 변명을 늘어놓으며 책 만드는 데 열중하고 있다.

원심력과 구심력

|

이혜진 해냄출판사 기획편집부 자기계발팀 수석팀장

걷는다는 것은 자신이 걸어온 길을 다지는 것이지만, 그 이상으로 자신이 나아가야 할 길을 꿈꾸는 일이기도 하다. —베르나르 올리비에, 『나는 걷는다』

그래, 그 자글대는 태양 아래 1,800킬로미터를 걷고 또 걸으며 다가올 시간을 꿈꾸었듯이, 이 망망대해에 채울 이야기 또한 불민한 나의 편집자 경력을 되짚는 것만이 아닌 앞으로의 또 다른 역사를 위한 다짐이리라. 2007년 12월 어느 날, 돌아온 탕아를 단속하듯 선배는 재입사 한 달도 안 된 '신입사원'에게 이 과분한 자리를 슬쩍 내주었다. '제가 어떻게 감히'라며, '어린' 척해보았지만 부실한 속사정이야 어쨌든 나도 이제 10년을 내다보는 고참 자리에 앉아 있으니, 그 자릿값이 새삼 부담스럽고 무서워진다.

그해 겨울은 따뜻했네

구구절절, 천지개벽할 사연 하나 없이 험하다는 출판계에 입문하지 않은 자가 어디 있을까마는, 나의 시작은 참으로 평범하고 싱거웠다. IMF 사태

149

로 꽁꽁 얼어붙어 있던 1999년 1월, 졸업도 하기 전 노동부 추천장 한 장을 들고 김진명, 조정래 작가의 베스트셀러로 유명한 해냄출판사에 발을 담 그게 되었다. 20대를 온전히 '묻은' 것도 모자라 새치가 성성한 지금까지 다니고 있다. 극심한 불경기로 일할 수 있는 것만으로도 행복했던 시절, 사실 편집자로서 포부나 계획은 미처 생각지도 못했다. 혼란기를 벗어나 뛰어든 사회 앞에 두려움과 불안으로 위축되고 유난히 춥게 느껴지던 그해 겨울, 해냄출판사에서 언 몸을 녹였고, 회사 갈 생각에 일요일 저녁이 설레던 신통방통한 시기였다.

언니들 틈바구니에 끼어 막내의 특권과 설움을 만끽하는 동안, 안 해본 일이 없어 몇 달 만에 회사 사정을 제일 많이 아는 늙은 막내로 '등업'되었다. 전대미문의 향토적인 감수성에 출생연도를 의심받으면서도 이를 알아주고 받아준 선배들의 따듯한 정은 나로 하여금 겉돌지 않고 버티게 만든 구심력이었다. 봉고차를 빌려 혼자 10권짜리 장편소설을 서울 시내 신문사에 배달하던 일, 전화를 하도 많이 받아 웬만한 작가들의 전화번호는 다 외워버린 일 등, 당시 벤처 붐으로 젊은것들의 엉덩이가 심히 들썩이던 때에, 비교적 안정적으로 출판계에 안착, 편집자의 꿈을 키울 수 있었으니 나는 억세게 운 좋은 사람이다.

편집자로 첫 신고를 한 책은 고 정운영 선생님의 『세기말의 질주』다. 당대의 큰 논객이었던, 그 누구보다 자기 글을 엄격하게 살피는 어른의 책을 첫 책으로 만든다는 생각만으로도 심히 살 떨리는 상황이었다.

정운영 선생은 내가 어설프게 고쳐놓은 교정지를 꼼꼼히 검사하는 동안 어린 편집자에게 깍듯이 경어를 쓰셨고, 문장 한 끝 의미를 두고 설전을 벌이다가도 잘못을 순순히 인정하는 진정한 어른이셨다. 현관에서 방 안

구석구석까지 벽지가 안 보일 만큼 책이 가득하던 댁의 서재가 기억에 새롭다. 잔뜩 졸아 있는 나에게, '뭐가 되고 싶으냐, 무슨 책을 읽고 있느냐'라며 조곤조곤 물어봐주던 분, 이렇듯 점잖고 책을 소중히 여기던 분과의 만남 덕에 훗날 고약한 필자들과의 혈투에 번번이 패하면서도, 오래도록 필자에 대한 믿음, 저자와 편집자간의 호흡의 단초를 간직할 수 있었다.

내가 쓴 카피가 박힌 책이 너무 애틋해, 언론사 릴리스를 앞두고 '잘 가라'고 책과 대화를 한 이 4차원 편집자는 급기야 선배들의 장난에 넘어가 기념으로 시루떡을 맞추었는데, 이에 앙심을 품은 나는 훗날 첫 책을 만들면 떡을 내는 전통을 강제로 자리잡게 만들었다.

떨어져도 튀는 공처럼

'처음이니'라는 면죄부 아래 세월아 네월아 책을 만들던 호시절이 가고, 나에게도 고통스러운 가시밭길이 시작되었다.

IMF 사태의 냉기가 출판시장에 여전히 남아 있었고, 달뜬 벤처산업과 디지털 붐 속에 종이책은 사양 산업이라는 등 편집자들의 사기를 떨어뜨리는 우울한 그림자들이 여기저기서 출몰했다. 어느 곳엘 가나 뾰족한 해답도 희망도 쉽게 듣지 못하던 때였지만, 엉덩이를 붙이고 묵묵히 책을 만드는 선배들을 보며, 튕겨나갈 것 같은 내 마음도 자연스럽게 책으로 집중할 수 있었다.

숲을 보기는커녕 한 그루 나무의 끝조차 헤아리지 못하던 시절이니 책한 권 한 권 만드는 과정이 그렇게 고역일 수 없었다. 요령이 없던 탓에, 보도자료와 표지문안은 생각만 해도 가슴이 답답할 정도로 부담 그 자체였고, 오십견에 걸릴 만큼 교정을 봐도 매끄러워지지 않은 문장들로 인해 출간 후에도 불안에 떠는 강박증을 일으켰다. 교정지를 싸들고 퇴근하는 나쁜 버릇도 그때 붙어, 지금도 몸의 일부인 양 종이 한 장 들고 가지 않으면 어딘지 허전하다. 마음이 힘드니, 몸도 고되 출근버스에서 제발 이 버스가 사고나 났으면 하는 헛된 바람을 품기도 여러 번이었지만, 다음엔 이것보다 좀더 잘해야 한다는 오기가 스멀스멀 올라왔다.

문학물의 비중이 높던 회사가 점차 종수를 늘리면서 경영서, 외국어, 건강, 비소설 등 다양한 책을 만들어볼 수 있었다. 그만큼 혼자서 북 치고 장구를 치는 중에, 편집자로서 나의 적성을 찾아가는 소중한 시간이었다.

배수아 작가의『붉은 손 클럽』은 소설이었음에도 편집자의 역할이 그저 '선생님들의 옥고'를 받아서 교정만 보는 게 아님을 깨닫게 해준 의미심장한 책이었다. 감각적인 신세대 작가로 이름을 떨치던 작가의 작품이니 무언가 기존 소설책 문법에서 벗어난 새로운 것이 필요하단 문제의식이 있었다. 이에 노석미 화가의 작품들을 배치하고, 소설에는 관례처럼 붙던 문학평론가들의 평론 대신 〈페이퍼〉 황경신 편집장의 인터뷰를 실었다. 그리고 좀더 파격적인 작가 사진을 시도했다.

이를 통해 책을 만드는 것이 작가와 편집자만의 단선적인 과정이 아니라 여러 분야 사람들이 어우러지는 복합적인 과정이며, 편집자는 이를 주도하며 책의 가장 적합한 운명을 위해 아이디어라는 갖은 양념을 솜씨 좋게 버무려야 한다는 사실을 생생하게 체험할 수 있었다.

백선엽 저자의『동사구도 모르면서 어떻게 영어를 해?』는 '실용서'에 눈을 뜨게 해준 정말 소중한 기회였다. 때마침 어학 전문 출판사들이 급부상하던 시절, 화려하고 기발한 컨셉트와 편집의 책들은 아직 경험이 일천한 나에게 열등감을 심어주었다. 당시 해냄은 소설 같은 일반 단행본이 주력

상품이었기에, 딱히 이 분야에 대해 누구를 붙들고 배울 수 있는 상황도 아니었다.

하지만 내가 위축되고 있을 때 열정과 감각이 남달랐던 저자는 스스로 100퍼센트를 해 보임으로써 편집자 역시 자기 안의 100퍼센트를 꺼내 보일 수 있게 리드해주었다. 개인적으로도 영어를 무척 좋아하지만, 한 발 더 앞에서 신선한 아이디어와 경험치를 내놓는 저자와의 작업은 힘들면서도 새로운 것을 배우는 순수한 즐거움을 선사했다.

당시 어학책은 연습용 테이프를 함께 제작하는 것이 관행이었다. 스튜디오 섭외와, 녹음용 대본 작성까지 직접 진행하다가 급기야 테이프 녹음에도 참여해 민망하게도 내 목소리를 남긴 오지랖을 과시하기도 했다.

이 고된 수련기 끝에 내 코를 자극하는 것은 '실용적'인 그 무엇이며, 나는 참견하고 싶어 몸이 근질근질한 '사서고생형' 팔자를 타고난 편집자란 사실을 어렴풋이 깨달았다. 일정이고 뭐고, 욕심에 찰 때까지 악필로 교정지를 시뻘겋게 물들이다 보니 함께 일하는 분들의 원성을 샀지만, 훗날 거침없이 '간섭'해달라는 실용 코드의 자기계발서, 경제경영서를 하는 데 한 밑천이 된 게 사실이다. 기획출판이 강조되고, 실용서가 부상하는 등 출판의 지각변동 속에 점차 피디PD형 편집자, 멀티플레이어 편집자의 중요성이 대두되었고, 다행히 자연스럽게 그 과정을 통과할 수 있었다.

미스 클라시커

작년 여름 독일 뮌스터의 한 서점을 찾았을 때 직원에게 내가 이 책을 만들었노라며 자랑스럽게 말하던 기억이 떠오른다. 늘 불안하고 주눅들어 있던 초보 편집자의 어깨를 펴고 숨을 고르게 해준 것은 독일의 '클라시커

50' 시리즈였다. 단타 아이템들의 속도전에 허덕이고, 시류물에 치일 무렵 '클라시커' 시리즈는 다시 한 번 편집자로서의 도전의식과 성취감을 심어주었다.

한 권에만 사진이 300컷이 넘는 올컬러의 호화 장정, 어마어마한 양의 교양 정보들, 쟁쟁한 선배들이 버티고 있던 회사에서 어리바리한 3년차는 이러한 방대한 시리즈를 맡을 군번이 아니었다. 하지만 인생은 타이밍이라 했던가. 여름방학 성수기를 앞두고 선배들이 베스트셀러 작업에 매달리고 있는 사이, 결국 나 외에는 할 사람이 없는 상황이 되어버렸다. 앞으로의 험난한 여정은 생각도 못한 채, 그저 이렇게 멋진 사진이 그득한 책들을 내 손으로 만들어본다는 기쁨에 입이 벌어졌다.

작업의 중심으로 들어가 현실을 깨달은 순간, 앞으로 스무 권 이상 나올 고급 교양물의 운명을 쥐고 있다는 생각에 어찌나 긴장되던지 입술이 노랗게 짓물러도 모를 지경이었다. 올컬러 책은 처음이라 한 권도 벅찬 판에, 시리즈 론칭을 위해 『영화』 『신화』 『커플』 세 권을 동시에 내야 했다.

그 중 가장 중요한 일이 시리즈명에서 컨셉트, 세부 구성, 그리고 각종 카피까지 전체 시리즈를 통일하고 세팅하는 일이었다. 이미 타사의 교양 시리즈물이 선점하고 있는 시장에서 녹록지 않은 시도였다. 원서의 장점에 충실하되 분량과 정보성 등 단행본으로서 한 권의 완성도를 강조하고 각 분야 유명인사들의 추천사를 받아 교양시리즈물로서의 권위를 부각시켰다. 사진 배치와 구성틀 등 유난히 제약이 많았던 지난한 편집 과정도 꿈속을 헤매듯 하던 끝에 마무리가 되었다. 비주얼과 정보성이 강한 '클라시커' 시리즈는 인문서 시장의 약진 속에 순조롭게 첫 발걸음을 내딛었다.

강렬하고 힘든 경험에 노출될수록, 더 단단한 굳은살이 박이듯 이 작업을 통해 교양물, 컬러물, 시리즈물에 대한 두려움을 벗었고, 어쭙잖게 이제는 뭐라도 잘 만들 수 있을 것 같은 자신감이 생겼다. 그렇게 7~8개월간 일곱 권의 클라시커를 만든 뒤 미스 클라시커의 왕관을 내려놓고 나니 이제 다시 초보 팀장이라는 가파른 산을 오르고 있었다.

초보 팀장의 명찰을 달다

4년여의 수련기가 다양한 책을 '만들어내는' 과정이었다면, 이제 검증된 필자들의 책을 잘 만들어서 잘 팔고 잘 알리는 막중한 임무가 주어졌다. 그 시작은 조정래 작가 3부작의 양장본 작업과 한수산 작가의『까마귀』였다.

쟁쟁한 경력자 선배들과 일하는 동안 '감시의 사각지대'에서 혼자 조물락조물락 스리슬쩍 책을 만들다가 온 회사의 관심과 기대가 쏠린 작업을 해야 한다는 것이 상당히 부담스러웠다. 이미 팀장 꼬리표까지 단 4년차 편집자로서, 여전히 부실한 내 속내가 하루아침에 만천하에 들통나버릴까봐 전전긍긍하는 심정이었다.

대가들의 글이라 까다롭긴 해도 편집 자체가 어려운 것은 아니었다. 문제는 혼자 일정을 늘이고 줄이던 때와 달리, 마케팅 전략에 따라 영업부, 디자인팀과 전체 스케줄에 맞춰 한 치의 오차도 없이 일을 진행해야 한다는 것이었다. 단순히 책을 만드는 능력에서 이제 관리의 능력, 조율의 능력, 커뮤니케이션 능력이 절실한 때였다. 각종 홍보물과 카피, 그리고 판매촉진을 위한 아이디어까지, 녹록지 않은 작업 앞에 마음은 무거우면서도 어느덧 베스트셀러 작업을 해본다는 기대감 역시 컸다.

조정래 3부작의 완결판인『한강』이 출간되고 스테디셀러로서 3부작의 성격을 좀더 강화하기 위한 계기로 양장본 작업이 시작되었다. 편집팀원이 각각 한 작품씩 나눠가졌지만, 나는 전체 일정과 관리를 맡아야 했고, 대가의 원고에 손을 대는 일인 만큼 조금의 실수도 없도록 긴장을 늦출 수가 없었다. 마침 김제에 아리랑문학관이 건설되면서 개관 기념식과 『아리랑』 프랑스어판 번역자의 방한이 추진되었고 김제로, 프랑스로, 분당으로 전화통에 불을 '지르며' 일사천리로 일을 진행해갔다.

한수산 작가의 장편소설 『까마귀』는 일본 내 한국인 징용자들의 기구한 운명과 나가사키 원폭 투하의 참상을 고발한 내용으로 작가의 20여 년간 땀과 눈물이 담긴 작품이었다.

숨가쁜 편집 과정을 거치자마자 기자간담회를 진행하고 라디오에서 주요 신문까지 광고 집행이 휘몰아쳤다. 각종 판촉물을 만드는 과정에서 머릿속이 텅 비는 느낌이 들 정도였다. 도대체 윗사람들은 내 사정을 알기나 하는지, 하는 야속한 마음까지 들 정도였다. 당시 시장상황 등과 맞물려 그다지 기대에 못 미쳤던 이 작품을 만든 과정은 나에게 중요한 다짐을 남겼다. 어느 경우에도 내가 먼저 지쳐선 안 된다는 것이다. 엄마는 아플 권리도 없다는 말처럼, 편집자는 자기 새끼인 책 앞에서 아플 자유도 없는 게 아닌가 싶다. 내가 지치면 작가도, 마케터도, 디자이너도 자신의 100퍼센트를 다할 수 없다. 결승선을 앞둔 마지막 한 걸음이 안 떼져 남몰래 땅을 쳤던 적이 몇 번이었던가.

상반기에 몰아친 고단한 작업들에 다시 마음이 튕김질을 하려던 찰나, 꿈에도 그리던 프랑크푸르트 도서전을 다녀오게 되었다. 태어나서 유럽이란 곳에 가본 것도 처음이거니와, 그렇게 많은 외국인들과 그렇게 많은 책을 만난 것은 처음이었다. 하루를 꼬박 들여도 관 하나를 다 볼 수 없을 만큼 광대한 규모 앞에, 나와 같은 일을 하는 이들이 세계 도처에 이렇게 많다는 사실에 가슴이 뻐근할 정도였고, 그 약발로 생생해진 나는 다시 장도에 올라섰다.

백만 불짜리 열정과 실행력의 필자들

2003년 후반부터 해냄에서도 기획 비중이 높아지며 체질 개선이 조금씩 이루어졌다. 단순히 아이템을 내는 협의의 기획이 아닌, 저자와 피드백하며 원고를 재구성하고 홍보와 마케팅까지 고민하는 광의의 기획이 시작된 것이다.

주어진 원고를 지시한 방향대로 '잘 만들어내는' 데서, 이제는 원고 전체에 대한 면밀한 디렉팅 능력이 요구되었다. 전체의 컨셉트, 구성을 장악하는 일은 기본이고, 외부 인력을 컨트롤하여 업무 효율성을 늘리는 것은 물론, 홍보와 마케팅을 위해 직접 그 어딘가의 문을 두드려야 했다.

그 첫 단추를 공병호 박사와 조미진 상무라는, 남다른 에너지의 소유자들과 함께할 수 있었던 것은 크나큰 행운이었다. 놀라운 추진력, 그리고 무서울 만큼 정확하게 실행하는 실천력까지, 책의 성과를 떠나 일하는 사람으로서, 스스로를 책임져야 할 한 개인으로서 프로페셔널리즘이 무엇인지를 배울 수 있었기 때문이다.

2003년 겨울, 우연히 회사 건물에서 마주친 공병호 박사의 소매를 잡아끈 선배들의 열정은, 그 후『주말경쟁력을 높여라』를 필두로 '10년 후' 시리즈와『인생은 경제학이다』까지 공 박사와 함께 작업을 하는 데 튼튼한 다리가 되었다. 노무현 대통령 탄핵 사건 등으로 시국이 어수선하던 무렵, 한국사회에 일침을 놓은『10년 후, 한국』은 50만 부라는 놀라운 기록을 세우며 이후『10년 후, 세계』『10년 후, 일본』『10년 후, 중국』으로 이어졌

157

고, 미래에 대한 불안감이 팽배하던 한국사회에 '10년 후 신드롬'을 불러 일으키기도 했다. 다작과 정치색으로 극명하게 엇갈리는 저자에 대한 세평을 떠나, 무엇보다 엄격한 자기관리와 편집자를 신뢰하는 파트너십은 유난히 타이트한 작업 과정 중에도 많은 성취감을 느끼게 해주었다.

식어가던 여성 성공스토리의 불씨를 당긴『그녀에게선 바람소리가 난다』는 대학 및 기업체 강연, 각종 언론 홍보 등 그동안 해보지 못한 작업들을 직접 진행하면서 책 만드는 일 이외의 재미를 쏠쏠히 느끼게 해준 계기였다. 또한 '시대가 요구하는' 편집자는 결코 책상 앞에만 앉아 있어서는 안 된다는 진리를 다시 한 번 되새기게 했다. 이는 한 해 뒤 조세미 저자의『세계는 지금 이런 인재를 원한다』를 성공적으로 출간하는 데도 밑거름이 되었다.

특히 조미진 상무와의 작업 과정에서는, 사람간의 긍정적인 에너지 피드백이 얼마나 놀라운 일들을 만들어내는지 목격했다. 미국 시카고에서 날아온 그는, 시험기간이라 빈자리가 많은 대학 강연장에서도 최선을 다했고 다음 강연에선 더 잘해보자며 오히려 울기 직전의 담당자를 독려했다. 함께 작업하던 모든 이들을 감동시킨 저자를 통해 진정한 프로가 무엇인가, 열정은 어떻게 사람들을 변화시키는가를 생생하게 목격할 수 있었던 그 몇 달은 개인적으로도 무척 의미 깊은 시간이었다.

'지금 이 정도에서' 타협하고 싶을 때, '난 너무 힘드니까'라는 자기연민이 고개를 들 때, 나보다 열 배는 더 바쁜 분들의 정확한 시간 엄수와 긍정적인 자세는 나의 불평을 쑥 들어가게 했을 뿐만 아니라 '그래 여기서 한 번 더'라는 다짐을 하게 했다.

많은 주목을 받진 못했지만 나의 첫 기획작인 노석미 화가의 그림에서

이 『나는 네가 행복했으면 해』는 그림 한 장 한 장을 인쇄소 기장들과 밤 새며 감리 본 진통 끝에 빛을 보았다. 자꾸만 눈이 감기던 나와 달리, 조금 도 흔들림 없이 매서운 눈길로 인쇄상태를 살피던 작가의 모습이 아직도 눈에 선하다.

전문성과 통찰, 그리고 인간에 대한 애정이 버무려졌을 때의 놀라운 시 너지와 실용 논픽션의 가능성을 보여준 조벽 교수와 최성애 교수. 『나는 대한민국의 교사다』와 『부부 사이에도 리모델링이 필요하다』를 작업하 며 제아무리 미친 듯 변하는 세상이지만, 결국 진실과 알맹이는 통한다는 그 순명한 진리를 되새길 수 있었다. 당대 최고의 전문가들임에도 늘 겸 손과 배려를 잃지 않는 모습은 나 역시 마음에 담고 배우고 또 배워야 할 자세이리라.

번역에서 편집까지 꼬박 2년이 걸린 등산백과 『마운티니어링』은 그 방 대한 양과 전문성에 질려 눈물 젖은 김밥을 먹기도 했지만 인수봉 바위에 서, 몽블랑 어느 산장에서 나를 추어주며 만든 보람을 톡톡히 느끼게 했 다. 전문 등반에 관한 원고지 6,000장에 육박하는 내용과 500컷의 그림, 등산학교에 들어가 전문 등반을 배웠어도 전혀 감을 잡을 수 없던 그 깊 고 넓은 세계는 정광식 선생을 비롯한 등산학교 스승들의 힘을 빌려 제 모습으로 세상에 나올 수 있었다. 이 책을 만든다는 핑계로 입산入山해버 린 나는, 방대한 텍스트를 세 번에 걸쳐 역자와 크로스체크하는 지난한 과정을 거치며 마치 높은 산을 오르듯 힘들면서도 뿌듯했다.

도대체 언제 저 방대한 책을 쓰는 걸까, 라는 의심을 품게 하는 괴물 같 은 집필력의 이한우 기자. '군주열전'의 초기 작업을 진행하며 말이 아닌 손과 발이 앞서는 자가 인생의, 역사의 진정한 승리자가 되지 않을까, 하는 늦된 깨우침을 품게 했다.

백만 불짜리 열정과 통찰을 가르쳐준 수많은 저자들을 어찌 다 열거할까. 직간접적으로 배우고 깨우치고, 새롭게 느끼게 해준 그분들께는 늘 감사해도 모자랄 것이다.

나를 키운 건 8할이…

10년이면 강산도 변한다는 옛말 하나 그른 것 없이, 눈감으면 코 베어갈 대한민국에서 이 10년간 출판도 참으로 큰 진폭으로 변하고 있다. 힘이 들 때면, 의미를 잃는 순간이면 어김없이 여기 아닌 저기를 꿈꾸는 원심력이 내 안에서 작동하지만, 그 무엇에 의한 구심력은 또다시 나를 책 만드는 이곳에 오게 만들었다. 심약한 스물넷이 막가파 서른셋이 될 때까지, 몇 번의 튕김질에도 다시 돌아오게 만드는 그곳에는 바로 사람, 사람이 있었다. 물론 그 속에서 내 나름의 어쭙잖은 성취에 취하고, 월급이라는 생활인의 의무에 충실했으며, 바람의 유혹에 기꺼이 몸을 내맡긴 적도 있었으나, 사람의 구심력이 그 중 가장 강렬했다고 말할 수 있다.

책에 대한 열정과 애정으로 때로 우산이 되고, 방패가 되고, 채찍이 되어주었던 동료들과, 글 속의 구호가 아닌 자기 삶으로 '책 한 권 쓸 만한 자의' 공력을 유감없이 보여준 저자들. 심각한 팔랑귀인 내가 그 좋은 인연들을 만났기에 주화입마하지 않고 지금 이 시간 10년에 헛되지 않은 목록을 되새길 수 있는 것이리라.

이제는 내가 그 누군가에게 비닐우산이라도 되어주어야 할 시간, 내가 받은 것의 반만이라도 할 수 있기를 바라는 마음뿐이다. 나는 너무 오래 서 있거나 멈춰 있었던 것일지 모르니, 무식해서 용감했던 10년 전의 그

160

마음으로 이제 2라운드를 시작해야겠다.

우리는 후남이가 아니라 당당한 출판편집자임을, 그 자존심과 독기, 열정을 가르쳐준 선배 S. 노트 한 장으로 갈무리해본 이 10여 년간, 그 중심에 선배가 있어 편집자로서 참으로 행복하고 보람되었다. 남의 손에 든 황금보다 내 손에 든 '똥'이 더 귀하다며 흔들리는 후배를 다독여준 큰 울타리 같은 선배 S에게 이 자리를 빌려 가슴 깊이 고마움을 전한다.

◆ **이혜진**── 1999년 1월 4일, 해냄출판사에 첫 출근하며 출판계와 질긴 인연을 시작했다. 종합출판사의 이념을 구현하듯, '종합적인' 편집리스트를 자랑하다가 2004년부터는 자기계발서 및 경제경영서 분야로 집중하고 있다. 천하제일의 게으름뱅이가 '자기계발' 구호를 외치는 아이러니한 상황을 헤쳐나가면서, 단 한 줄이라도 독자에게 알맹이를 전해줄 수 있는 실용 코드의 책에 관심이 많다. '움직여야 산다'는 신조를 가슴에 품고 산과 들을 쏘다니고 있다.

편집자로 살아서 다행이다

|

김보경 책공장더불어 대표

바이라인을 읽고 처음 보는 출판사 이름, 편집자 이름이라고 갸웃거릴 사람을 위해 먼저 고백하자면 나는 잡지판에서 기자로 10년을 일하다가 (출판편집자를 많이 배출한다는 〈당대비평〉 〈창작과비평〉류의 잡지도 아니고 패션지, 육아지 등 흔히 여성잡지로 분류되는 잡지이다) 출판계로 굴러들어와 3년 전에 1인 출판 창업을 하고 지금까지 꼴랑 다섯 권의 책을 낸 편집자라는 것을 밝힌다. 그러니 낯선 게 당연하다.

  이런 초라한 경력으로 어쩌자고 이 글을 쓸 마음을 먹었는지 누가 묻는다면 내 대답은 "그러게 말이오"다. 아직은 들려줄 말보다 들을 말이 더 많은 편집자이면서 말이다. 다만 이미 저지른 일이니 스스로를 다독이며 할 수 있는 변명이라면 '1인 출판사를 준비하고 있는, 책 한두 권 내고 망하지 말자는 것을 목표로 하고 있는 출판 창업 준비생을 위한' 소박한 글 정도로 생각하기로 했다. 아무래도 오래 전 창업해서 성공한 대선배의 이야기보다 불과 3년 전 창업하고 여전히 쩔쩔매며 책을 한 권 한 권 내고 있는 바로 위 사수의 조언이니 생생하고 현장감 넘치지 않을까? 잡지 시절 가져가는 기사마다 퉁을 놓거나 때로는 킬kill 시켰던 내 사수의 말들이 시간이 지나면서 새록새록 뼈가 되고 살이 됐던 것처럼.

책상에 머리를 몇 번 찧고 글쓰기를 시작한다. 이렇게 부담스러운 글을 써본 게 언제인지 모른다. 머리 찧는 소리를 듣고 16년간 내 곁을 지키고 있는 노견 찡이가 잠을 자다 말고 깨서 물끄러미 올려다본다.

'언니, 또 사고쳤구만?'

몹쓸 적응력으로 잡지기자가 되다

학보사 시절까지 합하면 나의 기자생활은 약 15년. 요즘 같으면 전공이나 취업준비와 무관하게 4년을 보낸 나 같은 사람에게 사회는 쉽게 밥벌이를 허하지 않으련만, 좋은 시절(?)이었는지 대학을 졸업하고 여성지에서 기자 일을 시작하게 되었다. 사실 학보사 기자에서 여성잡지사 기자로 옮아가는 것은 스스로 변절처럼 느껴지던 시절이라 선배가 "네가 하고 싶은 거 찾기 전에 밥벌이나 해"라고 연결시켜준 그 일이 썩 내키지 않았다. 하지만 어떤 글이든 주어지면 허투루 쓰는 것을 용납하지 못하는 성격이라 주어진 기사를 써내고 칭찬받으면서 급격하게 잡지에 적응하기 시작했다. 이 몹쓸 적응력.

그렇게 시작된 잡지 일은 잡지쟁이들이 누구나 그렇듯 이리저리 잡지를 옮겨다니며 이어졌다. 한 달이면 꼭 한 번씩 걸리는 연예인 취재 기사가 싫어서 육아지로 옮겼더니 카메라만 들이대면 울어대는 아기 모델들 덕에 촬영 때는 늘 초주검이 됐다. 그러다가도 한숨 자고 나서 천사처럼 웃는 아기들의 미소를 보고는 금세 또 잊고! 이 몹쓸 기억력.

지금도 기억나는 기사는 당시로서는 파격적이었던 출산 방법에 대한 특집이다. 의료진 중심의 폭력적인 출산 방법의 대안으로 조산원 분만, 가정

분만, 수중 분만과 르봐이예 분만 등 자연적인 분만법을 자세히 소개했고 그 반응은 폭발적이었다(그즈음 폭발적 관심을 일으켰던 한 공중파 방송사의 〈생명의 신비〉 기획보다 한 발 빠른 기획이었다). 생각보다 출산 과정에서 모욕감을 느꼈던 엄마들이 많았기 때문이었다. 언제나 독자들이 원하는 기사를 준비한다고 머리를 쥐어뜯었으면서도 그토록 원했던 기사를 이제야 내다니 바보 잡지기자라며 자조했던 기억이 난다.

처녀인 내가 애 서넛은 낳고 기른 것처럼 느껴질 무렵 창간하는 어린이잡지로 옮겼다. 제호부터 판형, 포지셔닝까지 잡지 창간은 알고는 하지 못하는 고된 일인데 벌써 두 번째. 힘든 것은 사실이지만 나 자신이 〈소년중앙〉과 〈새소년〉〈보물섬〉에 푹 빠져 자란 세대라 명맥이 끊긴 어린이잡지를 복간한다는 생각에 즐겁게 일했다. 물론 세상은 변했고 그전과 똑같은 잡지는 아니더라도 만화가 담뿍 들어간 잡지를 어린이들에게 선물할 수 있었다. 이 잡지는 얼마 전 창간 10주년 기념호를 낼 정도로 아직도 건재하다.

어린이잡지에서 옮겨간 곳은 교양지 창간팀이었는데 석 달 만에 창간 계획이 엎어져 졸지에 백수가 되었다가 두 달 잘 쉬고 패션지 피처 에디터로 복귀했다. 패션과는 관계없이 살아온 30년 세월이지만 패션지에도 읽을거리는 필요한 것이고, 비록 소비를 부추기는 못된 미디어지만 패션지의 글쓰기는 독특한 매력이 있기 때문에 쉽게 걸음이 갔다.

매달 피드백을 받는 잡지의 매력

패션지의 피처 에디터는 묘한 매력이 있다. 주관적인 글쓰기를 할 수 있다는 것인데 일반 미디어 기사에서 강조되는 팩트 중심의 객관성을 놓쳐도 용서가 되고, 전문잡지의 깊이를 강요하지도 않는다. 물론 이런 글쓰기 버

164

룻 때문에 요즘 종종 청탁이 들어오는 반려동물 문화나 산업에 관한 기사를 쓸 때 식은땀을 줄줄 흘리기는 하지만.

패션잡지에서는 4년이라는 시간 동안 눌러앉아 있었는데 그 중 기억나는 기획은 여성 관련 발명품에 관한 기사였다. 코르셋의 역사에 관한 책을 읽다가 기삿거리가 될 것 같다는 생각이 들었고, 여성단체에서 일하는 분들에게 자문을 구해보니 가능할 거라는 생각에 일을 진행했다. 기자라는 직업상 늘 '기삿거리'에 촉수를 세우고 있는 터라 걸리면 일단 저지르고 보는 편이다. 하지만 진행은 평탄치 않았다. 관련 자료가 거의 없었기 때문이다. 여성단체 관계자와 미팅을 하고 자료조사를 분담하면서 힘들게 진행해서 코르셋, 생리대, 브래지어 등 여성 관련 발명품들의 역사를 훑어보는 기사를 내보내게 되었다.

그런데 반응이 최고였다. 특집 기사도 아니고 4쪽짜리 일회성 기사였는데 편집실에 속속 도착하는 독자엽서의 '이번 달의 가장 좋은 기사는?' 항목에 어김없이 내 기사 제목이 올라와 있었다. 사실 어찌 보면 패션지와 어울리지 않는 주제에, 어울리지 않는 무게의 기사였는데 잡지의 주요 독자층인 20~30대 직장 여성들에게 어필한 게 신기했고, 내게는 그들의 지적 욕구를 알게 된 일종의 사건이었다. 한마디로 말하면 그간 내가 패션지 독자들을 조금 무시했다는 얘기다.

이렇게 써보고 싶은 기사, 만나고 싶은 사람들을 실컷 쓰고 만나고 나니 잡지판에 발을 들여놓은 지 딱 10년이 되는 해, 떠나고 싶어졌다. 잡지에서 하고 싶은 것은 다 해봤고, 더 해보고 싶은 게 없었다. 예를 들면 이런 거다. 피처 팀장이다 보니 매달 연예계나 문화계 인사와 메인 인터뷰를 진행하는데 한번은 영화 〈소름〉을 보고 난 후 배우 김명민을 인터뷰하고 싶어졌다. 무명이고, 영화가 흥행에 성공한 것도 아니어서 2쪽짜리 인터뷰면 족했는데 흑심을 품고 6쪽짜리 메인 인터뷰로 진행시켰다. 그리고 이 사실을 편집장에게 알리니 반응은 예상한 그대로였다.

"김명민? 그게 누구야? 뭐, 메인 인터뷰? 제발 메인 인터뷰는 네가 좋아하는 사람말고 독자가 좋아하는 사람으로 하면 안 되겠니?"

이렇게 해보고 싶은 거 다 하고 잡지판을 떠나버렸다. 어떤 일을 할지 정한 것도 아니었다. 10년 넘게 개와 살며 배운 게 많아 막연히 '동물과 관련된 일을 하고 싶다' 정도였다.

기자나 하지 출판계로는 왜 왔어?

잡지생활 10년에 심신이 지쳐 있던 터라 정말 아무것도 하고 싶지 않았고, 그래서 아무것도 하지 않았다. 그렇게 6개월 정도를 보냈다. 그리고 슬슬 움직이기 시작했는데 잡지에서 글 쓰던 인간이 '동물'과 관련된 일을 한다고 하면 '동물잡지'가 정답 아니겠는가. 단순한 내 머리에서는 그 이상의 답이 안 나왔다. 그래서 동물잡지 대표와 전문지 대표들을 만나 조사를 시작했다. 그런데 결론은 '동물잡지 창간했다가는 몇 달 새 큰돈 까먹고 망하겠군'이었다. 그래서 바로 계획을 접었다. 내가 워낙 포기도 빠르다.

다시 또 계획 없이 빈둥거리고 있을 때 우리 집 개가 원인 모를 병으로 고생을 하다가 떠나는 일이 발생했다. 이 나이까지 살면서 가족이라고 생각했던 누군가를 떠나보낸 적이 없었기 때문에 충격이 너무 컸고 뭔가 치유가 필요했다. 그때 언젠가 TV에서 봤던 애니멀 커뮤니케이터가 생각났고 그에게 상담을 요청해 떠난 개와 대화를 해봐야겠다고 생각했다. 어떤 일이든 먼저 책으로 검증을 받아야 하는 성격이라 그의 책을 주문했고, 태

166

평양을 건너온 책을 받아든 나는 충격을 받았다. 한국에서는 이런 책을 만난 적이 없었고, 책을 읽는 것만으로도 치유가 됐는데 내가 받은 치유를 다른 반려인들에게도 전하고 싶었다.

그래서 결심했다. 동물 전문 출판사를 차리자! 그래서 책 저작권이 살아 있는지 알아보지도 않은 상태에서 2004년 8월 출판사 등록을 덜컥 해버렸다. 이 책이 아니더라도 내고 싶은 책들이 머리에서 퐁퐁 솟아났다. 동물과 관련된 웬만한 책은 다 갖고 있었는데 반려동물책은 일본 책을 번역한 '~기르기' 유의 조악한 실용서가 전부였던 시절이었으니까.

이게 잡지 출신인 내가 출판계에 뛰어든 과정의 전부다. 어린 시절에는 잡지의 가벼움이 좋았다. 철야와 야근을 밥먹듯 해서 만든 책이 독자들에게 싼값에 팔려 한 1~2주 읽히다가 휴지통에 버려지는 그 가벼움이 좋았다. 그런데 나이가 드니 오래 보관되는 책에 대한 욕구가 생겼고 그게 잡지에서 출판계로 자연스럽게 넘어온 동력이지 싶다. 지금도 나는 출판계에 아는 사람이 별로 없고 여전히 이방인이다. 오랜만에 잡지 동지들을 만나서 나누는 그들과의 '구라의 향연'이 즐겁고 익숙하다. 하지만 어쨌든 난 이제 기자가 아니라 편집자고 기획자가 되었다.

짐승 좋아하는 사람은 책 안 읽어

첫 책에 대한 애정이 많아 직접 번역 작업을 하면서 1인 출판 대표들을 찾아다녔다. 아는 분이 다리를 놔주기도 했고, 기자정신으로 무작정 전화하고 찾아가기도 했다. 그런데 그분들만 만나면 의욕 충만한 상태의 내가 무릎이 꺾여 귀가하곤 했다. 하나같이 어두운, 실패 100퍼센트인 1인 출판의 미래에 대해 조언을 해주니 차라리 무성의하게 답해주는 분이 고마웠

167

다. 그 중에서 영업자 출신인 한 출판사 대표는 관련 용어도 잘 못 알아듣는 나를 안쓰러워하며 마지막 말로 일침을 박았다.

"특히 짐승 좋아하는 사람은 책 안 읽어!"

그런데 이 말은 내가 출판을 시작하고 곧 증명이 되었다. 1년에 한 번 반려인들이 가장 많이 모인다는 펫엑스포에 공짜로 참여할 수 있게 되어 '드디어 독자들을 직접 만나는구나'라는 부푼 마음을 안고 책을 300여 권 챙겨 갔다가 3일 동안 열세 권을 판 쓰라린 경험을 했으니까. 하지만 나는 이를 달리 해석했다. 반려동물과 함께 사는 사람들이 책을 읽지 않는 것은 그들이 읽을 만한 책이 없기 때문이라고 생각했고, 그래서 책공장의 문을 연 것이다. 그런데도 우리 책이 외면을 받았으니 나도 아직 멀었다는 질책과 다름없는 것이라고.

이렇게 1인 출판 선배들을 만나 조언을 들으면서 한편으로는 책 제작에 관해 배우기 시작했다. 기자라는 직업이 글을 쓰면 그만이라 그 이후의 공정은 제작부가 다 알아서 하기 때문에 제작이 내겐 가장 큰 부담이었다. 다행히 잡지에서 일찍 단행본으로 옮겨간 선배, 동료들의 도움으로 책 만들기를 배우며 돈도 벌 수 있게 되었다. 때로는 진행만, 때로는 저자가 되어 집필부터 진행까지 맡아 2년 동안 책 제작 과정을 배우며 출판 창업을 준비했다.

출판계 신고식 참 고되구나

마침내 2006년 10월, 책장의 첫 책 『동물과 이야기하는 여자』를 냈다. 여러 사람의 도움으로 무사히 2,000부가 나오긴 했는데 도대체 이걸 어떻게 팔아야 하는 거지?

일단 보도자료를 만들어 돌렸지만 일간지에 서평이 실릴 거라는 기대는 하지 않았다. 애니멀 커뮤니케이터라는 게 보기에 따라 '동물 세상 점쟁이'와 다름이 없어서 점잖은 양반들이 서평을 써줄 리 만무했다. 이럴 때 믿을 건 역시 잡지 동지들뿐. 다리를 건너고 또 건너 가랑이가 찢어질지라도 아는 사람들을 물고늘어졌다. 한번은 정신을 차려보니 같은 잡지판에 있으면서도 인사도 잘 하지 않고 지내던 그녀가 스쳐 지나가는 것을 보고는 무작정 그 팔뚝을 붙잡고 늘어지며 친한 척 책 소개 부탁을 하고 있더라. 이런 덕분에 잡지를 보고 책을 샀다는 독자들을 꽤 만날 수 있었다. 역시 믿을 건 친정뿐!

사람들이 별일 아니라는 듯 알려준 온라인서점 세 곳과의 직거래도 쉽지 않았다. 아는 영업자가 한 분도 없어서 맨땅에 헤딩이었으니까. 한 곳은 출간 목록이 열 권 이상 되면 오라고 했고, 한 곳은 홈페이지에 전화번호가 나와 있지 않아 하라는 대로 이메일을 보냈는데 연락이 없었다. 열 권 만들어서 오라는 곳은 그렇게 하기로 하고 쉽게 포기했는데 나머지 한 곳은 매출이 큰 곳이라 포기할 수가 없었다. 그래서 또 몇 다리를 건너 전화번호를 알아내 겨우 담당자를 '알현'할 수 있었다. '내가 왕년에 대통령도…' 소리가 튀어나왔지만 얼른 집어삼켰다. 출판계 신고식 참 고되구나!

물론 사고도 수없이 쳤다. 엉뚱한 창고에 책을 보내 고스란히 반품이 되기도 하고, 이벤트 물품이 사라져 서점에서 클레임이 들어오기도 하고, 태어나 생전처음 발행한 세금계산서의 분실사고부터 약속어음 사용법을 몰라 무려 다섯 달이 지난 후에 돈으로 받고 감격한 사연까지! 운전을 질색하는 내가 언젠가 미등을 켰더니 눈앞에서 와이퍼가 왔다갔다했는데 딱 그 꼴이었다.

도대체 어떻게 알고 책을 사는 걸까

일단 거래처 트는 일과 보도자료 릴리스를 끝내고 나니 판매에 대한 걱정이 밀려들기 시작했다. 빨리 마케팅 모드로 전환해야 했다. 마침 우리 책 출간에 맞춰 한국 최초의 동물영화인 〈마음이…〉가 개봉을 했고 홍보팀에 연락해 시사회 이벤트를 함께했다. 잡지에서는 거의 매달 했던 이벤트였기 때문에 어려울 게 없었다.

잡지 때 알게 된 필자 등 지인들에게도 책을 돌렸다. 잡지 일을 그만두고 어떤 일을 하는지 나의 근황도 알릴 겸 기회가 닿는다면 서평이라도 써달라는 음흉한 속마음을 담아서! 기대대로 거대 사이트의 대표가 공짜 광고를 걸어주기도 했고, 서평을 써준 분도 있었다. 고맙고 미안했지만 체면 차릴 때가 아니었다.

그리고 내가 가입해 활동하던 동물 관련 카페에 책 출간 소식을 알렸고, 얼굴 한번 보지 못한 온라인 동지들은 『동물과 이야기하는 여자』의 열렬한 지지자가 되어 책 출간 소식을 알리고 다녔다. 얼굴이라도 아는 분들이면 밥이라도 한 끼 사주고 싶을 만큼 나에게는 절대적인 후원자들이었다.

그 덕분이었을까? 『동물과 이야기하는 여자』는 발간 한 달 만에 2쇄를 찍었다. 광고 한번 하지 않은 책을 5,000명이 넘는 사람들이 사서 읽어주다니 정말 눈물나게 고마울 뿐이다. 책공장 꿈의 부수인 '1만 부'를 찍는 날에는 꼭 동물이웃들과 함께 조촐한 파티를 할 계획이다. 그리고 드디어 얼굴을 보게 되면 꼭 물어봐야지. 도대체 어떻게 알고 책을 산 거냐고!

의도하지 않은 블로그 마케팅

『동물과 이야기하는 여자』 이후로 나온 『고마워, 치로리』 『채식하는 사자

리틀타이크』『나비가 없는 세상』도 온라인 이웃들의 도움이 없었다면 책이 나온 지 한두 달 만에 모두 2쇄를 찍을 수는 없었을 것이다. 그 중심에 블로그가 있다.

『동물과 이야기하는 여자』를 내고 나는 정말 '아무 생각 없이' 블로그를 열었다. 당시 노견을 키우는 반려인들을 위한 작은 카페를 운영하고 있었지만, 블로그에 대한 지식은 전무했는데 발간 이벤트를 하면서 사연을 받을 곳이 필요해 1분 만에 뚝딱 블로그를 열었다. 그런데 책을 구입한 독자들이 이벤트를 위해 블로그에 모이면서 서서히 수다가 시작됐다. 반려동물과 사는 일은 아이 키우는 것과 같아서 둘만 모여도 수다가 넘치기 때문이다. 어차피 카페도 동물과 관련된 이야기로 일기 쓰듯 운영하고 있었기 때문에 블로그의 콘텐츠를 채우는 것은 어려운 일이 아니었다.

노견인 찡이와 사는 이야기, 반려문화에 관한 이야기, 첫 책을 내고 좌충우돌하는 이야기들을 들려주자 단지 이벤트를 위해 들어왔던 독자들이 한 번에 그치지 않고 매일 발걸음을 하기 시작했다. 그렇게 찾아주는 이들이 고마워 또 포스팅을 하게 되고….

블로그 이웃들이 모이자 나는 더 이상 1인 출판 '독립군'이 아니었다. '연합군'이었다. 블로그 이웃들은 표지 선정도 돕고, 책 발간 소식도 카페와 블로그로 퍼가고, 앞으로 어떤 책이 나오면 좋을지 조언도 해주었다. 이웃들은 직업도 천차만별이기 때문에 때로는 디자인도 조언하고, 때로는 번역도 돕고, 때로는 일러스트 작업도 도와주었다. 여러 명이 박 터지게 북적이며 한 달 동안 한 권의 책을 만들기 위해 일로 매진했던 잡지의 그 일체감을 그리워하던 나에게 블로그 이웃들은 충분히 빈 공간을 채워주었다.

171

이런 과정이 다른 출판사 입장에서 보면 모범적인 블로그 마케팅일 수도 있고, 블로그 이웃들이 핵심독자라고 생각할 수도 있다. 물론 맞는 말이지만 사실 블로그는 내게 놀이터일 뿐이다. 맘 맞는 사람들과 맘에 안 드는 사람 '뒷담화'하는 수준의 그런 놀이터. 그게 책 마케팅에 도움이 된다니 고마울 따름이지만 마케팅하자고 뛰어든 것이 아니니 선후가 다르다. 어쨌든 내가 이렇게 블로그를 사랑해서인지 얼마 전 사이트에서 파워블로거가 되었다며 블로그에 번쩍거리는 금메달을 달아주었다.

필자 섭외 정말 어렵네

잡지에 있으면 연예인말고는 섭외가 그다지 어렵지 않다. 나를 보고 청탁에 응하는 게 아니라 잡지와, 잡지를 출간하는 회사를 보고 하는 거니 어려울 게 없었다. 그런데 출판을 시작하고 필자를 섭외하려니 이게 왜 이리 어려운지. 생각지 못했던 난관이다.

하긴 나도 필자로 책을 내봤지만 이왕이면 광고 많이 하고 잘 팔아줄 출판사랑 함께 일하고 싶다. 그래야 인세도 많이 받으니까. 인세를 떠나서라도 이름도 들어본 적 없는 신생 출판사와 덜컥 계약을 하기는 뭔가 용기가 필요한 법이다.

그래도 제안이 마음에 들지 않으면 안 하겠다고 답이라도 주지 묵묵부답인 것은 또 뭔지. '악플보다 무서운 게 무플'이라는 말을 실감한다. 악필 중 악필이라는 필체를 속여가며 장문의 편지를 꼭꼭 눌러써 보낸 뒤에 이어지는 무응답은 정말 사람을 지치게 한다. 게다가 저자와 함께 책 콘텐츠에 대한 이야기를 나눴는데 다른 출판사에서 그 책을 낸다고 했을 때, 그 출판사가 내로라하는 대형 출판사이면 내 스스로 고개가 끄덕여지며 긍정하는 것은 또 뭔지. 가끔 이렇게 편집자임을 잊고 내가 필자인 줄 알 때가 있다. 또한 앞으로 어찌될지 모르니 불쾌한 기색을 내비치지 못하는 작은 출판사로서의 비애. 아직 난 필자들을 설득할 만큼 내 출판사에 자신감이 없는가 보다.

그러다 보니 자꾸 외서가 많아진다. 그런데 요즘은 환율문제로 그마저도 쉽지가 않으니 어쩌랴. 그래도 또 도와주는 이웃들이 있어서 산다. 외화 예금해놓은 게 있다며 가져다 쓰고 원달러환율이 900원 됐을 때 갚으라는 사람도 있고, 명절이니 선물 달라며 선인세를 깎아달라고 외국 출판사를 압박하는 에이전시도 있으니 말이다. 사실 우리 추석명절이 외국 출판사랑 무슨 상관이 있다고.

이 분야에 국내 필자가 전무하기도 하고 섭외도 어렵지만 어쨌든 국내 필자를 발굴하는 일도 출판사의 몫이므로 여지없이 깨져도 꾸준히 부딪치고 있다. 열심히 여기저기 오뎅꼬치(고양이가 환장하는 장난감의 일종)를 흔들어대고 있으니 조만간 덥석 무는 필자가 생기겠지.

재생지 사용의 똥고집

제작이라고는 하나도 모르면서 출판을 시작해 남들 따라, 남이 내는 책과 똑같이 만드는 게 목표였는데 그렇게 책을 두 권쯤 내고 나니 그새 자신감이 생겼다. 또 이 대책 없는 잘난 척. 이제 내가 만들고 싶은 대로 만들어도 되겠지? 그래서 세 번째 책인『채식하는 사자 리틀타이크』부터는 재생지를 사용해 책을 내기 시작했다. 만화용지나 중질지말고 좀더 나은 재생지를 사용하고 싶었고, 그래서 찾은 게 고지율 100퍼센트의 재생지였다.

사실 잡지를 만들면서 수입지가 최고로 좋은 종이라고 생각했다. 잡지는 광고에 따라 종이를 달리 쓰는데 명품 광고는 광고비를 많이 내니까 두껍고 인쇄가 잘 되는 고급 종이를 사용한다. 번쩍이는 명품 광고 뒷면에 내 기사가 실리면 '오호, 이번 달 재수 좋네' 했다가 일반 종이에 내 기사가 실려 기껏 고생해 촬영하고 쓴 기사가 좋지 않게 인쇄되어 나오면 신경질을 부리곤 했다. 참으로 무식하게 살던 시절이었다.

그러다가 내 손으로 종이를 발주하게 되자 '이 순간 나무가 잘리는 거 잖아?'라고 생각하니 맨 정신에 재생지가 아닌 종이를 쓸 수가 없었다. 아마도 잡지 때는 고급 종이를 써서 나무가 많이 잘리든 말든 그건 내 책임이 아니라고 생각해서 속 편하게 살았던 것일 게다. 책임의 분산에 따른 책임감의 증발 증상.

이렇게 재생지를 쓰기 시작하면서 정말 우여곡절이 많았다. 단행본용 재생지가 아닌 것을 억지로 사용하다 보니 크고 작은 사고가 한두 개가 아니었다. 그럴 때마다 인쇄소, 지류업체, 디자이너로부터 "꼭 이 종이를 써야 돼요?"라는 볼멘소리도 많이 들었다. 함께 작업하는 분들의 불평이야 그렇다 치지만 얼마 전 온라인서점에 올라온 한 독자의 리뷰를 보고 절망했다.

"(…) 책공장더불어가 이 좋은 책을 제본책보다 못하게 펴낸 것은 아무리 생각해도 화난다. 다른 출판사가 다시 출판했으면 좋겠다! (…)"

그동안 "종이가 구리다, 후지다"는 리뷰는 종종 봤지만 이 리뷰는 치명적이었다. "제본책보다 못한"이라니. 아무래도 잡지 때 나무를 마구 벤 벌을 지금 받고 있는가 보다. 어쨌든 앞으로도 책공장의 책은 계속 재생지를 사용할 것이다.

174

작은 것이 모여 큰 놈을 이긴다

얼마 전 생긴 고민인데 어떻게 풀어야 할까? 계약하고 싶은 외서가 있는
데 매번 부탁하는 에이전시에 물었더니 독점이란다. 그런데 그 독점 에이
전시라는 곳이 메이저 에이전시인데 워낙 소문이 안 좋아서 내 보따리를
풀기가 무섭다. 내가 출판계를 잘 알지도 못하면서 나쁜 선입견만 갖고 있
는 것일까? 사실 '대형' '거대' '메이저'가 수식어로 붙은 곳치고 공정한 곳
을 찾기가 쉽지 않은 게 현실이니까.

남들 눈에는 우리 출판사가 독특해 보이는지 가끔 인터뷰를 당하곤 하
는데 그럴 때마다 출판사의 미래에 대해 물으면 '망하지 않는 1인 출판사
가 꿈'이라고 말한다. 사실 지금의 내겐 무엇보다 지속 가능성이 절실하
고, 또 하나 끝까지 1인 출판사라는 지향점이 명확하다. 작은 몸집으로 느
리게 가는 게 목표인 셈이다. 빨리 달리면 어쨌든 넘어지지 않기 위해 페
달을 밟아야 하니 1인 출판사로 천천히, 잠시 페달을 밟지 않을 때도 넘어
지지 않는 세발자전거를 타고 달리고 싶은 것이다.

물론 그러다가도 큰 출판사의, 나보다 100만 배는 경험이 많은 편집자
들이 돈과 공력을 들여 만든 책과 내가 만든 책이 싸워 과연 이길 수 있을
까 문득 자신이 없어지기도 한다. 아니, 싸워 이기는 것은 바라지도 않고
완패를 당해 영원히 사라지는 일만 없었으면. 작은 것이 소중하고 아름다
운 것과 살아남는 것은 또 다른 문제니까. 그럴 때면 내가 아니면 이 책은
세상에 못 나온다는 책임감과, 같은 주제로 책을 만든다면 내가 더 잘 만
들 수 있다는 자신감으로 '정신줄'을 놓지 않으려 추스른다.

나는 이른바 메이저 출판사라는 곳들과 가끔 일을 한다. 동물책말고 다
른 분야의 기획이 생각나면 그곳에서 진행을 하거나 직접 글을 쓰고서 진

행을 하는데(돈을 벌기 위함도 있지만 관심사가 너무 잡다한 삶의 부잡함도 한 원인
이다) 그럴 때마다 대형 출판사의 편집자에게 맡겨진 1년 매출을 보고 혁
놀란다. 또 그 매출을 채우기 위해 내야 하는 책의 종수를 보며 혀를 내두
르는데 그런 것을 보면서 과연 여기에도 양질전화의 법칙이 적용될까 의
심이 된다. 때로는 그들이 내미는 기획안이 내가 잡지 만들 때의 4쪽짜리
한 꼭지 콘티만도 못할 때가 있으니 말이다. 그럴 때면 속으로 안도의 숨
을 내쉬기도 한다. 이래서 작은 것이 모여 큰 놈을 이기는 거구나. 사실 대
필사건의 한가운데 있어보기도 했는데 그때 느낀 것도 '도대체 이 시스템
이 굴러가는 게 참 용하네'였으니까.

"나는 좌파야. 좌파 중에서도 극좌지."

언제나 이렇게 생각하고 살았지만 요즘은 자주 입에 올린다. 내 곳간만
지키고, 내 것은 하나도 뺏기지 않고 살려는 사람 빼고는 모두 좌파고, 좌
파 빨갱이인 세상에 살다 보니 부러 신경질적으로 이렇게 내뱉는 것 같다.
게다가 1인 출판 주제에 여유는 백배 충만에다가 보잘것없는 것끼리의 연
대를 말하고 있으니 경쟁력 없고 변변치 않은 '좌빨'인 게 분명하다.

나아지고 있고, 나아가고 있고…

별볼일없는 신생 출판사의 과거사부터 어쭙잖은 미래 포부까지 쓰고 보
니 갑자기 밀려오는 창피함에 또다시 책상에 머리를 찧고 있다. 아무래도
이 글의 첫 장에 '3년 이상의 편집경력자나 꿈이 파릇한 편집자 지망생들
은 정신건강을 위해 읽지 말기를 권고함'이라는 문장이라도 넣어야 하지
않을까?

마무리한다면, 출판계에 뛰어들어 책을 만들어가는 과정이 내게는 참

으로 소중하다. 스스로 나아가고 있고, 나아지고 있음을 느끼기 때문이다. 물론 시작은 지금도 내 옆에서 쿨쿨 자고 있는 15년 경력의 반려견 찡이다(이 글의 첫 장을 쓸 때도, 3일이 지난 지금도 언제나 그렇듯 내 옆을 지키고 있다). 이 녀석 덕에 반려동물에 대해 알고 사랑하게 된 후 유기견에 관심을 갖고, 길고양이에게 밥을 주기 시작하고, 보호소에 기부를 하고, 농장 동물과 동물원 동물의 복지와 실험동물문제를 공부하고, 채식에 관심을 갖고 환경과 생태문제로 관심을 키우게 됐다. 그래서 출판사를 열고 관련 책을 내기 시작했는데 책을 검토하고 전문가들을 만나면서 그 관심이 현실과 연결되어 실천력도 얻고, 더 큰 세상을 보게 되었다. 찡이를 만나고, 편집자로 살게 되어서 참으로 다행이다.

◆ **김보경**──── 사람들이 대학 전공을 물으면 '불문'이라고 답한다. 전공 불문! 대학 시절 내내 학보사 기자 노릇과 연애한 것을 빼면 기억나는 게 없다. 일자리 넘치던 호시절을 만나 여성지를 시작으로 육아잡지, 어린이잡지, 패션지 등에서 기자로 10년 일했다. 2006년 동물·생명 전문 1인 출판사 책공장더불어를 시작했다. 열다섯 살 반려견 김찡과 동거 중.

느림보의 첫사랑

김선정 서해문집 편집장

드디어 내게도 마흔(!)이 왔다. 어쩌면 오랫동안 기다려왔던, 그러나 과연 올까 싶을 정도로 와닿지 않던 숫자가, 자연의 질서가 으레 그렇듯이 어김없이 내게도 찾아온 것이다. 그러한 해에 이 글을 쓰게 되었으니, 어쩌면 이 글은 내 삶의 중간결산쯤 될지도 모르겠다. 그래서 이 글은 그저 한 개인의 소소한 추억들로 가득 찰지도 모르겠다. 그리고 그 추억 속에는 책보다는 사람의 그림자가 더 많이 비칠지도 모르겠다. 이제 막 '서른'이라는 꼬리표를 떼어내게 된 사람의 복잡한 심경과 감상적인 기분 탓이라 생각하고 널리 이해해주시길….

가만가만 부르는 노래, 시~작

10년 넘게 출판 일을 해오는 동안 이렇다 할 뚜렷한 공적을 남기거나 대단한 베스트셀러를 터뜨려본 경험도 없는 평범한 나지만, 내게도 약간 특이한 경력이 있긴 하다. 바로 같은 출판사에 두 번이나 입사한 기억을, 그것도 두 번이나 갖고 있다는 것. 그 하나가 나의 첫사랑이자 친정집인 '지성사'이고, 또 하나가 지금 몸담고 있는 '서해문집'이다.

1997년 여름, 나는 출판계에 입문했다. 스물여덟 살 유부녀가, 그것도 경력 하나 없이 '초짜'라는 딱지를 달고 말이다. 나이 많은 신입이 비집고 들어오기가 하늘의 별 따기보다 어려운 요즘의 출판계로서는 생각지도 못할 일이니, 지금도 나는 지성사 이원중 사장님께 고마움을 갖고 있다. 조건 불문하고, 너그러운 자상함과 소박한 신뢰로 나를 채용해준 데 대하여.

당시 지성사는 역사가 3~4년밖에 안 된, 아주 작은 신생 출판사였다. 식구라고는 고작 사장, 편집장, 그리고 나뿐. 영업부장도 없었고 경리도 없었다. 그곳에서 내가 맡은 일은 경리＋입출고(창고)＋홍보＋편집보조 등등이었다. 오전엔 전화나 팩스로 주문을 받아 책을 싸서 출고하고, 오후엔 경리 업무와 편집 업무, 그리고 기타 자질구레한 '잡무'들을 짬짬이 나눠서 했다.

지성사는 마포 신수동 철길 옆의 작고 아늑한 오막살이집이었다. 3층의 작은 사무실은 그나마도 반으로 나눠서 다른 출판사와 함께 쓰고 있었는데, 칸막이 옆으로는 '초당'이라는 출판사가 있었다. 그때만 해도 드라마 〈아들과 딸〉에서 묘사하던 출판사 분위기가 조금은 남아 있던 때였다. 초당출판사는 늘 담배연기가 자욱하고 사람들로 북적이던 곳이었는데, 얼핏 보면 무슨 조폭 사무실 같다고 여겨질 정도로 한 어깨 하는 사람들이 많이 드나들었다. 대개가 운동권 출신 인사들로 별 하나씩 안 단 사람이 거의 없을 정도였는데, 종종 대낮부터 술자리가 벌어지기도 하고 포커판이 펼쳐지기도 했으며, '지뢰찾기'의 따닥따닥 하는 소리가 사무실의 정적을 메워주기도 하였다. 가끔씩 그때의 복덕방 풍경을 생각하면 슬며시 웃음이 나기도 한다.

지성사는 주로 과학책을 펴내는 출판사로 잘 알려져 있지만, 처음부터

179

그렇지는 않았다. 지성사 사장님이 역사비평사 영업부장 출신인지라 초창기에는 현대사나 통일 분야 책들이 꽤 있었고, 사장님 취향의 말랑말랑한 비소설류도 꽤 되었다. 하지만 사제지간의 인연으로 지성사의 첫 책이 되었던 강원대 권오길 교수의 『꿈꾸는 달팽이』가 디딤돌이 되어 점차 과학책 출간이 늘기 시작했고, 내가 입사할 무렵에는 과학책의 비중이 절반을 차지할 정도로 커져 있었다.

1년여의 시간이 지났을 무렵, 갑작스럽게 편집장이 퇴사를 했다. 그때까지 나는 제대로 된 책임편집 경험 없이 교정교열 정도의 일만 하고 있었으니 그저 앞길이 막막할 뿐이었다. 사장님은 무슨 배짱인지 새로이 편집장을 들이지 않고 내게 그 일을 맡으라 하셨고, 나는 1년차 초보 딱지를 떼기도 전에 편집장이라는 무서운 직함을 갖게 되었다. 돌이켜보면 그 일은 내게 맨땅에 헤딩하기 식의 독립심을 키워주기도 하였지만, 한편으론 제대로 된 시스템 속에서 일을 배우지 못했다는 피해의식을 심어주기도 하였다. 아무튼 카리스마 넘치는 편집장의 빈자리 뒤로, 편집실무에 대해선 아무것도 모르는 초짜 사장과 그보다도 더 편집을 모르는 편집장인 나, 이렇게 둘만 남았다. 그리고 여기에 곧 합류하게 된 영업자, 디자이너와 함께 지성사 시즌 2가 시작되었다.

시즌 2 — 정트리오 삼두마차의 질주

첫사랑은 인생에 단 한 번뿐이다. 그건 비단 연인과의 사랑뿐만 아니라 일에서도 마찬가지인 듯하다. 초짜 영업자 조희정, 초짜 디자이너 박혜정, 그리고 초짜 편집자 김선정, 이렇게 우리 셋의 첫사랑은 이후 4~5년 동안 애틋하고도 감미로운, 그리고 열정적인 그림을 그려나가게 된다. 물론 모든 사랑이 그렇듯이 때론 다툼과 권태, 신경질적인 자기방어 등의 얼룩을 남기기도 하였지만.

영업자 조희정은 학교 후배이기도 한데, 어느 우연한 술자리에서 대뜸 취직자리 좀 없겠느냐고 물었던 게 인연이 되었다. 당시 여자 영업자가 거의 전무하던 때라 나도 긴가민가하였지만, 지성사 사장님은 초짜 아줌마라도 상관없다며 흔쾌히 그녀를 채용하였다. 대학 시절 오랫동안 서점 아르바이트를 했다는 게 나름 경력이라면 경력이었다. 여총학생회 출신답게 그녀는 카리스마 넘치는 대인배의 품을 지녔다. 전공인 사회학이 아주 천직이다 싶을 정도로 정치·사회 전반에 지식이 깊었으며, 엄청난 속독과 다독의 신통한 능력도 겸비하고 있었다. 그러면서도 또 어찌 그리 섬세하고 예민한 마음의 결을 잘 감지하는지…. 우리 둘은 거의 비슷한 시기에 결혼을 했고, 비슷한 시기에 출판 일을 시작했으며, 비슷한 시기에 아이를 낳아 인생의 사이클과 고민의 폭이 아주 많이 겹쳤다. 그래서 지금은 그 어느 누구보다도 가까운 친구처럼 지내고 있다.

디자이너 박혜정은 지성사에서 1년간 근무하다 퇴사한, 나의 전임자였다. 퇴사 후에도 아르바이트로 맥 편집 일을 도와주다가 다시 우리 식구로 합류하게 되었다. 다소 중성적인 매력을 풍기는 그녀는 기계에 관한 친화력이 보통이 아니었는데, 맥 편집도 거의 독학으로 배웠다 해도 과언이 아니다. 어떤 일이든 새로운 일을 시작할 때면 늘 그에 관련된 책을 훑어본 뒤 첫째, 둘째, 셋째 하는 식으로 매뉴얼을 정해놓고 일하는 '정리의 달인'이며, 심지어 우리가 취미 삼아 당구를 배울 때도 당구책부터 사다 읽는 사람이고, 『맛의 달인』 만화책을 몇 년에 걸쳐 조금씩 꾸준히 읽어가던 '절제와 인내력의 달인'이기도 했다. 묵묵하면서도 의리 넘치는, 다정다

감한 보스 같은 선배다.

　이들의 이야기를 이렇게 길게 늘어놓는 것은, 책은 사람'들'이 만드는 것이기 때문이다. 이들과 동고동락한 5년의 시간이 우리가 만든 책들 속에 그대로 녹아들어 있다. 이렇게 셋이 모여 그야말로 맨땅에 헤딩하기 식으로 일을 했다. 어느 누가 짬밥이 더 많다고 할 것도 없이 다 고만고만한 초짜들이었기에, 우리는 늘 직접민주주의의 형태로 원탁에 둘러앉아 모든 것을 함께 의논하고 결정했다. 그렇게 해서 만든 책들은 정말로 에너지가 넘치는 책들이었다. 그 속에는 어떠한 경력이나 시스템으로도 당해내지 못할 무엇이 있었으니까.

　그때 만든 책이 『뱀』『상어』『박쥐』 등의 '지성자연사박물관' 시리즈와 『열려라! 곤충나라』『열려라! 거미나라』『열려라! 꽃나라』 등의 아동물 시리즈, 그리고 이 시대 고전의 반열에 올린다 해도 주저치 않을 만한 역작 『신갈나무 투쟁기』 등이었다.

　『뱀』이라는 책은 내가 편집장이 되어 만든 최초의 책이었다. 사실 원고는 이미 들어와 있었는데, 원고 진행 중에 편집장이 퇴사하는 바람에 당장 발등에 떨어진 불이 되고 말았다. 편집장이 어떤 컨셉트로 어떻게 만들려고 했는지를 잘 알지 못했던 탓에, 나는 내 나름대로 원고를 재구성하였다. 질문—답변 형태의 병렬식으로 구성된 기본 틀은 유지하되 비슷하게 중복되는 질문들은 하나로 합쳐 정리하고, 그 항목들이 일련의 흐름으로 이어지도록 순서를 재배열하였다. 말하자면 꼬리에 꼬리를 무는 식으로 하나의 질문 뒤에 가장 자연스럽게 떠오르는 질문을 배치하고, 그와 비슷한 범주 내의 질문들을 순차적으로 배치하는 식이었다(예를 들면 생태, 분류, 번식…). 이러한 판단 작업은 '인간의 상식'에 크게 기대었다.

182

책의 전체적인 구성은 기본적으로 저자가 정리해준 데서 크게 벗어나지 않았으므로 그에 대해서는 정말 감사할 따름이다. 그렇지 않았더라면 나는 이 최초의 커다란 도전에서 '배가 산으로 가는' 경험을 하게 되었을 테니까. 하지만 마지막 제3부에 들어갈 내용들(뱀과 관련된 여러 설화나 인간의 문화, 풍속 등 흥미로운 이야깃거리)을 추가로 찾기 위해 도서관에서 『한국구비문학대계』라는 두꺼운 전집을 뒤져가며 그 안에 나오는 모든 뱀 관련 설화는 다 찾아내고, 그걸 현대어로 윤문하여 싣게 된 것은 오로지 초짜 편집자의 정성과 오기, 근성 덕분이었으니 스스로도 얼마간 대견해하고 있다.

 이 책의 마무리 작업에 즈음하여 누가 먼저랄 것도 없이 '시리즈'를 만들자는 의견이 제기되었다. 우리 여전사들은 또다시 원탁에 둘러앉아 회의에 회의를 거듭한 결과 '지성자연사박물관'이라는 기특한 제목을 생각해 냈다. 자연사박물관 하나 없는 우리나라 현실에서 '종이 위에 세우는 자연사박물관'을 만들어보자는 취지였다. 분위기는 점차 달아올랐고, 최초의 컬러 책, 전문 북디자이너에 의한 최초 외주 디자인, 최고의 제작비, 최고의 책값 등등 지성사로서는 여러 신기록을 달성한 기념비 같은 책이 드디어 출간되었다. 그 과정에서 겪은 좌충우돌과 시행착오는 말해 무엇하리. 또한 매일 뱀 사진을 들여다보며 스캔 받고 누끼 따고 토악질하던 디자이너의 고충은!

 우리는 기쁨에 들떠 있었고, 그 기쁨에 답하듯이 여러 신문에서 이 책을 1면 톱으로 소개해주었다. 국내 뱀박사 1호인 백남극 선생과 그의 제자가 함께 쓴 최초의 '뱀'책은, 미시적인 분야의 각론격 책들이 출간되기 시작하던 당시 출판계 흐름과 맞물려 커다란 조명을 받았다. 뱀의 그 징글징글한 사진이 대문짝만하게 박힌 채.

『뱀』의 출간에 뒤이어 잇달아 원고가 들어왔다. 군산대에서 상어만 연구했다는 상어박사님이 찾아오셨고, 배낭 속에 갓 잡은 '쥐' 사체를 넣고 군홧발로(사실은 야외 등산화였지만) 불쑥 찾아오신 박쥐박사님도 계셨다. 그렇게 해서 시리즈는 하나하나 채워져갔고, 그에 따라 우리도 좀더 노련하고 세련된 편집자, 디자이너, 영업자가 되어갔다.

로망을 이루다!

얼마 뒤, 드디어 우리를 감동시킨 하나의 책을 만나게 되었으니, 지금은 교양과학서 1급 필자로 우뚝 선 차윤정 선생의『신갈나무 투쟁기』가 바로 그것이다. 원래 그 원고는 일반 대중이 쉽게 읽을 수 있는 '식물학 개론서'로 집필된 원고였다. 비교적 쉽게 잘 정리된 원고이긴 했지만, 과학책 특유의 딱딱함과 전형적인 구성방식 등으로 뭔가 큰 매력을 주지는 못했다. 그러던 것이 저자와 술자리에서 이야기를 나누다가(술자리에서 이루어지는 역사가 어찌나 많은지!) 우연히 어떤 대화의 한 끄트머리를 붙잡아 다시 방향을 튼 것이 '나무의 일생'이라는 컨셉트였다. 나무를 주인공으로 하여 그 일생을 들려주면서, 그 속에 숲의 생태계 전반을 잘 녹여내자는 것이었다. 이른바 '나무의 일생'으로 보는 식물학 개론서.

이 '결정적 한마디'를 끄집어내는 큰일을 해낸 사람은 지성사 사장님이었다. 어떻게 수학과 출신의 머리에서 그처럼 문학적인 착상이 가능했는지 궁금하기도 하고 존경스럽기도 했던 순간이었다. 그리고 설마 차윤정 선생이 그렇게까지 멋진 작품을 창조해내리라고는 감히 짐작도 못했던, 소 뒷발로 쥐를 잡은 '위대한 우연의 역사'가 시작된 순간이기도 했다.

차윤정 선생은 기가 막힌 작품을 써오셨다. 신이 지피기라도 한 걸까. 신갈나무라는 한 나무의 일대기를 통해 숲 전체 생명체들의 삶을 조망해보는, 역동적이고도 문학적 향취 가득한 책! 이런 책을 펴내는 게 바로 우리 출판인들의 '로망' 아닐까? 워낙 감동적인 원고이다 보니 결과물로서 그 책의 완성도 문제는 차치하고라도, 우리 식구 모두에겐 큰 힘이 된 책이었다. 그때처럼 모든 식구가 그렇게 열성적으로 애정을 기울여본 적도 없을 뿐더러, 그때처럼 보도자료를 일필휘지로 써내려간 적도 드물었으니까. 예상대로 주요 일간지들의 1면 톱기사로 책 소개가 나가고, 저자인 차윤정 선생의 작가적 재능에 수많은 출판사들이 주목하는 계기가 되었다.

여기서 잠깐, 『한강에서 만나는 새와 물고기』의 그 드라마틱한 출간 과정을 소개하지 않을 수 없다. 서울시에서 자연과학 전문 출판사들을 대상으로 공개 입찰하여 10여 개의 유수 출판사들이 뜨거운 경쟁을 벌인 끝에, 3차의 어려운 관문을 뚫고 드디어 지성사로 낙찰되었기 때문이다(무려 1만 부 납품에다 서점 판매도 가능했다). 일요일 아침 충무로 인쇄골목을 이 잡듯이 뒤져, 문을 연 단 한 곳의 인쇄소에 필름을 들이밀고 난 뒤 허름한 식당에서 늦은 아침을 먹던 기억을 잊을 수가 없다. 그렇게 인쇄한 수백 장의 종이를 전 직원이 수작업으로 일일이 오리고 풀칠하고 붙여서 수십 권의 샘플 북(사업제안서)으로 완성시켰으며, 월요일 마감 5분 전 숨이 턱에 닿도록 달려가 제출하는 기염을 토한 것이다. 신춘문예 응모자들도 이처럼 처절하지는 않았으리라.

우리의 첫사랑은 그렇게 숨가쁘게 지나가고 있었다. 문과적인 세계에서 별로 벗어나보지 못했던 우리가 과학책이라는 그 미지의 영역 속에서 아옹다옹 앞길을 헤쳐가며, 서로 앞서거니 뒤서거니 끌어주고 밀어주고 하면서 그 길을 건넜다. 그렇기에 나는 그들이 없었으면 지금의 나도 없었다고 믿는다. 지금도 여전히 현장에서 활기차게 일하며, 동시에 중년의 우울도 함께 견뎌내는 그들에게 오늘, 고마움의 말을 전한다.

또 다른 사람들, 필자와 친구 되기 애인 되기

책을 만드는 사람'들' 가운데 단연 중심축은 필자가 아닐까. 그간 참으로 많은 저자들을 만나 그들의 글을 이 손으로 직접 갈고 닦고 조이고 기름칠하면서 세월을 보냈지만, 그 중 유독 정을 담뿍 주게 된 선생님들이 몇 분 계신다.

지성사에서 5년 정도 함께 뒹굴던 우리 셋은 누가 먼저랄 것도 없이 각자 또 다른 곳으로 뿔뿔이 흩어졌는데, 그렇게 여차저차해서 흘러들게 된 곳이 바로 일산의 아늑한 일터 '아이필드'였다. 아이필드는 발랄한 인문교양서를 많이 내는 곳이었는데, 일산4동의 한적한 주택가에 자리잡은 그곳에서 나는 1년여 동안 때로는 걸어서, 때로는 노란 레모나 자전거를 타고 출퇴근을 하였다. 간혹 아장아장 걸음마를 뗀 우리 아이가 사무실 문 앞까지 마중을 나오곤 하던 곳. 그곳에서 어쩌면 휴식과도 같은 나날을, 어쩌면 오로지 '편집' 자체의 즐거움에만 푹 빠져 지내던 나날을 보내게 되었다.

그때 만난 분이 성신여대 유병례 교수다. 당시 아이필드에서는 '30구 시리즈'가 기획되고 있었는데, 한양대 중문과 이인호 교수와의 술자리에서 농담처럼 "학생들이 한시 300편은 외워야지, 아니 30편이라도…" 하고 주고받은 일이 계기가 되었다고 한다. 그때 당시 唐詩 와 송사 宋辭 편을 맡아 집필한 분이 바로 유병례 교수였고, 나는 그 시리즈의 편집을 맡게 되었다.

첫인상은 다소 깐깐해 보이는 전형적인 여교수 인상이었는데, 원고와

186

관련해 서로 주고받은 대화와 의견들, 그리고 내가 다듬어내는 글의 결이 랄까 하는 것을 그분이 아주 마음에 들어하시면서 나를 참 아껴주셨다. 어느 날은 학생들의 과 티셔츠를 챙겨주기도 하고, 어느 때는 향기로운 오일을 깜짝 선물로 내밀기도 하였는데, 선물 자체보다 그 마음 써줌에 고마움과 감동이 컸다. 그러다 보니 나도 어느새 점점 더 정이 깊어지고, 급기야는 낮 12시 점심 식탁에서 시작된 '중국 술 릴레이'가 밤 12시까지 이어질 정도로 두터운 정을 쌓게 되었다. 오후 4시의 비낀 햇살 사이로, 노란 은행잎 뒤덮인 한적한 도로를 약간 취한 기분으로 춤추듯 함께 걷던 그 광경은 지금도 사진처럼 선명히 내 머릿속에 아로새겨져 있다. 그렇게 그분과 때론 친구처럼, 때론 애인처럼, 때론 언니처럼 살뜰한 정을 나누었으니 그것이 필자에 대한 나의 첫정이었다.

그리고 또 한 분. 이분은 몇 해 전 다시 지성사에서 일하게 되면서 만난 분인데, 바로 의사이자 『아름다운 우리 몸 사전』의 저자인 최현석 선생이다. 어느 날 '인체는 어떻게 운영되는가'라는 제목의, 무려 원고지 2,000매가 넘는 방대한 인체생리학 원고가 투고로 들어왔다. 처음 만난 그분의 인상은 연예인 에릭을 닮은 외모에 수줍고 선량한 모습이었는데, 여느 의사같지 않은 문文의 분위기가 풍겼다. 알고 보니 학생운동도 꽤나 열심히 하였고 초창기 사회과학 출판사에서 출판 일도 약간 해보았던, 우리 동네(?) 사람이 아닌가. 그러다 어느 날 작심하여 공부를 시작하더니 순식간에 의사가 되셨단다.

이분의 글은 참으로 징그럽게 건조하다. 본인의 스타일 자체는 상당히 문과적인 기질이 다분한데, 어쩌면 너무도 결벽적이고 완벽주의적인 탓인지 글에서는 온갖 기름기가 쫙 빠져 있어 군살 하나 없었다. 처음에는 그 점이 다소 마음에 걸렸다. 권오길 교수처럼 구수한 입담으로 사설을 좌~악 늘어놓다 본론으로 들어가 지식과 정보를 전달하는 것이 교양과학책의 모범이라 여기고 있었기에, 이렇게 건조하고 군더더기 하나 없는 글은 약점으로 여겨지기까지 했다.

그래서 최대한 책의 '꼴'에서만큼은 아우라 좀 팍팍 넣어주자 생각하고, 제목도 다소 인문적으로 '아름다운 우리 몸 사전'이라 붙이고, 책 속의 이미지도 그저 그런 인체 해부도 사진이 아닌 예술적 느낌의 사진과 그림(명화)들로 채웠다. 코스프레 사진을 전문으로 찍는 선배를 꼬드겨, 코스어 한 명을 모델 삼아 파주출판단지에서 직접 사진을 찍게 했다. 녹슨 철벽 위에 손가락을 갖다대고 찍은 사진은 '손톱'이라는 항목에, 검은 드레스를 입고 긴 마룻바닥 위에 누워 있는 사진은 '자살'이라는 항목에 집어넣었다. 그리고 귀고리를 한 얼굴 옆모습 클로즈업 사진은 '귀' 항목에 집어넣고, "인간의 부드러운 귓불은 성적인 기능을 하기도 한다. 또한 많은 여성들이 아름다움을 위해 귓불에 구멍을 뚫는 아픔을 참는다"라는 섹시한 캡션을 써넣기도 하였다. 무려 600쪽에 172개 항목을 담고 있는 이 책은, 그야말로 내 모든 글재주를 총동원하여 172개의 소제목을 갖다붙인 애정 어린 책이다.

물론 이 책 역시 일간지에서 꽤 크게 소개해주었는데, 한 서평에서 "군더더기 없는 문장이 주의를 분산시키지 않는"다고 한 표현이 나의 뇌리에 강하게 꽂혔다. 어떤 이들은 윤활유를 듬뿍 바른 책보다는 담백하고 정직한 책을 더 좋아한다는 사실을 새삼 겸손한 마음으로 되새기지 않을 수 없었다. 이제 더 이상 그분께는 글의 건조함이 단점이라 지적하지 않는다. 오히려 그 건조함을 어떻게 하면 장점으로 더 극대화할 것인가를 고민하게 되었다. 때론 사설 없이 곧바로 정보를 얻고 싶은 수준 높은 독자들이 있기 때문이다. 지금도 그분은 진료시간 외의 대부분의 시간을 독서와 집필로 보낸다. 아마도 1년에 100권 이상의 책을 읽지 않을까 싶은데, 한 주제 속으로 깊이 파고드는 그 집중력은 무서울 정도다. 최근에는 공부를 더 하고 싶다며 이런저런 시민강좌나 동영상강좌까지 챙겨 들으시는데, 정작 공부가 많이 필요한 나보다도 한참이나 앞서 걸으시니 그저 부끄러울 따름이다. 새삼 존경스럽고, 감사한 분이다.

마지막으로 언니 같고 때론 친구 같기도 한 조주은 선생을 빼놓을 수 없다. 조주은 선생은 이대에서 여성학을 가르치는 분으로, 그 유쾌한 입담과 촌철살인 유머로 만날 때마다 꽤나 배 아프게 만드는(너무 웃느라) 분이다. 『현대 가족 이야기』라는 첫 책으로 주목을 끈 저자인데, 우리가 만든 책은 『페미니스트라는 낙인』이었다(지성사의 인문사회 브랜드인 '민연'의 이름으로 출간되었다). 맥주를 유난히도 좋아하는 분인지라, 우리의 우정은 주로 호프집에서 쌓였다. 간혹 울적할 때면 선생님 댁 근처로 찾아가 술을 청해 먹기도 하였고, 신촌 근처를 지날 때면 캠퍼스로 찾아가 휴게실에서 떡볶이를 나누어 먹기도 하였다. 그리고 여자들의 유쾌한 수다를 많이 떨었었다. 지금 박사학위의 마지막 산통을 겪느라 많이 힘드실 텐데, 곧 그 고통이 끝나고 더욱 활기차고 행복한 시간이 되시길 바란다. 오랜 세월 함께하고픈 필자이다.

텅 빈 도화지에 무엇을 그릴까

지금 내가 몸담고 있는 서해문집에서는 사실 이렇다 할 일을 해내지 못했다. 아이필드에서 어렵사리 보내준 베이징 도서전에서 우연히 서해문집

사장님을 만나 발칙하게도 '눈이 맞은' 게 인연이 되어, 그로부터 1년 뒤에 정말 서해문집에서 일하게 되었는데, 그나마도 1년을 다 채우지 못하고 다시 지성사로 가게 되었다. 그리고 3년여의 시간이 흐른 뒤, 나는 지금 다시 이곳에 서 있다. 그저 내 앞에는 텅 빈 도화지만 놓여 있을 뿐이고.

20대의 내 일기장은 피 칠한 듯 온통 붉었다. 붉은색 펜으로 일기를 써 대던 그 광풍 같던 방황도 책을 만들고 아이를 키우는 '탄생'의 작업들을 겪으면서 많이 치유되었는데, 그때 일기장에 가장 많이 등장하던 단어가 '마흔'이었다. 어서 불혹의 마흔이 되고 싶다고, 그래서 더 이상 미혹되지 않고 물처럼 깊이깊이 살고 싶다고, 많이도 징징거렸었지. 그때 그렇게도 꿈꾸던 마흔이 이제 현실로 내 앞에 나타났는데, 지금 나는 얼마나 미혹에서 벗어나 있는지, 얼마나 마음의 중심을 잡고 있는지…. 사실 이제야 비로소 알게 된 인생의 비밀이 있다면, '미혹'의 나이란 결코 없다는 것이고, 그렇게 흔들리며 사는 게 사람이라는 동물이라는 것이다.

아이를 더 많이 낳긴 어렵겠지만 책을 더 많이 낳는 일은 다행히도 나의 일로 남아 있다. 이제부터 빈 도화지에 어떤 그림을 그릴지는 오로지 나의 몫이고. 열심히 해야지. 그래서 언젠가 다시 나의 두 번째 사랑 이야기를 들려주고 싶다.

◆ **김선정**—— 1997년 여름, 늦깎이 초짜로 출판계에 입문하였다. 지성사에서 엉덩이 무겁게 5년이나 근무하다가 이후 아이필드에서 1년 반, 서해문집에서 1년, 다시 지성사에서 3년, 다시 서해문집에서 이제 막 7개월 근무한 약간 특이한 이력을 갖고 있다. 왕복달리기 선수라는 오명을 뒤집어써도 어쩔 수 없다고 생각하지만, 아무튼 새 도화지에 새 그림을 멋지게 그리면서 40대를 살고 싶다는 꿈을 꾸고 있다.

실패한 기획의 추억, 그 씁쓸함에 대하여

|

장의덕 도서출판 개마고원 대표

명색이 사장이지만 자의반 타의반으로 편집자 노릇 역시 한시도 쉰 적이 없다 보니, 그 1인 2역 덕분에 늘 시간에 쫓기는 편이다. 1박 2일간의 '책만사(책을만드는사람들)' 체육대회를 마치고 돌아오는 길임에도 배낭을 멘채 빈 사무실에 들어섰다. 이 글을 쓰기 위해서다.

책만사 대표간사의 협박(?)에 못 이겨 참석했던 거지만, 역시 갔다오길 잘했다는 생각이다. "1년에 딱 한 번 쓰는 근육들"이 모두 아우성이지만, 덕분에 굳은 머리가 좀 말랑말랑해진 모양이다. 뭔 얘길 해야 하나 하고 잠시 있자니, 다른 사람들은 대부분 성공한 기획 이야기를 쓸 거라는 데 생각이 미쳤고 '그럼, 나는 한번 거꾸로 가볼까?' 하게 된 것이다. 거창하게 무슨 반면교사 운운할 얘깃거리가 있어서가 아니라, 체육대회에서 열심히 신나게 뛰던 사장들의 모습에 누군가 "사장은 일에 부지런해서는 안 된다. 오히려 사장이 노는 데 부지런한 회사가 잘 되더라"고 했던 얘기가 문득 겹쳐진 탓이다.

그런 역발상에서, 이 지면을 두서없는 나의 '실패한 기획 전말기'로 어지럽히더라도 부디 용서하시길.

191

최소한 '죄인'은 되지 말아야지

얼마 전 〈시사IN〉에서 인문사회과학서를 주로 펴내는 몇몇 출판인과 좌담을 가질 기회가 있었다. 그때 담당기자가 좌담에 참여한 4개 출판사의 출간 목록을 비교해 보이며 "개마고원은 상대적으로 국내서의 비중이 높더라"고 했다. 물론 대중적 사회과학서에 주력하다 보니 자연스레 학술서나 번역서에 관심이 덜 가게 된 결과이다. 게다가 같은 국내물 가운데서도, 얼핏 되짚어만 봐도 이미 만들어진 원고를 받아서 출판했던 기억은 그리 많지 않다. 그 상당수는 기획안을 만들어 이리저리 필자를 찾아 헤매거나 가차례와 샘플 원고를 가지고 필자와 내용 조율에 골몰하던 기억으로 채워져 있다.

한데 상대적으로 '잉태'기간이 길 수밖에 없는 국내 기획도서이니만큼 시장에서의 성공 확률도 덩달아 더 높다면 얼마나 좋을까마는, 현실은 별로 그렇지 않더란 게 늘 고민되는 지점이다. 해마다 연말이면 재고도서의 종합 정리를 위해 창고에 들어가곤 하는데, 유독 2007년 연말 희뿌연 먼지를 뒤집어쓴 6만여 부의 재고도서가 마치 거대한 괴물인 양 짓누르듯 내려다본다는 느낌에 압도당했던 기억이 있다. (잘 나가는 책의 재고야 늘 반들반들 윤기 흐르는 새책일 수밖에 없으니, 그게 산더미 같은들 뭐 '미녀 거인'쯤으로 보였을 텐데…. 흐유~ 꿈자리 사납게…. 정말 죄 많은 인생이다.) 기획 참패는 그게 아무리 다반사여도 그 결과를 직접 눈으로 목도하는 일은 번번이 이렇게 적응이 잘 안 된다.

무엇보다도 그 한 권 한 권의 저자들에게 죄인일 수밖에 없어서다. 가만 있는 사람 옆구리 찔러 집필을 하게 해놓고선 또 '기획 컨셉트'에 맞니 틀리니 해가면서 오죽 괴롭혔던가. 저자 본인의 기획 구상으로 시작된 작업이었다면 써나가기라도 훨씬 수월했으련만, 어렵사리 갑론을박해가며 원고를 완성해놓았더니 퇴고를 빌미로 또다시 1년여의 기간을 끌어가며 수정에 수정을 거듭하게 한 나머지 "더 이상은 못한다!"며 반半협박성 백기선언을 하게 만들기도 한두 번이 아니었다. 죗값으로 따지자면 목이 몇 개는 달아났을 것이다. 더구나 결국 폐지공장으로 보내진 책들에 바쳐진 펄프, 그 나무들의 보람 없는 희생을 생각하면 이건 거의 '반反환경사범'이다. 미래세대에게까지 죄를 짓는.

그래서 또다시 다짐해본다. '차카게 살자!'가 아니다. 아무쪼록 출판인은 '기획을 잘 해야 한다!' 돈은 못 벌어도 최소한 죄인은 되지 말아야 할 것 아닌가. (개마고원의 여러 저자 분들, 제가 겉으로 표현은 잘 못해도 늘 속으론 이렇게 반성하며 살고 있다는 점, 해량해주시옵기를. ^^;;)

'10-5-1의 법칙'

사실 기획의 착안지점은 당연히도 두루 널려 있다. 그것은 항용 기획자 자신의 관심과 그에게 주어지는 정보가 만나 스파크를 일으키는 지점일 터, 그 정보들은 크게 보아 두 가지다. 가만 앉아서도 촉수의 그물만 널어두면 얻어질 수 있는 '안테나 정보'와 직접 몸을 움직여 부딪쳐가야만 얻어질 수 있는 '더듬이 정보'. 본디 사교적이지도 못하고 낯가림도 심한데다 말주변까지 없는 나로서는 누구에게나 공개되어 있는 안테나 정보에 더 의존하는 편이다.

여기서 그간 기획도서를 해본 나의 깜냥에만 기대어 판단하자면, 이런저런 착안점에서 싹튼 기획 아이디어가 10개 정도 얻어졌다 칠 경우 그 가운데 1개 정도가 온전한 기획안으로 다듬어진 폭이다. 이어서, 그렇게 성안된 기획안이 5개라면 결국 필자를 만나(사실 이 과정에서 임자를 만나지 못해 반 이상이 탈락한다) 책으로까지 태어나는 경우는 또 그 가운데 1개 정도였다. 이름하여 '10-5-1의 법칙'이다. 그렇다면 여기에 뒤이어서, 그렇게 태어난 책들 가운데 성공한 비율은…? (아, 이런 질문에 맞닥뜨리면 어지러워진다. 경우의 수가 워낙 많아서 일반화하기도 어려울 뿐더러, 더 이상의 비율 따지기로 내 단순한 머리를 괴롭히고 싶지도 않다. 다만, 이 대목에서 불현듯 '200,000,000 : 1'의 경쟁률을 뚫고 태어난 우리 자신의 '경이적인 존귀함'에 새삼 숙연해질 뿐이다.)

비록 인간의 존엄성에 비할 바는 아니지만, 어떻든 이렇게 지난한 과정을 거쳐 탄생한 책 하나하나가 어찌 애틋하지 않겠는가. 하지만 그 가운데서도 유독 마음 시린 책들은 또 있게 마련이다. 도무지 어디가 시원찮아서 그리된 것인지 알 수가 없을 때 그 안쓰러움은 더한 법. 그런 책 가운데 하나이자 이제껏 내가 지어 붙인 제목 가운데 '10걸' 안에 드는 것으로, 박홍규 선생의 『법은 무죄인가』가 있다. 1997년 3월에 출간된 책인데, 벌써 제목부터 멋지지 않은가. (이런 '자백'은 때때로 기획자에게 보약이다. 남용만 하지 않는다면.)

그 책은 TV 베스트극장에서 〈달수의 재판〉이란 단막극을 우연히 보게 되면서 본격적으로 시작되었다. 당시 국무총리와 대법원장까지 나서 치고받고 할 정도로 '사법개혁' 논란이 사회적 이슈로 떠올라 있었지만, 평범한 시민의 입장에서는 시시콜콜한 사법개혁 담론들이 도무지 피부에 와닿지 않았다. 당시 사법개혁이란 주제를 어떻게 책으로 담아낼까를 고민하며 이런저런 자료들을 수집해오고 있었지만, 그것들을 어떻게 꿰어내야 할지 핵심 컨셉트를 못 잡고 있던 터에 그 드라마가 내

194

뒤통수를 딱 치는 느낌이었다. 약간 코믹하면서도 어수룩한 이웃집 아저씨 같은 분위기의 탤런트 강남길이 주인공 달수 역을 맡았는데, 드라마 내용은 평범한 한 가정이 송사에 휘말리면서 겪는 좌충우돌과 우여곡절이었다. 그 너무도 '익숙한 답답함'의 생생한 현실로써 어려운 법률용어나 복잡한 법리 이야기 하나 없이 생활인의 구체적 일상 구석구석에까지 그 변화의 의미가 미치는 바람직한 '사법개혁의 상'은 어떠해야 하는가에 대한 관점을 순식간에 일깨워주는 것이었다. 비로소 구슬들을 펠 실이 보이는 순간이었다.

그렇게 하여 기획안이 꾸려졌지만, 이후엔 더 많은 고비가 있었다. 그간 스크랩해둔 자료뭉치와 〈달수의 재판〉 카피 테이프까지 챙겨들고 필자를 찾아 헤매길 10개월여, 적어도 한국 땅 범汎법조계에서 이른바 '밥그릇'이나 이런저런 연고에 좌고우면하지 않고 입바른 소리 할 수 있는 이는 그리 많지 않다는 사실을 절감한 시간이었다. '아, 이분 정도면 평소의 발언으로 봐서 충분히 써주실 것이다'며 접촉했지만, 번번이 이런저런 이유로 손사래를 치는 통에 발걸음을 돌려야 했던 것이다. 그런 점에서 박홍규 선생께는 지금도 감사한 마음이다. "이렇게(?) 일하는 출판사는 첨 봤다"는 감탄 아닌 감탄을 들을 정도로 괴롭혀드렸음에도, 명색이 대중서로서의 값도 못한 판매 결과 때문에 더욱 그렇다. 물론 나중에 이 책이 백상출판문화상 저작상을 받게 됨으로써 조금 면피가 되긴 했지만. (지금의 눈으로 보면, 아쉬운 대목이 없진 않다. 대중서라 하기엔 본문 편집이 촌스럽고 빡빡한데다 분량은 무려 430쪽에 이르렀으니…, 욕심이 지나쳤다. 하지만 어쩌랴, 당시 내겐 메시지가 무엇보다 중요했고, 담고 싶은 사례들이 넘쳐났던 것을.)

편지질, 그리고 메일질

군대 졸병 시절, 나의 내무반 생활은 "국문과 다니다 왔습니다!" 한마디로 '본의 아니게' 비교적 평탄했다. 이따금씩 고참에게 차출돼 연애편지를 대필하는 동안에는 이런저런 시달림으로부터 놓여난다는 현실을 깨달은 후, 고참 순번대로 건네져오는 단체 위문편지에 대한 나의 답장 대필은 마냥 길어졌다. 한번 썼다 하면 좋이 10장은 넘어갔다. 한 맘 좋은 고참(마음 씀씀이나 생긴 건 아주 씩씩한데, 왠지 여자 앞에만 가면 꽁꽁 얼어붙던 강원도내기였다)의 편지를 진심으로 열심히 써줬더니, 나중엔 얼굴도 모르는 여성이 덜컥 면회까지 오는 바람에 내 인기는 한동안 식을 줄을 몰랐다.

그런 것도 인연인 걸까? 나의 필자 섭외 수단은 이메일이 보편화되기 전까지는 오로지 '편지질'이었다. 본디 사람 만나길 즐겨하는 타입이 못 되어서, 지금도 메일 이외에는 달리 필자 섭외 통로를 알지 못한다. (나같이 숫기 없는 기획자에게 메일은 거의 하늘이 내린 축복이다. 전화 통화도 친해진 뒤가 아니면 어색하고 불편해서 최대한 피하는 편이다.) 자료들을 뒤져 읽다가 기획하고 있는 책의 적임 필자다 싶으면 무턱대고 메일을 보낸다. 처음부터 기획안을 디밀기도 하고, 또는 그가 쓴 글에 대한 소감 같은 걸 보내 관심을 표명하는 수순을 밟기도 한다. 지금껏 집필 청탁을 하기 전에 이런저런 연고로 필자와 이미 안면이 있었던 경우는 별반 없었던 듯하다.

사실상 집필 청탁은 물론 원고 조율조차 거의 전적으로 메일에 의존해 버릇하다 보니, 책을 출간했을 때 저자와 얼굴 한번 보지 않은 상태인 경우도 적잖다. 이게 바람직한 거냐 아니냐와는 상관없이, 이런 식으로도 일이 굴러갈 수 있는 데는 다른 이유도 있는 것 같다. 일반화할 수 있는 얘긴지는 모르겠지만, 비교적 사회과학 분야의 필자들이 '젠틀맨'인 덕분이기

196

도 할 것이다. 대체로 일 진행이 군더더기 없이 깔끔해 번잡스럽지 않다는 느낌이다. (물론 예외 없는 법칙은 없는 법이지만. 그렇다고 다른 분야의 필자들은 '젠틀'하지 않다는 얘긴 전혀 아니니, 오해 없으시길.)

'젠틀맨' 하면 많은 분들이 떠오르는데, 그 중에서 헌법학자 김욱 선생은 반드시 꼽게 된다. 웅숭깊은 열정과 진지함을 지녔으되 늘 차분하고 깍듯하시다. 반드시 직접 대면하지 않더라도, 책을 진행하면서 가진 숱한 메일 접촉을 통해서 그런 건 충분히 느낄 수가 있다. 그렇기에 김욱 선생과의 첫 작업이었던 『그 순간 대한민국이 바뀌었다』의 판매 부진은 더없이 안타깝다. 무엇보다도 이 책은 현재까지 나온 법교양서 가운데 단연 최고의 작품이라 감히 자부하는 터라 더 그렇다. 아마도 법리法理라는 것의 가치와 그 정밀한 의미를 이해하는 데 이만한 대중서는 다시없을 것이다.

사상 초유의 대통령 탄핵 사태로 '헌법재판소'라는 존재의 대중 인지도가 급격히 상승해 있었는데 뭔가 이를 활용한 기획이 가능하지 않을까 하는 게 그 기획의 출발점이었다. 미국 연방대법원의 주요 판례들이 인류 인권 진전의 획기적 사례로서 많은 책의 소재가 되듯이, 우리의 경우도 얼마든지 그럴 수 있다는 데 착안해 매우 미시적인 사안에서 아주 거시적인 원칙이 이끌어내진 헌재 판결을 다루는 기획안이 꾸려졌다. 착안-기획안-저자 섭외까지 일사천리로 이어진 행복한 케이스였다. 더구나 원고 조율 과정에서 보여준 저자의 성심성의를 다한 대응은 나로선 감읍할 정도였다.

그리하여 결혼피로연에서 음식 접대를 못하게 한 법률에 대한 위헌판례를 통해서 사생활의 자유와 비밀이란 기본권과 그 헌법적 한계를 따져보거나, 뺑소니 살인은 고의 살인보다 더 나쁜가라는 질문을 통해 특정범죄가중처벌법이 지닌 문제점을 법의 형평성이란 차원에서 들여다보는 식의 재미있는 책이 만들어질 수 있었다. 이 과정에서, 내 머릿속에는 『그 순간 대한민국이 바뀔 것이다』와 『그 순간 세계가 바뀌었다』는 후속권으로 이뤄낼 3부작 구상이 싹을 틔우고 있었다.

하지만 첫 번째 책의 성과가 기대에 못 미친데다 저자의 소신과 열정이 무르녹은 두 번째 책 『영남민국 잔혹사』가 참패하는 바람에, 3부작의 후속권들은 강권할 염치가 차마 나질 않아 그저 만지작거리고만 있다. (아, 그러나 지금도 여전히 아쉽다. 『그 순간 대한민국이 바뀌었다』의 가치를 어찌 이리도 몰라본단 말인가~.)

사회과학 대중서의 이율배반적 숙명

대중적 사회과학서는, 정치·사회적으로 '이슈 파이팅'한 주제나 소재를 다루는 경우가 많은데 해당 이슈가 사라지면 책의 생명도 함께 막을 내리는 경향이 강해서 기획하는 입장으로선 늘 아쉬운 대목이다. 이슈를 먹고 살지만, 바로 그 이슈에 또 발목 잡히는 숙명의 고리에 갇혀 있달까? 이는 그만큼 시의성에 예민하다는 반증이자 순발력이 중시될 수밖에 없는 영역이란 뜻이기도 하다.

『페니스 파시즘』처럼 기획 착안서부터 출간까지를 불과 서너 달 만에 해치운 경우도 있었고, 작업 자체는 초스피드로 끝냈음에도 저자의 여건상 출발 자체가 늦을 수밖에 없었던 탓에 결국 타이밍을 놓쳐 빛이 바래고만 『한미 FTA의 마지노선』 같은 경우도 있었다. 좀 엉뚱하지만, 세심하지 못해 미처 챙기지 못한 부분 때문에 책을 망가뜨리고 만 경우도 있었다. 저자가 한글운동에 일로매진하는 분임을 번연히 알면서도 표지를 큼지막한 한자 타이포로 디자인해서 책을 만들어놓고 그걸 전혀 의식하지 못했던 것이다. 결국 언론사에 보냈던 책과 서점에 보냈던 책을 모두 거둬들이는 소동을 벌인 뒤, 다시 책을 제작해 내보냈지만 짐작대로 기사는 한 줄 나지 않았다. 뭔가 문제가 있는 책이란 첫인상은 이후 매장에서도 책이 힘을 못 쓰는 결과를 초래했다.

2007년엔 한 저자의 책 두 권을 다른 출판사와 각기 나눠 내게 되면서, 동시출간의 시너지 효과를 보기보다는 한쪽이 완전히 치이는 결과가 된 경우도 있었다. 물론 치인 건 개마고원에서 낸 우석훈 박사의 『샌드위치 위기론은 허구다』다. 상대가 강적(?) 『88만원 세대』였으니 말해 무엇하랴. 출판계에서 심심찮게 떠도는 '베스트셀러 신화' 가운데 "그 책, 출판할 곳을 찾지 못해 여기저기 떠돌던 원고였다"는 게 있는데, 『88만원 세대』가 그런 케이스였다. 몇 군데 출판사로부터 원고가 계속 반려되자 저자가 이를 아예 출판 경험이 없던 '레디앙'의 지인에게 넘겨 출판을 저지르도록 부추겼던 모양이다. 당시 개마고원은 우 박사의 개인 블로그에 언급되어 있는 집필 구상을 보고 역시 메일로 청탁해 '생태경제학 3부작'을 계약한 상태였지만, 어느 날 저자로부터 추가로 원고(이게 나중에 『샌드위치 위기론은 허구다』로 나왔다)를 하나 받게 되면서 이미 출간 직전 상태에 있다는 『88만원 세대』의 존재를 알게 되었다. 저자는 일련의 시리즈로서 진즉에 나왔어야 할 첫째 권 『88만원 세대』가 많이 밀린 상태이므로, 후속 둘째 권이라도 제때 나오길 원했다. 그리하여 두 책이 거의 동시 출간되었지만, 시장에서도 두 태양은 없는 법인지 워낙 『88만원 세대』의 기세가 등등해서 『샌드위치 위기론은 허구다』가 올린 현재 성과 정도만으로도 오히려 선전했다고 봐야 할는지 모르겠다. (같은 저자의 같은 시리즈 책으로 같은 시기에 나왔는데, 그런 결과가 생긴 원인을 달리 찾기는 어렵다. 내심 결정적 패인은 제목에서 밀린 데 있다는 게 내 솔직한 판단이다. 그것도 내가 지은 제목 때문이니, 그 누굴 원망하랴. 아이고~!)

어쨌거나, 이 세상에 태어난 책들은 뒤를 캐보면 다들 이런저런 사연들이 얽혀 있게 마련이다. 거기다 사회과학 대중서는, 시끌벅적한 사건이나 이슈로 사람들의 시선이 신문·방송에 쏠려버리는 시기에는 다른 분야의 책들에 비해 상대적으로 훨씬 예민하게 반응한다. 즉 사회과학 대중서를 주로 소비해주던 주력 독자층의 관심이 서점이 아니라 미디어로 이동해버려 판매곡선이 쉽게 출렁이는 것이다. 당연히 그들은 여느 독자층보다 정치·사회적 문제나 이슈에 관심이 많은 사람들이니 눈길이 그리로 쏠릴 수밖에. 그렇다고 세상이 조용하기만 바랄 수도 없는 것이, 그리되면 아마도 소재 부족으로 재미난 사회과학서들을 만들기가 더욱 힘들어질 테니 말이다. ^^ 이래저래 숙명인가 보다, 여겨야 될 모양이다.

편한 우회로는 없다

다시 처음으로 돌아가보자. 평소 시원찮은 뒷무릎 인대 때문에 운동장에서 뛰거나 하는 일은 거의 없는데, 명색이 체육대회인데다 참여한 인원이라야 20여 명뿐이어서 팀 구성을 위해서도 안 낄 수가 없었다. 축구 게임에 나서, 아무래도 운동량이 적을 법한 수비수를 맡았다. 한데 정말 오랜만에 뛰다 보니 그조차도 여간 만만치가 않았다. 딴에는 편할 요량으로 얼마간 뛰다가 골키퍼를 자원했다. 그런데 웬걸, 이건 시도 때도 없이 슈팅이 날아오는 게 아닌가. 긴장도는 더해지고 잠시도 쉴 틈이 없었다. 이거 판단을 잘못했다 싶어 후회하고 있는데, 심판 보던 이가 게임을 뛰겠단다. 옳다구나 싶어 심판을 맡았다. "동네축구 심판, 그까이거!" 그런데 오산이었다.

200

그저 보기엔 제일 헐렁한 듯했는데, 어쨌거나 쉴새없이 움직이는 공의 근처에는 가 있어야 했다. 상금에 눈이 먼 일부 과격파들의 등등한 기세를 보아하니, 먼발치서 적당히 심판을 봤다간 자칫 몰매 맞기 십상으로 보였던 것이다. 그리하여 이건 완전 중노동! 늑대 피하다 호랑이 만난 격이었다.

책을 만들다 보면, 기획 단계에서도 좀 편한 길로 가고 싶을 때가 있다. 진행과정에서도 장애물을 만나면 기획의도와 정면 승부하기보다는 우회로를 택하고 싶은 유혹을 느낄 때가 종종 있다. 이후의 편집 작업이 매우 번잡하고 어려울 게 뻔히 보인다거나, 저자 섭외가 계속 어그러진다거나, 저자로부터 기획 컨셉트의 방향을 조정하자는 요구가 들어오거나 할 때 말이다. 물론 그런 조정과정을 통해서 컨셉트가 더욱더 다듬어져 완성도가 높아지는 경우도 있겠지만, 중간에 컨셉트가 흔들려버릴 경우 그야말로 죽도 밥도 아닌 어정쩡한 책이 될 공산이 훨씬 컸던 것 같다. 기획 단계에서는 확실한 컨셉트가 손에 탁 쥐어질 정도가 되기 전에는 결코 유사 도서를 읽지 않는데, 그렇게 잡은 컨셉트라면 가급적 끝까지 밀고 가는 게 현명한 것 같다. '흔들린다면 차라리 접어버린다' 쪽이 호랑이를 만날 확률을 조금은 줄여주지 않을는지.

◆ **장의덕**──── 출판사 편집자로 사회에 첫발을 내디딘 뒤 잡지사 기자와 잠깐의 자유기고가 생활로 4년 가까이를 보내다 사회과학 출판 붐의 막차를 타고 1989년 어느 날 불쑥 '1인 출판사'를 저질러버렸다. 더 이상 이력서 받아줄 곳도 없을 것 같다는 생각에 객기가 발동하기도 했지만, "사랑하는 조국강토의 이마, 캬~ 좋다!"는 친구의 부추김에 덜컥 출판사 이름을 '개마고원'으로 확정하면서부터 어물어물하는 사이에 그 객기는 되물릴 수도 없는 '기정 사실'이 되어 있었다. 2009년이면 그것도 만 20년 전의 일이 된다. 그 시절에 비하면, 개마고원에 대한 나의 꿈은 많이 소박(?)해졌다. '한국 사회과학의 메카'에서 '좋은 대중 사회과학서를 내는 출판사로 오래도록 남는 것'으로.

텍스트를 대하는 몇 가지 태도

|

배영진 갤리온 주간

글을 써서 돈을 버는 일은 거의 다 해봤다. 대학을 다니며 오후에는 논술 과외선생으로 일했는데, 그전에 일하던 피아노학원보다는 수입이 괜찮은 편이었다. 아이들을 네 명씩 그룹으로 묶었고, 나는 그 아이들에게 주제 한 가지씩을 던져놓고는 눈치봐가며 깊이 잠들곤 했다. 여름방학 기간의 아침수업 시간에는 졸다가 깜짝 놀라 침을 뚝 떨어뜨리기도 했다. 암튼 나는 아이들에게 떡볶이를 사주는 그럭저럭 인기 있는 선생이었고, 그런 식으로 논술을 가르쳐 한 달에 100여만 원은 어렵지 않게 벌었다.

그러다 대학을 졸업하고 골프 전문 잡지사에 시험을 봤다. 모든 공놀이를 좋아하지 않는데다, 골프는 공조차 만져본 적이 없었지만 전문이 골프건 산이건 화장품이건 간에 뒤에 기자라는 직함이 붙는 건 그럴듯해 보였다. 1차 서류 전형, 2차 필기시험도 통과했다. 그러나 면접에서 떨어졌다. 돌이켜 생각해보면 왜 골프잡지사에서 일하려고 하느냐는 질문에 대한 답변에 문제가 있었던 것임에 틀림없다. 사실은 제가 캐디가 되려고 했는데요, 월급은 낮지만 캐디보다는 골프잡지 기자가 폼 날 것 같아서요(…) 뭐 이렇게 횡설수설했던 것 같다. 거짓말은 아니었다. 당시 일간지에는 골

202

프장 캐디를 구한다는 광고가 곧잘 실렸는데, 월수 300만 원 보장이란 말은 스물세 살의 나를 충분히 매료시키고도 남았다.

어쨌건, 어린이책을 전문으로 만드는 출판사에 또 면접을 보러 갔다. 마음이 급했다. 동화책은 6학년 때 이후론 본 적도 없고 관심도 없었지만 아무데나 취직만 되면 관심사는 얼마든지 바꿀 수 있을 것 같았다. 그래, 이제부터 동화책 좀 보지, 뭐. 그러나 나를 면접했던 그 출판사 전무님의 회색빛 후줄그레한 양복과 뭔가에 억눌린 듯한 웃음, 그리고 부자연스럽게 조용한 사무실의 분위기는 맞다, 좀 무서웠다. 그래서 나는 출근 하루 전날, 전화를 걸어 이렇게 둘러댔다. "어제 집에 오다가 교통사고가 나서 다리가 분질러졌어요. 아무래도 당분간은 출근 못할 것 같아요." 분명히 당분간 출근 못할 것 같다고 했는데, 나중에 오란 얘기도 없이 알았다고만 대답한 걸로 봐선, 그쪽에서도 내가 별로 마음에 들지 않았던 모양이다.

그러다가 들어간 곳이 방송국이다. 두툼한 입술과 부은 눈, 여리여리한 목소리로 당시 내 또래 여자아이들에게 엄청난 인기를 누리고 있었던 윤상이라는 가수가 진행하는 한 프로그램에서 나는 보조작가로 일을 하게 된다. 수많은 엽서를 읽으며 적당한 사연을 골라내고, 하루 원고지 5매 분량의 방송 원고를 쓰면서 나는 한 달에 80만 원 정도를 받았다. 1992년의 일이다. 그렇게 몇 년 동안 방송작가 노릇을 하며 나는 있어도 그만, 없어도 그만인 원고들을 무수히 생산해냈다. 인터넷 '다시듣기' 따위는 없었던 시절이니, 원고는 4절지 종이에 써서 DJ가 한번 읽고 나면 그걸로 끝이었다. 그런데 나는 뭐가 부끄러웠는지 생방송 시간이 다 끝나기도 전에 방송 멘트가 쓰인 원고들을 디제이에게서 뺏어 쓰레기통에 처박았다. 원고료는 쑥쑥 올라갔고, 부업으로 버는 돈도 짭짤했다. "안녕하세요, 신승훈입니다. 신승훈과 이야기하실 분은 1번을 눌러주세요." 칠공공 서비스로 지칭되는 전화데이트 원고를 써주고 100만 원. 한민족 축제에 참가한 사람들에게 동포가 어쩌고저쩌고 하며 눈물을 빼주는 대가로 쓴 원고가 또 100만 원. '한국안전시스템'에서 '에스원'으로 사명을 바꾸는 시스템경비 회사의 이벤트 원고를 써주고 200만 원.

생각해보면 아름다운 시절 아닌가. 당시 나의 영혼을 지켜주던 건, 계간지 〈문학과사회〉와 〈창작과비평〉이었다. 편집자가 되는 건 꿈도 꾸지 못했다. 그건 나와는 전혀 다른 영혼을 가진 사람들의 몫이라 생각했다. 남의 글을 만진다는 것, 만져서 영구히 남긴다는 것. 둘 다 얼마나 위험하고 겁나는 일인가. 나는 남겨지지 않을, 그래서 그다지 위험하지도 않은 글들로 몇 년을 벌었고, 그러다가 여행을 떠났다.

남겨지지 않을 글을 쓰다

처음부터 여행기를 써서 돈을 벌겠다는 생각을 했던 건 아니었다. 그러나 먹고살기 힘들었던 90년대 말미에 나는 PC통신 서비스를 하던 하이텔의 한 담당자와 연이 닿아 여행기를 연재하기로 하였고, 덕분에 2년이 넘는 기간 동안 거친 음식은 먹되 배는 곯지 않고 여행할 수 있었다. 한 달에 200만 원. 지금은 전 남편이 된 놀이터기획의 대표 여세호와 같이하는 여행이었으니 1인당 한 달에 100만 원을 받은 셈이다. 여행은 2001년 12월까지 계속되었고 돌아와서 나는 여행기 세 권을 낼 수 있었다. 지금 생각해보면 참으로 바보 같은 짓이다. 세 권이라니. 김찬삼의 세계여행기도 아니고, 누가 허접스런 사담으로 가득한 같은 저자의 여행기를 세 권이나 사

204

들인단 말인가.

　그러나 그때의 욕심은 이랬다. 책 한 권에 8,000원. 인세 10퍼센트로 1만 부 팔면 800만 원. 세 권이면 2,400만 원. 한 권을 3만 부 파는 것보다, 세 권의 책을 각각 1만 부씩 파는 게 훨씬 쉬울 줄 알았다.

　그랬다. 나는 돈에 눈이 멀었고 여행을 하면서 어렵게 모아둔 원고를 쳐내고 싶은 마음도 없었다. 버릴 게 없는 원고였다. 적어도 내 눈에는.

　그리하여 책표지는 담당편집자와 사진작가에 의해 이제 갓 서른을 넘긴 부부가 옷을 홀딱 벗고 지도 한 장을 덮는 것으로 연출되었다. 몸을 덮었던 세계지도에는 사실상 팬티와 브래지어를 입은 몸이 감춰져 있었지만 표지를 보면 누가 봐도 맨몸으로 누워 있는 것처럼 보였다. 세 권으로 출간된 책의 표지는 얼굴 표정만 바뀐 채 죄다 그런 식으로 앉혀졌고 그 책을 내고 나서 그와 나는 잡지며 텔레비전에 얼굴을 드밀었다. 오로지 책 한번 팔아보겠다는 소망 하나로.

　일간지에 서평도 실렸다. 대부분은 그때 당시 내가 어리석어 미처 확인하지 못한 보도자료의 내용을 보고 기사를 썼으므로 나의 여행기는 필요 이상으로 건강한 여행기로 포장되었다.

　우리는 그 책으로 3,000~4,000만 원은 벌었던 것 같다. 그리고 그로부터 1년이 지났을 무렵 나는 이혼했고, 전 남편과 찍은 그 헐벗은 사진은 아직도 도서관과 서점과 어떤 이의 책장에 남아 있다. 물론 지금 나의 집에서 그 세 권의 책은 금서나 다름없다. 현재의 남편은 그 책을 별로 좋아하지 않는다. 아쉽지만 이해할 수 있는 일이다. 내가 처음으로 남겼던 기록을 나는 가질 수 없다. 얼마 전 절판된 이 책의 텍스트를 CD로라도 넘겨받아 블로그에나 올려볼까 요즘은 궁리 중이다.

회사원으로 살아가기

출판사에서 일을 하게 된 것도 이즈음부터다. 여행에서 돌아와 책을 내고 만난 사람들이 출판사 편집자, 잡지사 기자들이었는데 내가 몹시도 궁해 보였는지 먼저 말을 하지 않아도 일거리를 안겨주었다. 〈여성중앙〉 원고 24매를 써서 벌 수 있는 돈은 30만 원 안팎. 유명하지만 글재주는 없는 어떤 어르신 대신 글을 쓰고 받은 돈이 또 몇백만 원. 여행에서 있었던 일들을 우려먹은 원고로 또 몇십만 원. 심지어 작업실을 내준다는 제안에 혹해 영화 시나리오도 한 편 썼다. 몇 개의 글은 사라지고 몇 개의 글은 기록되었다. 내 이름으로 혹은 다른 이의 이름으로.

더 이상 글 쓰는 게 싫어서 편집자가 되었다. 내 가까운 친구는 대학교 때부터 편집자가 되는 게 꿈이었다고 하지만, 나로 말할 것 같으면 애저녁에 꿈 같은 건 없었고, 미리 얘기했듯이 얼핏 고매해 보이는 그 역할을 내가 해낼 수 있을 거라고는 생각해본 적도 없었다. 그럼에도 나는 책을 만들었다. 남길 것과 남기지 않을 것들을 오로지 불안한 내 시선에 의지해 골라냈다. 기획료 100만 원, 진행료 100만 원, 인세 1퍼센트. 월급쟁이가 아니었으므로 살아남는 방법은 단 한 가지. 될 만한 작가를 골라 기획을 하고 책을 팔아 인세를 챙기는 것이었다. 벌이는 그럭저럭 괜찮았지만 후르륵 또 몇 년이 지나는 사이 나는 조금씩 지쳐갔다.

2006년 12월. 서른다섯이라는 나이에 처음으로 회사라는 곳의 직원이 된다. 혼자서 벌 때보다 더 많은 돈을 버는 건 아니지만, 꼭두새벽에 일어나서 집 밖으로 나오는 걸 좋아하는 나로서는 행복한 일이 아닐 수 없다. 회사는 나의 작업실이자 놀이공간이고 무엇보다 월급쟁이는 할부금을 부을 수 있어서 좋다. 나는 출퇴근을 위해 BMW를 한 대 샀다. 한 달에 38만 원. 리스 조건이다. 아침마다 큰 소리로 음악을 듣고 노래를 부르고 훌쩍이고 남자를 꼬시는 대가로는 저렴한 편이다.

월급쟁이로 또 몇 년을 살며 나는 몇 권의 책을 만들었다. 팔리지 않는 책을 만들고 나서, 나는 자문한다. 예전에는 없던 버릇이다. '남의 돈으로 자위하려 했는가?' 그런데 그건 아닌 것 같다. 성능 좋고 저렴한 바이브레이터도 많은 세상에 재미없게 남의 돈으로 자위하고 싶은 생각은 없다. 다만 책은 팔리지 않았을 뿐이다. 나와 같은 욕망을 가지고 있는 이들에게 다가가는 길을 나는 아직 찾지 못했다.

돈으로 환산할 수 없는 열정

'작은 탐닉' 시리즈를 위해 때때로 나는 한나절을 할애하여 웹서핑을 한다. (인터넷 어텐션 호어internet attention whore들의 글 장난을 피해가는 건 정말이지 쉬운 일이 아니다. 나는 그들에게서 사창가의 아침보다 더 우울한 기조를 느낀다.) 무엇엔가 빠져 있고 이를 기록하여 다른 이들에게 보여주려는 사람들. 그들의 순수하고 선한 열정 앞에서 나는 한나절 동안 무너진다. 돈으로 환산할 수 없는 어떤 열정을 품어본 적이 나는 있던가? 2년여에 걸친 여행조차도 돈벌이로 전락했으니 말이다.

누군가는 '불안'을 테마로 그림을 그려 포스팅하고, 누군가는 곳곳의 도서관을 탐방한 후 글을 올리며, 또 누군가는 기차역에 탐닉하기도 한다. 심지어 편의점에서 파는 모든 음식들을 먹어본 후 시식기를 올리는 블로거도 있다.

'작은 탐닉' 시리즈는 열아홉 번째 이야기까지 출간되었으며 그간 다뤄진 테마는 길고양이, 아이디어 물건, 와인의 눈물, 소소한 일상, 아프리카,

부엌, 장난감, 바닥, 맛있는 파티, 티타임, 오후, 바늘, 팝업북, 부엉이, 허브, 속도, 편의점, 우체국, 슈퍼마켓 등이다. 곧 『나는 자전거에 탐닉한다』도 출간될 예정이다.

그런데 하루에도 몇 번씩 포스팅을 하는 이 부지런한 블로거들에게 출간을 의뢰하는 일은 생각보다 쉽지 않다. 이들은 출판사의 지명도나, 선인세 등으로 움직일 수 있는 이들이 아니며 자신의 사적 공간을 굳이 책으로 옮기려 들지도 않는다. 그들에게 중요한 건 상대방이 정말 자신이 탐닉하는 그 대상에 관심을 가져주는가, 이다. 그들은 사회적 삶을 거부하는가?

그렇지 않다. 얼핏 유년시대와 성년시대 사이에서 우물쭈물하는 듯 보이는 이들의 기이한 탐닉은, 자신들을 낳아준 세상으로부터 도피하기 위함이 아니라 자신만의 방식으로 세상을 만나고자 하는 간절한 시도로 느껴진다. 그러니까 이미 그들은 내게 수줍게 말을 걸어왔고, 나는 이에 반응했을 뿐이다. 내가 가지지 못한 것들을 못내 부러워하며.

디자인은 대체로 나를 자극한다. 그 정도는 당신들이 가늠할 수 없을 만큼이다. 처음에 디자인은 나를 성가시게 할 뿐이었지만, 이제 나는 부끄러움을 느낀다. 하지만 그 모든 감정에도 불구하고 나는 계속해서 디자인을 해야만 한다. 그것은 해야 할 일이 무엇인지 자신의 본분을 아는 단순한 직업정신이기도 하고, 일상을 넘어서서 끊임없이 싸워내야 하는 작은 전투이기도 하다. 내가 스타일을 만들어내고 아름다운 사물들에 대해 고민하는 디자이너가 되는 데 있어 가장 큰 적은 다름 아닌 비겁함과 태만이다.

어느 잡지에 실린 디자이너 필립 스탁Philippe Starck의 글이다. 필립 스탁에게 디자인이 그랬다면 내게는 '텍스트' 그 자체가 유혹이고 자극이다. 저자 혹은 편집자라는 직함으로 텍스트에 달려들었을 때, 그리하여 텍스트가 돈벌이로 직결되었을 그즈음에는 미처 몰랐다. 세상에 이리도 아름다운 텍스트들이 넘쳐난다는 사실을. 나는 권위를 넘어서지 못했고, 이름값을 넘어서지 못했고, 그러면서도 세속적인 것들을 한없이 경멸하는 아이러니를 범했다.

그러나 나는 '작은 탐닉' 시리즈의 소박한 블로거들 앞에서 텍스트를 다시 생각한다. 내가 남겨야 할 것과 남기지 말아야 할 것들에 대해. 그리고 무엇보다 내가 가지지 못한 것들에 대해. 마케터들로부터 출간 부수 조정이 필요하다는 얘기를 들은 이즈음에 말이다.

수고로운 인생의 그들에게

내 아버지는 그리 좋은 남자가 아니었다. / 집은 가난했고, / 쥐뿔 없어도 장남으로서, 부모한테는 유난스레 잘하려고 했다. / 돈 없고 빽 없고 자존심만 센 남자와 사는 여자의 삶은 / 참 고달프다. / 자라는 내내 / 나는 엄마가 안쓰러웠다.

돈 안 되는 잡지 만든다고 / 집을 나가 무전걸식하고 있을 때도 / 이 남자랑 결혼하겠다고 집에 데리고 갔을 때도 / 사실은 아이가 생겼다고 말했을 때도 / 아버지는 별 말씀이 없으셨다.

어느 날, 아이와 둘이서만 부산에 갔을 때 / 생전 못 드시던 막걸리를 한잔 들이켜고는 / 내게 어쩔 거냐고 물었다. / "이혼할 거예요. 같이 사는 건 도저히 못할 거 같아요." / 아버지는 바로 전화를 걸었다. / "추향이는 자네랑 더는 안 살고 싶다고 하네. / 왜 이혼을 안 해주는가? 무서워서 못 산다는데…… / 어디 함부로 손찌검을 하고……. 또 그러면 내가 가만 안 놔둔다!" / 아버지가 그사람을 나 대신 혼내주었다.

아버지가 내 인생에 대해 이야기한 가장 긴 시간이었다. / 그 통화를 듣고 있자니 / 계속 흥분을 더해가는 아버지가 겁나는 건지, / 그 전화를 받고 또 내게 분풀이를 해댈 남편이 겁나는 건지 / 나는 계속 마음이 안절부절했다.

그러나 난생처음, 혼자가 아니라는 생각이 들었다. / 아버지가 / 나를 괴롭히는 무서운 남자들과 / 덜컥 겁이 나기도 하는 내 남은 인생길을 / 계속 그렇게 지켜주면 좋겠다는 생각이 들었다.

아프지 좀 말고, 자꾸 막걸리만 마시지 말고, / 괜히 소리만 지르지 말고.
— 「남자 말고, 아버지」, 송추향

송추향의 블로그를 만난 건 2007년이다. 나는 블로그에 올라온 글들을 토대로 『메이드 인 블루』라는 책을 만들었고 사진과 글이 들어간 1만 원짜리 이 책은 출간 1년이 지나서야 2쇄를 찍었다. 여기, 프롤로그의 일부를 인용해 그녀를 소개한다.

서른 살 여자, 송추향. 재수를 하여 대학에 들어갔고, 한 남자를 만나 임신을 하고 결혼을 하고 아이를 낳았는데, 그 와중에 한쪽 귀의 청력을 잃었으며, 아이의 아빠이자 자신의 남편인 남자로부터 대단한 이유 없이 흠씬 두들겨 맞은 후, 아이를 들쳐업고 경찰서로 달려간다.

한 팔로는 젖먹이 아이를 안고, 한 팔로는 죽어라 그녀 얼굴에 주먹을 날리던 남편은 경찰서까지 따라와 잘못했다고 빌었지만, 그날 새벽 그녀, 한 팔로는 아이를 안고, 다른 한 팔로는 짐가방을 들쳐메고 그 집을 나온다. 여기까지는 흔하다. 맞는 여자도 흔하고, 실행이야 어렵지만 남편 없이 혼자 애 키우는 여자도 요즘에 와서는 귀하지 않다. 그러나 그녀, 맞아서 부은 자신의 얼굴을 봤더니 그 꼴이 우스워 피식 웃음이 나오더란다. 살길이 막막했지만 왠지 더 나빠질 것은 없을 것 같았고 차라리 속이 다 시원했다.

나는 진심으로 이 책이 많이 팔리기를 기도했다. 인센티브 따위 때문이 아니라, 그냥 수고롭게 인생을 보여준 그녀에게 그 정도의 보상은 있어야 한다고 생각했던 것 같다. 그러나 나의 바람에도 불구하고 이 책은 그녀에게 그다지 도움이 되지 못했을 뿐 아니라 남편이란 자의 위협 앞에서 또 다른 불행을 감당하게 만들었다. ―그 와중에 '작은 탐닉' 시리즈 중 『나는 오후에 탐닉한다』의 저자 강봉조 씨가 자신의 인세를 송추향 씨에게 기부했다. ― 안 팔리는 책을 만든 게 처음은 아니었지만, 나는 절망하지 않을 수 없었다. 내가 무슨 짓을 한 것인가.

만약, 저자가 등단한 작가였다면 이 책은 아마도 시집으로 포장되었을 것이고 그렇다면 더 많은 문학담당 기자들이 관심을 가져줬을지도 모른다. 그러나 블로그는 정말이지 한낱 블로그 취급을 당한다. 세상은 변하는데 문학을 대하는 시선들은 여전히 근엄하고, 아름다운 텍스트들은 소리 없이 사라져간다. 그러나 그럼에도 불구하고, 나는 "거대한 혁명은 눈에 보이지 않기 때문에 아주 특별한 것"이라고 한 프랑스의 철학가 미셸 세르Michel Serres의 말을 믿어본다. 그래도 뭔가 변하고 있을 것이다. 어딘가에서, 내가 모르게.

진실은 소설보다 강하다

좋아하는 책 중에 『Running with Scissors』라는 책이 있다. 〈뉴욕타임스〉 베스트셀러 1위를 기록한 바 있고 아마존닷컴에는 2009년 2월 25일 현재 835개의 독자서평이 달려 있는, 1965년생 어느 게이 작가의 회고 록이다. 이 책이 출간된 후, 미국의 평론가들과 각종 매체들은 열광했고 앞다투어 서평을 실었다. 〈뉴욕타임스〉〈워싱턴포스트〉〈로스앤젤레스타임〉〈업저버〉 등에 실린 서평의 내용들을 요약하면 대강 이러하다.

"진실은 소설보다 강하다. 고약하리만큼 냉소적인 어조에 감탄하게 되고 그 대담한 인생에 놀라게 된다."

이 책에 등장하는 인물들은 플롯에 얽매여 있는 소설로는 도저히 실 감나게 그려내지 못할 상황들을 만들어내고, 그런 황당한 상황들은 한 인간이 실제로 경험한 일이기에 무리 없이 감동을 주며 읽힌다.

그러나 이 책은 우리나라에서 출간되면서 '소설'로 포장되고 '소설' 로 분류되었다. 이것은 한 사람이 어렵게 헤쳐온 수십 년간의 인생이, 소설이어서 가능할 법한 그럭저럭한 인생으로 바뀌는 순간이다. 비슷 한 경험을 한 바 있는 나로서는 편집자의 고뇌가 충분히 이해되었다. 잘 알려지지도 않고, 크게 성공한 것도 아닌 어느 미국 작가의 인생을 누가 사주겠는가. 우연찮게 나는 그 책을 알고 있었지만, 그 책에 대해 아는 바가 없었더라면, 나 역시 전혀 관심이 없었을 것이다. 그런 글은 이른바 '잡문'이라고 하니까. 크게 성공하지 않은 사람의 인생은 사주 지 않으니까.

하지만 나는 어떤 의무 같은 것을 느낀다. 이도 저도 아닌 다양한 인 생, 혹은 예상치 못한 어떤 것에서 기발한 발견을 하고 기쁨을 누리는 사람들을 알려야 한다는, 어찌 보면 나를 각성하기 위한 의무 같은 것. 안주하고자 하는 나태함을 물리쳐줄 수 있는 무엇 말이다.

어쨌거나 보잘것없는 이 글은 누군가 일부러 뜯어내지 않는 이상 책과 함께 어딘가에 또 보관될 것이다. 부끄럽기 짝이 없구나, 나의 글. 아니, 모든 이의 글은 좀 부끄럽다. 남기겠다는 욕망 자체가 난 좀 부끄럽더라.

◆ **배영진**──글 쓰는 직업들을 전전하다가 현재 랜덤하우스에 있는 김우연 선배와 이제는 친구가 된 전 남편 여세호로부터 편집 일을 배웠다. 수상 소감은 아니지만, 그들에게 감사한다. 철없고, 철들고 싶어하지도 않으며 마음은 늘 변화무쌍하면서도 세상에는 변치 않는 그 무엇이 있다고 믿는다. 떡볶이를 우습게 아는 사람과는 친해지는 데 한계가 있다.

어느 3년차 출판사 사장의 사장수업

|

구모니카 도서기획출판 M&K 대표

1년 남짓한 일천한 출판 경력으로 당돌하게 1인 출판을 시작했다. '쌩' 초짜 사장이 이런 글을 써도 되나 살짝 걱정되지만, 그간 나의 행적을 떠올리자니 얼굴에 철판 깔고 이런 글 정도 왜 못 쓰랴?! 돌이켜보건대 M&K와 사장 구모니카 씨는 엄숙한 출판계의 분위기에 좀 안 어울리는 경향이 있는 듯 보인다. 사무실도 없는 주제에 유명인사 200여 명을 초대하여 치른 개업식부터 시작된 엽기 행각은 본격 단행본이 아닌 북 다이어리를 첫 책으로 내고 "뭐 저런 걸 책이라고 내냐?"는 욕도 들어먹고, 출간 파티에 여성 독자 200여 명을 초대하여 먹고 마시는 행각이 뉴스에 보도되기도 하고, 어떤 책은 출간 전에 '북 콘서트'라는 쇼 케이스 show case를 열어 '돈지랄한다'고 혼도 나고, 아무개 필자는 악성 리플들 때문에 사이버수사대를 오가기에 이른다(그야말로 점잖은 출판계에서 돌출 행각이 아닐 수 없군). 그러다가 돌연 발행인이 필자로 변신, 『사장수업』이라는 책을 내기에 이른다. "출판사 사장이 책은 왜 쓰냐? 쓰는 것까진 그렇다 치고 그걸 자기 출판사에서 내냐? 자비 출판이냐?" 등등의 소리를 참 많이도 들었더랬다. 그러나 나는 위의 모든 반응들, 질문들이 외려 신기할 따름이다. 왜 그런 식으로 출판을 하면 안 되는지를 묻고 싶지만, 사실 그다지 궁금하지도 않다. 먹고사는 문제에 충실하든, 고전적 가치를 좇든, 미래적 가치를 지향하든 어차피 인생은 각자 고집대로, 나름의 방식으로 살게 되어 있으니까.

"어느 3년차 출판사 사장의 사장수업"이라는 제목을 적어놓고 보니 나의 지난 3년이 곱씹힌다. 이 글은 막무가내 손수 집필하고 출간한 『사장수업』의 making behind story를 짚어가면서 구성해봐야겠다. 『사장수업』을 쓰는 3개월간의 짧은 일정 속에서—그것이 옳든 그르든—M&K의 책 출간 프로세스를 짚을 수 있었고, M&K와 구모니카 씨의 지난 3년을 되돌아볼 수 있었고, 앞으로 나아가야 할 길을 모색할 수 있었으므로…. 성질이 급해 미리 말하자면, 결론은 이거다. "3년간 수업료를 (생각보다) 많이 치렀으나 난 아직도 출판을 미치도록 사랑한다." 이철수 선생 말씀의 요지마냥 나만의 출판의 길을 걷다 보면 누군가는 그걸 길이라고(그것도 출판이라고) 말해줄 그날을 위해!

SCENE #1. 『사장수업』 기획회의

08.03.23 PM 15:00 M&K 사무실

2007년 말『연애잔혹사』를 출간한 이후로 4개월 동안 쥐죽은 듯 잠잠한 M&K 사무실. 날아다니는 파리도 식구 하고 싶을 정도로 적막하다. 2007년 한 해 많은 책들이 쏟아져 나왔고, 직원도 세 명이나 채용했고, 사무실도 세 배나 큰 곳으로 이사하고, 각종 언론에 나나 M&K 책들도 수없이 노출되었건만 이 기현상은 뭐지?! 통장 잔고 민망한 지경인 건 기본이고, 몇몇 거래처에 줄 돈도 못 주고 있는데다 직원도 몇 명 내보내게 생겼다.

사장인 내 얼굴은 그 자체가 '다크서클'이고…. 그런 와중에도 슬쩍 직원들 스트레스 주시는 구 사장.

"얘들아, 우리 너무 노는 거 아니니?"

"사장님, 저희 요즘 매출… 쌓인 결제금…."

"하긴 책 만들 돈도, 기력도 없구나."

"그리고 올 초에, 기존에 기획한 아이템들 싹 다 버렸잖아요."

"그럼 새로 기획을 해야지. 출판사가 책을 내야 돈을 벌지."

"…."

"회사 사정 힘든 건 힘든 거고, 기획편집자가 할 일은 해야지."

"새로 기획 중인 것도 몇 개 있고요, 투고 원고도 좀 있어요."

"어디 좀 보자."

"최근에 실업난으로 프리터족이 다시 뜨고 있잖아요. 프리랜서가 직장인보다 잘 살 수 있는 방법을 가이드하는 원고가 들어와 있는데요. 예전에 『88만원 세대』 보면서 현상 진단하는 책말고 취업난에 시달리는 사람들에게 현실적으로 살길을 마련해주는 책을 기획해보자는 얘기 나왔었잖아요. 그래서 최장재희 선생님 원고도 '88만원 세대 구하기'라는 컨셉트로 진행한 거고요. 그런 맥락에서 이번 기획도 실전 전략서 느낌으로 만들어보면 좋을 것 같아요."

"나쁘지 않은데 문제는 진짜 해결책이 있느냐는 거지. 최장재희 선생님 원고도 방향을 잃고 자꾸 왔다리갔다리하는 이유가, 실제로 2030세대들의 고민은 정리가 된다지만 결국 그것을 풀기 위한 해결책은 명쾌하게 나오지 않기 때문인 거잖아."

"그건 그런데요, 사실 명쾌한 해답을 얻으려고 책을 산다기보다 위기상황에서 탈출구를 찾는 절박한 심정이라고 봐요. 환경만 탓하며 기죽어 있을 게 아니라 나가서 싸우자, 뭐, 그런 의지를 돋우는 책이면 되는 거죠."

"그래도 프리랜서 키워드는 너무 식상하지 않나? 각종 책들에서 이미 아주 구체적으로, 해당 업종마다 프리랜서로 살아가는 방법을 얘기해주고 있잖아. 그보다는 1인 사장들 얘기가 더 신선해 보이지 않아? 최근에 대학 자퇴하고 사업하는 친구들 많다더라고."

"하긴 제 주변에도 사업하려는 친구들 많으니까요. 인터넷 쇼핑몰은 물론이고, 홍대 일대만 해도 젊은 사장들이 하는 카페나 옷가게 천지고요."

"프리랜서 기획을 1인 사장 기획으로 바꿔서 다시 회의해보자. 프리랜서 기획도 버리지는 말고. 프리랜서, 1인 사장 두 분야 모두 관련한 기사나 책 등등 취재해서 다시 모이자고."

08.03.26 PM 16:00 M&K 사무실

"각자 브리핑해보십시다!"

"취재해보니 실제로 젊은 1인 사장들이 엄청 뜨고 있더라고요. 의류 쇼핑몰 4억 소녀를 필두로 혼자 힘으로 돈을 버는 젊은 사장들 얘기가 많더라고요. 대학생 창업 동아리들도 최근에 더 활성화되었다고 하고, 취업난에 힘 빠져 있느니 내 살길은 내가 알아서 찾겠다는 뭐, 그런 분위기인 것 같아요. 조직을 갖춘 큰 사업말고요, 작게 하는 사업이 대세인 건 확실해요."

"그렇더라고. 나는 주변 전언 취재를 좀 했는데, 사업하는 젊은 사람들이 많은 건 말할 필요도 없고, 하나같이 입 모아 얘기하는 게 소자본으로 창업하는 사장들이 참고할 만한 책이 없다는 거야. 높으신 분들 얘기말고, 그야말로 삶의 현장에서 깨지고 부딪힌 눈물어린 경험을 들려줘야 한대."

"그러게요. 기존에 사장학, 경영학 책들은 많은데 그런 책에서 말하는 것말고 1인, 소자본, 젊은 사장들은 좀 다른 이야기가 필요할 것 같아요."

"바로 그거야! 돈 많은 꼰대 사장이나 큰돈을 움직이는 CEO들이 사업하는 방식이랑은 뭔가 다른 게 있을 거다, 그게 이 책의 기획의도인 거지."

"좋을 것 같아요. 작게나마 나만의 사업을 하려는 사람들에게도 도움이 되겠지만, 저같이 아무 생각 없이 직장에 다니는 사람이나 대학생들에게도 '사장'이라는 직업에 대해 생각해보게 만드는 책이 될 것 같은데요."

"좋다! 가자! 작은 사업, 작은 사장의 A to Z를 친절하고 적나라하게 가이드하는 책! 기획안 다시 작성하고, 프리랜서 원고 기획한 작가부터 약속 잡기!"

이렇게 『사장수업』이 기획된다. 기획의도를 정리하면 아래와 같다.

〈『사장수업』 기획의도〉

1인 소자본 젊은 사장, 전성시대를 위하여…

마치 지난 한 세기는 이어져온 것 같은 취업 대란에 이제는 앓는 소리도 지겹다. 이태백이니 88만원 세대니 하는 소리도 듣기 싫다. 그래서 이제 젊은 세대들은 자발적으로 취업 대란에 무심해지기로 한 것 같다. "사회가 그렇다면 나는 나대로의 인생 행로를 찾겠다"는 기치 아래 사회로 뛰어드는 훌륭한 젊은이들이 속속 등장하고 있다. 대학 교육 따위 필요없다고 일찌감치 사회로 나오는 젊은이들도 많고, 대학 중퇴 후에 기술을 배우는 사람도 많다. 나아가 자신에 대한 믿음 하나로 밑바닥부터 일을 배운 뒤 당당히 자기만의 사업을 시작하는 젊은 사장도 꽤 많다. 그런 그들에게 필요한 건 날로 악화되는 취업난에 대한 우울한 뉴스가 아니라 그저 '할 수 있다'는 단 한마디의 응원의 메시지가 아닐까. 그렇게 시작된 생각은 『사장수업』의 기획으로 이어졌다.

최근 들어 홍대, 대학로, 가로수길 등 힙hip한 거리에 패기와 열정으로 똘똘 뭉친 젊은 사장들의 숍이 다수 눈에 띈다. 광고, 홍보, 언론, 디자인, 외식, 뷰티 등의 업계에 무일푼으로 뛰어든 젊은 사장들이 그들만의 독특한 아이디어로 성공일로를 걸으며 업계의 주목을 받고 있다. 어쩌다가 사장의 길을 가게 되었는지, 그 길에서 어떤 일을 겪고 있는지 그들의 이야기를 듣다 보면, 어째 기성 사장들과는 다른 점이 느껴진다. 우리가 기존의 사장학, 경영학, CEO학 등에서 접한 성공스토리와는 사뭇 다른 무엇, '그들만의 철학' 말이다. 그래서 '초짜' '젊음' '소자본' '1인 사장'의 키워드에 대해 자신만의 경험을 공개할 수 있는 필자를 물색했고 『사장수업』이 탄생했다.

우리가 『사장수업』에서 말하고 싶은 건, 돈 많은 꼰대 사장이나 큰돈을 움직이는 CEO와는 전혀 다르게 움직여야 하는 '초짜 젊은 사장의 철학과 일상'이었다. 젊은 사장들, 그들만의 리그를 통해 '사장의 시작과 과정을 좀 더 수월하게 만들어주고 싶은 마음의 발로', 그것뿐이다.

SCENE #2. 『사장수업』 필자 물색
08.03.29 PM 14:00 카페 '꿈'
『프리랜서로 살아가기』(가제)를 기획하신 김 아무개 작가 미팅. 이러저러

219

하여 작가님이 보내오신 기획을 변형해보았다는 이야기를 나누었다. 우리의 제안을 흔쾌히 받아들이는 김 작가.

"제가 이런저런 기획과 취재, 집필을 하는 사람이잖아요. 10여 년 이 일을 하면서 수많은 사장들을 만났지요. '사장수업'이라는 책은 이미 제 머릿속에 있었던 기획이기도 해요."

"좋네요. 저희는 기존의 사장학 책이나 사장 관련 에세이와는 차별화 된 책을 만들었으면 해요. 소자본으로 혼자서 사업을 시작하려는 젊은 사람들에게 친절하게 사업의 모든 단계를 가이드하는 동시에, 요소요 소에 발생 가능한 돌발상황, 꼼꼼하게 챙겨야 할 것들, 작은 회사 사장 들이 명심해야 할 마인드 등등을 한꺼번에 챙겨주어야 한다는 거죠."

"음, 그러니까, 사업 단계에 따라서 챙길 일과 함께 사장의 희로애락 도 알려주자는 거군요."

"예, 이를테면 창업을 기술적으로 가이드하는 『창업 초보자가 꼭 알 아야 할 102가지』와, 비교적 감성적으로 사장의 마음을 풀어낸 『사장으 로 산다는 것』, 그 둘을 한데 합치자는 겁니다. 그에 더해서 밥벌이의 한 방편으로 사업을 고려 중인, 자본이 별로 없는 젊은 사람만을 위한 책을 내보는 거예요."

"뭐, 사장이 겪는 희로애락은 인터뷰로 차분하게 다룰 수 있을 것 같 고, 사업 단계별 가이드도 어려운 일은 아닌데, 문제는 업종에 따라 가 이드가 많이 달라진다는 점이죠."

"자료를 보니까 생활형 창업이 가장 많고요. 아이디어 창업이나 벤처 창업 같은 경우는 비교적 적던데요. 일단 생활형 창업을 기준으로 샘플 원고부터 써주시는 게 좋을 듯합니다."

그렇게 며칠 후 샘플 원고가 도착했다. 동시에 우리 편집팀은 1차 난관에 봉착한다. 테크니컬 라이터technical writer답게 글이 나쁜 건 아니지만, '이건 아닌데…' 하는 결론. 사장의 살아 있는 경험이 녹아 있지 못했고, 인터뷰 대상들이 나이가 많은데다가 사업 경력도 무지 화려하고, 비교적 자본의 규모가 큰 중소기업 사장들이라는 점이 문제였다. 우리가 만들려는 책의 의도와 작가의 집필 포인트가 어긋나는 지점이다. 이런 때 과감하게 거절하지 못하고 작가에게 끌려가면 일은 일대로 망치고, 관계는 관계대로 나빠지고, 서로 진을 빼는 순간이 오고 만다. 그동안 작가의 탁월한 말솜씨에 넘어가고, 작가의 사상에 매료된 나머지 착각의 늪에 빠져 진행하다가 망가진 책은 얼마나 많은지, 수업료를 치르며 얻은 결론은 "첫 느낌에 아닌 건 진짜 아닌 거다"라는 진리. 우리는 정중하게 거절한 뒤 필자를 물색하기로 했다. 자신의 경험을 오롯이 풀어낼 의향이 있는, 소자본으로 창업한 지 3년쯤 된, 성공도 실패도 아닌 과정 중에 있는, 젊은 사장을 찾아야 했다.

08.04.06 AM 10:30 가로수길 일대

이래저래 알고 지내던 그 많던 사장들은 다 어디로 갔나. 뭐든 절실함으로 찾으면 찾아진다던데, 막상 현장에 나가보니 글을 쓸 만한 초짜 사장 찾기가 하늘의 별 따기다. 발품 팔며 여기저기 알던 사장들도 만나고, 소개에 소개를 거듭 받아 3년차 사장들을 무던히도 만났다. 그러나 하나같이 어찌나 겸손하신지 일천하고 민망한 사업 경험 공개를 꺼리는데다 시간도 없고 대필작가를 붙여야 할 정도로 글 쓰는 데 젬병이라는 등등의 이유로 필자 찾기는 완벽하게 실패했다. 그때 머리를 스치는 생각. '에라이~ 내가 쓰지 뭐~!' 나도 3년차 초짜 사장이고, 젊고, 실패도 성공도 아닌 어중된 상황이고, 그동안 끼적인 일기나 각종 문건도 있고, 사장이나 사업에 대한 나만의 철학이나 신념도 정리하고 싶고, 나의 경험을 공개할 의지야 충분하고도 넘치고, 글도 잘 쓰니(?) 이보다 더 좋은 필자가 어디 있으랴.

SCENE #3. 『사장수업』 도서 구성
08.04.30 PM 13:00 M&K 사무실

우리 편집자와 영업자는 내가 글을 쓰는 데 기꺼이(?) 동의를 했다(사장이 하겠다는데 어쩌겠는가마는…?!). 애니웨이, 이젠 책의 구성안을 짜고 글을 써나갈 시간이다. M&K와 구모니카 씨의 지난 3년을 완벽하게 해부해야 한다. 창업 단계를 정리하고 그동안 일어난 모든 사건사고를, 소자본 1인 사장의 일상과 상념, 철학과 신념을 정리 배치하여야 한다. 나는 편집자에게 주문했다.

"앞으로 나를 철저하게 작가로 대해주세요. 옆에서 필요한 자료들 모아주시고요. 글에 대해서 기탄없이 평가해주시고, 열심히 쪼아주세요."

"옙!!! 출간일정이 빠듯하니, 집필을 서두르셔야 할 거고요, 원고는 가급적이면 쓰시는 대로 마감을 해주시면 좋겠어요. 교정교열 일정을 줄이려면 그게 좋거든요. 도서 구성이나 원고 집필, 일정 등에 변동사항이 있거나 하면 무조건 바로바로 알려주셔야 합니다. 참, 연락 두절된다거나 하시면 절대 안 되고요."(무섭게 돌변하는 우리 편집자 -.-;; 진즉에 다른 필자들한테나 그렇게 강하게 좀 하지.ㅋ)

"사업하면서 쓴 일기가 많이 있답니다. 일단 저는 차례에 따라 일기부터 정리할 테니, 팀장님은 회사의 모든 문건들, 나나 우리 책 기사들을

222

취합해주시어요."

사업을 하면서 정말로 많은 일기를 썼다(그 많은 일기 중에 어떤 걸 버리고 어떤 걸 어디다 넣을지 정리하는 데만 한 달은 걸리게 생겼다). 그러나 정리·정돈력 하면 구모니카가 아니던가. 아~! 그런데 막상 일기를 다 모아놓고 보니 중구난방, 장난이 아니다. '뭐든 과제만 줘라! 내 못할 일이 무에랴!' 하고 내 업무능력의 전지전능함을 믿어왔는데, 대략 난감이다. 막막함으로 멍하게 앉았는데, 샘터출판사 다니던 시절에 냈던 책이 불현듯 떠오른다. 어떤 아버지가 30년 동안 써온 육아일기를 정리하고 자녀교육의 원리와 원칙을 덧붙여 출간한 『밥은 먹었니?』. 30년을 써오신 일기(50여 권의 두꺼운 노트)를 늘어놓고 필요한 대목만 쏙쏙 뽑아 정리했던 귀중한 경험을 이미 했던 것이다. 이렇게 우리에겐 지난 경험들을 꼭 써먹게 되는 순간이 있다(역시 인생은 '경험주의'가 지배한다). 자, 그렇다면 일단은 일기를 정리하고, 그 일기에 해당하는 초짜 사장의 사업적 조언을 부가적으로 작성하면 한 권의 책이 완성되는 것!(아싸~!) 아래는 그리하여 나온 『사장수업』 구성안.

1부. 사장이 되기 전

성공적인 창업을 위해 소소하지만 핵심적인 준비 작업에는 무엇이 있을까? 시행착오를 줄이려면 사장이 되기 전에 무엇을 준비해야 하는 걸까? 나는 과연 사장을 할 재목인가? 나는 왜 사장을 하려는가? 이 모든 질문에 해답을 준다.

하나, 자기 진단 | 둘, 성취와 성공 | 셋, 사람과 아이템 | 넷, 돈과 법 | 다섯, 동기부여 | 여섯, 꿈과 현실

2부. 사장으로 살아가기

본격적인 경영에서 꼭 체크할 사업 단계별 조언! 제품과 아이템의 '기획'
은 무엇인지, 반드시 넘어야 할 산인 '사람' 관리는 어떻게 할 것인지, 본
격 상품의 '제작 과정'에서 뭘 챙겨야 하는지, '마케팅'은 무엇이고 어떻
게 해야 하는지, 사장의 숙명인 '돈'을 어떤 식으로 데리고 놀 것인지, '사
장 공부'의 핵심인 네트워킹과 자기계발은 어떻게 할 것인지, 사업과 사
장의 '비전'은 무엇인지, 알짜배기 사장수업이 응축된 페이지.

하나, 기획 | 둘, 사람&사람 | 셋, 본격 제작 | 넷, 마케팅 | 다섯, 돈 | 여
섯, 네트워킹 | 일곱, 자기계발 | 여덟, 비전

3부. 사장, 그 후

아직 과정 중에 놓여 있는, 초짜 사장의 성공도 실패도 아닌 인생의 희열
에 대하여…. 사장으로 살아가면서 끊임없이 발생하는 곤란과 고난과 고
통과 아픔, 슬픔에 대하여….

하나, 성공과 실패, 그 양날의 칼 | 둘, 사장의 쩨쩨하고 강인한 바닥 정서

부록 1. 젊은 사장 인터뷰

부록 2. 초짜 창업 Q&A

SCENE #4. 『사장수업』 원고 집필

08.05.05 AM 10:00 안면도 펜션 '가장자리'

나의 경험을 정리하고 정돈하여 대중에게 펼쳐놓는 일이, 객관과 주관
사이에서 개인의 철학과 신념을 풀어내는 일이, 인생을 공부하고 자신
을 수련하여 한 권의 책을 펴내는 일이, 짧은 글 한 편이 아니라 책 한 권

분량의 글을 써낸다는 것이, 그저 글을 쓴다는 것이 얼마나 사람을 미치게 하는지 알 것도 같다. 그야말로 작가 체험이 따로 없다. 글 잘 써지는 사이트를 찾아야 한다며 여기저기 방랑하고 돌아댕기면서 주변에 괜한 성질 부리고 짜증내고 심지어 잠수까지 타고 말이다(작가 체험 평계로 별걸 다 흉내내는 구모니카 씨. 근데 막상 작가연하다 보니 성미가 지랄맞게 변하는 것이, 앞으로는 작가들 보조 잘 맞출 수 있을 것 같긴 하다. 역시 체험과 경험은 중요한 겨!). 2주를 마감 기한으로 여행도 갔다가, 카페에도 앉았다가, 회사에서도 집에서도 날밤을 새웠다가 '난리 블루스'를 추며 원고를 쓰는 중에 그동안 만든 책들, 그걸 써낸 작가들이 가슴을 울린다. 2년이 넘게 작가와 옵저버들의 진을 뺀 『이상은 Art&Play』, 1년이 넘게 회의와 취재를 거듭한 『연애잔혹사』, 수개월 동안 추가 촬영과 집필로 쌩고생을 한 『서울여행』. 상은 언니와 윤희, 호야와 상아 언니에게 경의를 표한다(더 많이 못 팔아서 미안할 뿐~! ㅠ.ㅠ).

08.06.02 PM 14:00 M&K 사무실

원고의 1차 독자인 편집자에게 초고를 마감하는 순간이다. 작가들이 왜 하나같이 초고를 부여잡고 내놓지 않는 건지, 그 마음을 이제야 알 것 같다. 내가 쓴 원고가 창피하고 그걸 평가할 편집자가 정말 무섭다. 나의 작가들, 모나미 빨간 펜을 들고 원고를 딸기밭으로 만들었던 내가 얼마나 미웠을까(악마가 따로 없었을 듯).

"사장님, 원고에 욕 좀 삼가주세요. 『돈 많은 남자랑 결혼하는 법』이나 『연애잔혹사』의 패인이, 글 수위가 너무 강해서라는 걸 잊으신 건가요. 대중들은, 특히나 책을 사고 읽는 독자 대중들은 정말 착한 사람들이다, 그런 사람들한테는 착한 글을 써줘야 한다고 사장님이 말씀하셨

225

잖아요"라고 말하는 편집자를 보고 있는데, 지난날 내가 작가들에게 했던 말들이 부메랑이 되어 나를 찌른다. "아~ 이건 아니잖아요. 글에 두서도 없고, 경험도 녹아 있지 않고, 주장에 근거도 전혀 안 보이고, 예시도 안 와닿고, 싹 다시 써야 할 것 같아요"라며 속으로 '이 상태로는 도저히 못 내겠는데…' 했었던가. 출판을 하며 떠올랐던 모든 질문들, 이제는 그 답을 찾은 줄 알았건만, 다시 원점이다. '도대체 잘 쓴 글은, 좋은 책은 무엇인가.'

SCENE #5. 『사장수업』 도서 출간
08.06.23 PM 15:00 일산 제본소 '문원문화사'

책 디자인도 정말 예쁘고, 벌거벗은 느낌으로 써낸 원고도 그럴듯한데, 이 기분은 뭘까. 발행인이 곧 작가인 따끈한 『사장수업』을 받아들었는데 부끄러워 죽고 싶다(쥐구멍 어디 없나). '버블 걸bubble girl'이라는 별명을 얻을 정도로 내가 만든 책이 세상없는 최고의 책이라며 떠벌리던 내가 왜 이리 작아지는 걸까. 드디어 겸손을 배운 건가. 아니면 책 무서운 줄 알게 된 건가. 이제야 결국 나를 제대로 보게 된 건가. 그 모두인가. 한 가지 확실하게 드는 생각은 '그럼에도 불구하고, 나는 책 만들기를 평생 멈추지 않을 것이다'라는 사실.

　이제 『사장수업』을 알리고 팔아야 할 시간. 기자들과 서점 관계자들과 잠재 독자들에게 머리 조아릴 준비 완료! 원고를 읽고는 "사장, 1주일만 하면 구모니카만큼 한다"는 둥, "사업, 이렇게 하면 망한다" "사업이 별거냐! 질러라!" "한 권으로 읽는 구모니카"라는 둥의 잡소리들 다 무시하고 이 미미한 책이 누군가의 사업이나 사장의 길에 어떤 식으로

든 등불 같은 책이 되길 마음 다해 바라본다.

　여전히 내 출판 인생은 오리무중이지만 난 매일매일 '책 사랑'을 실천
하고 살 테다.

◆ **구모니카**──── 20대 시절 다큐멘터리 AD, 잡지기자, 자유기고가, 방송작가 등을 거치
며 창조적인 작업에 몰두했다. 이후 출판계로 터닝, 샘터출판사에서 기획편집 일을 하다
현재 도서기획출판 M&K를 경영하며 몇몇 학교에서 편집 강의를 맡고 있다.

마티, 다시 쓰세요

|

정희경 도서출판 마티 대표

영업자 분투기

2007년 1월 22일. 지방 서점들을 둘러보기 위해 출장을 떠나 대전을 들러 전주를 거쳐 광주로 향하는 차 안이었다. 숙박비와 교통비를 아끼고 선배들에게 배우기 위해 곁에서 알고 지내던 몇몇 출판사 분들과 동승하는 길이었다. 첫 지방 출장답게, 나는 너무도 '후레쉬'했다. 원래 초딩 6년차는 촌스럽지 않아도 중딩 1년차는 촌스럽고, 고3은 어른스러워도 새내기 대학생은 뭘 해도 티가 난다. 하다못해 술집에 앉아 있어도 새내기 대학생이 더 어색해 보인다. 나는 편집경력자였지만 어수룩한 '새내기 사장'이었다. 수금을 받는 현장에서는 서너 장씩 계산서를 찢어버려야 했는데 그나마도 돌아서 문을 나서려면 "마티, 다시 쓰세요" 호명을 당하기 일쑤였다. 입금표는 늘 노란 면과 흰 면을 거꾸로 주고받았고, 거래원장은 가방 안에서 허술하게 뒤섞였다.

전주의 명문이라 일컬어지는 홍지서림. 정문이 아닌, 고무장판 깔린 옆문의 좁다란 계단 2층을 조심스럽게 오르면(꽁꽁 언 신발에서 녹아내린 눈으로 미끄러지기 십상이니 정말 조심스럽게 올라야 한다) 근래에는 보기 드문 스무 홉

228

들이 놋쇠주전자가 펄펄 끓고 있는 석유난로를 만날 수 있다. 주전자를 가지런히 두른 10원짜리 동전들은 지불 책정을 기다리는 출판사 영업자들의 보시普施였다. 겨울의 한기만큼 짙은 담배연기를 품고 있던 영업자들은 석유 냄새를 없애준다며 10원짜리를 골라 난로 위에 얹어놓고 오랜만에 마주치는 얼굴들과 '당최 풀리지 않는 출판의 최대 불경기'에 관해 논하거나 한탄했다.

나는 비어져 나온 샛노란 스펀지처럼 뻘줌하게 소파에 걸터앉아 호명을 기다렸다. "마티!" 하마터면 대답할 뻔했다.

안즉 멀었소!

전주 일을 마치고 광주로 향하는 차 안. 야심차게 원장을 거머쥐었지만, 지불을 책정하는 서점의 이사나 상무쯤 되는 고위직 관리 앞에 앉으면 그리도 공들여 써내린 각본이 순식간에 사라졌다. 판매에 대한 완벽한 데이터를 보여주지 않는 서점, 장부와 재고를 일일이 맞출 수 없는 처지, 손쓸 수 없을 정도로 훼손되어 돌아오는 반품. 뭐 이런 걸 자분자분 얘기할 요량이었던 단단한 뚝심은 난 데 없고 다만 처분을 기다린다는 듯 "장부는 맞죠?" 예의바르게 거들 뿐이다. 돌아오는 대답에 예외는 없다. "차비는 드려야 할 텐데…, 좀 쉬운 책을 내셔야죠…. 5만 원…."

"아얏!" 딴생각을 하면서 종이를 만지면 으레 베이고 만다. 꼬깃꼬깃하게 접힌 낱장짜리 광주 쪽 서점 장부들을 들춰보다가 손가락을 베이자, 운전을 하시던 한 출판사 사장님이 피식 웃음을 지으셨다. "원고도 아니고 한 장짜리 장부에 손이 베이오? 안즉 멀었소."

"한 장짜리"란 말이 귀에 유난스레 꽂혔다. 책이 잘 팔려 거래량이 많으면 장부가 한 움큼씩 되지만 마티는 1년 내내 거래한 내역이 고작 복사지 한 장을 넘기지 못하는 처지였다. 그 순간 전화가 울렸다. "이번에 나온 책 말야…. 오자가 좀 자주 눈에 띄는 것 같아." 신간이 각 일간지에 보도되자마자 오른 출장길이었다. "얼마나?" "좀 많은데…." 오자 정도로 이 멀리(?) 타지까지 와 있는 사람한테 전화를 했나, 쯧. "얼마나?" "200쪽까지 읽었는데 한 40개?"

오탈자라니? 넌덜머리 날 정도로 보았던 원고라 문장 하나하나가 여전히 머릿속에 박혀 있었다. 2006년 12월 31일, 20여 일간 거친 초벌 원고를 재번역하고 교정을 보며 밤을 지새워 1,000쪽짜리 책을 마쳤다. 극도로 피곤하면 혼자 앉아 참이슬 한 병을 비워낸 듯 심하게 어지럽고 구토가 올라온다는 걸 알게 됐다. 2007년 1월 15일, 『기억: 제3제국의 중심에서』가 출간되었고 주요 일간지에서 자료 요청 전화가 밀려들었다. 히틀러 제3제국의 유일한 내부증언, 지식인의 책무, 눈감은 이성, 타락한 예술가에 관한 반성…. 여태 국내에 소개되지 않은 것이 오히려 뉴스거리일 정도여서 화제를 일으킬 수 있다고 확신했고 보도자료를 쓰면서도 "완벽해"를 중얼거리던 책이었다. 오탈자라니?

파우스트의 거래, 눈감은 이성

『기억』의 주인공 알베르트 슈페어는 나치 독일의 2인자로 불렸던 사나이다. 슈페어는 히틀러에게 영혼을 판 파우스트가 되어 베를린뿐 아니라 전 독일의 도시를 히틀러의 구미에 맞게 뜯어고치는 지상 최대의 설계를 진행하고 있었다. 그러던 중 2차대전이 발발했고 건축가가 흔히 종합예술가라고 불리듯 다방면에 센스와 재치를 발휘해 독일군 전체의 물자를 책임지는 군수장관의 자리까지 오른다. 그럼에도 그는 전후 뉘른베르크 전범 재판 때 교수형을 선고받지 않는다. 그는 22명의 나치 각료 가운데 유일하게 살아남았고, 히틀러의 마지막 밤을 냉정하게 기억하며 1,000쪽이 넘는 자서전을 집필했는가 하면, 옥살이 내내 다섯 아이들의 교육을 세세하게 지시했던 끔찍한 이기주의자였다. 물론 같은 일을 하는 같은 이름의 아들은 아버지를 부정하지만 말이다.

그 무렵 번역된 아렌트의 『예루살렘의 아이히만』의 아이히만보다 슈페어의 죄가 더 무겁지 않을까? 단순한 관료 그 이상도 이하도 아니었던 아이히만이 악의 평범성(일상성)을 표상한다면, 슈페어는 모든 걸 알면서 악과 거래한 파우스트였기 때문이다. 슈페어는 지식인이었고 세계 정세를 꿰뚫어볼 능력을 지녔으며, 무엇보다 히틀러가 이성을 잃어가고 있다는 사실을 분명 직시하고 있었다. 놀랍게도 그는 단 하루도 나치 당원이었던 적이 없었다. 그런데도 히틀러의 후계자로 지목받았다.

나에게 '눈감은 이성'은 '정치적 무뇌아의 무지'보다 더 중했다. 마티는 탁월한 영상으로 베를린 올림픽을 담아냈던 감독 레니 리펜슈탈과 일자리를 얻기 위해 영혼을 팔았던 건축가 슈페어, 수많은 음악가의 망명을 도우면서도 그 자신은 결코 독일을 떠나지 못했던 20세기 신화 푸르트벵글러의 평전을 통해 '예술은 정치와 분리될 수 있는가? 눈감은 이성이 빚어낸 탁월한 예술적 경지를 어떻게 받아들여야 할까' 하는 문제를 들춰내고 싶었다. 이름하여, '파우스트의 거래 3부작'이었다.

영혼을 팔아치웠던 반反지식인이자 교묘한 역사의 증언자 슈페어가 『기억』으로 다시 살아나 나를 심판대에 올려놓았다. "그래? 이 시대 지식의 쓸모, 지식인의 양심을 논하겠단 겐가? 리콜부터 하시지?"

눈을 감아버려도

머릿속이 복잡해진다. 이리저리 손익을 계산해보며, 사태를 외면하거나 눈감을 논리를 끌어내느라 정신이 없다. 학술서도 아닌데다가, 오역이 아닌 '순수한' 오탈자는 독서에 그다지 방해가 되지 않는다. 첫 철자와 마지막 철자만 일치하면 독해에 지장이 거의 없다는 연구 결과도 있지 않던가. 둘째로 긁어 부스럼일 공산이 크다. 독자들이 못 읽겠다고 항의를 하거나 리콜 요청을 하기 전에 출간되자마자 책을 거두는 것은 마티의 전체적인 이미지와 그간의 노력을 수포로 돌리는 꼴이 되고 만다. 셋째로 전 지구적 차원에서도 결코 옳은 일이 아니다. 저 목침과도 같은 두께의 책을 만들기 위해 희생한 나무는 도대체 몇 그루일 것이며 인쇄를 하느라 쓴 기름과 잉크는? 그래, 정말 중요한 문제가 남아 있다. 솔직해지자. 도대체 무슨 돈으로 다시 만든단 말인가?

그로부터 이틀 후, 거래처에 보내는 공문을 만들었다. "상식을 넘어서는 오탈자로 『기억: 제3제국의 중심에서』에 대한 리콜을 감행하오니 속히 책을 반품해주십시오."

초판 2,500부 인쇄, 정가 37,000원. 오탈자가 생긴 배경이나 이유, 또는 그것을 교정에서 걸러내지 못한 제반 상황 기타 등등은 중요하지 않았다. 아무튼 '상식을 넘어선다 싶을 정도로 많은 오탈자'는 전 지구적 희생을 감행해서라도 불태울 수밖에 없는 양심이자 이성의 눈이었다.

1주일 후, 수많은 책이 창고에 쌓이기 시작했다. 문제는, 리콜한 책만 반품이 되지 않고 그전에 출간했던 다른 책들이 덩달아 반품되는 것이었다. 1년간 이어져온 서점과의 거래, 아슬아슬한 투자와 수익의 균형, 작지만 건실하게 쌓아온 독자와의 신뢰…. 이 모두가 무너지는 순간이었다.

232

아니다, 이런 생각은 한참 후에나 할 수 있었다. 말하자면 사후적 구성일 뿐이다. 술에 취하고(술도 맘껏 마시고) 슬퍼하고(늦잠 자고) '난 안 되나봐' 탄식하고(애인을 불러 신세 한탄하고) 결국 그러다 용감하게 일어서는 건, 그러니까 캔디와 왕눈이부터 이어져와 삼순이에 이르러 업그레이드된 명랑드라마 버전인 것이다.

공문을 만들고 서점 담당자들에게 전화를 하고, 책을 다시 읽으면서 오탈자를 찾아 포스트잇을 붙일 때만 해도 정해진 수순을 밟는 것처럼 침착함을 유지할 수 있었다.

눈조차 내리지 않는 혹독한 추위보다 견디기 힘들었던 건 다시 찾아간 제작처의 이사나 상무쯤 되는 분들의 의아한 눈초리였다. 페이지당 몇 원도 아닌 몇 '전'의 단가를 깎아보기 위해 마주 앉은 기우뚱거리는 협상테이블 위, 경리 아가씨가 놓아준 녹차 티백의 수증기가 테이블 유리 속 요란하던 시대의 대표시인 박노해의 「노동의 새벽」한 구절을 흐릿하게 지워놓았다. 나는 이사 또는 상무님을 기다리며 손가락으로 증기를 문대고 종이컵을 끌어와 '노동의 새벽'을 덮어버렸다.

동쪽에서 귀인이 나셨으니

주위 눈치를 보느라 자기의 이익을 잘 챙기지 못하거나 욕심 앞에 적나라하게 드러나기를 꺼려하거나 눈에 보이지 않는 공익을 따져 물을 줄 아는 사람을 일컬어 바보라고 부르기를 주저 않는 세상이다. 출판이 매력적인 이유는 아직 '우리는' 그렇게 대놓고 욕심을 부리는 이들을 소심하게나마 비웃을 줄 알기 때문이다. 아마도 책이란 이 오묘한 상품이, 돼지바를 먹고 금방 메가톤바를 먹을 수 없는 것과 달리, 레닌 평전을 읽은 직후 트로 츠키를 읽으면 더욱더 레닌의 깊은 맛을 음미할 수 있는 독특한 매력을 지녔기 때문일 것이다. 그래서인지 아니면 그야말로 전체 업계를 합쳐도 대기업 한 군데의 매출만큼도 안 될 열악한 규모 탓인지, 출판업계의 많은 분들은 요새 세상에서 바보짓이라고 혀를 내두를 만한 일들을 천연덕스럽게 이어가고 계신다. 아주 없지야 않겠지만, 제 상품을 팔고 독점하고 소비자 몰래 생산자들끼리 손잡는 잔인한 노력 따위를 그리 즐기지 않는 건 분명하다. 거짓도 덜하고 허세도 덜하다.

어수선하고 쓸쓸한 사장질(?)을 관둘까 생각하던 내 앞에 불현듯 동쪽에서 귀인이 납시었으니, 그분은 "잘 만든 책 한 권이 세상을 바꾸긴 힘들어도 잘못 만든 책 열 권한테 싸움을 걸어볼 수는 있다"라는 명언을 건네시며 나의 사장질을 정신적으로, 물질적으로 원조하기 시작하셨다. 거래처 분석부터 매출과 매입의 균형을 어떻게 맞추는지, 거래원장을 어떻게 읽어야 하는지(이분에게 숫자는 더 이상 숫자가 아니었다. 〈매트릭스〉의 네오처럼), 세세한 제작비 명목은 어떻게 이루어지는지…. 나는 어수룩한 1학년짜리 사장이 아니라, 익숙하고 지루할 정도의(이런 식의 이미지 위장이 어느 정도는 효과를 발휘한다) 말년 병장 같은 영업자로 재탄생, 아니 '위장'되기 시작했다.

그분으로 말씀드릴 것 같으면, 닌텐도의 책 버전 또는 고속터미널 잡지 코너의 '21세기적 진화'라고 할 만한 분야의 책을 출간하는데 "아이고, 마티는 주류잖습니까. 우리는 비주류에 아웃사이더입니다"라며 일간지에 마티 책이 보도될 때마다 나보다 더 먼저 인터넷 검색을 하곤 문자를 보내시는가 하면, "마티 책 한 권 팔리면 우리는 열 권 팔아야 맞먹을 겁니다. 아이고, 우리 책은 싸가지고…" 하며 중천에 뜬 태양과도 같은 매출을 기록하면서도 그 햇빛을 돋보기로 모아 한 권 한 권을 태워나가듯 팔고 있는 규모의 마티와 매출 비교를 서슴지 않아서 나에게 희망과 자신감을 안 겨주시곤 했다.

즐거움보다 고통의 '기억'이 오래간다고들 하는데, 동쪽에서 나타나신 귀인은 태권브이처럼 등장해서 악의 무리(외부보다 내 안에서 움을 트고 있는 경우가 훨씬 많았지만)를 물리치고 선한 이웃들을 내 '기억'의 주변으로 불러들이셨다.

나에겐 그래서 고통보다 즐거운 '기억'이 더 짙어져갔다. 점점 빠른 속도로.

다시, 편집자로 분투하기 위해

2008년이 시작될 무렵, 비평가이자 탁월한 저항 지식인 '에드워드 사이드의 선집'을 발간하기로 계획했다. 햇수로 3년째를 맞이했다. 마티의 정체성의 실체를 보여줄 시기가 왔다고 판단했다. 담 너머 구경꾼들로부터 '이제 안정이 되었다, 손해는 안 볼 거다, 월급쟁이보다 낫지 않냐'는 호평을 심심치 않게 듣고는 있었지만, 겉보기 평가와 사이드 선집 출간 결정은 아무런 관련이 없다. 그저 내가 이 책들을 온전히 진행할 때까지 적어도 딴생각은 하지 않겠구나, 하는 안도를 내 스스로에게 보낼 수 있을 뿐이다. 더불어 이 출간 계획은 앞으로 좀더 많은 시간을 책상 앞에서 움직이지 않아야 한다는 걸 의미했다. 다시금 능숙한 말년 병장에서 평범한 편집경력자로 돌아와야 할 시점이었다. 그러자니 누구보다 동료가 절실해졌다.

건너건너 물어물어 마티 앞에 당도한 젊은 청년은 서점 장부처럼 꼬깃꼬깃하게 접혀진 이력서를 조심스럽게 내 앞에 내밀었다. 복사지 절반을 채우지 않은 명랑하면서도 어딘지 의도적으로 비뚤어진 소개서를 받아들자, 착잡하고 복잡한 심경이었던 그 겨울 홍지서림의 초년생 마티 사장의 얼굴이 떠올랐다. 나는 뜻하지 않게 '이사 또는 상무' 같은 고위직 관리가 되었다.

"출판사 직원의 일상이 어떨지 상상해보셨어요?"(여러 종류의 일간지를 읽고 참신한 잡지와 문예지를 정기구독하며 해외에서 날아온 이메일에 답장해주고, 저녁이 되면 저자와 만나 술잔을 기울이며 앞으로의 집필에 관해 조언을 해주는 생활?)

"잘 모르겠습니다."(분명 상상을 했을 텐데, 뜬구름 잡는다는 비판을 면하려는 작전이군.)

"출판사에서 무슨 일을 하고 싶은 거예요?"(요사이 출판사에 입사를 지원하는 사람들 가운데 엉뚱한 대답을 하는 사람들이 있다고 들었다. 갤럽이나 리서치 기관도 아닌데 자료조사를 하겠다고 한다거나….)

"자료조사 같은 거, 데이터 찾는 것. 그런 걸 잘할 수 있습니다."(순간, 바퀴 달린 의자인데 뒤로 자빠지는 줄 알았다. 진짜 이런 친구가 있구나.)

"출판사에서 필요한 직원은 크게 편집, 재무, 마케팅, 디자인 정도로 나눌 수 있어요. 그 가운데 꼽으라면요?"(무슨 불량식품 뽑기판도 아닌데 이거 분위기가 이상하게 흘러가는 것 같다.)

"편집요."(땡! 아니죠오. 편집은 내가 전문이니까 다른 분야를 맞춰보세요.)

"마티는 알고 있겠지만 무척 작은 규모의 출판사이고 지금까지 모든 일을 저 혼자 진행해왔어요. 기획, 편집, 디자인, 제작, 영업…. 그런데 지금 동료가 필요한 이유는 제 시간을 전적으로 편집 영역에 쏟아부으려는 거예요."

"아…."(탄식이 길어졌다.)

"그럼, 마케팅도 괜찮은데…." (어허, 재미있어진다. 나에게 선택하라는 건가? 자장이냐 짬뽕이냐, 갈비탕이냐 설렁탕이냐도 아니고 편집이냐 마케팅이냐를 대번에 인터뷰 자리에서 고민하다니. 참 흥미롭다. 눈에는 눈, 이에는 이. 본인도 이리 대담할진데 내가 망설일 필요가 무에 있으랴.)

"마케팅 해보겠어요?" (초침이 한 번 툭 지나갔다고 생각했는데,)

"네, 할 수 있을 것 같습니다." (라고 대답이 나온다. 망설임은 없었지만 그렇다고 스스럼없는 말씨는 아니다. 유들유들하거나 붙임성 있는, 사교적 말씨는 아니란 뜻이다. 한마디로 마케팅을 해나갈 만한 성격으로 보이지는 않는다는 건데.)

다시 초침이 한 바퀴 돌았을 즈음, 질문의 화살이 나에게로 돌아온다.

"사장님께서는 왜 출판을 하시는 거예요?"

딴에는 당돌한 결심을 한 듯 진지한 눈빛이다. 이 질문엔 나도 머뭇거리지 않을 자신이 있다.

"돈 벌려고요." (직업은 원래 돈 벌려고 갖는 겁니다. 젊은 친구여.)

"제가 『혁명을 팝니다』 『소리를 잡아라』 『구경꾼의 탄생』을 읽었습니다." (오호, 감격이다. 소수정예 독자 동호회의 일원이셨구나.)

"그런데 돈을 벌기가 쉽지 않을 것 같아서요." (흠…. 출판사에서 일해도 어울릴 만한 인물인 듯하다.)

"만들 땐 다 잘 팔릴 거라고 확신 또는 착각하고 만드는 거예요. 그리고 나는 팔릴 만한 책만 만들어요."

대략 난감해진 모양인지 더 이상 대꾸를 안 한다.

"이렇게 해야 돈 버는 거예요. 이렇게 돈 버는 게 옳다기보다 즐거우니까. 원래 똑똑한 놈이 노력하는 놈 못 따라가고, 노력하는 놈이 즐기는 놈 못 따라잡는 거예요." (믿거나 말거나!)

"마티에서는 앞으로 어떤 책을 내실 건데요?" (순진한 건가 도전적인 건가 아님 상황 파악이 늦는 건가. 상황 반전. 내가 질문을 받고 있는데 뭐 별로 어색하지는 않다. 이거 썩 괜찮은 방법이다.)

"마티는 원래 그리스어로 '눈'이라는 뜻을 지녔어요. 르네상스의 건축가이자 팔방미인인 알베르티는 정체성을 '날아가는 눈'으로 삼고 문장으로 만들었어요. 그걸 본뜬 게 지금의 로고예요. 날아가는 눈은 '깨어 있는 이성'을 상징한대요. 데카르트 이래로 서양 근대·계몽의 표상은 언제나 '시각'이었잖아요. 이런 문맥에 맞닿아 있어요. 성현 씨가 읽었던 『구경꾼의 탄생』이 이 주제에 해당하는 책이에요. 그래서 처음에 마티는 근대성에 관한 책들을 냈어요. 추상적 논리가 아닌 일상의 차원에서 말이에요. 『비행선, 매혹과 공포의 역사』『참호에서 보낸 1460일』『최초의 수퍼모델』 등이죠. 이후엔 나치즘과 파시즘, 그 속에서 피어난 독일의 장웅한 예술정신과 철학의 역할은 무엇이었나, 이성의 힘을, 지식인의 역사를 어떻게 써내려갈 것인가에 관해 고민한 책들이 '파우스트의 거래 3부작'이에요. 당면한 이 시대의 사회적 문제도 고찰해요. 다국적 제약회사의 검은 얼굴을 파헤친 『인체 사냥』이나 좌파의 반성을 익살스럽게 끌어낸 『혁명을 팝니다』 등이 이에 해당하죠. 제가 예술에 관심을 많이 갖다 보니 『뇌의 왈츠』『소리를 잡아라』같이 과학과 예술과 역사가 뒤섞여 녹아든 책들도 간혹 나옵니다."

지금 얘기한 것만 해도 이 친구의 소개서보다 길다. 한 자리를 두고 경쟁하는 구직자가 된 것처럼, 잘 정리된 답변에 나도 모르게 뿌듯해졌다.

"부자 출판사가 되면 뭐가 좋아요?" (갈수록 태산이다.)

"마음놓고 좋아하는 책을 낼 수 있겠죠. 베토벤 평전이 아니라 베토벤

현악4중주만 다룬 책이라던가, 능력 있는 젊은 학자들과 함께 공부해서 작업을 할 수도 있겠고⋯." (아니다, 요즘엔 찾아보기 힘든 아이들러 방식의 턴테이블 가라드 301에 오토폰 SPU 모노 카트리지를 오토폰 롱암에 달아서 모노 초반들을 듣고 싶다. 회현동 지하상가에서 오디오·음반계의 전설이 골라준 모노반을 울려보지도 못하고 쌓아두고 있지 않은가. 또 대형스피커 소리를 한껏 키워도 인터폰이 울리지 않는 단단한 아파트를 한 채 갖고 싶기도 하다.)

면접인지 선문답인지 알 수 없는 대화가 끝나고 문을 나서는, 이 순진하거나 뻔뻔한 구직자의 손에는 슬라보예 지젝의『부정적인 것과 함께 머물기』가 들려 있었다.

다음 겨울에는

2박 3일 출장은 대체로 호남선과 경부선으로 나뉘어 계획된다. 대전, 전주, 광주로 이어지는 호남선과 부산, 마산, 대구로 돌아오는 경부선으로 나뉘는데, 호남선으로 시작해 경부선으로 돌아오는 여정이 일반적이다. 출판사에서 영업을 하면 전국에 있는 값싸고 깨끗한 모텔들을 대부분 외우고 다닌다. 대형서점이 대체로 각 도시의 중심가에 있으므로 시내 한복판에서 먹을 만한 음식점도 잘 찾는다. 나는 성현 씨의 첫 출장 준비를 도우며 입금표나 계산서, 원장을 챙겨주기보다 여관은 어떻게 골라야 한다든가, 어느 동네 콩나물국밥은 꼭 먹고 와야 한다든가, 어느 서점 인문 코너 담당자가 미인이라던가 하는 극비의 엑스파일을 맘 좋게도 모두 넘겨주었다.

그런데도 마지막 서류를 챙겨드는 성현 씨의 뒷모습이 어딘지 모르게 어수선하고 잔뜩 긴장돼 있다. "성현 씨, 방만 잘 잡으면 2박 3일이 아주 보람찰 거예요."

"네."

대답이 짧다. 긴장의 증거.

"아, 겨울에 가야 더 재미있는데. 그거 알아요? 석유난로 냄새를 없애려면 10원짜리를 올려두면 된대요."

"네에…, 그럼 다녀오겠습니다."

짊어진 출장 가방이 거의 이민 보따리. 웃음이 나면서도 덩달아 나까지 긴장된다.

"조심해서 다녀와요."

지난겨울, 낡은 서점의 경리 사무실. 난로 위 펄펄 끓는 주전자 물로 커피 한잔 마시지 않은 채 낚아채듯 받아 나온 5만 원 뒤로, 무전無錢이란 선고를 받은 출판사들이 무척 많았다는 사실을, 나는 지금은 알고 있다.

문이 쾅 닫히는데 다급하게 생각난 게 있다. 계단을 뛰어 내려가는 뒤꽁무니에 대고 고함을 친다.

"저기요, 성현 씨! 출판사 이름 부를 때 대답은 안 해도 돼요!"

◆ **정희경**──── 서류상으로는 대학에서 불문학을 전공했다. 남자들만 넘쳐나는 집에서 자라, '타고난 모반자'처럼 비뚤어지기를 잘했던 성격 때문인지 한 직장에 오래 다니지는 못했다. 졸업하기 전부터 편집을 하긴 했지만, 공식적으로는 경력 5년차 되던 해에 독립했다. 자기 전공과 관심이 뚜렷한 편집자 두 명을 더 모셔올 수 있을 만큼 마티를 키우는 게 1차 목표다.

틈새에서 길을 찾다

기획자의 365일은 휴일도 휴일이 아닌 듯

|

채영희 노블마인 대표

사람들을 만나면 "전에는 어디서 일하셨어요?"라는 질문을 많이 받는다. 나의 이력에 궁금증을 갖고 있는 이들로부터 이런 질문을 받을 때마다, 나의 대답은 항상 "저는 출판계 출신은 아니고요"로 시작한다. 그렇게 대답하는 이유는 회사 안팎에서 만나는, 나와 비슷한 위치에 있는 이들이 대부분 '도제로부터 장인으로'라는 표현에 걸맞은 이력들을 가지고 있기 때문이다.

나는 대학을 졸업하고 상당히 오랜 기간 다른 분야에서 일하다가 1996년에 처음 출판과 관련된 일에 발을 들여놓았다. 어떻게 출판기획자의 길을 걸어왔는지를 이야기하기 전에 우선 나와 함께 일해온 편집자들에게 감사의 뜻을 전하고 싶다. 단행본이 아닌 교재 성격의 책을 만들던 3년을 뺀 8년 동안 나와 함께 책을 만든 편집자는 열 명쯤 된다. 출판의 ABC도 잘 모르던 기획자이자 리더인 나를 믿고 따라와준, 그리고 때로는 무지의 소치에서 비롯된 생뚱맞은 아이디어를 경청해준 그들이 없었다면 나는 좋은 기획자로 남을 수 없었을 것이다.

비어 있는 시장을 찾아서

노블마인을 맡기 전에 베텔스만에서 6년간 만든 책의 분야는 다양하다. 어린이책을 시작으로 실용서, 비소설, 인문교양, 소설에 이르기까지 선무당이 사람 잡는다고 다양한 분야의 책을 겁도 없이 120여 종이나 만들었다. 그 책들 가운데 시장에서 상당한 성공을 거둔 책이 운 좋게도 여러 권 있었는데, 대부분 시장의 틈새를 잘 찾아내어 기획한 책들이었다.

2003년 12월에 출간된 뒤 10만 부 가량 판매된 『어린이 세계지도책』(브라이언 델프)은 어린이책 시장이 커지면서 많은 아동서 출판사들이 유아와 어린이를 위한 읽기물을 한창 쏟아내고 있을 때 기획한 책이다. 국내 출판사들이 선호하지 않는 동시출판co-edition의 부담을 무릅쓰고 DK와 계약 출간한 것으로, 출간과 동시에 온라인서점 종합 베스트셀러에 진입하더니 그 자리를 오랫동안 지킨, 그야말로 효자상품이다.

『어린이 세계지도책』은 당시 시장에 나와 있는 어린이 교양서들과는 사뭇 다른 포맷과 내용을 담고 있었다. 국배판 사이즈의 하드커버 장정으로 꾸민 이 책은, 어린이들이 세계 오대양 육대주를 한눈에 개괄하여 이해할 수 있도록 충실한 내용과 더불어 세계 각국의 면적, 인구, 국기 등을 디테일하게 편집한 책이었다. 어린이 레퍼런스에 해당되는 이 책은 세계화의 흐름에 뒤처지지 않게 자녀들을 교육하고 싶은 부모의 요구와 맞물려 상당한 특수를 누렸다. 나는 『어린이 세계지도책』의 성공에 힘입어 『어린이 동물지도책』(바비라 테일러), 『어린이 공룡지도책』(윌리엄 린드세이) 등을 계속해서 기획 출간했다.

성인들을 위한 교양 레퍼런스 출간

어린이 레퍼런스의 성공적인 시장 진입에 힘입어 성인들을 위한 교양 레퍼런스도 출간하기로 고려하던 중 여러 책을 검토한 끝에 두 권의 교양 레퍼런스를 출간하게 되었다. 『유네스코 세계문화유산』(베텔스만 유네스코 편집위원회)과 『비틀즈』(헌터 데이비스)가 그것이다.

『유네스코 세계문화유산』 역시 해외여행 한번 안 다녀온 사람이 없을 정도로 해외여행이 붐을 이루던 시기에 봇물처럼 쏟아져 나오던 여행서들과는 다른 각도에서 바라보고 구성한 책이다. 사람들이 해외에 나갈 때는 여행 가이드북을 찾겠지만, 여행을 다녀오고 나서는 무엇을 찾게 될까? 다녀온 여행지에 대한 기록을 간직하고 싶지 않을까? 이를테면 그런 컨셉트였다. 고급 장정으로 만들어진 이 책은 중요한 문화유산 120개를 두 페이지에 걸쳐 상세히 소개하였고, 나머지 730개의 문화유산은 부록으로 요약하여 편집하였다. 독자들은 대개 그 중 한두 곳을 가봤을 테지만 그 기록을 소장하고 싶을 것이고, 책을 보면서 다음에 여행하고 싶은 후보지를 점찍어보기도 할 것이었다. 이 책은 49,000원이라는 높은 가격임에도 2003년 4월에 출간되자마자 초판이 빠르게 팔려나갔고 꽤 오랫동안 스테디셀러로 자리매김했다.

또 다른 책은 『비틀즈』다. 이 책은 저자가 오랜 기간 동안 네 명의 비틀즈 멤버와 그들의 부모, 형제, 친구 등 주변 인물을 인터뷰하여 완성한 비틀즈의 공인된 전기로, 수차례 개정을 거쳐 2002년 영국에서 출간된 최신 개정 판본이었다. 2003년 10월 이 책이 번역 출간되기 전에는 비틀즈에 대해 제대로 알 수 있는 책이 국내에 전무하다시피 했다. 그러나 이 전설적인 그룹을 사랑하는 국내 커뮤니티는 당시에만도 1,000개가 넘을 정도였다.

방대한 양의 원고를 비틀즈 마니아이자 담당편집자의 친구인 역자가 저렴한 비용으로 맡아준 덕에 많은 제작비가 소요될 수밖에 없는 고급 장정의 책을 크게 비싸지 않은 가격에 독자의 손에 전달할 수 있었다. 이 책 역시 일간지 북섹션의 톱을 장식하면서 빠르게 팔려나갔다.

밀리언셀러도 2만 부 판매 목표에서 시작되었다

소설 전문 브랜드를 맡고 있는 내가 본격적으로 소설을 기획하기 시작한 것은 2002년쯤의 일이다. 2002년 여름부터 계약하고 번역하기 시작한 책들은 2003년 초가 돼서야 시장에서 판매되었는데, 주로 제임스 패터슨, 할렌 코벤 같은 스릴러 작가들의 소설이었다. 이러한 기획도 역시 비어 있는 시장을 노린 것이었다. 얼핏 들으면 '장르소설이 왜 비어 있는 시장이야' 하는 의문이 들 수도 있겠지만 2002년만 하더라도 IMF 사태 이후 경제경영, 실용서 중심으로 완전히 시장이 돌아선 상태라 세계적 베스트셀러인 '해리포터' 시리즈를 제외하고는 소설 독자들이 읽을 만한 소설이 별로 없었다. 2~3년간 비소설에서 베스트셀러가 나오는 시장상황에서 몇몇 문학 전문 출판사를 제외하고는 아예 소설 출간을 하지 않던 때였다.

그러나 소설을 찾는 독자들은 여전히 있었고, 이들은 재미있는 소설을 기다리고 있었다. 과연 스릴러를 한 권씩 낼 때마다 초판은 모두 순조롭게 판매되었다. 그러던 중에 접하게 된 댄 브라운의 『다빈치 코드』는 신인작가의 소설임에도 〈뉴욕타임스〉 베스트셀러 1위에 오를 정도로 큰 인기를 얻고 있었다. 나는 발빠르게 내용을 검토했고, 독특하면서 논쟁거리가 될 만한 내용과 짜임새 있는 구성이 마음에 들어 판권계약을 결심했다.

『다빈치 코드』의 출간을 결정한 또 다른 이유는 이 소설이 국내에서 크게 확산되는 소설의 기준을 크게 벗어나지 않았는데, 국내 시장의 소설은 다른 분야의 책과 마찬가지로 엔터테인먼트 소설보다는 에듀테인먼트 소설에 해당되었다. 『다빈치 코드』는 역사적 사실을 픽션이라는 틀에 잘 녹여 넣은데다 스릴러라는 양식을 빌렸기 때문에 속도감 있게 읽힐 수 있는 장점을 가진 소설이었다. 2007년 상반기 베스트셀러였던 『살인의 해석』(제드 러벤펠드)도 이 기준에 잘 들어맞은 소설로, 좋은 마케팅과 결부되어 성공을 거두었던 경우라고 본다.

아무튼 댄 브라운의 전작인 『천사와 악마』를 끼워서 계약해야 하는 것이 조금 부담되었지만 『다빈치 코드』의 2분의 1 정도 되는 선인세로 계약할 수 있었기에 이른바 'Two book deal'로 계약을 하였다. 결과적으로 『다빈치 코드』가 엄청난 성공을 거두는 바람에 일찌감치 같이 계약했던 게 오히려 잘한 일이 되었다. 2003년 5월의 일이다. 『다빈치 코드』는 1년 뒤인 2004년 6월에 출간되어 밀리언셀러를 기록하였고, 뒤이어 출간한 『천사와 악마』도 어렵지 않게 밀리언셀러가 되었다. 『다빈치 코드』가 2004년 출판계 최고의 히트상품이 되다 보니 여러 미디어와 인터뷰를 하게 되었는데, 그때 가장 많이 받았던 질문 가운데 하나가 "『다빈치 코드』가 얼마나 팔릴 것으로 예상했느냐"는 것이었다. 출간 당시 처음 3개월 판매 예상치는 2만 부였다. 소설이 불황이던 때라 적은 목표치는 결코 아니었지만, 오랜 기간 세밀하게 준비된 마케팅 계획이 뒷받침되어 있던 터라 그 정도의 가능성은 점칠 수 있었다.

2만 부라는 판매치를 달성하기 위해 일찌감치 판권계약을 했음에도, 다음해 여름 성수기까지 출간을 미루고 유명 작가의 신간소설들과의 경쟁에서 밀릴 것을 우려해 출간일도 6월 20일경으로 앞당겨 잡을 만큼 치밀하게 준비했다. 소설 시장이 불황이었던 당시로서는 여름시장 준비를 상당히 빠르게 한 셈이었다.

나는 지금도 세밀한 마케팅 계획과 책의 힘으로 출간 3개월 안에 2만 부의 판매치를 달성하는 것이 장르문학 출판사가 넘어야 할 첫 번째 산이라고 생각한다.

소설광산에서 이야기를 캐다

6년간의 종합출판기획을 접고 웅진 단행본 그룹의 소설 전문 브랜드를 맡게 된 것이 벌써 2005년 5월이니까 그 사이 많은 시간이 흘렀다. 이전에도 그랬듯이 나는 또 이른바 백 리스트가 없는 곳에서 다시 시작해야 했다. 몇십 권의 리스트가 쌓이기까지 고생을 많이 하게 될 걸 알고 있었지만, 새롭게 쌓이는 리스트의 길이만큼 행복해질 수 있다는 것도 알고 있었기에 나에게는 이 또한 의미 있는 도전이었다.

노블마인은 영어 'novel'과 'mine'을 합쳐서 만든 이름이다. 'novel'은 소설이고, 'mine'은 광산과 내 것이라는 뜻을 동시에 지닌 중의어다. '소설광산'이기도 하고 '내 소설'이기도 한 노블마인은 나에게는 소설광산에 가깝다. 라이트가 달린 헬멧을 쓰고 곡괭이를 들고 끝없이 파내려가야 하는 광산. 그러나 그 광산에는 아직 발굴되지 않은, 아름다운 빛을 발하는 보석이 아득하게 묻혀 있다.

나는 더 이상 시장의 틈새시장을 발굴하는 기획자가 아니라 대중적인 장르문학 전문 브랜드를 표방하면서 좁고 깊이 들여다보며 옥석을 가려

야 하는 기획자의 입장이 되었다. 『다빈치 코드』 이후 대중소설 시장은
2~3년 사이에 블루오션에서 레드오션이 되었고, 선인세 경쟁도 예전과
는 사뭇 다른 양상으로 펼쳐지고 있었기에, 기획자들은 옥석을 가리기 위
해 더 많은 노력을 해야만 했다.

외서 기획에 관한 이야기

이제 나는 장르문학을 기획하는 즐거움과 더불어 내가 외서 기획을 어떻
게 해왔는지를 들려드리려 한다. 너무 일반적인 이야기일 수도 있겠고, 오
랫동안 문학 출판을 해온 고수들의 노하우에 비하면 지극히 초보적인 것
일 수도 있겠다. 그저 개인적으로 만나면 들려줄 수 있는 정도의 이야기로
받아들여주시기 바란다.

  우선 소설을 읽고 소설을 기획할 수 있어서 나는 정말 좋다. 행복하다.
사람 마음은 알 수 없다지만 지금 생각으로는 죽을 때까지 이 일을 해도 좋
을 듯싶다. 그래서 나는 다른 분야를 넘보지 않고 좋은 소설 만들기에 집
중하는 편이다. 물론 소설이라는 틀 내에서 늘 움직인다. 추리에서 호러
로, 호러에서 판타지로, 판타지에서 로맨스로. 그리고 내가 사랑하는 작
가들의 리스트가 길어진다. 온다 리쿠, 쓰네카와 고타로, 리들리 피어슨,
사쿠라바 가즈키, 나오미 노빅 등.

  노블마인을 설명할 때 즐겨 쓰는 '몰입의 즐거움을 주는 책마을'이라는
캐치프레이즈에 걸맞게 원고에 코를 박고 읽어도 좋을 만큼 빠져들게 하
는 작가들의 상상력은 독자를 매료시키기 이전에 기획자인 나부터 빠져
들게 만든다. 이렇게 해서 기획된 새로운 작가의 이야기가 책으로 출간되
고, 내가 좋아했듯이 독자들도 좋아해주면 그때의 행복감은 이루 말로 다

표현할 수 없을 정도다. 그간의 피로는 한순간에 사라진다. 그리고 같은 작가의 두 번째, 세 번째 이야기가 편집자의 손을 거쳐 나올 때는 손꼽아 기다리는 독자들처럼 나 역시 설레게 된다.

소설을 읽는 독자들은 꾸준히 소설을 읽는다. 그리고 그들도 나처럼 움직인다. 나는 나의 움직임과 그들의 움직임이 잘 맞아떨어지도록 늘 흐름을 유지하려고 노력한다. 물론 그 흐름에서는 내가 조금 더 앞서 있어야 한다. 그러면 장르문학 기획자로서 일단 합격점을 받을 수 있다.

한 권의 책을 출간하기로 결정할 때까지는 많은 책들을 살펴봐야만 한다. 내게는 'log'라는 이름의 엑셀 파일과 조그마한 다이어리가 기획의 도구다. 'log' 파일을 보면 2년간 번역가들을 통해 리뷰한 300권쯤 되는 소설의 리스트가 있다. 여기에는 제목, 저자, 출판사, 에이전시, 책을 받은 날, 책을 반납한 날, 리뷰어 이름, 오퍼 여부, 분량 등의 기타 사항이 줄줄이 담겨 있다. 또한 깊은 관심을 가지고 오퍼를 고려했으나 면밀 검토는 거치지 않은 600권의 소설 리스트도 담겨 있다. 그리고 조그만 다이어리를 펼치면 오른쪽 페이지에는 날짜별로 업무와 관련된 소소한 내용들이 적혀 있고 왼쪽 페이지에는 파란색 볼펜으로 메모해놓은 여러 책의 제목, 저자, 출판사 이름들이 있다. 주로 에이전시 미팅을 할 때나 여러 경로로 자료들을 찾아보며 메모한 것들이다.

수많은 소설 리스트들

앞에서 말한 300권의 소설 리스트 가운데 40여 종이 책으로 출간되었고 20여 종이 출간을 기다리고 있다. 그러니까 면밀한 검토를 거친 책 가운데 20퍼센트 가량이 한국에서 빛을 본다는 이야기다. 그런데 리뷰를 거치는

300권의 리스트 뒤에도 어마어마하게 많은 리스트가 있다.

먼저 저작권사들이 제공하는 라이츠 가이드의 리스트들이 있는데, 보통 30퍼센트 이상이 픽션 리스트다. 내가 할 일은 하염없이 읽고, 또 읽는 것이다. 프랑크푸르트 도서전이 있을 때에는 라이츠 가이드를 사무실에서도, 집에서도, 비행기에서도, 호텔에서도 읽는다. 출간 가능성을 생각하며 10여 줄 남짓한 자료들에 ○, ×를 매겨나간다. 그리고 도서전 담당자가 "이건 라이츠 가이드 다 만들고 난 뒤 새로 추가된 타이틀입니다" 하면서 테이블에 올려놓는 한 장의 가이드조차도 놓치지 않는다.

두 번째 기획의 도구는 해외 온라인서점의 리스트다. 나는 베스트셀러 리스트뿐 아니라 독자들이 올려놓은 마니아 리스트를 유심히 살펴보는 편이다. 베스트셀러 리스트에 오른 재미있는 판타지를 클릭해 들어가서 내용을 살피고 나면 같은 화면 안에 그 판타지를 포함한 독자들의 마니아 리스트가 뜬다.

"내가 읽은 올해의 최고 판타지" 등등, 마니아 리스트를 하나 열어보면 호기심을 자극하는 소설이 또 있게 마련이다. 그렇게 꼬리에 꼬리를 물고 리스트를 읽다 보면, 나중에는 컴퓨터 모니터를 바라보기만 해도 멀미가 날 지경이 된다.

세 번째 기획의 도구는 직접 서점에서 살펴보며 작성한 리스트다. 처음 일본소설을 기획할 때 많이 이용했던 방법인데, 대형서점의 소설을 샅샅이 살펴보며 리스트를 얻는 것이다. 평대에 놓인 책뿐만 아니라 서가에 있는 책까지 꼼꼼히 살펴보는데 일반문학, 추리, 판타지, 시대물로 정리가 잘 되어 있기 때문에 많은 도움을 받을 수 있다. 한번 서점에 나가면 두세 시간 동안 살피고, 근처에서 식사를 한 다음 다시 와서 두세 시간을 본다.

즉 네다섯 시간쯤 본다는 이야기다. 서점이라는 현장에서 이루어지는 판매구도는 온라인서점과는 사뭇 다르지만 그만큼 중요하기 때문에 꼭 살펴보는 것이 좋다. 이것은 기획자들이 경쟁상품을 볼 때 온라인상에서뿐 아니라 서점에서 직접 느낌을 확인할 필요가 있는 것과 같은 이치다. 다만 차이는 해외 출장을 위한 비용투자가 뒷받침되어야 하다는 것. 도서전을 겸해 둘러보면 좋을 것이다.

공들여 쌓아올린 베스트셀러에서 배우다

역시 정리해보니 별다를 것도, 특별할 것도 없다. 해외 기획물을 이제 시작하려는 이가 들으면 맥빠지는 소리일지도 모르겠다. 출판계에 여러 전설이 있긴 하지만 나는 그 전설의 당사자가 아니다. 그리고 그 전설에 등장하는 베스트셀러보다는 정석대로 많은 시간을 공들여 자료를 찾고 판매 사이즈를 따져가며 계약한 책들 가운데 탄생한 베스트셀러에서 배울 점이 더 많다고 본다. 그래야 성공한 기획을 스스로 복제해낼 수 있고 후배 기획편집자들과도 방법을 공유할 수 있기 때문이다.

출판기획에서 선구안은 50퍼센트의 데이터와 50퍼센트의 직관이 합쳐져서 만들어진다고 한다. 이제까지 들려드린 이야기는 주로 데이터에 관한 것이었다. 그러면 기획자로서의 직관은 어떻게 만들어질까? 그 절반은 실제 경험에서 생겨나는 경우가 많다. 때로는 성공을 경험하고 때로는 실패라는 수업료를 치러야 비로소 성공하는 기획을 할 수 있다는 이야기가 된다. 장르문학으로 국한해서 보면 국내에서 장르문학은 아직 완전히 열려 있는 시장이 아니고 조금씩 늘어가고 있는 시장이므로 더더욱 실패할 책을 기획할 확률이 높다.

앞에서 소설 독자의 세세한 움직임을 지켜보면서 한 발 앞서가야 한다는 내용을 썼는데, 그 이유가 여기에 있다. 장르문학 기획자로서 장르문학이 완전히 열리기를 희망해보는데, 소설을 온전히 엔터테인먼트로 받아들여주는 독자들이 지금보다 더 많아졌으면 한다. 영화만 해도 여러 장르의 엔터테인먼트가 자연스럽게 받아들여지고 있지만, 소설의 경우는 아직 요원한 듯하다. 그래도 최근 소설 베스트셀러 순위에 장르소설이 여러 권 진입하고 있고, 여름이면 오프라인서점에 추리, 판타지, 로맨스 평대가 별도로 갖춰지는 걸 보면서, 느린 속도지만 '장르문학'은 점점 확대될 시장임에 틀림없다는 생각이 든다.

그리고 나머지 절반은 독서, 영화, 그림, 명상, 음식, 여행, 운동 등 업무 외에 다양한 경험을 통해 얻을 수 있을 듯하다. 그래서 내 경우도 재충전의 시간에 순수하게 나를 위한 것이라기보다는 기획에 조금이라도 보탬이 되는 것들을 하게 되는 경우가 많은데, 뒤집어보면 그것들이 워낙 개인적으로 좋아하는 일이어서 참 다행이라는 생각이 든다. 노블마인의 독자들은 주로 20대 여성이기 때문에 나는 그들의 전반적인 소비행태를 두루 살펴보는 편이다. 그들이 책 이외에 무엇을 읽는지, 무엇을 보는지, 무엇을 듣는지, 어디서 무엇을 먹는지. 그리고 이들 독자와 실제로 비슷한 것을 읽고, 보고, 듣고, 비슷한 곳에 가보고, 비슷한 것을 먹는다.

먼저 젊은 독자들이 가장 많이 향유하는 영화를 본다. 다행히도 나의 영화 취향은 특별히 장르를 구분짓지 않는다. 다만, 꿈에 나타날 만큼 무시무시한 호러만은 예외다. 재미있는 영화는 재미있는 영화대로, 지루한 영화는 지루한 영화대로 재미있게 본다. 그러면서 영화기획자들이 소설이라는 소스를 판단하는 기준을 꼼꼼히 따져보곤 하는데, 탄탄한 스토리라인과 매력적인 캐릭터, 비주얼 환기력이 뛰어난 디테일 정도가 영화화하기 좋은 소설들이 갖추고 있는 미덕이 아닐까 생각한다.

20대에게 인기 있는 장소에도 즐겨 가본다. 레스토랑, 커피전문점, 캐릭터 상점 등. 그곳에서 그들이 먹고, 마시고, 사는 것을 눈여겨보는 한편, 다른 문화상품들은 어떻게 노출되어 있는지, 어떤 제휴마케팅이 이루어지는지도 체크해본다. 이럴 땐 사무실 안팎에서 구분 없이 사용하는 다이어리가 유용한 메모 수단이 된다.

이렇게 보고, 듣고, 경험한 것들에 관해 인터넷 등에서 더 많은 추가정보를 찾다 보면 다시 데이터가 쌓이고, 그것을 근거로 메일이나 전화연락을 하다 보면 또 하나의 기획이나 프로모션 아이디어로 이어지곤 한다. 어떻게 보면 나란 사람은 퇴근 후나 주말을 온전히 자신을 위해 쓰지 못하니, 그다지 쿨한 사람은 못 되는 듯도 하다. 하지만 역시 기획자는 어쩔 수 없나 보다. 그래서 "주말에 생각해봤는데…" "어젯밤에 생각해봤더니…" 하는 말로 편집자들과 대화를 시작하는 경우가 자주 있다.

소설을 사랑하는 세 사람과 함께

이제 사람 이야기로 되돌아가려 한다. 편집자 구하기 어려운 건 출판계 전반의 문제지만, 소설 전문 브랜드에서 소설에 애정을 가진, 역량 있는 편집자를 만난다는 것 또한 참 쉽지 않은 문제다. 앞에서 말했듯이 90년대 너도나도 경제경영, 자기계발 분야에 발을 들여놓으면서 소설 만들기를 접은 출판사들이 많이 있었는데, 그러면서 많은 소설 편집자들이 분야를 바꾸어 일하게 되었기 때문이다. 다행히도 나는 현재 소설을 좋아하고 오랜 편집경력을 갖고 있는 세 사람의 편집자와 출간 리스트를 하나둘씩 늘려가고 있다.

　독자들에게 쓰네카와 고타로의 독특한 판타지 호러 『야시』로 들어가는 환상적인 문을 활짝 열어주고, 나오미 노빅의 나폴레옹 전쟁에 등장하는 용 『테메레르』의 날개를 화려하게 펼쳐 보여주고, 온다 리쿠가 펼쳐놓은 미스터리의 새로운 경지 『호텔 정원에서 생긴 일』을 아름답게 다듬어 전달해준 편집자들과 함께 앞으로도 많은 독자들에게 끝없이 새로운 상상을 펼쳐 보이기를 희망하며 이 글을 마친다.

◆ **채영희**──── 대학을 졸업하고 8년간 밥벌이를 하다가 출판의 ABC도 모르는 채로 출판계에 들어와 책을 만들고 있다. 아직도 스스로 비주류라고 생각하고 도제기간을 거친 편집자들에게 잔뜩 빚을 지고 있다고 생각하는 소심한 기획자다.

거북이는 의외로 빨리 헤엄친다

강인선 거북이북스 대표이사

세계 최고의 만화 전문 출판사가 되겠다며 패기 있게 거북이북스를 창립했다. 그런데 그 야심찬 기획의 결과들이 예상과 많이 다르다. 이런 시점에서 나의 20년을 돌아보기로 했다. 나는 출판인이기 전에 만화인이었다. 육영재단, 서울문화사, 시공사에서 만화 출판 일만 18년을 했다. 거북이북스 대표로 보낸 나날도 오직 만화와 함께했다. 거북이북스 창립 전후로 내 인생은 극명하게 대비된다. 늘 주인의식, 사장 마인드로 일했다고 자부했지만 정말로 사장이 되고 보니 경영 전반에 대한 책임과 압박이 장난 아니다. 잠을 설치며 고민하고 뒤척이다 보면 동이 터온다. 만화가 좋아서 열정 하나만으로 덤비던 날들이 호시절이었던 거다.

만화, 그들만의 리그

만화도 출판의 일부 아냐? 라고 반문할지 모르겠다. 맞는 말이지만 내가 살던 만화동네는 출판동네와는 사뭇 다른 곳이다. 돌이켜보면 이상하고 아름다운 도깨비 나라였다고나 할까. 분명 같은 책을 만들고 있지만 일반 출판사와는 인적 네트워크나 독자층, 유통라인, 시장상황 등 그 모든 것이

256

달랐다. 출판 프로세스만 같다고 할까.

요즘처럼 서점에 기획만화들이 자리잡고 일반서와 베스트셀러 경쟁을 하기 전의 이야기다. 인터넷도 온라인게임도 없던 시절, 만화 시장은 잡지를 중심으로 한 흑백 코믹스(만화 단행본 시리즈) 시장과 대본소용 일일만화 시장으로 구분되었다. 만화잡지는 만화 마니아들의 유일한 소통 도구였다. 만화를 가까이하면 어김없이 핍박과 구박이 따랐다. 만화에 대한 편견과 몰이해는 세대가 바뀌어도 달라지지 않았다. 만화를 업으로 삼는 자는 매우 안 좋은 추억을 한두 가지쯤은 갖고 있는 게 당연했다.

우리 출판사에 입사한 만화창작과 출신의 기획자에게 만화창작과에 진학할 때 집안의 반대가 없었냐고 묻자, 아버지에게 얘기 꺼내자마자 흠씬 두들겨 맞았다고 한다. 뭐야, 지금도? 만화에 대한 사회적 인식이 많이 달라지고, 만화가 뉴미디어 시대의 새로운 파워 콘텐츠로 각광받는 요즘도 가족 단위에서 이뤄지는 만화 핍박은 여전하다. 대한민국 만화인의 삶에 그림자처럼 따라붙는 서러운 피해의식과 착잡한 분노는 언제쯤 떨쳐질 수 있을까.

잡지만화의 화려한 시대가 본격적으로 열린 건 80년대 말부터다. 만화에 대한 사랑과 열정이 최고조였던 시기에 나는 여러 만화잡지의 편집장을 했다. 시대 운이 좋았던 거다. 만화를 좋아하는 독자들은 특정 만화잡지를 중심으로 알아서 뭉쳤다. 독자들은 편집장에게도 팬레터를 보냈다. 만화를 그리고, 만들고, 보는 이들은 하나의 거대한 유대감을 형성하며 만화 문화를 즐겼다. 지금도 그렇지만 만화는 그들만의 리그였다.

만발에서 거북이북스로

돌이켜보면 잘나가던 시절, 매출 걱정은 거의 해본 적이 없다. 늘 자신감에 충만했고 만화가 업인 게 즐거웠다. 작가들의 만화에도 종종 우스꽝스러운 캐릭터로 등장했다. 그 중 김진태의 '전신타이즈강'이나 박무직의 '안드로이드강' 캐릭터는 지금도 기억하는 만화 독자들이 있다. 안드로이드강. 내가 즐겨 쓰는 아이디다. 겉은 인간인 척하지만 실은 인간을 빼닮은 로봇인 안드로이드. 기계인간인 안드로이드처럼 지칠 줄 모르는 에너지를 가졌다나 어쨌다나. 그런데 그 많던 에너지가 쇠락해가던 출판만화 시장처럼 급격히 소진되기 시작했다. 2004년도의 일이다.

안락한 조직을 떠나 홀로 서기로 했다. 맨땅에 헤딩하는 일을 감행한 것이다. 별로 두려움도 없었고 막연히 때가 되었다는 생각도 들었다. 벤치마킹할 만한 거 뭐 없나? 두리번거리다 발견한 것이 한기호 소장의 한국출판마케팅연구소다. 맞다. 연구소! 한기호 소장처럼 불타는 사명감은 없지만, 내겐 만화에 대한 변함없는 열정이 있다. 그동안 쌓은 만화계의 인적 네트워크와 만화 기획 노하우를 활용한 새로운 만화 일을 시작하기로 했다. 강인선만화발전연구소. 업계에서 어느 정도 인지도를 확보한 내 이름을 브랜드로 연구소를 개소했는데 솔직히 민망하다는 생각이 앞섰다. 결국 최대한 축약해서 '만발'로 사업 등록을 했다. 만발. '만화발전'의 준말이자 만화의 꽃이 흐드러지게 만발한다는 느낌도 함께 담았다.

나와 직원 한 명의 초미니 연구소이자 사업장이었지만 만발의 활동 영역은 다양했다. 홍보만화, 학습만화 등의 만화 기획 용역은 물론, 만화 기획에 대한 커리큘럼 개발, 만화 전시회 큐레이팅, 만화산업 연구 용역, 만

258

화산업 관련 강의, 온라인 만화 콘텐츠 개발, 만화잡지 기획 컨설팅, 일간신문의 주간만화섹션 창간 등등이다. 만화 관련 올라운드 플레이어라고나 할까? 그즈음 청강문화산업대학 만화창작과에도 출강하게 되었다. 젊고 끼 많은 미래의 만화가들을 1주일에 한 번씩 만나는 일은 힘들어도 새로운 활력으로 다가왔다.

만발에서 진행하는 모든 프로젝트는 새로운 아이디어와 함께 차별화된 기획력이 뒷받침되어야 했다. 특히 기획서가 중요했다. 만화를 잘 모르는 클라이언트를 설득하려면 매우 구체적이고 현실 가능하되 매력적으로 보이는 기획서가 꼭 필요했다. 밤새워 기획서와 씨름했다. 늘 누군가에게 업무를 지시했었는데 내가 나에게 지시해야 되는 나날이 이어졌다. 하찮은 일부터 모든 일을 직접 하려니 괴로웠을 거 같지만 실은 그 반대다. 무슨 일이든 누굴 시키는 것보다 직접 하는 것이 훨씬 더 재미있고 의욕도 더 생기는 법이다. 주위에 도움을 주는 좋은 사람도 너무 많아서 크게 힘든 줄 몰랐다. 전화 한 통이면 문제가 해결되곤 했다. 풍부한 인적 네트워크에 스스로 고무되곤 했다.

1년여가 지나자 콘텐츠를 납품하는 일이 소모전이라는 생각이 들었다. 직접 출판을 하고 싶은 욕구가 들불처럼 일었다. 하지만 만화 출판은 정말 돈이 많이 드는 아이템인데다 상당히 리스키한 구조다. 일단 만화를 만드는 과정에서부터 작가들에게 적지 않은 돈이 들어간다. 특히 어린이만화는 대부분 시리즈물이기 때문에 그 예산이 만만치 않다. 거기에 질 좋은 종이와 큰 판형, 올컬러 인쇄가 주류를 이루는 요즘 만화책의 제작 추세가 큰 부담이었다. 웬만한 어린이만화 시리즈의 론칭 마케팅 비용은 가볍게 억대를 넘긴다. 그런데 이런 규모의 비용에 비해 책값은

턱없이 낮다. 여간 많이 팔리지 않으면 손해를 볼 수밖에 없는 구조다. 누구나 대박을 꿈꾸지만 쪽박을 차도 큰 것으로 차기 딱 좋은 게 만화다. 치밀한 전략과 거대자본이 투입되어도 성공 확률이 높지 않다.

아무튼 초기 투자자금이 녹록지 않다는 걸 알기에 만화 출판에 선뜻 뛰어들 수 없었다. 하지만 만화는 출판을 기본으로 애니메이션, 영화, 드라마, 뮤지컬, 온라인게임, 캐릭터 머천다이징까지 확장되는 흥행산업의 원천 소스다.

잡지 편집장 시절 연재만화인 황미나의 『레드문』, 김진의 『바람의 나라』, 신일숙의 『리니지』 등은 온라인게임으로 화려하게 부활했다. 특히 『리니지』는 스토리텔링과 캐릭터, 세계관 등의 원천 소스를 제공하면서 성공적인 온라인게임을 만드는 견인차 역할을 했다.

만화 원작으로 성공한 드라마도 무수히 많다. 이처럼 무한한 잠재력과 활용가치를 지닌 사업 아이템인 만화의 가치를 일깨우고 투자를 유치할 수는 없을까? 뜻이 있는 곳에 길이 있는 법. 만화사업에 비전을 같이하는 투자자를 만나 창업자금을 확보할 수 있었다. 두려움과 설렘, 불안과 기대가 가슴속에서 일렁였다. 제대로 된 경영 수업도 없이 이렇게 시작해도 되는 건지 걱정도 앞섰다. 사업 계획을 세워보니 투자 대비 수익을 창출하는 게 역시 만만치 않았다. 빠른 시일 안에 큰 히트상품이 나오지 않으면, 총알이 떨어지면서 곧 어려운 구조가 된다는 걸 다시 확인할 수 있었다.

영업부도 없이 나를 포함, 단 세 명의 식구로 출발했다. 간단한 것 같았는데도 준비하고 챙겨야 할 일이 많았다. 회사 이름은 고민 끝에 거북이북스로 지었다. 어린이들이 가장 먼저 접하는 이솝우화 '토끼와 거북이'

의 거북이, 더디지만 결국 승리하는 거북이, 오래 사는 거북이, 일단 기억하기 쉽고 '만발'처럼 우직한 돌쇠 느낌이 드는 것도 좋았다.

거북이북스가 추구하는 만화 출판의 두 축을 '작가주의 기획만화'와 '어린이 창작만화 시리즈'로 잡았다. 회사 창립 직후부터 어린이 창작만화 시리즈 개발에 착수했지만, 작업에 속도가 붙지 않았다. 때문에 첫 책은 신세대 작가주의 만화가 최규석의 『습지생태보고서』로 결정했다. 2005년 10월 첫 책이 나왔다.

거북이북스의 첫 책, 『습지생태보고서』

"거북이북스에서, 좋은 책을 내셨더군요. 습지생태보고서! 갯벌이나 습지가 정말 중요하죠? 어떻게 그런 자연생태책을 내게 됐나요?"

어느 모임에서 만난 분이 거북이북스의 첫 책을 보고 한 이야기다. 처음엔 웃음이 터졌다. 만화가 무엇인가? 역설적인 풍자와 비유가 난무하는 장르 아닌가? 『습지생태보고서』는 습한 반지하 단칸방의 자취생들이 벌이는 웃기고 눈물나는 리얼궁상만화다. 그래서 제목도 '습지생태보고서'다. 그런데 자연생태만화라니? 손님이 짜다면 짠 거라고 했던가. 독자가 자연생태만화라고 느꼈다면 출판사가 실수한 거다. 책표지를 보고도 독자가 내용을 짐작하지 못할 뿐만 아니라 엉뚱하게 이해했다면 한마디로 망신이다. 최규석은 만화계에서 가장 주목받는 걸출한 신인이었고 『습지생태보고서』 또한 인터넷을 달군 화제의 만화였는데 이 역시 '그들만의 리그'였나 보다.

주인공이 매미채를 든 표지그림은 오해를 부르는 결정타였다. '습지생태' 책인 줄 알고 샀는데 웃기는 만화였다는 얘기도 들렸다. 결국 3쇄 때

261

표지를 교체했다. 반지하 단칸방 자취생들의 찌질한 풍경을 직접적으로 담고 '최규석 리얼궁상만화'라는 문구도 크게 넣었다. 첫 책부터 시행착오를 겪었지만 언론에서는 완성도 높은 수작이라고 잘 다루어주었고 책을 접한 독자의 만족도도 높았다.

'습지'의 가난은 독자들에게 즐거운 삶의 한 형태로 다가왔다. 유치하고 비열한 인간의 내면을 유머러스하게 들춰내는 작가의 솜씨에 만화 독자들은 환호했다. 장난기 가득한 대사에도 작가의 철학적 사유가 묻어났다. 문하생 같은 전통적 도제방식을 거치지 않아 독특한 자기만의 그림체를 가진 것도 이 작품이 갖는 커다란 매력이다. 동시대 젊은이들에게 공감을 일으킨『습지생태보고서』는 지금도 꾸준히 사랑받고 있다.『습지생태보고서』는 프랑스, 스페인 등에도 수출되었고, 영화사로부터 영화화 제의도 들어왔으니 첫 책은 그럭저럭 성공인 셈이다.

앞으로도『습지생태보고서』처럼 예술적 성취와 대중성을 확보한 젊은 만화가의 작품을 계속 발간할 것이다. 이어서 영화 속 과학적 오류를 만화로 파헤친 박무직의『영화를 믿지 마세요』, 대중문화에 대한 전문가적 식견과 도시생활 잡상을 흐뭇하게 보여주는 정우열의『올드독』, 작가의 극사실화 작품세계를 디테일하게 들여다볼 수 있는 석정현 소품집『Expression』등의 발간이 이어졌다. 매출에는 크게 기여하지 못해도 만화 전문 출판사로서 거북이북스의 아이덴티티를 확립하는 데 일조하고 있다고 본다. 재미있고 독창적인 만화, 작가의 영혼이 살아 숨쉬는 의미 있는 만화, 어른들이 보고 즐길 수 있는 만화 기획은 지속적으로 이루어지고 있다.

크로니클스가 뭐예요?

만화는 이미지와 텍스트의 조합으로 이루어진다. 거기에 말풍선, 의성어, 의태어, 효과선 등 다양한 만화적 아이콘이 가미되면서 생동감 넘치는 화면이 연출된다.

만화의 칸과 칸은 시간과 공간을 이동시키는 장치다. 칸과 칸 사이의 빈 공간에는 축약된 스토리가 숨어 있다. 만화는 정지된 컷의 연속이지만 독자는 움직임과 속도를 느낀다. 만화의 마법이다. 만화는 독자를 몰아치기도 하고, 감성적으로 어루만지기도 하고, 우스꽝스러운 몸개그로 포복절도하게도 한다. 만화는 탁월한 미디어다. 무엇보다도 전달력이 뛰어나다. 스토리텔링과 어우러진 캐릭터는 감성적으로 독자를 파고든다. 상상력의 극한을 보여주는 만화의 세계는 거대하다. 만화로 표현 못할 것은 없다.

그런데 이 거대한 만화의 가치가 최근 들어 단순한 '학습의 도구'로 축소되고 있다. 팽창한 학습만화 시장이 낳은 역기능이다. 만화는 뭔가를 가르치는 도구이기 전에 어린 독자들에게 무한한 상상력을 심어주고 스토리텔링의 묘미를 선사하는 탁월한 대중예술의 한 장르다.

흑백 코믹스 시리즈가 갈수록 위축되면서 어린이만화 시장은 4×6배판 컬러학습만화와 온라인게임의 인기에 의존한 만화로 대체되었다. 대형서점과 할인마트의 어린이만화 코너에는 비슷비슷한 컨셉트의 온갖 학습만화가 넘쳐난다. 거북이북스에서도 시장의 트렌드를 따르는 학습만화와 게임만화를 기획 중이긴 했지만 만화의 진정한 가치를 복원하는 순수창작만화 기획에 더 많은 시간을 할애했다. 웰메이드 명품만화를 표방한 『크로니클스』는 이런 취지로 탄생한 만화다.

동양 최고의 환상문학인 『서유기』를 동양 신화와 버무려 독특한 구성으로 재탄생시켰다. 작품의 완성도에 매달리다 보니 작업 초반에 스토리 작가를 바꾸고, 컬러링 작가도 교체하는 등 우여곡절도 겪었다. 정말 많은 시간과 에너지를 투자했다.

"크로니클스가 뭐예요? 이 만화는 뭘 가르쳐주나요?"

2007년 5월 『크로니클스』 1권을 깔고 시장조사차 들른 대형서점에서 한 학부모가 내게 묻는다. 제목의 즉시성이 또다시 문제로 대두되는 순간이다. 게임과 애니메이션을 염두에 두고 만든 작품이라 고심 끝에 지은 제목이었는데 아무래도 직접적으로 와닿지 않는 모양이다. '크로니클스Chronicles'는 연대기라는 뜻이며 서유기와 동양 신화를 근간으로 만든 동양 판타지 만화라고 말했다. 어린이만화의 진정한 교육효과는 한자 몇 자, 영어 몇 자, 또는 역사 지식이나 과학 원리를 알려주는 것이 아니라고도 설명했다. 자유롭게 상상하고 창의적 꿈을 키우는 힘을 주는 것이야말로 그 어느 학습보다 중요한 교육적 의의를 갖는다고 호소하자 고개를 끄덕인다. 하지만 구매로 이어지지는 않았다. 들었던 책을 놓는 걸 보는 순간 어찌나 썰렁하던지. 독자의 니즈가 없는 책을 기획한 건 아닐까? 불안이 엄습했지만 전 직원이 발로 뛰며 책을 홍보했다. 조금이라도 시간이 나면 인터넷에 매달려 홍보에 주력했다.

『크로니클스』는 거북이북스의 인지도를 높이는 데 크게 기여했다. 『크로니클스』를 본 여러 회사에서 퀄리티를 인정하며 다양한 사업 제휴를 제안했다. 특히 게임 회사에서 미팅 요청이 쇄도했다. 애니메이션 회사에서도 관심을 보였다. 우수기획만화로 선정되어 한국문화콘텐츠진흥원으로부터 제작비도 지원받게 되었다. 어린이신문인 〈어린이동아〉

에서는 분재 형식으로 연재되었다. 캐릭터 라이선스 계약도 체결되어 『크로니클스』의 멋진 주인공들은 동아연필의 문구 상품을 통해 만날 수 있다. 비주얼이 워낙 좋아 여러 만화 관련 행사에서 이미지가 단골로 제공되었다. 스토리텔링을 개발하고 상상력을 발현하는 워크숍 등에서는 『크로니클스』를 교재로 쓰고 있다. 무엇보다 다행인 건, 일단 이 만화를 접한 독자는 거의 팬이 된다는 사실이다. 후속 발행이 시급하기만 한데, 만화는 정말 거북이처럼 느릿느릿 더디게 진행되고 있다. 느리지만 결국 승리하는 거북이 같은 만화가 될 거라고 믿는다.

일당백, 거북이북스의 만화 도사들

첫 책을 낸 지 딱 2년 만에 거북이북스의 식구는 나를 포함, 일곱 명으로 늘었다. 구성원 모두 만화를 좋아하는 만화인들인데 그동안 19권의 책을 정성껏 만들었다.

어린이만화 시리즈는 『크로니클스』와 함께 곤충공작만화인 『곤충대전 벅스벅스』와 초등 과학학습만화인 『판타지 과학대전』 3종이다. 어린이만화는 앞으로도 서너 종의 시리즈가 추가로 구성된다.

만화잡지를 대신하는 키워드 코믹무크지도 발행 중이다. 1호의 키워드는 '밥'이었고 2호는 'Erotic', 3호는 '거짓말'이다. 매호 하나의 키워드를 가지고 여러 명의 만화가들이 저마다의 상상력을 풀어놓는 만화 실험은 계속 이어진다. 4호의 키워드는 '유혹'. 그 밖에도 올드독 캐릭터를 활용한 퍼즐북 『올드독 스도쿠』는 초급, 중급, 고급편이 있다.

그동안 발간한 책들이 모두 2쇄에서 4쇄 정도는 찍고 있으니 크게 망한 것도 없지만 처음 기대한 만큼 크게 흥하지도 않았다. 판매 목표가 너무 높았던 걸까? 설정한 목표보다 한참을 밑도는 판매 데이터는 늘 근심거리다.

거북이북스 구성원 모두 만화에 대해서는 전문가적 식견과 열정, 뛰어난 감각을 갖고 있지만 하루가 다르게 변화하는 불확실한 만화 시장의 판세를 읽는 데는 아직 많이 부족하다. 먹고살자고 이것저것 만화 용역 일을 따오는 사장 때문에 거북이북스 식구들은 늘 바쁘다. 타블로이드 24면의 만화주간섹션(《조선일보》의 「맛있는 한자」) 마감이 있는가 하면, 웹사이트 개발도 있다. 라이선스용 캐릭터 매뉴얼도 직접 제작하고 기업의 홍보만화도 만든다. 그야말로 일당백의 만화 도사들이다. 자기계발을 할 시간이 당연 부족할 수밖에 없다. 늘 미안한 마음이다.

기발한 만화 기획안은 쌓여만 가는데 거북이북스의 판매 관리나 마케팅 시스템은 보완해야 할 점이 한두 가지가 아니다. 사수도 없이 1년을 버틴 초보 마케터는 한계를 느끼고 손을 들었다. 베테랑급 영업 인력을 보완하고, 매출 대비 낮은 수익률을 최대한 끌어올리는 게 시급한 상황이다. 비용을 절감하기 위한 효율적인 아이디어도 짜내야 한다. 회사에 새로운 업무 시스템과 교육 프로그램을 도입해 우리 구성원들이 만화 출판 마케팅까지 아우르는 진정한 만화 도사로 거듭나게 해야 한다.

신선에서 머슴으로

우리나라 최초의 만화잡지인 〈보물섬〉 기자로 만화 인생을 시작했던 건 지금 생각해도 영광스럽기만 하다. 김수정, 이현세, 허영만 등 기라성 같은 작가들을 처음 만났던 곳. 만화 원고를 가장 먼저 읽는 게 너무 즐거웠던 시절이다. 〈보물섬〉 기자를 거쳐 순정만화잡지 〈댕기〉의 편집장이 된 나는 새로운 컨셉트로 잡지를 리뉴얼했다. 7만 부 정도 발행했던 격주간지의 판매율은 늘 90퍼센트가 넘었다. 그 육영재단에서 6년간 일했다.

자리를 옮긴 서울문화사에서는 7년간 일했다. 모두 짧은 세월이 아니다. 쉽게 자리를 옮기거나 도중하차하는 편집자는 어디에나 있게 마련이다. 여러 가지 사정이 있겠지만 편집자의 중요한 덕목 중 하나를 꼽으라면 나는 '끈기'라고 말하고 싶다. 끈기 있게 물고늘어지는 일에는 엄청난 스트레스가 동반된다. 그 스트레스를 관리하는 능력을, 쉽게 포기해버리는 사람은 결코 가질 수 없다.

서울문화사에서는 2년에 하나씩 새로운 잡지를 창간했다. 독자층을 달리하며 〈윙크〉〈밍크〉〈나인〉을 창간했는데, 창간 때마다 새로운 잡지 스타일로 승부했고 결과도 좋았다. 특히 신인 만화가의 과감한 기용은 잡지에 신선함을 불어넣는 데 적중했다. 〈아이큐점프〉 편집부장을 끝으로 서울문화사에서의 생활을 마감했지만 그 치열했던 7년의 경험, 스트레스로 얼룩진 고단한 세월은 내게 소중한 자산으로 남았다.

시공사에서도 배움이 많았다. 사업 전반을 아우르는 본부장이 되면서 사업기획에 대한 경영 스킬을 익힐 수 있었기 때문이다. 〈비쥬〉〈오후〉 같은 순정만화잡지를 창간했고 만화 이론서, 만화 일러스트레이션 집, 캐릭터, 애니메이션 관련서도 발간했다. 만화캐릭터 라이선스 사업도 벌였다. 누구보다 치열했다고 생각한 나의 직장생활은 사실은 신선놀음이었다. 회사를 위해서 열심히 일했던 것이 결국은 나 자신을 위한 일이었다. 어느 정도 규모가 되는 회사의 관리자급이었기 때문일까? 늘 대접받는 분위기였다. 거래처에서 눈물을 흘려본 기억은 최소한 없다.

한번은 좀처럼 코드를 잡아주지 않는 마트 벤더를 만나러 갔는데 참으로 무례했다. 출판사와 벤더의 위치는 이미 역전되어 있었다. 운전을 하며 돌아오는데 앞이 안 보일 만큼 눈물이 흘렀다. 어떻게든 회사를 크게 키워야겠다고 이를 갈았다. 신선놀음은 오래 전에 끝났다. 머슴처럼 일해야겠다. 거북이는 의외로 빨리 헤엄친다는 걸 보여줘야겠다.

◆ **강인선**──홍익대학교 미술대학 재학 시절 출판사에서 컷을 그리는 아르바이트를 하며 출판의 매력에 빠져들었다. 한때 만화계의 대모로 불릴 만큼 만화 출판의 최전선에 있었는데, 지금은 거북이북스라는 작은 만화 출판사의 사장이 되어 만화계의 계모 같은 역할을 하고 있다. 청강문화산업대학 만화창작과 겸임교수. 최근에 가장 잘한 일은 출판사 사장들의 마라톤 동아리인 북커스에서 20킬로미터를 완주한 것. 새로운 자신감이 발현되는 기쁨을 느꼈다고.

출판 늦둥이, 노희경 작가 덕분에 활짝 웃다!

김정민 북로그컴퍼니 대표

2005년 1월 서른 중반에 출판계에 입문했으니, 나는 '출판 늦둥이'다. 신문사 기자를 하다 광고 카피라이터로 출판계에 첫발을 내딛고 3년간 광고를 만들었다. 기획 업무를 시작한 것이 불과 1년이 조금 넘었으니 나는 '기획 막둥이'다. 이런 내가 출판기획에 관한 글을 쓸 자격이 있는 것인지, 쓰게 된다면 무슨 내용을 담아야 하는지 며칠 동안 고민을 했다.

그러다, 이내 '그래 써보자'고 결심한 이유는 짧은 기간이나마 대중문화 관련 출판 콘텐츠를 기획하고 관련 업계 분들과 만나면서 느끼고 얻었던 노하우들을 공유하고, 또한 시행착오가 있었다면 점검하는 좋은 기회가 될 수도 있겠다는 결론에 도달했기 때문이다.

노희경 작가를 어떻게 섭외했냐고요?
'출판 늦둥이, 기획 막둥이'인 내게 2008년은 두고두고 잊을 수 없는 한 해가 될 듯싶다. 2008년 12월 초, 드라마작가 노희경의 에세이 『지금 사랑하지 않는 자, 모두 유죄』가 출간되었을 때 출판인들과 기자들, 그리고 지인들을 비롯한 많은 사람들이 하나같이 물어온 질문이 있었다.

"노희경 작가를 어떻게 섭외한 거야?"

그 짧은 질문 속에 함축된 의미를 안다. 시청률이 잘 안 나오기로 유명하지만, 노희경 작가의 작품은 다른 드라마보다 더 진솔하고 솔직하고 깊고 따스하다. 마음에 상처받은 이가 그의 드라마를 보는 일은 치유의 과정이다. '노희경'이라는 세 글자는 명품 드라마의 대명사이고, 드라마 마니아들의 중심이다. 글 좀 쓰고 책 좀 읽는다는 사람들 중에서도 '노희경 드라마'는 꼭 챙겨본다는 이들을 쉽게 만날 수 있다. 특히 출판인들 중에도 노희경 작가의 팬들이 많기 때문에, '노희경 드라마'를 소설 버전으로 만들고 싶어 하거나 '노희경표 소설'을 제안한 출판사들이 꽤 많았다고 한다. 하지만 많은 출판 제안을 받아왔음에도 드라마 외에는 '글외도'를 하지 않았던 노희경 작가의 에세이집이 출간되었으니, 많은 이들이 기획과 섭외 과정에 궁금증을 갖는 것은 당연할 터였다.

선생님, 힘드신 거 속상해요. 도네이션 북 하나 하자고요!

2008년 8월 초 어느 날 오후, 가회동 17번지는 소란스럽지 않지만 뜨거운 흥분이 일었다. 노희경 작가가 우리 회사를 방문한 것이다. 작가가 출판사에 왔으니, 책 출간과 관련된 일이면 좋았으련만, 사실 방문 목적은 그게 아니었다.

노희경 작가는 평소에 본업인 드라마 집필만큼이나 열심히 하는 일이 하나 더 있었다. 다름 아닌, 사회구호단체인 JTS의 홍보대사! JTS는 북한을 비롯한 제3국가를 지원하는 단체인데, 남북관계가 경색되면서 북한 식량 지원 후원금이 현저히 줄어들자 노희경 작가가 직접 기업들을 찾아다니면서 후원금 모집을 시작했고, 우리 회사도 그렇게 방문한 것이다. 일면식도 없는 사람들 앞에서 노 작가는 후원활동과 취지를 진지하게 설명했고, 사장님은 거금을 흔쾌히 후원했다.

그 길지 않은 시간이 인연이 되어, 1주일 뒤 나는 노 작가를 따라 부천의 모금행사에 가게 되었고, 비가 추적추적 내리는 속에서도 웃음을 잃지 않고 단돈 1,000원이라도 감사한 마음으로 받는 노 작가를 존경과 아픈 마음으로 지켜봤다. 그리고 들었다. 북한의 식량난이 2000년대 초반보다 훨씬 더 심각한 상황인데, 공적이든 사적이든 지원활동이 점점 더 어려워진다는 것을. 그리고 봤다. 사람들로부터 후원금을 걷는 일이 상상하지 못할 정도로 어려운 일이라는 것을.

의미 있는 일을 힘들게 하는 노 작가를 보는 횟수가 늘어나면서 내 속에서는 속상한 마음이 커져갔다. 그러던 차에 무심코 한마디를 뱉었다.

"선생님, 책 하나 해요. 선생님 힘들게 모금하시는 거 아파서 못 보겠어요. 책 하나 해서 선생님은 인세 기부하시고, 회사도 수익금의 일정 부분 기부하자고 할게요."

하지만 노 작가는 원고 쓸 시간도 없고, 본인은 드라마작가로 남고 싶다며 거절했다. 또한 시청률도 낮은데 책을 낸다고 한들 얼마나 많이 팔리겠냐며, 공연히 출판사에 누를 끼치게 될까봐 싫다고 했다.

그러나 노희경 작가의 글이 가지는 진정성과 힘, 그리고 노 작가의 인지도를 봤을 때, 책이 나온다면 손해는커녕 대박일 거라는 판단이 들었다. 하지만 노 작가는 원고 쓸 시간도 없고, 출판을 목적으로 글을 쓰고 싶지도 않다고 했지 않은가? 그렇다면 원고만 있으면, 어느 정도 설득할 수 있겠다는 생각이 들었다. 그런데 정작 원고가 없었다. 그러던 중 몇 년 전에 인터넷에서 읽고 흠뻑 감정이입해서 한동안 넋을 놓게 했던 노 작가의 산문시 「지금 사랑하지 않는 자, 모두 유죄」라는 글이 떠올랐다.

"그래, 그 글말고도 더 있을 거야. 찾아보자."

이후 노희경 에세이를 편집하게 된 황은희 팀장과 함께 인터넷 항해를 시작했다. 대어(?)들이 낚이기 시작했다. 첫사랑에게 바치는 20년 후의 편지 「버려주어 고맙다」, 가난한 집 막내딸로 태어남과 동시에 엄마에게 잠시 버려졌던 사연이 담긴 「아픔의 기억은 많을수록 좋다」 등 노희경 작가만이 쓸 수 있고 그려낼 수 있는 글과 감동이 여기저기서 고개를 내밀기 시작했다. 노희경 작가에게 인터넷에서 찾아낸 글들을 보여주며 에세이집 출간이 가능하니까 인세와 출판사 수익에서 기부하자고 다시 제안을 했다. 그때서야 아주 조심스럽게 출간에 응했고, 곧 방송 예정이었던 드라마 〈그들이 사는 세상〉의 주인공 독백글을 주겠노라는 선물까지 덤으로 받았다. 그날이 정확히 2008년 9월 30일이었다.

마케팅은 타이밍이 무엇보다 중요하다. 〈그들이 사는 세상〉이 12월 중순에 종영이니까, 책은 12월 초쯤에는 나와야 했다. 그래야 프로모션을 효과적으로 할 수 있기 때문이다. 우리에게 주어진 시간은 두 달. 넉넉지 않은 시간이었지만 기획자, 편집자, 디자이너, 일러스트 작가 그리고 노 작가 등 관련된 모든 사람들이 한마음 한뜻으로 일을 했기 때문일까? '도네이션 북' 노희경 에세이는 예정대로 12월 초에 출간되었고, 동시에 큰 호응을 얻기 시작, 출간 2개월 만에 15만 부가 넘게 팔렸다.

노희경 작가는 애당초 인세 수입이나 베스트셀러 작가라는 명예에는 관심이 없었다. 그래서 출간에 대한 동기부여도 되지 않았다. 하지만 JTS 홍보대사로 활동을 하고, 현장 활동가 못지않게 열심히 모금활동을 하면서 후원금에 목말라했다. '도네이션 북'이 바로 노희경 작가의 마음을 움직인

272

'core button'이 된 것이다. 책을 기획하고 저자의 마음을 움직일 때에는 무엇보다 'core button'이 중요하다. 그것을 찾아내느냐 그러지 못하느냐에 따라 결과는 상당히 달라진다.

'고품격 대중문화 전문 브랜드'에서 답을 찾다!

2008년 김영사 편집부에 입사했을 당시, 내게 주어진 첫 업무는 광고와 '헤르메스미디어'라는 브랜드를 재론칭하는 것이었다. 위즈덤하우스에서 3년을 광고팀장으로 일했기 때문에 광고는 그리 어려운 일이 아니었지만, 1년 이상 책이 나오지 않고 있던 '헤르메스미디어'라는 서브 브랜드의 정체성을 만들고 자리잡도록 하는 건 그리 쉬운 일은 아니었다.

'예담' '위즈덤하우스' '스콜라' '잉크' 등 여러 출판 브랜드를 가지고 있었던 전 직장에서 일하며 보고 배운 것 중 하나가 '브랜드 정체성의 중요성'이었다. 정체성은 처음에 잘 만들어놓지 않으면 기획의 통일성도 사라지고 콘텐츠 질도 떨어질 수 있다. 그러한 일이 반복된다면 독자로부터 신뢰를 얻기는커녕 외면받기에 딱 좋다.

김영사라는 출판 브랜드에 담기에는 뭔가 2퍼센트 부족한 출판 콘텐츠를 모아놓는 그릇으로서 '헤르메스미디어'를 만들고 싶지 않았다. 고민에 고민을 거듭한 결과 '고품격 대중문화 전문 브랜드'라는 정체성을 찾아냈다. 여기서 말하는 대중문화는 연예계와 스포츠계를 어우르는 의미였다. 자료를 찾고 관련 종사자들을 만나 이것저것 물어보고 이야기도 들어본 결과, '헤르메스미디어'의 정체성 찾기는 일단 성공이라는 확신이 들었다. 최근 몇 년 사이, 연예계와 스포츠계에 종사하는 사람들의 맨파워는 생각했던 것 이상으로 커지고 있었고, 그들이 가진 재능과 출판 콘텐츠로 담아낼 수 있는 것들은 무궁무진해 보였다.

브랜드의 정체성이 세워졌으니 이제 그 그릇에 어떤 음식을 담을 것인지가 중요했다.

SBS 라디오 프로그램인 〈두시탈출 컬투쇼〉의 사연 모음집인 『컬투에 미치다』는 이미 오래 전에 계약되어 원고가 마무리 상태였다. 내가 입사하기 전부터 '헤르메스미디어'로 출간하기로 되어 있던 아이템이었다. 인기 개그맨들이 진행하는 라디오 프로그램의 사연 모음집인 만큼 원고 자체는 웃음을 주기에 충분했다. 그러나 책이라는 것이 일회적인 웃음만 주고 끝나면 뭔가 아섭지 않을까? 무겁고 진중한 메시지가 아니더라도, 삶의 활력소가 될 작은 교훈 하나씩이라도 없으면 더 좋겠다는 생각이 떠나질 않았다. 그렇게 해서 최종 원고는 각 꼭지 말미에 보너스글 하나씩이 깍두기마냥 따라 나가게 되었다.

개인적인 생각이지만, 좋은 기획은 책이 완성된 후 어떠한 마케팅 프로모션을 통해 독자 손에 닿게 할 것인지가 함께 나오는 것이라 생각한다. 또한 좋은 마케팅은 기획에서부터 함께 참여해 독자들의 요구와 시장의 트렌드를 반영할 수 있도록 하는 것이라고 생각한다. 그런 면에서 볼 때,『컬투에 미치다』는 이미 원고가 마무리되어가는 상태에서 만난 아이템이라 효과적으로 마케팅에 참여하기 어려웠던 측면이 많은 아쉬운 책이었다.

'대중문화 전문 브랜드'라는 뼈대를 세우고 살을 찌우기 위해 많은 사람들을 만났다. 〈무릎팍 도사〉에 출연해 일약 스타덤에 오른 추성훈 선수를 만났고, 해외 전지훈련 중이라 직접 만나지는 못했지만 김연아 선수 측 관계자도 만났다. 〈바람의 화원〉 촬영을 막 시작한 배우 박신양과는 즐거운 저녁식사를 함께 했고, 한류스타의 원조인 배용준과 소지섭의 매니저를 만났다. 대중문화 종사자들을 만날 기회가 늘어날수록 소개받는 사람들도 점점 더 많아졌고, 기획 아이템은 풍성해졌다. 그리고 그들을 대하는 나만의 노하우가 두터워지고 있었다.

대중문화 콘텐츠를 출판 콘텐츠로 go go!

내가 그 분야에 종사하는 사람들을 만나면서 느낀 것 중에 하나는 연예계 또는 대중문화 종사자들은 책에 대한 일종의 두려움을 가지고 있다는 것(물론 이는 내가 개인적으로 느낀 것이기 때문에 정답이 아닐 수 있다). 크게 보면 세 가지로 그 이유를 말할 수 있을 것 같다.

첫째, 그간 쌓아온 이미지와 관련된 것이다. "나의 이야기나 내가 가지고 있는 재능을 내 본업이 아닌 책이라는 상품으로 내놓았을 때 사람들이 환영해주면 좋겠지만, 오히려 손가락질하면 어떡하지? 그래서 그동안 쌓아온 이미지에 손해가 되면 어떡하지? 책이 잘 팔리면 좋겠지만, 만약 안 팔리면 창피해서 어떡하지? 이럴 바에야 안 하는 게 낫겠다"는 것이다.

둘째, 책을 기획하고 구성하고 원고를 만드는 일련의 과정은 생각 외로 시간과 노력이 많이 들어가는 데 비해 인세 수입이 적을 수도 있다는 생각에 책 출간을 적극적으로 검토하지 않는 면도 있다. 출판계에 비해 연예계나 스포츠계는 오가는 돈의 액수가 크기 때문에 출판계의 통상적 계약금(선인세)과 10퍼센트라는 인세 수준이 상대적으로 낮게 비춰지기도 한다. 인지도가 높으면 높을수록, 판매 예상치가 높으면 높을수록 상대방의 기대치는 계속 올라간다. 그렇다고 그 요구에 맞춰 과다한 선인세를 지급하거나 인세율을 높여 계약을 하면, 출판사 입장에서는 수지타산을 못 맞출 수도 있다. 이럴 경우, 출판 시스템과 출판시장에 대한 올바른 이해를 구해야 한다. 인내심을 가지고.

셋째, 글쓰기에 대한 두려움이다. 출판계의 관행상 전문 작가가 아닌 경우 대필작가 또는 집필작가가 원고를 집필해왔고, 암묵적으로 동의해줬다. 그러나 정지영 씨 번역 대필사건 이후로 대중문화인들 스스로 대필작가에 의한 원고 생산에 상당한 거부감을 보이는 경우를 많이 접했다. 앞에서 말했듯이, 그 사람들은 이미지가 무엇보다 중요하기 때문에 대필작가에 의한 원고 생산과 그것을 자기가 쓴 것처럼 치장하는 데 매우 민감했다. 그래서 나는 처음부터 대필작가가 함께 원고를 만들 경우, 대필작가의 존재를 밝히자고 제안했고, 많은 분들이 내 의견에 동의를 해주었다.

대중문화를 출판 콘텐츠로 접목하는 일을 하면서 느낀 것 중 하나는, 다른 출판 분야도 그렇지만, 상당한 인내심과 지구력 그리고 순간 판단력이 뛰어나야 한다는 것.

『컬투에 미치다』가 출간될 즈음, 1999년에 김영사에서 출간되었다가 절판된 가수 박진영의 책 『미안해』를 '헤르메스미디어'로 다시 출간하기로 내부적으로 의견을 모았다. '대중문화 전문 브랜드'라는 정체성을 확실히 하기 위해서는 좀더 파급력 있고 인지도가 높은 인물이 필요했다. 그런데 막상 그만한 분들을 만나보니 기획에서 섭외, 원고 생산까지, 계약서에 도장 찍는 데만도 상당한 시간이 필요했다. 그러던 중 절판되었지만 꾸준히 독자들로부터 구매요청이 들어왔던 박진영의 『미안해』가 구세주처럼 떠올랐다. 10년 전 박진영은 단지 개성 넘치고 열심히 노력하는 20대 청년 가수였지만 그는 이제 미국 시장에서도 인정받는 뮤지션이자 사업가가 아닌가! 대필 원고 하나 없이 20대에 그가 써내려갔던 생생한 글들을 10년 뒤에 부활시키는 것도 의미 있는 일이리라!

276

재출간이기 때문에 좀더 수월할 것이라 생각했다. 아니, 솔직히 말하자면 많이 수월할 것이라 여겼다. 하지만 뉴욕에서 활동하는 그와 연락을 할 수가 없었다. 한국 JYP 대표에게 재출간 의사를 밝히고, 그쪽에서 다시 뉴욕의 박진영과 연락을 취했다. 모든 의사소통을 이메일로 진행해야 했고, 시간차나 음악활동 등으로 워낙 바빠 피드백도 빨리 받을 수 없었다.

처음 예상했던 시간보다 늦게 쌍방간에 재출간이 합의되었고 계약조건을 다시 협상하는 데에도 상당한 시간이 걸렸다. 아무리 재출간이라지만 10년 전 원고를 그대로 쓸 수는 없었다. 2007년부터 각종 매체와 자신의 홈페이지에 기고했던 원고 다섯 개를 선별해서 '박진영 서른 살의 프롤로그'라는 스페셜 페이지를 실었다. 하버드 대학교 초청으로 강연했던 '한류문화'에 대한 동영상을 한글 자막을 씌워 부록으로 넣었다. 그는 원고 하나하나를 꼼꼼히 다시 체크했고, 한글 자막도 본인이 직접 검수했다. 표지사진 결정에도 생각보다 많은 시간이 걸렸다. 본문디자인은 하나도 손보지 않았음에도 재출간을 결정하고 책이 나오기까지 4개월의 시간이 걸렸다.

물론, 시간이 많이 들고 공도 많이 들어간 만큼 결과도 좋았다. 재출간이었지만 독자들의 반응은 이전보다 훨씬 빨랐다. 다만 저자가 미국에 있었고 한국에 입국하더라도 책 프로모션을 같이할 시간이 나지 않아 적극적인 프로모션을 못한 것이 못내 아쉬움으로 남는다. 그렇지만 온라인에서 벌였던 독자들 질문에 답변 달아주기 이벤트라든지, 소장품 증정 이벤트 등에서 적극적으로 나서주었다.

이미 언급했지만, 추성훈 선수는 세 번 만났다. 처음에는 추성훈 선수의 한국 매니지먼트사에 이메일을 통해 기획안을 전달했다. 당시는 추성훈 선수가 〈무릎팍 도사〉 출연으로 인기가 급상승해 많은 출판사에서 출간

제의가 쏟아지고 있던 때였다. 우리도 그 중 하나였다. 여러 출판사에서 출간 제의를 받은 한국 매니지먼트사 대표는 몇몇 출판사를 선별, 직접 출판사를 방문해서 미팅을 가진 후 출간을 결정할 거라 했다.

미팅을 원한다는 연락을 받고 이래저래 알아보니, 우리가 제시한 선인세보다 훨씬 높은 금액을 부른 출판사가 몇몇 있었다. 상대방이 원하는 대로 선인세를 높일 것인지, 아니면 현실적인 선에서 제안을 다시 할 것인지 판단을 해야 했다. 선인세가 지나치게 높아지면, 마케팅 비용에 부담이 오는 건 명확하다. 또한 투자금을 회수해야 한다는 중압감으로 자칫하면 체계적이고 과학적인 마케팅 플랜이 안 나올 수도 있다. 이럴 경우 인지도 높은 인물의 책을 만들더라도 회사로서는 손해를 볼 수 있다. 여러 가지를 감안했을 때, 선인세를 재조정하지 않기로 결정했다. 다만, 다른 방법으로 설득을 해야 했다.

추성훈 선수가 방송 출연으로 유명해진 이후였지만, 사실 난 2006년부터 추성훈 선수 팬카페 회원이었다. 그즈음 우연히 보게 된 추성훈 선수의 다큐멘터리를 통해 그의 개인적인 아픔, 그리고 한국인으로서의 자긍심 등에 깊은 응원을 보내고 있었다. 한국 매니지먼트사 대표를 만난 자리에서 내가 왜 추성훈 선수의 팬이 되었는지, 그를 응원하는 내 마음이 어떤 것인지, 책 속에서 어떤 추성훈을 그려내고 싶은지를 평소의 마음을 담아 전했다. 나의 말을 그저 묵묵히 듣던 대표는 활짝 웃으며 한 말씀 하셨다. "돈이 뭐 그리 중요한가요. 우리 성훈이 책은 김 실장님이 꼭 만들어주십시오. 그 마음 그대로 담아 만들어주시면 됩니다. 내가 성훈이 매니지먼트를 하고 있지만 실은 외삼촌입니다." 나의 마음이 그의 마음을 열게 한 'core button'이 되었던 것 같다.

278

그리고 얼마 뒤, 추성훈 선수가 CF 촬영과 콘서트 참석, 앙드레 김 패션쇼 참석 등으로 한국에 왔을 때 그를 직접 만나게 되었다. 매체에서 보았던 인간적이고 순수한 추성훈 선수의 매력은 실제로 보니 더욱 빛났다. 판매부수와 매출 등을 떠나 기획자로서 그러한 이의 책을 만든다는 건 큰 기쁨일 것이다.

기획과 마케팅은 일심동체!

'서당 개 3년이면 풍월 읊는다'고 위즈덤하우스에서 광고마케팅을 하면서 출판마케팅을 어깨 너머로 배운 게 많았다. 좋은 기획은 마케팅 프로모션이 함께 나와야 한다는 생각은 그래서 나오게 된 것 같다. 노희경 에세이도 기획과 마케팅이 철저히 함께 움직인 책이었지만, 김영사 브랜드로 출간된 책 『명문대생 39인이 말하는 17살, 나를 바꾼 한 권의 책』도 그와 같다. 이 책은 나의 개인적인 필요에 의해 기획되었다. 올해 열일곱 살이 된 나의 아들 하늘이에게 좋은 멘토를 선물하고 싶은 엄마의 욕심이었다. 아이가 자라면서 해주고 싶은 말도 많고, 들려주고 싶은 이야기도 많은데 청소년기 사내아이에게 엄마의 말은 자칫하면 잔소리로 들릴 수도 있는 일이 아닌가. 그렇다면 아이에게 해주고 싶은 많은 이야기들을 잘 전달할 방법이 없을까? 청소년기를 갓 졸업한 선배들, 그리고 이왕이면 책을 통한 것이면 더 좋겠다는 생각에서 기획된 책이다.

판매를 염두에 두어야 했기에 제목에 상업적 성격이 다분히 드러나기는 했지만, 다행히 대학생 친구들이 좋은 원고를 써주었고, 독자들의 반응도 호의적이어서 꾸준한 판매를 보이고 있다. 이 책은 공격적인 광고를 집행하거나 비용이 많이 들어가는 프로모션보다는 콘텐츠의 우수성을 믿고 장기적 판매에 치중해야 할 책이었다. 그래서 입소문 마케터가 필요했다. 그렇다면, 가장 좋은 입소문 마케터는 누가 되어줄 것인지? 하늘이 엄마인 나의 욕구에서 기획이 나왔다면, 마케팅 플랜은 글을 쓴 학생들의 엄마 입장에서 수립했다. 대학생 자녀가 책의 저자가 된다면 부모로서 얼마나 뿌듯할까. 출간 후 39명의 학생과 그 부모들을 저녁식사 자리에 초대했다. 축하와 감사의 마음을 전했다. 부모의 자긍심을 한껏 높여주었다. 결과적으로 부모들이 자발적 입소문 마케터가 되어주었고, 예측했던 대로 별다른 프로모션 없이 스테디셀러로 순항 중에 있다.

◆ **김정민**—— 서른 중반 넘어 출판계에 입문한 출판 늦둥이. 기자생활을 하던 시절부터 어렴풋이 '서른 중반이 되면 책을 만들어야지'라는 생각을 했다. 그리고 의무감이었는지 선행 학습이었는지 책을 사들이기 시작했다. 그렇게 모아지고 버려진 과정을 거쳐 내 책장에 꽂혀 있는 2,500권의 책이 나의 가장 큰 물적 재산이다. 책으로 맺어진 귀한 인연들, 그리고 그들로 인해 더욱 깊어지고 넓어지는 인연들은 나의 가장 큰 자산이다. 책과 더불어 꼬부랑 할머니가 되고 싶은 나는 앞으로 더 많은 '도네이션 북'을 만들 꿈을 품는다.

그림책으로 자유로워지는 세상

천상현 상출판사 대표·〈그림책상상〉 발행인

'그림책상상'은 그림책 문화를 다루는 계간지의 이름이면서 동시에 홍대 앞 극동방송국 뒷골목에 자리잡은 그림책 북카페의 이름이다. 이름을 같이 쓰는 이유는 성격과 의미가 같기 때문이기도 하지만, 계간 〈그림책상상〉의 매체를 만들게 된 이유와 맥락을 같이한다.

〈그림책상상〉을 만들게 된 동기는 그렇게 복잡하거나 정치적이거나 마케팅적이지 않다. 상출판사라는 아주 작은 출판사를 시작하면서 그림책 분야에 관심을 갖게 되었고, 디자인 전공자로서 막연하게 알고 있던 분야를 좀더 폭넓게 알게 되면서 매력을 느꼈기 때문이다.

창작 그림책의 매력에 눈을 뜨다

보통 자기가 일하는 분야에 대해 시야가 넓어지는 계기는 크게 외부로부터 자극을 받거나 스스로 깨달음을 얻게 될 때인데, 나의 경우는 그림책 선진국이라는 외국의 문화를 접하면서부터이다. 처음 자극을 받은 계기는 외국의 책 박람회였다. 가까운 일본의 도서전과 멀게는 프랑크푸르트 도서전, 그리고 어린이책의 중심점인 볼로냐 국제어린이도서전에서 직간

281

접적인 교육과 교훈을 얻었다.

사실 처음 한두 번은 어리둥절한 외국 관광쯤으로 시작해 출판사 팸플 릿 모으기와 사진 찍기에 바쁜 일정을 보내느라 정작 중요한 것들을 놓쳐 버렸다. 그리고 다시 일상으로 돌아와 출판 일을 하면서도 그곳에서 봤던 선진적인 문화가 우리 현실에 적용되기는 어렵다고 생각하고 지나치곤 했다. 그렇게 몇 차례의 도서전을 지나보내면서도 겉모습이 아닌 그들이 진정 추구하는 숨어 있는 모습은 발견하지 못했던 것 같다.

시간이 흐르면서 그림책 작업을 하는 외국 관계자들과 친구가 되고 싶 다는 작은 열망이 생겼다. 하지만 막상 친구로 다가가려고 하니 나 자신도 그렇고 주변에 아는 작가 또는 내세울 만한 그림책이 없었다. 있다 하더라 도 그들의 선진문화를 받아 다시 기획하는 기획서나 번역서 정도였는데, 그 자체가 아무리 훌륭하다고 해도 또 잘 팔린 베스트셀러였다 해도 정작 그들 앞에 내세우기에는 부족한 듯해서 망설여졌다. 물론 그들은 그런 것 과는 관계없이 다가와주길 바랐을 테지만 말이다.

그러다가 문득 지금의 우리 현실을 직시하고 조금은 완성도 있는 무엇 이나, 그들이 보기에는 수준이 떨어질지 모르지만 내 스스로가 아끼는 그 무언가가 있다면 충분히 교류점을 찾을 수 있겠다는 생각이 들었다. 그 무 언가는 바로 창작 그림책이었다.

지금은 창작 출판이라는 단어가 왠지 뭔가 숭고한 정신을 드러내는 것 처럼 어렵고 두려운 대상이 되었지만, 그때 나에게는 철학적인 관점보다 는 도전이란 단어로 더 많이 다가왔던 것 같다. 그때부터 출판 노선을 수 정해 창작 그림책에 도전하기 시작했다. 그러나 창작 그림책이란 게 그리 녹록한 대상은 아니었고, 무엇보다 국내의 그림책 시장이나 기타 작가군

등 여러 가지 환경이 내가 생각한 이상적인 상황은 아니었다. 물론 지금도 그렇게 좋은 상황은 아니지만 말이다.

결국 나부터 다시 공부해야겠다는 생각을 할 수밖에 없었고 좀더 경험이 많은 출판 분야 선배들을 찾게 되었다. 그렇게 여러 분야의 선배와 선생님을 만나고 난 뒤 내 위치에서 창작 그림책 출판을 생각해보니 상황은 생각보다 심각했다. 무엇보다 새롭게 시작하려는 작가들이나 창작에 도전하려는 작가들이 그만큼 성숙되어 있지 못하다는 사실을 알게 되었다.

이미 잘 알려진 기성 그림책 작가를 찾아 다양한 창작에 도전하고 싶은 마음도 있었지만, 문제는 내가 배경과 경험이 전혀 없는 상태라는 것이었다. 그런 상황에서 기성 작가들이 선뜻 나서줄 리도 없고, 나 또한 그들에게 다가가기 어려웠다. 그때 돌파구로 찾은 것은 신인들과의 작업이었다.

이 작업도 다른 방식으로 접근할 수밖에 없었는데, 작가들이 해온 작업을 평가해 선택하기보다는 그들과 함께 출발해 과정을 겪고 배우고 같이 만들어가는 방식이었다.

아마 출판기획자라면 그림 작가와 이런 방식으로 작업을 진행한다는 게 얼마나 어려운 일인지 알 수 있을 것이다. 그래서 해법으로 찾은 것이 출판사 자체적으로 마련한 창작 그림책 워크숍으로, 해마다 1회씩 진행되고 있다. 이 워크숍을 통해 좋은 창작물이 나올 수 있는 토대가 형성되었고, 나뿐만 아니라 내부 편집자들도 많은 공부를 하게 되었다.

신인작가를 발굴하고 함께 공부하다

기성이든 신인이든 창작 그림책 작업은 보통 2~3년 정도 진행하는데 내가 원하는 작업방식은 글 작가와 그림 작가를 따로 구분해 진행하는 게 아니라, 그림 작가가 자신의 작품을 총체적으로 완성해가는 방식이다. 그림 작가가 자기만의 작품을 만들 수 있으려면 여러 가지 삶의 경험과 철학·인문학적인 소양 등을 갖추어야 하는데, 그림 작가의 경우 이런 경험이 많이 부족하다. 그래서 대부분의 그림 작가들은 기획자나 글 작가의 도움 없이 홀로 작품을 만들 때 자신이 표현하고 싶은 이야기, 즉 메시지의 철학적 접근 등에서 어려움을 겪는다. 이전 작품보다 더 좋은 작품을 발표해야 하는 작가에게 이러한 문제는 발행 권수를 더해갈수록 더욱더 어렵게 다가온다.

그림 작가들은 자신의 데뷔 그림책이 처음 나왔을 때 독자들의 반응에 예민해지게 되는데 신인작가의 데뷔작은 대부분 반응이 그리 좋은 편은 아니다. 또 자신의 이야기를 세상 사람들에게 설득력 있게 내보이기에는 아직은 뭔가 역부족인 듯 보인다. 용기를 내어 2권, 3권에 도전해보지만 그다지 독자들에게 쉽게 인정받지 못하는 게 현실이다. 이 지점에서 작가도 출판사도 어렵다고 느끼게 되며, 과연 작가성을 가지고 창작을 고집해야 하는가, 라는 문제에 마주치게 된다. 좋은 창작물이라고 생각하는 출판물도 시장의 냉담한 반응에 이내 기가 꺾이게 마련이지만, 이것 또한 작가나 출판사가 겪어야 하는 몫이라고 생각한다.

특히 작가가 창작 그림책을 냈을 때 이를 다시 여러 가지 문화상품으로 연계하여 확산시키는 외국의 사례와 달리, 국내에서는 출판물 유통 외에 일반인들에게 다가갈 방법이 거의 없다. 또한 한국 작가의 경우 새 작품을 발표했을 때 출판물의 저작권을 수출하거나 작품을 해외로 전파할 돌파구가 별로 없다는 것이 창작 그림책 출간을 더 어렵게 만드는 것 같다. 개인적으로는 그림책 창작물의 해외 저작권 수출을 비롯하여 그 작품에 맞는 전시회와 문화상품 재생산에 매우 관심이 많다. 예를 들어 세계적인 그림책 작가들과의 교류 전시라든지, 해외 박람회나 국제행사에 그림책을 갖고 참여한다든지 하는 것인데, 이것은 책 판매를 위한 홍보라기보다는 그 자체로 시장성을 확대할 수 있는 방법이라는 생각이 든다. 그래서 나는 워크숍을 통해 나온 신인작가의 작품을 완성작이 아니더라도 꾸준히 해외 박람회에 가지고 가서 여러 가지 가능성을 타진해보고 있다.

이렇게 워크숍을 통해 나온 결과물을 갖고 볼로냐 국제어린이도서전에 꾸준히 참가하면서 외국 출판사들과도 연결되기 시작했다. 그리고 그림책 관련 수상제도 등 오랜 역사를 통해 이뤄낸 그들의 프로그램을 접하면서 좀더 현실적인 눈을 뜨게 된 것 같다. 관람객으로 도서전에 참여하던 입장에서 우리나라 작가와 우리의 창작물을 갖고 그들과 함께 이야기하고 교류할 수 있는 입장으로 바뀌면서 창작 그림책에 좀더 관심을 갖게 된 셈이다.

이렇게 국제박람회 시장에 참여함으로써 신인과의 창작 그림책 작업은 저작권 판매라는 상업적 측면보다는 국제적인 감각을 키워나가는 데 많은 도움이 되었다. 도서전에 가제본을 들고 나가는 게 그리 좋은 모양새는 아니었지만 같은 처지의 외국 작가들에게 편하게 다가갈 수 있는 무언가를 제공한다는 느낌이 들었다. 외국 출판사들뿐만 아니라 외국의 작가들도 우리 신인작가의 그림책 더미북을 보고 조언과 더불어 느낌을 이야기해주었고, 그것을 바탕으로 그들과 친해지게 되었다. 덕분에 작업 진행과 관련된 궁금증도 물어보고 그 진행과정을 보여줄 수 있는 계기가 되었다.

외국 출판사들은 특히 작업 진행과정에 흥미를 보였다. 국내에서 잘 알려졌거나 국내 독자들에게 호응을 얻은 작품이라도 그들의 입장에서는 신간이고 처음 보는 작품일 경우가 많기 때문에, 도서전에서 바로 계약하기보다는 한 해 두 해 계속 지켜보면서 수입 여부를 검토하는 경우가 많다. 그런 면에서 신인들의 창작 그림책 더미북이 완성도 있는 출판물로 나오고, 그들이 조언했던 여러 가지 관점과 느낌을 반영한 책이 출간되는 것에 매력을 느끼는 듯했다. 물론 창작성은 이런 타협이나 조정을 통해 나오는 것은 아니지만 외국과의 문화적 차이와 시각의 차이를 줄여가는 것이 이런 작은 소통에서부터 시작되는 것이라고 생각한다.

그림책상상의 해외 진출기

상출판사의 첫 저작권 수출은 어린이 기획물인 『다른 그림 찾기』라는 책이다. 우연히 서울국제도서전을 찾은 대만 출판 관계자의 눈에 띄어 저작권을 수출하게 되었다. 그리고 창작 그림책 작품으로 처음 수출한 책은 정은희 작가의 『헤어드레서 민지』라는 작품이다. 이 작품은 영어판(하드커버)과 스페인어판(페이퍼백)의 두 가지 언어로 미국 케인 밀러Kane/miller사에 저작권을 수출했는데, 한국보다 더 큰 미국 시장과 그에 관련된 언어권 시장에서도 선전을 해서 저작권료를 지원받기를 기대하고 있다. 특히 그림책은 선진국 쪽으로 저작권 판매 수요가 큰 편인데, 강혜숙 작가의 『꼬리야? 꼬리야!』와 『헤어드레서 민지』 또한 프랑스로 판권이 팔린 상태이다.

2007년 워크숍을 통해 나온 그림책 『심부름 말』은 국내 반응도 괜찮았고, 일본에서도 저작권 문의가 들어왔다. 이처럼 한 권의 창작물이 여러 언어로 출간될 수 있도록 저작권의 해외 판로와 교류가 좀더 활성화된다면, 창작 그림책이 어렵고 힘든 분야이긴 해도 노력한 시간만큼 보람과 대가를 얻을 것이라 본다.

특히 그림 작가의 작품은 미술성이 있기 때문에 연출하기에 따라서 전시나 또 다른 기획 등의 파생효과도 얻을 수 있다. 바로 이것이 문화적인 측면이다. 즉 그림책은 책 자체로 즐기고 끝나는 것이 아니라, 작가가 가지는 메시지와 예술성이 책 밖으로 튀어나와 공연과 전시 등 다양한 형태로 재생산될 수 있다는 것이다. 책이라는 형태의 한계를 극복할 수 있는 중요한 창의적 결과물임이 분명하다.

사실 국내에서는 그림책을 바라보는 인식이 많이 부족한 상황이라 아직도 그림책을 아동·유아물이나 교육물 분야로 국한하고 있다. 따라서 또 다른 저변 확대가 필요한데, 이는 앞서 해왔던 여러 출판사나 작가들도 많은 어려움을 느끼는 부분이었다. 결국 그림책 문화의 의식 변화와 발전을 꾀하고자 〈그림책상상〉이란 매체를 기획하게 된 셈이다.

계간 〈그림책상상〉을 시작하기 전에 이러한 한국 그림책 시장의 문제점들을 알아야 했는데, 이전에도 이런 관점과 문제점을 다룬 매체와 교류에 대한 시도가 전혀 없었던 것은 아니었다. 문제는 그런 내용을 다룰 만한 국내의 창작물 성장이나 문화적 교류 등 다양한 일들이 많이 일어나지 않았고, 사실 그런 내용을 다루려 해도 어느 정도 내용의 한계성을 가지고 있었기 때문에 그 시도나 교류가 오래가지 못했던 것 같다. 문제는 외국의 선진적인 사례만을 이야기하더라도 국내 현실과의 차이 때문에 공허한 이야기로 반복되거나 전문가 서평으로 끝나 일반인들이 낯설게 느낄 수밖에 없다는 점이다.

이런 점을 극복하고자 매체를 창간하기 전에 관계자들도 만나보고 조언도 들으면서 여러 가지로 많이 배웠는데 매체를 시작하기에는 내가 역부족이라는 사실을 깨달았다. 그때 많은 조언과 경험을 들려준 분이 초방책방의 신경숙 대표와 재미마주의 이호백 대표였다. 오래 전부터 해외 도서전에 꾸준히 나가고 계셨을 뿐만 아니라 각각의 색깔을 갖고 꾸준히 그림책을 출간하고 계신 분들이었는데, 매체를 시작하는 것과 관련해 다양한 시행착오와 매체의 방향성을 조언해준 덕에 나로서는 좋은 관점을 가질 수 있었고 용기를 얻을 수 있었다.

또한 책을 만드는 제작자의 입장이 아닌 문화적인 부분에 대한 조언도 꼭 필요한 부분이었는데 지금 매체에 고정 필진으로 기고하는 여러 분들의 힘이 컸다. 보통 에세이(수필)라 하면 문학 쪽 장르의 느낌으로 다가오지만 그림에세이 형식이라는 점에서 〈그림책상상〉은 자신이 직접 그린 그림 또는 문장이 혼합된 에세이를 표방하고 있다. 이것이 〈그림책상상〉만의 특징이 될 수 있다면 좋겠다.

이를테면 회화 작업을 하는 작가의 경우 자신의 일상적인 이야기와 생각 등을 그림으로 기고하고 독자들이 느끼게 하는 것이다. 이렇게 회화, 사진, 음악, 문학 등 다양한 분야와의 교류를 통해 그림책을 만들고, 〈그림책상상〉이라는 장에서 서로 소통하고 문화를 즐김으로써 그림책을 좀 더 문화적인 관점으로 제작하려는 사람뿐만 아니라 세대별, 연령대별, 국적별로 다양한 독자를 갖고 싶다는 바람이 있다.

매체의 필요성이 대두되고 창간을 생각한 것은 2006년이었지만 본격적인 준비는 2007년에 시작했다. 경제적인 사정과 진행 문제로 일반 잡지처럼 편집력뿐만 아니라 마케팅 및 홍보력을 가질 수 있는 환경이 아니었기 때문에 2008년 1월이 되어서야 1호를 창간하게 되었다.

지면에서 현실 공간으로 나아가다

초기에 기획회의를 할 때는 북카페 운영에 대한 의견은 전혀 없었다. 본격적으로 출간 준비를 하는 도중 창간호 발간을 몇 개월 앞두고 회사가 이전을 하게 됐는데 그때 사무실 공간을 분리해 한 편에 그림책을 편하게 볼 수 있는 공간을 마련하자는 의견이 나왔다. 〈그림책상상〉에서 다루는 해외 작가들의 작품을 직접 보고 느낄 수 있게 하자는 것이었다. 물론 작품을 본다고 해서 그들의 언어를 다 이해할 수도 없고 원서를 본다는 것이 오히려 국내와의 격차만 더 느끼게 하는 상황이 될 수도 있겠지만 그렇게라도 인식을 할 필요가 있다고 생각했다.

그렇게 해서 〈그림책상상〉 창간과 함께 지금의 북카페가 같이 시작되었다. 북카페 그림책상상은 단순히 책을 보거나 구매하거나 커피를 판다는 개념은 아니다. 작은 공간이지만 국내 신인작가들의 작은 전시를 여는 등 작가들의 그림책 작품을 직접 선보이는 것을 목표로 한다. 지금도 프로그램을 진행 중이며 앞으로도 좋은 작가들과의 교류의 공간이고 싶다.

다행히 카페 개장 때부터 의외로 많은 분들이 관심과 격려를 보내주셨고 기성 작가와 출판 관계자들도 좀더 좋은 교류의 장이 될 수 있도록 조언과 지적을 아끼지 않았다. 아직은 이런 관심의 문화적 파생효과가 미미한 편이다. 국내 그림책 시장 자체가 순수 창작보다는 기획 그림책의 비중이 현저히 높은 편이고, 국내 작가들 또한 창작보다는 기획물에 대한 의존도가 높은 편이어서 쉽게 자신의 창작물들을 내놓고 있지 못하다. 무엇보다 수준 높은 작품이 나오길 기다리는 출판사들의 관심이 현실적인 문제 때문에 창작물에 대한 투자로 이어지지 못하고 있다.

더욱이 좋은 외국 그림책 작가들의 책이 많이 출간되면서 국내 독자들의 의식도 높아졌다. 이러한 상황에서 국내 창작 그림책 제작은 점점 더 어려워졌다. 이제 웬만한 수준에 도달하지 못하면 시장에 신간을 내놓기 어려운 것이 출판사와 작가들의 상황인 듯하다.

더구나 창작 그림책 판매가 우리 출판시장에만 국한된다는 한계를 안고 있는데, 즉 창작물이 새롭게 출시되면 출판사나 에이전시를 통해 작품을 해외로 알리거나 판권을 수출하거나 하는 협력 상황들이 자연스럽게 연결되지 않고 있다는 것이다.

외국의 경우도 창작 그림책 시장 상황은 우리나라와 별반 다르지 않다고 한다. 자국의 초판 판매 수준은 선진국임에도 불구하고 우리보다 낮은 경우도 있는데, 중요한 것은 창작 그림책의 종수와 다양성, 그리고 그들이 가지고 있는 시장성과 저작권 수출에 대한 확대성이 우리와 현저히 차이를 보이고 있다는 점이다.

한때 외국 도서박람회에서 우리나라 저작권 시장을 매력적인 시장으로 생각하기도 했다. 그도 그럴 것이 최근 4~5년 사이에 우리나라 그림책 시장은 전집을 비롯해 양적·질적으로 엄청나게 성장했다. 해외 박람회 시장에서 너도나도 저작권을 사들이기 바빴기 때문이다. 선점권에 대한 두려움이 작용했을지도 모르겠지만, 결국 국내 출판사들끼리 판권 경쟁이 붙어 가격만 높인 꼴이 되었다. 이런 과도한 경쟁은 판권 가격을 높이면서 외국 출판사들이 한국을 매력적인 고객으로 보게 만든 원인이 되었고, 그 현상은 지금도 계속되고 있다.

앞서 이야기했듯이 그들도 창작 그림책의 자국 판매보다는 해외 저작권 판매와 제작 수출에 집중하고 있는데, 예를 들어 외국의 A출판사가 A-1이라는 창작 그림책을 출간할 경우 자기 언어권 외에 다른 언어권에 저작권을 판다면 보통 4~5개의 언어권 시장에 수출을 할 수 있다. 즉 책 한 권으로 다국적 판매가 가능한 시장이 바로 창작 그림책 시장이라는 것이다. 텍스트가 갖는 번역의 한계성을 그림이란 매개체로 극복하고 있는 것이다.

더 재미있는 현상은 한번 스테디셀러로 검증을 받고 신뢰가 쌓이면 한 세대가 지나도 꾸준히 판매가 된다는 것이다. 물론 이는 작품성과 상업성이 어느 정도 결합되어야 가능한 일이다. 그리고 가장 중요한 것은 작가의 창작성과 작품성인데, 이 부분은 오랜 시간 노력해야 얻어지는 것이라 우리가 도전하기에는 무척 어려워 보인다. 그렇다고 손놓고 기다릴 수만은 없다. 지금부터라도 작가, 제작자, 독자들이 우리 나름의 창작성에 눈을 뜨고 꾸준히 투자하여 나중에 얻을 가치를 생각한다면 국내에 국한된 출판시장이 아닌 좀더 국제적인 시장과 교류할 수 있다고 생각한다.

창작 그림책의 문화적 가치를 찾아야

창작 그림책의 경제적인 이점은 단순히 책 판매와 저작권 수출에만 있지는 않다. 그림책에서 드러나는 창작성은 독자들의 마음에 녹아들어 또 다른 이미지를 형성하는데, 그것은 그림 자체가 갖는 예술성이 분명히 있기 때문이다. 이 점을 문화적인 접근성으로 개발하는 곳들이 있다. 세계의 우수 그림책을 꾸준히 모으고 있는 뮌헨 국제어린이도서관도 그렇고 작가의 원화를 수집·구매하는 일본의 치히로 미술관도 그렇다.

일본 치히로 미술관은 〈그림책상상〉 2호에서 간략하게 소개했는데, 그들의 모토 가운데 하나는 "그림 작가의 원화는 인류의 문화유산"이다. 자국의 오랜 미술품과 역사만이 유산이 아니라 지금 독자들에게 사랑받는 그림 작가들의 작품이 언젠가는 인류의 유산이 될 수 있을 정도로 훌륭한 가치가 있다는 것이다. 비록 미술관은 일본에 있지만 세계 그림책 작가의 원화를 모음으로써 영국의 대영 박물관과 프랑스의 루브르 박물관처럼 다음 세기의 세계적인 박물관을 꿈꾸고 있는지도 모르겠다.

치히로 미술관의 관계자를 만난 적이 있는데 그들의 수장고는 우리나라의 국보급 수준으로 설계되어 있다고 했다. 웬만한 강진에도 버틸 수 있고 보안 수준도 특급인데다, 작품이 보관된 작가에 대한 예우 수준도 좋다고 했다. 만약 내가 그림 작가였다면 내 작품을 세계의 모든 사람들이 보고 아낀다는데 (매국노 소릴 듣더라도) 그 미술관에 작품을 보관하고 싶을지도 모르겠다. 어쩌면 이런 의식의 차이 때문에, 역사적 사실은 전혀 그렇지 않지만, 우리 선조의 장인과 예술가들 중 우리나라의 대우에 견디다 못해 일본으로 건너간 사람이 있을지도 모르겠다는 생각도 들었다. 다른 나라 그림책 문화의 수준을 실감하게 하는 단면이다.

이런 문화적 차이를 우리는 극복해야 한다. 그렇다면 어떻게 극복할 수 있을까. 지금 우리가 갖고 있는 인쇄기술과 작가, 인문, 경제 수준은 그리 나쁘지 않다. 그 방향점과 가치점을 찾아 집중할 수 있으면 된다고 본다. 그러기 위해서는 같은 지향점을 향해 각 분야에서 서로를 존중하고 협력해야 할 때라고 생각한다.

내가 바라는 〈그림책상상〉은 바로 이런 지점에서 매개체 역할을 하는 것이다. 그리고 사랑방 역할을 할 수 있다면 좋겠다.

개인적으로 〈그림책상상〉을 진행하면서 많은 일들이 생겼다. 2008년부터 준비해서 2009년 1월 첫 회가 열린 CJ그림책축제 진행을 맡게 된 것도 그중 하나다. 국제적인 행사인 만큼 규모나 수상제도, 지원 등이 다채롭게 연출되는데, 행사를 준비하면서 많은 고민이 필요하고 여러 분야의 사람들에게 협력을 얻는 것이 중요하다는 생각을 하게 되었다. 특히 이 행사는 그림책 문화의 국제적 교류와 창작 그림책 작가들에 대한 독려, 그리고 소외된 계층을 위한 그림책 문화 나눔을 목적으로 하고 있다. 어떤 특별한 주제보다는 그림 자체가 가지고 있는 상상력과 미술성을 통해 언어와 세대와 계층을 넘어 서로 친구가 되고, 그림을 통해 문화를 즐길 수 있는 기회이다.

앞으로도 이런 관점으로 창작 그림책 작업에 매진하고 좋은 매체와 건강한 정신을 가진 문화를 만드는 데 기여해 많은 사람들에게 사랑받는 출판문화를 이뤄내는 일을 꾸준히 할 수 있었으면 좋겠다.

◆ **천상현**—— 홍익대학교 시각디자인학과를 졸업했다. 학부 때 '한글꼴연구회'를 만들어 한글 글꼴 디자인에 심취해 있다가 졸업 후 편집디자인 일을 시작했다. 안그라픽스와 와우이미지 디자인기획사에서 기업 사보와 홍보물 디자인에 참여했다. 2001년에 상그라픽아트 디자인기획사와 상출판사를 설립한 뒤 꽤 오랫동안 단행본 외주 디자인, 육아잡지와 초등과학잡지 아트디렉터를 해왔다. 상출판사에서는 어린이책과 창작 그림책을 기획·출간했으며 2008년부터 계간 〈그림책상상〉을 발행하고 있다.

지역에서 출판하기

|

강수걸 산지니 대표

2003년 12월. 10년간 다니던 두산중공업 법무팀 일을 그만두기로 결심하고 창원에서 매주 기차를 타고 서울을 오르내렸다. 출판 강의를 듣기 위해서였다. 1주일에 2~3일 정도 서울에 머물며 마음산책 정은숙 대표와 책세상 김광식 주간의 출판 강의를 듣기도 하고, 여타 다른 강의도 수강하면서 출판에 대한 구체적인 고민을 할 수 있었다. 대한민국에서 출판기획은 무엇인가, 이 땅에 살아가는 사람들에게 필요한 책은 무엇인가, 내가 좋아하는 책과 출판하고자 하는 책은 어떤 차이가 있는가, 정리가 덜 된 질문을 끊임없이 스스로에게 던지면서 출판 창업을 결심하였다. 서점에도 가고 창원도서관에도 가서 많은 책을 읽고 고민하였다. 특히 살고 있던 아파트 안에 있는 대방마을도서관은 생각을 정리하는 데 많은 도움이 되었다. 지역의 주민들과 더불어 지역의 삶을 가꾸는 데 일조한다는 철학으로 마을도서관을 운영하고 있는 대방마을도서관을 지켜보며 책과 도서관이 우리의 삶에 어떤 의미가 되는지 되새겨볼 수 있었다.

1년간 도서관에서 책을 보며 생각을 정리한 결과물이 바로 지금의 산지니출판사이다. 서울에 올라가서 창업을 할 것인가, 내가 나고 자라고 지금까지 생활해온 부산 지역에서 시작할 것인가 많이 고민했다. 결과는 지금 내가 서 있는 이 자리에서 한번 해보자는 것이었다. 그래서 2005년 2월 척박한 맨땅에 부딪히는 느낌으로 출판사를 시작하였다.

시작하면서 지역서점을 많이 돌아보았는데, 특히 문우당서점 조 부장님께서 하신 말씀이 아직도 생각이 난다. 지역에서 출판업을 계속하기가 쉽지 않다며, 그나마 문인 출신은 지인들이 책을 사주기도 하기 때문에 좀더 오래 버티지만 나처럼 아무런 인맥도 없이 처음 시작하는 경우는 2년을 넘기기 힘들 거라고 안타까워하면서도 도와줄 일이 있으면 적극적으로 도와주겠다고 격려해주었다. 다행히 걱정하던 2년을 훨씬 넘겼으니 그 이유는 이름 덕분이라고 해야 할까.

산지니는 오래 버티는 매

출판사 작명에 대한 이야기를 조금 하겠다. '산지니'는 산 속에서 자라 오랜 해를 묵은 매로서 가장 높이 날고 가장 오래 버티는 우리나라의 전통 매를 뜻하는 이름이다. 전투적인 이름이지만 이 이름은 80년대 대학생활 때 학교 앞에 있던 사회과학 서점의 이름이기도 하다. 그 시절 그 서점에서 사회에 대한 관심을 책을 통해 배울 수 있었고, 그 기억이 나에게 산지니란 이름을 가슴에 새기도록 해주었다. 또한 이름을 통해 망하지 않고 오래 버티고 싶은 꿈도 담았다고나 할까. 이름은 듣기 쉽고 외우기 쉽고 말하기 쉬워야 한다는데, 이름이 어려웠는지 만나는 사람마다 무슨 뜻인지 물어왔다.

덩그러니 사무실만 열었을 뿐 원고 하나 없이 출발해서 여러 사람을 만나러 다녔다. 알아주는 사람도 없고, 번역 출판을 해야겠다 싶어 출판사를 차린 지 3개월 정도 되었을 때 에이전시를 통해 번역서를 검토하던 중 마음에 드는 책이 있어 판권을 문의하였다. 일본 출판사에서 나온 책이었는데, 내용이 괜찮았다. 그러나 일본 출판사로부터 받은 답신은 서울이 아니라 지방에 있는 출판사가 어떻게 번역 출판할 수 있겠느냐는 내용이었다. 결국 그 번역 출판 건은 무산되고 말았다. 이 일은 나에게 'Local First'를 출판철학으로 가지게 만든 사건이었고 이후 지역local에 대해 더 많은 고민을 하게 만들었다.

2005년 10월, 출판사를 차리고 8개월 만에 첫 책이 나왔다. 『영화처럼 재미있는 부산』『반송사람들』두 책이었는데 홍보를 위해 지역신문사 문화부 기자를 찾아갔다. 처음으로 신문기사가 나는 순간이었다. 그런데 정작 기사는 두 책에 대한 내용보다도 부산에 이러이러한 출판사가 생겼으니 많은 관심과 발전을 바란다는 요지였다. 서울에서는 하루에도 수많은 출판사가 생겼다가 사라지는데 지역local에서는 출판사를 설립한 것만으로도 뉴스거리가 되는 현실, 이게 바로 지역출판의 현실인가 싶어 자조적인 웃음이 나는 것과 동시에 어떻게든 버텨야 한다는 결심 또한 생겨났다.

한 달에 한 권 정도 꾸준히 책을 발행하면서 전국 일간지 기자들에게 계속 책을 보내다 보니 "웬 지역출판사에서 이렇게 꾸준히 책을 내나?" 싶어 관심을 가져주는 기자들이 생겨났다. 이게 바로 지역출판사의 이점이라면 이점이다. 한겨레신문사의 임종업 선임기자도 그 중 한 사람이었는데, 서울에 올라오면 한번 인터뷰를 하고 싶다는 제안을 해왔다. 마침 서울 쪽에 있는 서점을 돌아볼 일이 생겨 올라간 김에 전화를 걸었다. 그리고 장시간 동안 인터뷰를 했다. 인터뷰하는 일도 쉽지는 않았다. 기자의 질문은 역시나 날카롭기도 하고, 이것저것 묻는 것도 많았다. 어쨌든 〈한겨레〉에 기사가 크게 나고부터 지역신문사 기자들도 보는 눈이 달라졌다. 이후 〈동아일보〉〈부산일보〉〈한겨레21〉〈출판저널〉〈연합뉴스〉〈국제신문〉 등과 인터뷰를 하고, 기사도 실렸다. 없던 원고도 들어오기 시작했다. 언론의 힘을 다시 한 번 느끼는 순간이었다.

변방에서 세계 바라보기

『무중풍경 : 중국영화문화 1978-1998』은 2006년도 영화진흥위원회 출판지원도서로 선정된 책이다. 중문학 박사과정에 있는 후배에게 중국 책 가운데 좋은 책이 있으면 추천해달라고 하니 이 책을 권해주었다. 중국 영화계에서는 작은 고전이 된 책으로 저자 다이진화는 사유의 깊이와 폭넓음에 있어 세계적으로 인정받고 있는 학자이자 작가인데, 글쓰기에서도 정확한 어휘 선택과 개념 정리를 하고 있기 때문에 번역이 여간 까다롭지 않은 책이었다. 그래서 책의 중요성은 모두가 인정하고 있지만 섣부르게 번역에 손을 대지 못하고 있는 상황이었다.

일단 에이전시를 통해 판권 확인에 들어가고 계약을 추진하면서 영화진흥위원회에 출판지원도서로 신청하였다. 그런데 이때 똑같은 책을 두 팀이 신청한 것이었다. 하지만 판권을 확보한 우리 출판사에 몫이 돌아왔다. 번역기간이 많이 걸려 출간 시한을 꽉 채워서야 출간하기는 했지만 두툼한 이 책을 보면 뿌듯한 마음이 드는 것도 사실이다.

어느덧 '부산' 하면 국제영화제를 꼽을 정도로 부산은 영화의 도시를 지향하고 있다. 따라서 영화 관련 아이템은 지역에서 출판하기 좋은 소재라 생각하고 창업 초기부터 관심을 두고 있는 터였다. 그러나 영화 관련 출판 시장이 아직은 작고, 영화에 대한 관심 또한 예전만 못한 현실에서 영화 관련 책을 기획하는 것이 부담스럽기도 하다. 하지만 여러 가지 형태로 틈새시장을 찾아본다면 기회는 있을 거라고 본다. 지역에서 영화를 공부하는 소장학자들의 연구 결과물 위주로 출판에 대한 요구가 있기도 하다. 『부산근대영화사』도 그런 결과물 가운데 하나이다.

출판사를 창업한 2005년에는 부산에서 APEC이 열리던 해였다. 부산시는 APEC 행사에 최대한 집중하여 홍보를 하고 있었고, 많은 시민단체들이 APEC에 대한 반대 모임을 만들어 비판의 목소리를 높이고 있었다. 부산에서 열리는 아시아태평양경제협력체 APEC란 도대체 무엇인가, 그 탄생 배경과 기본원칙, 주요국의 대외경제정책, 신국제질서의 성격에 대한 분석을 통해 아시아태평양에서 살아가는 시민들의 진정한 연대와 협력을 위해 우리는 무엇을 해야 할지 생각을 정리한 단행본을 기획하게 되었다.

이때 만난 사람이 부산외국어대학 이광수 교수이다. 일면식도 없었지만 이광수 교수는 인도 관련 책도 쓴 바 있고, 아시아평화인권연대 공동대표로 활동을 하며 APEC에 대해 반대 입장을 밝히고 있었는데, 그에 대한 원고 청탁을 위해 전화를 걸었다. 우여곡절 끝에 시기를 놓쳐 이 기획은 계속 추진되지 못했지만 이후 아시아평화인권연대와 함께 『의술은 국경을 넘어』를 출간하게 되었다. 이 책의 주인공 나카무라 테츠는 파키스탄과 아프가니스탄에서 20여 년 동안 의료활동을 해오고 있었다. 전쟁과 폭력으로 얼룩져 있는 지구촌 한구석에서 묵묵히 인간에 대한 사랑을 실천하고 평화를 전파해온 일본의 시민단체 페샤와르회와 의사 나카무라의 활동에 아프가니스탄을 방문한 아시아평화인권연대 회원이 감동을 받아 이 의사의 이야기를 국내에 소개하기로 하고 번역을 추진하고 있는 중이었다. 민족과 국경을 초월한 진정한 인도주의의 의미를 되새기고, 함께하는 삶이 무엇인지를 보여주는 감동적인 이야기였다. 한국의 엔지오NGO 단체들이 정부 프로젝트 혹은 기업 후원금에 목숨을 걸고 있는 경향을 보이고, 또한 그런 형태에 자성의 목소리도 나오고 있는 게 현실이지만 이 책에 나오는 일본 후쿠오카의 시민단체 페샤와르회는 철저하게 회원 4,000명의 회비와 민간모금에만 의존하여 파키스탄 의료활동을 지원하고 있었다. 우리가 본받아야 할 모범사례라고 생각하고, 출판에 의미를 두었다.

이후 아시아평화인권연대 이광수 교수와의 인연은 계속되고 있으며 인도 관련 서적들도 꾸준히 출간하고 있다. 『인도사에서 종교와 역사 만들기』『인도의 두 어머니 암소와 갠지스』『내가 만난 인도인』『인도인과 인도문화』『힌두교, 사상에서 실천까지』『무상의 철학: 다르마끼르띠와 찰나멸』 등이 나온 책이다. 그 가운데『인도인과 인도문화』는 인도인의 진면목을 잘 보여주는 책이다. 20년째 인도에 살면서 현재 델리대에서 학생들을 가르치고 있는 김도영 교수가 썼는데, 현장경험을 바탕으로 눈에 보이는 표면적 현상뿐만 아니라 인도의 역사와 문화에 대한 인문학적 지식을 곁들여 이면을 탐구한 실질적인 내용을 강조한 책이다. 이 책은『어려운 시들』과 함께 2008년 문화체육관광부 우수교양도서에 선정되었다.

소설 속을 걸어 부산을 보다

『이야기를 걷다: 소설 속을 걸어 부산을 보다』는 부산의 대표적인 소설가 조갑상 경성대 교수의 산문이다. 이호철의 「소시민」의 배경이 된 완월동, 조명희의 「낙동강」, 김정한의 「모래톱 이야기」에 나오는 구포다리와 을숙도…. 작가는 부산의 여러 곳을 돌아다니며 소설의 현장을 살펴보고, 소설의 배경이 되었던 그 시대와 지금의 변화된 모습들을 추억한다.

일면식도 없는 조갑상 교수를 창업 초기에 찾아갔다. 부산 문단 역사에 대표적인 인물인 요산 김정한 선생의 평전을 내보시는 게 어떠냐고 제안했다. 조갑상 교수는 김정한 연구로 박사학위를 받은 소설가로, 요산의 평전을 쓰기에는 가장 적합하다고 생각해서였다. 조 교수님은 지금 당장은 시기상조라면서 상황이 무르익으면 추진해볼 만한 사안이라고 완곡하게 거절하셨다.

그런데 몇 달 후 부산에 대한 산문을 써놓은 게 있는데, 책을 만들어보면 어떻겠느냐고 전화를 하신 것이었다. 지역출판사로서 꼭 내야 할 책이라 생각하고 출판을 결정했는데, 책의 느낌을 잘 살리기 위해서는 사진이 필수적이었다. 소설의 배경이 되었던 옛 사진은 쉽게 구할 수 있었으나 그 모습이 현재 어떻게 변화했는지, 그 변화의 모습을 따라가기 위해서는 현재 사진이 꼭 필요했던 것이다. 그런데 따로 사진가를 섭외하기에는 출판사 재정이 허락치를 않았다. 할 수 없이 사진에 일가견이 있는 출판사 디자이너가 직접 사진을 찍기로 하였다. 내면은 세심하지만 겉으로는 무뚝뚝한 작가의 성큼성큼 큰 발걸음을 종종거리고 따라다니면서 몇 날 며칠을 달동네를 오르내리고 도심을 걸어다니며 사진을 찍었다. 1년여를 공들인 끝에 책을 내놓자 〈조선일보〉 김태훈 기자가 서울에서 인터뷰를 하러 내려왔다. 이후 이 책은 문화예술위원회 우수문학도서로 선정되어 출판사 재정에 많은 보탬이 되었다.

부산의 중견시인 최영철 선생을 처음 본 것은 광주에서였다. 그것도 아주 우연히. 2006년 5월, 광주에 있는 거래서점 충장서림과 삼복서점을 둘러보기 위해 광주로 향했다. 서점들은 광주 시내 한복판 충장로에 위치해 있었는데 주차할 곳을 찾다가 옛 도청 자리에 들어가게 되었는데, 그때는 경찰청이 들어서 있었다. 차를 세워놓고 밖으로 나오는데 건물 한쪽에서 5.18문학행사를 하고 있는 것이었다. 팔레스타인 등 외국 문인들도 참석하여 시 낭송도 하고 강연도 들으며 함께 어울리는 자리였는데, 최영철 시인이 시 낭송을 했다. 「선운사 가는 길」이라는 시였다. 마지막에 모두 자리에서 일어나 손에 손 잡고 둥그렇게 원을 그리며 「그날이 오면」을 부르는 걸로 행사를 마쳤다.

이후 부산에 돌아와 몇 달 후 최영철 선생의 시집 『호루라기』가 문학과 지성사에서 나오고 영광도서에서 독서토론회가 열렸다. 영광독서토론회는 지역서점에서 책과 함께하는 행사이기 때문에 관심을 가지고 꾸준히 참석하고 있었는데, 그 자리에서 최영철 시인을 만나게 되었다. 몇 달 전 광주에서 열린 행사 때 뵈었다는 이야기를 했더니 "왜 아는 척을 안 했느냐"며 같은 자리에 있었다는 사실에 매우 반가워했다. 그동안 써놓은 산문을 모아 산문집을 내보시는 게 어떻겠느냐 제안을 하였더니 팔리겠느냐고 걱정하면서도 원고를 건네주셨다. 이 책이 바로 『동백꽃, 붉고 시린 눈물』이다.

부산의 풍경과 부산을 소재로 한 예술작품을 토대로 시인의 깊고 넓은 사색의 풍부함을 내보이고 있는 이 글을 가지고 어떻게 하면 차별화된 책을 만들 수 있을까 고민하다가 지역화가 박경효에게 그림을 부탁했다. 사진을 쓰기보다는 그림과 함께하면 좀더 어울릴 것 같아서였다. 화가가 부산 곳곳을 다니며 스케치하고, 채색을 하여 30여 점의 유화를 완성하기까지 거의 1년이라는 시간이 소모되었다. 시간도 많이 걸리고 공을 많이 들여 2008년 5월에 책이 출간되었고, 이후 2008년 문화예술위원회 우수문학도서로 선정되었다. 공들인 책은 누군가는 그 진가를 알아보는 것 같다.

다양한 스펙트럼으로

산지니는 인문사회과학 분야를 주력으로 하는 종합기획 출판사이다. 종합출판이라 나오는 책도 다양하다. 부산이라는 지역과 관련된 책도 많이 냈지만 진보와 보수 지식인의 저서나 인문교양서, 자기계발서, 문예지까지 다양한 스펙트럼의 책을 내고 있다. 2006년 중국 정부로부터 번역료 일부를 지원받아 내놓은 『부채의 운치』 『차의 향기』 『요리의 향연』이 있고, 『진보와 대화하기』는 2006년 문화관광부 우수학술도서로, 『사회생물학, 인간의 본성을 말하다』는 2008년 문화체육관광부 우수학술도서로 선정되었다. 『이야기를 걷다: 소설 속을 걸어 부산을 보다』 『비평의 자리 만들기』 『동백꽃, 붉고 시린 눈물』은 문화예술위원회에서 선정하는 우수 문학도서로 선정되었다. 『이주민과 함께 살아가기: NGO의 정책 제언』 『당신이 판사: 재미있는 배심재판 이야기』는 간행물윤리위원회의 청소년권장도서, 『단절: 90년대 이후 중국사회』는 2007년 11월 '이 달의 책' 및 2008년 대한민국학술원 학술도서로 선정되었다.

산지니가 부산에 있기 때문에 불리한 점이 있는 것은 사실이지만, 그것이 국내외를 아우르는 종합적인 성격의 기획출판을 하는 데 결정적인 장애는 아니다. 산지니는 기획부터 교정, 편집, 디자인, 필름 출력까지 모두 부산에서 완결하고 인쇄와 제작은 경기도 파주출판단지를 이용하고 있다. 전국의 큰 서점들과는 직거래를 하고 서울의 유통총판을 통하여 책을 배급하기 때문에 전국에 책을 유통시키는 데는 큰 문제점이 없다. 관건은 기획능력과 다품종 소량 출판을 통해 좋은 책을 꾸준히 시장에 내놓는 데 있다.

우리 출판사는 3등 전략으로 나간다. 서울의 대형 출판사들이 손대지 않는 틈새시장을 공략해 지역출판사로서 정체성을 찾아가는 것이다. 지역출판사로서 지역의 특성을 살린 책을 낼 수도 있고 서울의 출판사들이 미처 다루지 못한 보석들을 발굴하여 책으로 만들어 틈새시장을 찾아낼 수도 있다.

지역출판사가 활성화하지 못하는 것은 수금문제 때문이다. 아직도 우리 출판계는 서점들과 직접 만나야 수금이 원활하다. 일본의 경우도 도쿄에 출판사 70퍼센트가 몰려 있는 등 수도권 집중현상이 있지만 우리는 거의 95퍼센트가 수도권에 몰려 있으니 훨씬 집중이 심한 편이다. 그래서 지방에도 출판사는 많지만 지방 관련 책을 만들어 그 지방 내에서만 유통시키는 형태의 출판사나 지역문예물을 찍어내는 인쇄소 수준에 머무를 수밖에 없다.

아직도 지역local의 독자들은 베스트셀러 위주로 책을 고르기 때문에 지역색이 짙은 책을 출간하면 판매에 문제가 있다. 부산 출신 유명 작가의 책을 냈는데 부산에서는 몇 권 안 팔리고 오히려 서울에서 많이 팔리는 경험도 했다. 지금도 지역저자의 원고는 많이 준비되어 있지만 앞으로 이 딜레마를 잘 해결하는 것이 과제다.

문화예술위원회에서 주최하는 문학나눔사업에서는 우수문학도서를 선정할 때 5퍼센트 지역쿼터제를 실행한다. 제도를 시행한다는 점 자체에는 큰 점수를 줄 수 있으나 5퍼센트는 매우 부족한 수치라고 본다. 그나마 지켜지지 않는 경우도 많다. 예를 들어 75권을 선정했다면 그 중 5퍼센트는 3.75권이다. 그렇다면 네 권은 선정해야 맞을 것 같은데 겨우 세 권만 뽑는다든지 하는 식이다. 나눔의 의미를 생각했을 때 아쉬움이 남는 대목이다.

우리나라에는 지역출판을 지원하는 제도가 전무하다. 지역출판사가 늘어나지 못하는 이유 중 하나이다. 거창하게 국토의 균형발전이라는 측면에서뿐만이 아니라 사람들은 자신이 살고 있는 그 자리, 즉 지역local을 기반으로 할 때 건강한 삶을 유지할 수 있기 때문이다. 따라서 문화건 예술이건 출판이건 내가 살고 있는 이 자리에서 즐기고 누리는 것이 중요한데, 그러기 위해서는 지역에 대한 지원과 투자가 절실하다. 중앙정부에서뿐만이 아니라 지방자치정부에서도 그런 인식은 부족한 듯하다. 산지니로하여 부산의 이미지가 좀더 따뜻해지기를 바라며 지역을 다루되 보편성에 이르게 되는 것이 바람이다.

초발심을 잃지 말자

마지막으로 출판사를 시작하면서 초발심으로 간직하고자 하는 생각들을 이야기하며 이 글을 정리하고자 한다. 첫째 문화의 지역화와 문화민주주의의 심화에 도움이 되는 출판사, 둘째 쉽게 읽을 수 있는 책을 만드는 출판사, 마지막으로 이 땅에 사는 사람들의 행복에 도움이 되는 책을 만드는 출판사.

세월이 흐르면서, 사람이 살아가면서 가장 중요하게 생각하는 것이 무엇일까를 자신에게 질문해보았다. '행복'이라고 생각한다. 나의 행복과 공동체의 행복이 함께 이루어질 수 있어야 한다. 산지니의 책들이 나와 공동체의 소외를 극복하고 자본주의 사회의 여러 중독에서 해방되어 행복해지는 데 도움이 되는 책이 되기를 바라는 마음으로 출판을 하고 있다.

작가와 독자를 잇는 매개가 출판인이자 편집자이다. 출간할 책들이 이 세상에 꼭 필요한 책이 될 수도, 아까운 나무만 없애는 결과가 될 수도 있다. 이 책이 세상에 정말 필요한 책인지 항상 고민하는 자세가 필요하다. 갈수록 소규모 출판사는 살아남기 힘든 구조가 되어가고 있다. 현재의 시장상황이 그렇다. 그러나 출판을 한다는 것은 철학이 있어야 가능한 일이다. 발은 땅에 딛고 있으되 머리와 가슴은 좋은 책을 세상에 남긴다는 높은 포부를 가지도록 노력하겠다.

◆ **강수걸**──1967년생. 부산대학교 법학과 졸업. 80년대 대학을 다니고 졸업 후에는 두산중공업에 입사하여 구매부서와 법무팀에서 10년간 일했다. 2004년 퇴사 후 1년 동안 창업준비를 한 끝에 2005년 부산에서 산지니출판사를 설립했다. 현재까지 60여 권의 단행본을 발행하였다.

출판기획으로 홀로 서기

|

강응천 출판기획 문사철 대표

1990년: 출판기획 '국제문화'

'국제문화'라는 이름의 출판기획집단에 참여했다. 이름이 촌스럽다거나 무역회사 같다는 말을 듣곤 했지만 그 이름을 지은 취지는 꽤 거창했다. 1989년부터 옛 소련을 비롯한 동구권이 요동치면서 세계사에 커다란 변화가 밀어닥쳤다. 이 변화는 곧장 한국에도 큰 영향을 미쳤다. 이처럼 급변하는 시기에 세계사와 세계 문화의 긴 흐름을 포착하여 널리 알리겠다는 생각이 국제문화라는 이름에 들어 있었던 것이다.

이름이 국제문화이다 보니 하는 일도 처음에는 번역이 많았다. 번역은 1980년대 사회과학 출판계에서 당대의 프리랜서들이 먹고사는 방법이었다. 구미뿐 아니라 옛 소련 등에서 발행된 각종 사회과학 서적들이 번역만 되면 날개 돋친 듯 팔리던 것이 1980년대 출판계였다.

그러나 동구권에서 사회주의가 퇴조하고 중국이 개방을 가속화하면서 사회과학 서적의 인기는 급속히 퇴조했다. 사회과학 출판사와 그 주변에 포진해 있던 일꾼들이 신념으로 떠받들고 경제적으로도 어느 정도 의존했던 사회과학 담론이 허물어지면서 온갖 진지하고 신실한 논의들

306

도 출판계의 관심권에서 멀어져갔다. 우리는 급변하는 국제 정세에 휩쓸려가버리는 진실의 목소리를 담아내기 위해 노력했지만, 우리가 번역하거나 기획한 많은 책들이 '구' 사회과학 출판계로부터 외면받았다. 어떤 기획은 계약까지 하고 구체적으로 진행하다가 일방적으로 중단 통보를 받기도 했다.

당시 출판계 전체가 그랬던 것처럼 국제문화의 기획도 근현대사회의 변혁에 집중되었던 사회과학 담론에서 시야를 넓혀 인류사회 전체를 아우르는 역사와 문학 등 인문교양 전반을 다루는 방향으로 나아갔다. 대학생 이상의 일반 독자뿐 아니라 어린이·청소년을 위한 책도 번역, 기획하기로 했다. 그것은 곧 1990년대 출판의 흐름이기도 했다.

1991~1992년: '꿈과 지혜가 담긴 과학동화'

국제문화는 많은 책을 번역하고 기획했는데, 실제로 출판되어 독자와 만난 것들 속에서는 어린이책과 인문교양서의 비중이 높았다. 1990년대 초기 어린이책 시장에서 큰 성공을 거둔 '꿈과 지혜가 담긴 과학동화'(8권, 웅진출판)는 중국 책을 번역하여 재편집한 책이었다. 이 시리즈는 초기에 폭발적인 반응을 보였고, 시리즈 중 한 권인 『여우야 꼬리 좀 빌려줘』는 홍대 앞에 그 제목을 딴 카페가 생길 정도로 인기를 끌었다.

1990년대를 넘어 21세기 들어서도 이 시리즈는 꾸준히 스테디셀러의 명맥을 유지하면서 국제문화 구성원들을 이어주는 다리의 역할을 해왔다.

1993~1996년: 『문명 속으로 뛰어든 그리스 신들』

『문명 속으로 뛰어든 그리스 신들』(2권, 사계절출판사)은 서구 문명을 폭넓은 시각에서 이해해보려는 생각에서 기획된 인문교양서였는데, 그 분야에서는 꽤 많은 독자의 사랑을 받았다. 한국사를 전공한 풋내기 기획저술가에게 이 대담한 인문 서적을 쓰도록 기회를 주고 많은 도움을 주었던 당시 사계절출판사 강윤재 인문팀장에게는 늘 고마운 마음을 간직하고 있다. 지난 2008년 나는 출판사를 그만두고 공부를 하고 있던 강윤재 선생을 공저자로 하는 『과학 시간에 사회 공부하기』(웅진주니어)를 기획 출판했다. '지식의 사슬'이라는 시리즈의 일환인 이 책은 꾸준히 청소년들의 사랑을 받고 있어 조금은 빚을 갚았다는 느낌이다. 『문명 속으로 뛰어든 그리스 신들』에 추천사를 써준 서울대 철학과 이태수 교수도 고마운 분이다. "내 제자들이 책을 써도 추천사 같은 건 안 써준다"라면서도 "나 자신도 재미있게 읽었는데, 이렇게 그리스 신화의 의미를 대중에게 알려주는 책이 없으니 추천할 만하지"라면서 기꺼이 붓을 들어주었기 때문이다.

그런데 어느 정도 팔리는 책을 간헐적으로 낸다고 해서 그것만으로 기획저술가가 먹고살기에는 출판시장이 녹록지 않았다. 『문명 속으로 뛰어든 그리스 신들』 2권이 출간된 것은 1996년 2월이었다. 이 책을 기획하여 자료를 수집하고 공부한 다음 직접 집필해서 출간하기까지 3년 넘는 시간이 걸렸다. 인문교양서로는 적지 않은 판매량을 기록했지만, 이 두 권으로 3년간 받은 인세 수입은 3년의 집필기간을 보상하기에 충분치 않았다.

1997~1999년: 『세계사신문』

심혈을 기울여 책을 만들고 써도 로또복권 당첨되듯이 대형 베스트셀러가 되지 않는 한 기획과 저술만으로 생활을 유지한다는 것은 매우 어려운 일이다. 만약 출판기획이 우리 출판계에서 독자적인 영역으로 존속하고 그 분야에서 오래도록 경력을 쌓으며 작품을 만들어내는 전문가가 존재해야 한다면, 그러한 전문가를 먹여살릴 수익 모델이 있어야 한다. 이 문제를 고민하던 내게 다가온 것이 『세계사신문』(3권, 사계절출판사)이었다.

『역사신문』(6권, 사계절출판사)과 그 후속편인 『세계사신문』은 여러 가지 측면에서 기획과 집필로만 먹고사는 사람들에게 특별한 기회를 제공하는 프로젝트였다. 이 책들은 단행본이면서도 전집처럼 일정 기간 일정 인원이 집중적으로 매달려서 만들어내야 하는 성격이 있었다. 따라서 전집을 만들 때처럼 일정 인원이 팀을 이루어 전념해야 했다. 그런데 사계절출판사 직원들은 인문팀이면 인문팀, 아동청소년팀이면 그 팀대로 일정한 계획에 따라 책을 만들고 일정한 행정 처리를 해야 했으므로 『세계사신문』 같은 장기 프로젝트에 투입되기는 어려웠다. 결국 특별팀을 구성해야 했는데 여기에 가담하게 된 사람들은 대부분 이른바 '프리랜서' 기획자나 작가, 화가 등이었다.

그런데 『세계사신문』 프로젝트가 제대로 출범하는 데는 적지 않은 장애물이 있었다. 무엇보다도 『세계사신문』을 시작하려던 1997년 말에 IMF 사태가 터져 출판계에서도 대형 유통회사들이 잇달아 쓰러지는 위기가 닥쳤다. 사계절출판사도 적지 않은 피해를 입었지만 상대적으로 위기관리를 잘한 편이었다. 그래도 『세계사신문』처럼 초기 비용이 많이 들어가는 프로젝트를 시작하는 데는 고민과 갈등이 따랐다.

『역사신문』과 『세계사신문』의 작업방식은 이전에 없던 새로운 모델을 도입했다. 출판사가 자본을 대지만 편집에는 관여하지 않는 독립적 제작

방식을 택했기 때문이다. 이른바 '세계사신문편찬위원회'는 제작과 마케팅을 제외한 기획과 편집, 집필, 디자인 등을 독자적으로 진행했다. 여섯 명의 고정 인원이 그 모든 일을 하느라 힘이 들기도 했지만, 진행과정은 단순했고 구성원끼리의 팀워크도 탄탄했다. 1주일에 두 번씩 회의를 할 때면 격론을 벌인 다음 뒷동산 공터로 올라가서 격렬한 축구 시합으로 스트레스를 풀곤 했다. 축구 시합이 끝나면 우리가 '게르'라고 부르던 세종 문화회관 뒤편의 포장마차에 가서 소주를 마시며 이번에는 세상 돌아가는 이야기를 하며 격론을 벌였다. 게르는 몽고어로 천막집을 부르는 말인데, 『세계사신문』을 진행하면서 알게 된 이 말을 편찬위원회 구성원들은 무척 좋아했다. 출판계를 떠도는 유목민 같은 자신들의 처지에 잘 맞는다고 생각했기 때문이다.

그렇게 술을 많이 마시고 야근을 할 때면 신문각이라는 오래된 중국집에서 마파두부밥을 비롯한 기름기 많은 음식을 곱빼기로 시켜 먹곤 했지만, 정기적인 축구 '격투'가 살찌는 것을 막았다. 『세계사신문』에 참여했던 사람들은 지금 출판계 곳곳에 뿔뿔이 흩어져 있지만, 가끔씩 만나면 그때처럼 행복하게 일한 기억도 별로 없다고 말하곤 한다.

1999~2004년 : 『한국생활사박물관』

『역사신문』과 『세계사신문』의 작업방식은 1999년 9월부터 시작된 『한국생활사박물관』 시리즈에도 비슷하게 적용되었다. 그러나 규모가 달라지면서 조건도 많이 달라졌다. 처음 예산은 이전의 프로젝트와 별다른 차이가 없었다. 그러나 우리나라 생활사를 총천연색으로 망라하겠다는 야심 찬 계획은 행동으로 옮겨질수록 비용이 부풀려졌다. 『한국생활사박물관』

시리즈의 제작비는 권당 2억 5,000만 원 이상 들었다고 한다. 1년에 두 권씩 출간했으니 연간 예산 5억 원이 들어간 셈이다. 그래서 어느 라디오 프로에서 농담 삼아 이런 말을 하기도 했다. "연봉 5억 원을 받으면서 좋은 일 한다고 생각합니다. 어디 가서 5억 원을 받으면 이런 책 만들겠어요? 놀고먹지."

규모가 커지면서『한국생활사박물관』작업방식도『세계사신문』과는 많이 달라졌다. 전문적인 내용 때문에 권별로 많은 전공 학자가 필자로 참여해야 했고, 생활사를 복원하는 작업이기 때문에 화가와 디자이너, 사진작가의 역할도 매우 중요했다. 처음에는『세계사신문』때처럼 기획과 집필을 하는 것으로 상정되었던 내 역할도 점점 전체 진행을 조율하는 '주간'으로 바뀌어갔다.

『한국생활사박물관』이 어느 정도 알려지면서 오해를 받는 일도 있었다. 강응천이라는 사람이 베테랑 편집자이고 편집의 달인이라는 것이다. 사실인즉슨『한국생활사박물관』시리즈는 나의 첫 번째 편집 작품이다. 출판기획을 한다고 이리저리 아이디어도 내고 집필도 하고 번역도 했지만, 어떤 책을 붙들고 처음부터 끝까지 편집을 한다고 씨름을 해본 적은 없었다. 편집에 가장 가까이 가본 것이『세계사신문』이었지만, 여기에서도 주로 기획 아이디어를 내고 집필을 하는 역할을 했다. 게다가『세계사신문』은 흑백 필름으로 만든 책으로, 전면 컬러에 양장으로 만드는『한국생활사박물관』과는 여러 가지로 달랐다.

당시 내가 얼마나 초보였냐면 장평, 하시라, 마젠타, 하판 등등 기본적인 편집 관련 용어도 몰라서 처음에는 디자이너들에게 많은 것을 물어보면서 일해야 할 정도였다. 훗날 여러 사람에게 농담반 진담반으로 이렇게 말하곤 했다. "『한국생활사박물관』이 잘된 건 내가 허술했기 때문이야. 총책임자라는 작자가 어설프니까 다른 사람들이 더 눈에 불을 켜고 자기 능력을 발휘했던 거거든."

공연히 겸손을 떠는 말이 아니다. 『한국생활사박물관』 시리즈는 권당 30~40명씩 연인원 400명에 가까운 사람들이 참가한 대형 프로젝트였는데, 그 사람들이 하나같이 열성적으로 일하지 않았다면 5년이라는 기간 안에 12권이 온전하게 출간되기는 어려웠을 것이다. 『한국생활사박물관』 시리즈가 끝난 뒤 어느 출판사 사장은 이런 말을 했다. "『한국생활사박물관』이 물론 잘 편집된 책이지만 책을 잘 편집하는 사람은 출판계에 많아. 강응천 씨가 이 프로젝트에서 어떤 역할을 했다면 그것은 편집자로서가 아니라 수많은 사람들을 관리하고 갈등을 조정하는 조직자로서 한 거야."

분에 넘치는 말이지만 이 말이 사실에 가깝다고 생각한다. 『한국생활사박물관』 프로젝트는 내게 출판계와 학계, 미술계를 잇는 네트워크의 조직과 관리를 명령하고 가르쳤다. 『한국생활사박물관』 시리즈에는 건축, 음식, 미술 등 각 분야에 관한 자문을 하는 기획자문위원과 실제로 글을 쓰거나 검증하는 역사학자들이 참여했는데, 이들 사이에는 늘 의견의 편차나 갈등이 끊이지 않았다. 거기에다 편집과 디자인 사이의 갈등도 있고 필자와 편집자, 화가와 편집자, 화가와 디자이너 등의 갈등도 있었다. 이런 갈등을 완전히 해소하지는 못하더라도 최소한 절충이라도 해야 『한국생활사박물관』 한 권이 만들어질 수 있었다.

이 시리즈는 책의 제목이 '박물관'이라는 것 때문에 웃지 못할 오해를 사기도 했다. 책 제목에 '박물관'이 붙어 있으니까 독자들이 이 책을 박물관의 도록으로 착각할 수 있었다. 실제로 어느 날 독자로부터 "거기 몇 시까지 열어요?" 하고 묻는 전화를 받기도 했다. 이 시리즈를 진행하는 동안에도 수많은 박물관을 접하게 되었고, 시리즈를 마친 다음에도 진짜 박물관과의 인연은 계속되었다.

『한국생활사박물관』을 홍보하기 위한 이벤트의 일환으로 진짜 박물관 전시를 기획하기도 했다. 그런 계획을 서울역사박물관 측에 제시하여 긍정적인 답변도 얻었다. 서울역사박물관에서는 자신들의 개관 기념전으로 이 전시를 활용하고 싶다고 했다. 즉 출판사는 시각 콘텐츠와 기획을 제공하고 서울역사박물관은 전시관과 유물을 제공하여 합작 전시를 하자는 것이었다. 홍보는 공동으로 한다는 안도 제시했다. 그러나 출판사 측은 독자 전시로 이 행사를 치르기를 원했고, 그래서 서울역사박물관의 특별전시관을 대관하여 전시 준비를 하는 것으로 방향을 잡았다. 그런데 독자적인 전시에 따르는 비용 부담이 커지면서 결국 한국 생활사를 실제 전시로 구현한다는 꿈은 다음 기회로 미룰 수밖에 없었다. 나 개인은 물론이요 출판사나 박물관이나 모두 아쉽기 짝이 없는 일이었다. 지금도 주변의 많은 사람들이 『한국생활사박물관』의 실제 전시를 보고 싶어하고 나도 그런 의지를 가지고 있기 때문에 언젠가는 당시의 아쉬움을 풀 날이 있을 것으로 믿는다.

2005년: 『어린이박물관』

박물관과의 또 한 가지 인연은 용산에서 재개관한 국립중앙박물관과의 만남이었다. 새로 여는 국립중앙박물관에는 경복궁 시절 없었던 어린이박물관이 신설되었는데, 이 박물관의 전시기획을 담당했던 학예연구사가 연락해와 그 전시기획에 참여하게 된 것이다. 내가 만든 책의 내용을

313

직접 구현하는 것은 아니었지만, 책을 만드는 과정에서 얻은 지식과 노하우를 대한민국 최고의 박물관 한자리에 제공할 수 있었던 것은 뜻깊은 체험이었다.

이 전시기획은 또 하나의 책, 『즐거운 역사 체험 어린이박물관』(웅진주니어)으로 이어졌다. 국립중앙박물관 어린이박물관 측은 이 박물관의 공식 도록을 단행본 출판사에 맡겨 일반 상업 판매도 한다는, 당시로서는 보기 드문 계획을 세웠다. 시간은 부족했지만 출판사들에 입찰을 붙인 결과 웅진주니어가 책을 만들게 되었고, 나는 어린이박물관의 실제 전시기획에 참여했던 경험을 살려 그 책의 기획과 집필 디렉팅도 맡게 되었다. 이 책은 국립중앙박물관 재개관과 맞물려 출간되었고 상업적으로도 큰 성공을 거두었다. 국립중앙박물관 도록 사상 2쇄를 찍은 최초의 책이라는 기록을 넘어 수만 부가 팔리는 베스트셀러로까지 자리매김했다. 그 후 『즐거운 역사 체험 어린이박물관』은 각 시대별 어린이박물관 시리즈로 계속 후속권이 나오고 있다.

2005~2007년: 『한국사 탐험대』와 '지식의 사슬'

『즐거운 역사 체험 어린이박물관』과 함께 진행한 어린이·청소년용 시리즈 두 가지는 특별한 경험이었다. 하나는 최초의 어린이용 주제사를 표방한 『한국사 탐험대』(10권, 웅진주니어)이고, 또 하나는 이른바 통합교과형 교양서를 지향하는 '지식의 사슬' 시리즈이다. 이 두 가지는 모두 기획 아이디어만 보면 참신하고 재미있는데 실제로 구현하는 데는 여간 어려움이 따르지 않는 유형의 시리즈이다.

『한국사 탐험대』의 부제는 '테마로 보는 우리 역사'다. 각각의 권이 국가, 문화, 음식, 주거 등 특정한 주제를 놓고 그 주제의 역사를 탐험하는 내용을 가지고 있다. 기존의 역사책이 선사시대부터 현대까지 천편일률적인 시대사의 형식을 고수하고 있었다면, 이 시리즈는 주제별로 역사를 심층 탐구한다는 점에서 분명 참신하다. 그러나 그런 내용을 어린이 대상으로 쉽고 폭넓게 써줄 저자들을 찾기 어렵다는 점에서는 현실적으로 매우 어려운 프로젝트였다. 또 이 시리즈가 학습에 직접 도움이 되는 소위 '기본서' 대열에 들지 않는다는 점은 교육의 직접적 효과에 의존하는 우리나라 아동 지식정보책 시장을 감안할 때 약점임에 분명하다. 그러나 나는 이 책의 독자성과 참신함 때문에 거꾸로 시장에서도 뜻밖의 반응을 이끌어낼 수 있다고 '착각'했다. 그런 착각 또는 자기최면도 없이 과연 누가 자기만의 책을 만들 수 있으랴! 2008년에야 10권짜리로 완간된 『한국사 탐험대』는 내 '착각'을 선견지명으로 바꾸어놓을 정도는 아니지만, 아동 역사책 시장에서 결코 외면받지 않고 꾸준한 반응을 이끌어내고 있다.

'지식의 사슬' 시리즈는 『한국사 탐험대』보다도 어렵다. 통합교과형 교육은 수학능력시험이 도입된 이래 우리 교육이 꾸준히 추구해온 이상적 목표지만, 한 번도 달성된 적이 없는 목표이기도 하다. 현실적으로 여러 교과와 지식의 영역을 넘나들며 아이들을 가르칠 수 있는 선생님도, 그런 책을 써줄 저자도 부족하기 때문이다. 바로 그런 이유에서 '지식의 사슬' 시리즈도 난항을 겪어왔다.

2005년에 기획을 시작하여 2007년 5월에 첫 책인 『국사 시간에 세계사 공부하기』를 낸 다음 1년이 훨씬 지나서야 2권인 『과학 시간에 사회 공부하기』를 냈다. 이 책들 역시 '기본서'가 아니다. 게다가 이런 종류의 교양서가 시장에서 살아남기 위해 기댈 수 있는 논술 바람도 입시 경향이 바꿔면서 퇴조해버렸다. 그런데 바로 그때 교육부가 역사교육 강화 방안을 발표하면서 국사와 세계사를 통합하여 역사 과목으로 가르치겠다는 방침을 내놓았다. 통합 역사 교과의 내용이 어떻게 될지는 불분명했지만 교육부의 발표에 국사와 세계사의 통합 운운이 들어 있다는 것만으로도 『국사 시간에 세계사 공부하기』는 출간 직후부터 베스트셀러 대열에 오르는 행운을 맛보았다.

　교과 과정을 염두에 두지 않고 만든 책이 뜻밖에도 교과 과정의 개편과 맞물리면서 나도 우리나라 교육열의 혜택을 입은 몸이 되었다. 그러나 우리 어린이·청소년 교양서 시장을 지배하고 있는 '교육' 코드의 위력을 몸소 확인한 것은 결코 유쾌한 체험이 아니었다. '지식의 사슬' 시리즈는 앞으로도 많은 책이 더 나와야 하는데, 나는 계속해서 교과 과정에 연연하지 않는, 개성과 독자성을 갖춘 청소년 교양서로 이 시리즈를 조탁해가고자 한다.

2007년~ : 문사철 프로젝트

먼 길을 돌아서 출판기획 국제문화를 부활시켰다. 이름은 '문사철'로 바꿨다. 책을 통해 세상과 소통하며 세상을 바꿔나가고 싶었던 국제문화 시절의 꿈을, 책이 담아낼 수 있는 콘텐츠의 기본인 문사철로부터 착실히 다져나가겠다는 생각이 깔려 있다. 이런 생각의 구현을 위한 노력을 우리는 '문사철 프로젝트'라고 부른다.

　문사철이 할 일은 무엇보다 다양한 책을 생산하는 일이다. 세계의 역사와 문화를 우리 독자들에게 알리고 한국의 역사와 문화를 세계에 알리는 책, 한국 인문학에 업적을 남긴 학계의 거목들과 만나 종횡무진 대담을

통해 그들의 고담준론을 현대 한국의 대중과 소통케 하는 책, 독자 대중을
계몽의 대상으로 바라보는 데서 그치지 않고 사회에 대해 호통치고 강하
게 주장하는 책, 일면적이고 일방적인 주장과 입장만이 팽배해 있는 사회
에 소통의 숨결을 불어넣기 위해 다양한 주제들에 대한 다양한 입장들을
비교 해설하는 책 등 수많은 책들에 관한 구상을 기획의 도마 위에 올려놓
고 난도질해왔다. 책을 꿈꾸는 일에 관한 한 문사철만큼 호사를 누리는 집
단도 없을 것이다.

책과 다른 매체를 소통시키는 일도 하고 있다. 지금까지 기획했거나 기
획하고 있는 책들의 콘텐츠를 온라인과 오프라인의 각종 매체에서 활용하
고, 거꾸로 다른 매체에서 기획된 콘텐츠를 책으로 기획하는 일을 구상해
왔고, 일부는 온라인 강의와 같은 구체적인 방식으로 실행하고 있다.

출판기획을 하면서 나는 늘 한국과 세계의 소통을 꿈꾸어왔다. 10여 년
간 볼로냐와 프랑크푸르트 등 해외 도서전에 참가하면서 저작권 수출입
을 포함한 해외 출판계와의 교류에 나름으로는 꽤 신경을 써왔다. 작은
성과들이 있었지만 실망할 때도 많았다. 과거에는 워낙 한국 출판, 아니
한국 문화 전반이 세계에 알려져 있지 않았기 때문이다. 그러나 많은 분들
의 노력으로 상황은 많이 달라졌다. 문사철도 그동안 쌓아온 네트워크의
바탕 위에서 한국을 세계에 알리고 한국 문화를 세계 문화의 보편적 흐름
위에 올려놓는 데 일조하려고 한다. 다행히 문사철이 출범한 시기를 전후
하여 파주출판단지의 국제 책 잔치, 볼로냐 국제아동도서전 주빈국 행사,
각종 해외 전시 등 출판계와 문화계의 국제 교류 행사가 늘어나고, 그런
행사에서 일정한 역할을 맡는 일이 많아지면서 이 분야에서 다양한 기획
을 할 기회가 창출되고 있다. 그리고 이러한 기회는 자연스럽게 우리의 출

판기획을 더욱 다채롭고 폭넓게 할 수 있는 계기로 이어질 것이다.

　나름대로 의욕도 있고 어쭙잖게나마 쌓인 노하우도 있으나 나날이 어려워지는 출판계의 현실이 발목을 잡을까 걱정스러울 때도 있다. 그러나 지난 20년의 경험을 돌이켜볼 때 출판기획은 어려우면 어려운 대로 조그맣게라도 꿈을 이루어갈 수 있는 일인 것 같다. 그래서 '문사철 프로젝트'는 희망이 있다.

◆ **강응천**──서울대학교 국사학과를 나와 세계의 역사와 문화를 우리 시각에서 풀어주고 우리의 역사와 문화를 세계적·보편적 시각에서 자리매김하는 책을 쓰고 만들어왔다. 지금은 출판기획 문사철 대표로 있다.

세계 건축책 시장을 향한 나의 도전기

|

서경원 도서출판 담디 발행 겸 편집인

늦둥이로 막내딸을 두었다. 아이 셋을 낳으면 막내는 의료보험 혜택도 못 받을 때였다. 지금은 아이 셋을 낳으면 진료비 지원에 무슨 장려금까지 준다고 호들갑이니, 겨우 몇 년 사이에 격세지감이다. 아이 키우며 생돈이 들어가는 게 억울하기는 했지만, 딸 귀한 집이라 그래도 난 희희낙락이었다.

딸아이가 유치원을 다닐 때, 가을 운동회에 꼭 참석해달라는 통지문을 받았다. 통지문을 받기 전부터 귀에 딱지가 앉도록 막내에게서 다짐을 받았던 터다. "아빠, 우리 유치원 운동회 날 꼭 와야 돼, 알았지. 아빠 안 오면, 나 울 거야, 아빠하고는 말도 안 할 거야" 등등 저녁마다 이어지는 딸아이의 살가운 온갖 회유와 협박이 싫지가 않았다. 이게 사람 사는 맛이고, 딸 가진 재미니까. 겉으로는 아내와 아이에게 친구들과 산에 간다고 퉁겼지만, 내심 운동회 날이 기다려졌다. 그날 뭔가를 가족 앞에서 보여줄 작정까지 은근히 하고 있었다. 제 오빠들은 학교에서 운동회를 하는지 마는지 늘 시큰둥했기에 더 그랬는지도 모른다.

가을볕 좋은 일요일, 잔디가 깔린 대학 운동장을 빌려 드디어 운동회가 열렸다. 할아버지와 할머니, 그도 모자라 삼촌, 이모, 일가친척 모두 동원

319

되어 떼거리로 몰려온 집안도 꽤 많았다. 어느 젊은 부부는 커플로 멋진 운동복을 차려입고 나오기도 했다. 아이들 운동회가 아니라 어른들의 자기 집안 자랑대회 같았다. 무릎 나온 트레이닝복을 입고 사람 많은 곳에 가면, 큰일나는 줄 아는 나다. 그런 내가 보기에는 모든 게 남세스러웠지만, 세상이 변한 걸 나만 모른 척하며 고집스레 산 느낌에 잠시 곤혹스러웠다. 이런 낯선 곳에 끌려나온 게 영 못마땅하기도 했지만, 큰맘먹고 나왔으니 끝은 봐야 했다.

아이들 운동회의 백미는 뭐니뭐니해도 릴레이 경주다. 한 발 물러서서 팔짱끼고 서 있는 아빠들을 그냥 놔둘 유치원이 아니다. 아빠와 아이의 이어달리기 경주가 거의 마지막 순서였다. 50미터 정도의 운동장 반 바퀴를 뛰는 거였지만, 아빠의 모든 것을 보여주기에는 충분한 거리다. 가족이 지켜보는 가운데 사력을 다해 뛰어야 한다.

그런데 그게 어디 말처럼 쉬운가. 마음은 저만큼 뛰는데 몸은 따라주지 않으니, 그 꼴이 우습다. 머리와 가슴은 앞으로 쏠리고, 엉덩이와 다리는 내 맘 같지 않으니 뒷전이다. 균형을 맞추려고 팔은 연신 허우적댄다. 여기서 제 몸 분수를 모르고 더 무리하면 그만 나동그라진다. 산통 깨지는 것이다. 늘 자기 할 일 바빠 제 몸 제대로 못 챙기고, 주변과도 소원한 아빠들에게 운동회는 좀 심술궂다. 배턴을 주고받아야 하는 릴레이 경주는 더 얄궂다.

부디 저만치서 기다리는 아이에게 배턴을 무사히 넘겨주어야 할 텐데, 지켜보는 가족을 실망시키지는 말아야 하는데 말이다. 다들 눈치채셨겠지만, 난 지금 릴레이 선수로 끌려나와 쓸데없는 설레발로 워밍업 중이다. 어떻게든 긴장을 풀고, 말머리를 잡아 내 힘껏 앞으로 내달려보려 애쓰는 중이니 어여삐 보아주시라, 부디.

집고양이가 들고양이 되다

'집 안에 짐승을 오래 키우면 못 쓴다'고 어른들은 말씀하셨다. 출판사 잡지 편집장 6년째, 그 말이 무슨 뜻인지 어렴풋이 짐작이 갔다. 짐작이 부담으로 바뀌는 건 잠깐이었다. 회사의 중심에서 주변으로 조금씩 밀리는 것이 감지되더니 그만큼 비례해서 회사가 낯설어졌다. 한 생전 이 회사 이 자리에서 기자들에게 큰소리치며 월간지 내고, 때때로 단행본과 기획물도 내면서 지낼 줄 알았다. 그런데 세월은 속절없이 흘러 이제는 털 빠져 몸에 윤기는 없는데, 덩치는 커져 남들보다 밥은 많이 먹는 천덕꾸러기 신세가 된 것이다. 이를 어이할꼬? 더 이상 추해지기 전에 그만 이 자리를 내어줄 때가 된 것이다.

"종이에 잉크만 묻혀라, 파는 건 내가 판다." 이렇게 말하는 영업자 출신 선배와 잡지기자 출신인 난 의기투합하여 건축잡지를 창간하였다. 전에 함께 근무하던 건축잡지사를 그만둘 때, 욕을 바가지로 얻어먹으며 함께 일하던 부서 기자들을 모두 데리고 나왔다. 분가가 아니라 살림의 반을 들고 나오는 치명적 배반행위였다. 오로지 편집장이 되어 내가 만들고 싶은 잡지를 마음껏 만들고 싶다는 열망에, 아무것도 눈에 보이지 않았다. 그러고 나와 같은 계통의 잡지를 창간하니, 하루아침에 아군이 적군으로 바뀌어 치열한 싸움이 시작된 것이다.

선배가 자본금을 출자하여 발행인이 되었고, 난 지식을 출자하여 편집인이 되었다. 서로 동업자라고 믿었기에 철저한 주인의식이 있었다. 어떻게든 살아남아 그것으로 명분을 삼고 싶었던 것 같다. 어차피 전문잡지는

321

돈이 되지 않으니 현상만 유지하였고, 기획물들을 쫓아다니며 만들어냈다. 몇억 원짜리 코엑스COEX 건설기록지를 만들 때는 헬리콥터까지 띄워 사진촬영을 했다. 건축과 관련된 업체들을 쫓아다니며 샘플 북과 카탈로그 등도 많이 만들었다. 덕분인지 IMF 구제금융 때에도 별탈없이 지나쳤다. 이게 문제였다. 돈은 됐지만 책 만드는 일보다 잡일이 더 많았기에 의기투합했던 기자들이 하나둘 불만을 토로하며 떠나갔다. 수시로 기자와 편집디자이너를 충원하는 것도 큰일이었다. 그래도 정기구독자가 조금씩 불어나고, 회사가 자리잡으며 커가는 재미에 초창기 신생 잡지사의 열악한 환경을 모두 감내할 수 있었다.

내용으로 승부를 낼 수 없는 게 한국의 전문잡지다. 오로지 광고와 영업으로 승패가 갈린다. 식물성인 기자들이 우리가 너희를 먹여살린다고 큰소리치는 동물성인 광고영업 직원들과 종종 마찰을 빚는 이유다. 회사는 잘되어가는 듯한데, 직원 복지는 늘 그 타령이었다. 내가 월급을 적게 받아야 직원들의 불만이 적어진다. 그러니 조금만 참으라는 게 평소 나에 대한 발행인의 당부였다. 만성위염을 앓듯 회사는 늘 부글거린다. 화장실 들어갈 때와 나올 때의 입장이 전혀 딴판이라고 했던가. 휴지 없이 화장실에 간 사람을 위해 열심히 휴지 들고 서 있다 건네주니, 볼일 다 보고 나온 사람은 점잖게 옷매무새를 여미며 '너 왜 여기 서 있냐?'고 아무렇지도 않게 내게 묻는 형국이다. 회사 설립 7년째, 사옥을 마련하면서 회사에서 마음이 급격히 떠나기 시작했다. 자본주의 사회에서 지식은 자본에 종속된다는 엄연한 현실을 깨달은 것이다. 누가 식물성 아니랄까봐, 다 늦게 말이다.

마침 동종 잡지사에서 스카우트 제의가 들어와 과감히 서랍을 정리했다. 잡지협회장을 역임한 분이고, 세계적인 잡지를 만들어달라는 권유가 있어 흔쾌히 새 명함을 달라고 했다. 1주일을 해보니 맹탕이었다. 잡지출판에 대한 이해가 전혀 없었다. 오로지 이번 달 100원 투자하면, 다음달 110원이 나와야 한다는 경제 논리뿐이었다. 후회막급으로 두 달 만에 회사를 그만두었다.

먼저 회사에서 다시 같이 일하자고 했지만, 아내가 더 이상 미련 두지 말라며 딱 잘랐다. 차라리 출판사를 차리라는 것이다. 그 달 벌어 그 달 먹고살기도 바빴는데, 자본이 어디 있어 출판사를 차리란 말인가? 아내는 아파트 담보대출을 받아 시작해보라고 했다. 당분간 살림은 자기가 아이들 과외를 해서 책임질 테니, 걱정 말고 시작해보라고 강력히 밀어붙였다. 해서 영업 출신이 독립하면 흥하고, 편집 출신이 독립하면 망한다는 속설 아닌 속설을 뒤집어 보여주겠노라고 다짐하면서, 북한산 아래 양지바른 동네에 사무실을 얻었다. 다행히 아무 조건 없이 전에 같이 근무하던 기자와 사진기자가 합류했다. 사무실에 페인트도 칠하고, 바닥 물청소도 하고, 중고가구도 사러 다니며 창업 준비를 마쳤다.

출판사 등록을 마치고 처음 준비한 책은 조경책이다. 모든 것을 갖춘 회사들과의 경쟁을 피하려고 거기 없는 책으로 기획을 잡은 것이다. 제작을 하려고 친하게 지내던 지류회사 담당자를 부르니 그쪽 사장이 담보라도 잡고 거래를 트잔다. 인쇄소도 마찬가지로 현금 결제 조건을 내걸었다. 먼저 회사에 있을 때는 청구서 들고 와서 밥 사고, 때때로 술도 사던 친구들이다. 이게 사업이구나 싶은 게 참담했다. 냉혹한 현실 앞에서 어금니를 앙다물었다.

권투선수가 코너에 몰리면 소나기 펀치를 맞듯, 우리가 첫 책을 출판하자마자 먼저 회사에서 곧바로 똑같은 책을 세 권씩이나 내서 우릴 그로기

상태로 몰고 갔다. 네미, 신고식치고는 모든 게 너무 가혹했다.

이제 난 주는 밥 먹으며, 재롱이나 떨며, 주인 기분이나 맞춰주는 집고양이가 아니었다. 누가 내 밥그릇을 넘보기라도 하면 이빨을 드러내 피 흘리며 죽기살기로 싸워야 하고, 때론 굶어야 하고, 싸움에서 지면 영역을 빼앗겨야 하고, 싸워서 조금씩 내 영역을 넓혀가야 하고, 하루도 거르지 말고 그 영역을 돌며 표시를 해야 하는, 내 밥그릇 내가 챙겨야 하는 들고양이가 된 것이다. 싫든 좋든.

비행기에서 구름을 내려다보며 무릎을 치다

신생 출판사인 우리는 자본이나 규모 등 여러 면에서 절대 열세이므로 정면 승부는 피해야 한다. 건축책의 블루오션을 찾아내 살길을 모색해야 했다.

조경책의 판권을 팔아보려고 중국의 전문출판사들과 접촉을 시도했다. 다롄 대학 건축출판부와 몇 달간 줄다리기 끝에 판권계약을 할 수 있었다. 로열티의 50퍼센트가 달러로 송금되어 내 통장으로 들어오던 날, 이를 알려주는 은행 콜센터 담당자의 목소리는 밝았다. 내 처진 어깨를 달래주기에는 충분한, 부드러운 구원의 목소리였다. 사람이 죽으란 법은 없는 모양이다.

중국 시장을 좀더 알아볼 겸 책과 CD-ROM도 넘겨줄 겸 중국 출장을 다녀왔다. 오는 비행기 안에서 유럽의 건축책을 뒤적이는데, 판권의 'Printed in China'가 눈에 확 들어왔다. 출판사와 책 내용은 유럽인데, 제작은 아시아에서 이루어진다? 그렇다면 우리도 선진국 내용을 책에 담을 수만 있다면, 제작비용은 대동소이하니 경쟁력은 충분하다는 얘기가 아닌가? 그래, 바로 이거다. 선진국의 건축을 우리가 직접 책에 담아 전 세계에 파는 거다.

324

꼭 선진국에서 출판된 기존 책의 판권을 사, 번역을 해서 책을 만들어 팔라는 법만 있는 것은 아니지 않은가? 아하! 모멘트가 일어나면서 패러다임의 전환이 이루어지는 순간이었다.

어차피 세계는 다국적으로 변했다. 전 세계 호텔 어디에서건 아침에 먹는 뷔페는 엇비슷하다. 건축양식 또한 다를 바 없다. 크고 작은 한국 건물들의 디자인을 외국 건축가가 하기 시작한 지는 꽤 오래된 일이다. 그들의 아이디어를 돈 주고 살 게 아니라 우리가 아이디어를 내면 된다. 우리 출판사가 출판권에 관한 한 '갑'이 되겠다는데, 누가 시비를 걸겠는가. 10년 가량을 건축잡지와 단행본을 만들면서 뒹굴었으니, 이제 나도 사고 한번 칠 때가 된 것 아닌가 말이다.

건축책은 주로 사진이나 도면으로 구성된다. 같은 일을 하는 전문가들이라서 이런 자료 자체가 그들에게는 훌륭한 의사소통의 도구다. 건축책이 다국적일 수 있는 이유다. 책에서 글이 차지하는 비중이 높지 않아 한글과 영어를 병기해도 큰 무리는 없다. 또한 건축책은 전문서적이라서 전 세계 시장이 그리 큰 편이 아니다. 미국 같은 큰 출판시장에 두드러진 건축 전문 출판사가 별로 없는 이유다. 주로 독일이나 영국, 스페인, 호주, 홍콩, 일본 등의 중소 규모 출판사들이 건축 서적 출판의 대세를 이룬다. '맞짱' 한번 떠볼 만한 시장이다. 이 시장에서 틈새시장을 찾으면 된다.

책은 명성 있는 필자의 이름값이 판매에 지대한 영향을 미친다. 건축책도 예외는 아니어서 세계적인 건축 대가의 책은 이미 수십 종씩 서로 다른 출판사에서 중복 출판된 상태다. 아직 이름이 알려지지는 않았지만, 참신하고 실험적인 작업을 하는 젊은 건축가들의 책을 만들자. 그들도 자기 책을 출판하는 데는 적극적일 테고, 가장 왕성한 책 구매층 독자들이기도 하다. 그들은 발전하여 머지않아 곧 대가의 반열에 오를 테고, 그들과 더불어 우리 출판사도 세계적으로 성장할 수 있을 것이다. 무엇보다 국내 기존 출판사들이 쉽게 흉내낼 수 없는 책이니, 몇 년간은 숨고르기를 할 수 있다. 그 안에 자리를 잡으면 된다. 그래, 바로 이게 우리 출판사를 위한 건축책의 블루오션이다. 한번 해보자.

　기내에서 뭉게구름을 내려다보니, 그 위를 분주히 오고갈 자료와 책들의 그림이 선명히 그려진다. 비행기에서 뛰고 싶을 만큼 마음이 바빠졌다.

파리 퐁피두 센터가 길을 열어주다

있는 자료, 없는 자료 다 긁어모아 책을 출판할 만한 10여 명의 외국 건축가 명단을 만들고 이메일을 보냈다. 답장이 없으면, 서너 번 정도 더 출판 제안 메일과 팩스를 보냈다. 정중하게 편지를 보내보기도 했지만, 별반 소득이 없었다. 가타부타 답장 메일이라도 받으면 감지덕지였다. 실제로 휴전상태이긴 하지만, 우리나라가 지금도 전쟁 중인 것으로 알고 있는 건축가도 있었고, 책을 출판할 능력은 되는지 물어오는 건축가도 있었다. 새삼 유럽이나 북미를 견주어 우리나라가 변방이라는 생각이 들었고, 이 벽을 깨는 것이 쉽지는 않겠구나 싶었다. 출판은 문화산업이다. 지식을 기반으로 인지도가 없으면, 신뢰를 얻기 어려울 것이다. 이는 곧 변방에 앉아 선진국의 원고를 얻기 쉽지 않을 것이라는 의미이기도 했다.

　영국에서 건축 공부를 하고 거기서 설계사무실을 열고 작업하던 한국인 교수를 만났더니 이런 얘기를 해주었다. 그 나라에도 유능한 사람이 많은데, 아시아에서 온 자기 같은 사람에게 누가 일을 맡기겠는가? 예를 들어 한국에 내 집을 짓는데, 저 방글라데시 건축가에게 선뜻 설계를 의뢰하겠

326

는가? 이는 개인의 능력이라기보다는 소속된 나라의 문화지식기반의 인지도 문제다. 결국 나라가 잘돼야 개인도 잘될 수 있다는 얘기다.

그렇다고 여기서 포기하고 주저앉을 수는 없는 노릇 아닌가. 무엇보다 그들에게 보여줄 출판실적이 없는 게 큰 부담이었다. 짧은 영어실력으로 우리의 편집기획을 설명하는 데도 한계가 느껴졌다. 우선, 뜻이 충분히 통할 수 있는 한국 건축가를 상대로 샘플이 될 만한 책을 만들기로 하고 세 권을 동시에 추진했다. 그 와중에 파주출판단지에 프로젝트를 진행하고 있는 스페인 건축가가 섭외되어 출판계약을 맺을 수 있었다.

사진촬영을 하고, 북디자인 시안을 잡느라 한 해 겨울을 다 보냈다. 사력을 다했지만 만족은 없었다. 그만큼 욕심을 낸 끝에 'DDDesign Document' 시리즈란 제목으로 5개월 만에 두 권, 7개월 만에 두 권의 책을 더 출판할 수 있었다. 제책소에서 기다렸다가 책이 나오면, 일단 페이지는 제대로 붙어 있는지 살펴보고 이상이 없어야 비로소 안심한다. 그런 다음 책 냄새도 맡아보고, 내용도 쭉 훑어보고, 가슴에도 한번 안아본다. 첫아기를 낳은 어느 부부가 갓난아이의 손가락 발가락은 제대로 붙어 있는지 가슴 졸이며 살펴보았다고 하더니, 이와 다를 바 없다. 편집기획자들은 책을 출판할 때마다 이런 심정일 것이다. 이렇게 가슴 졸이고 설레며 출판된 책이 잘 팔려 독자에게 전달되어야 하는데, 이게 또 자식 키우는 것처럼 만만치 않다.

회사 주력 품목으로 야심차게 시리즈를 네 권 출판하였는데, 기존 책과는 구성이나 내용이 달라서인지 국내 독자들은 낯설어했다. 올컬러에 비싼 아트지를 써서 만든 책의 제작비를 갚느라 허리가 휘었다. 배운 게 도둑질이라고 몇몇 기업의 카탈로그를 제작해주고 현금을 융통해 근근이 회사를 꾸려갔다. 다음 책을 내는 것은 요원해 보였지만, 계속해서 외국 건축가들에게 책과 편지를 보내 출판의 길을 모색했다.

그러던 중 프랑스 건축가로부터 출판 수락 이메일이 왔다. 독일에서 자기 책을 출판 준비 중인데, 한글과 영문이면 출판계약에 문제가 없다고 해서, 자료를 받아 편집 작업을 할 수 있었다. 좀더 실험적이고 그러면서도 동양적인 여백을 살려 표지 시안과 내지 작업을 마쳤다. 작가 교정을 위해 교정지를 보냈는데, 표지디자인이 판타스틱하고 엘레강스하다는 프랑스인 특유의 첫 일성이 날아왔다. 동시에 2003년 12월부터 2004년 2월까지 파리 퐁피두 센터에서 세계적인 젊은 건축가 열 명이 모여 'Non Standard Architecture'라는 제목으로 전시회가 열리는데, 자기도 참여하니 책을 만들어 전시장으로 보내달라는 거였다.

네 권을 출판하고 거의 1년 만에 다섯 번째 책이 출판되어 2004년 1월 프랑스로 보냈다. 거기서 생각지도 않은 횡재를 만났다. 파리 전시회에 참가했던 네덜란드와 미국의 유명한 건축가 두 명으로부터 출판 제안이 들어온 것이다. 뿐만 아니라 퐁피두 센터 서점에서 우리 책을 팔아보겠다는 제안이 들어왔다. 건축디자인이 우수한 퐁피두 센터는 전 세계 건축가들에게 견학코스로 각광받는 곳이다. 드디어 전 세계 건축 독자들에게 우리 책을 선보일 기회를 잡은 것이다.

강을 건너니 타고 온 뗏목이 부서지더라

그렇다고 당장 회사의 민생고가 해결될 리 만무하다. 정말이지 하는 일은 더디고 세월은 빠르기만 했다. 지친 직원들을 다독이며 두 권을 더 냈다. 이제 뭔가 희망이 보이기 시작했는데, 함께 시작한 직원 두 명이 회사를 떠났다. 떠났다기보다는 워낙 부실한 회사를 끌고 오느라 지쳐, 스스로 부서졌다는 표현이 옳을 것이다. 나만 언덕에 간신히 밀어올려주고, 그들은 부서져 강물과 함께 떠내려갔다. 그들에게 진 이 큰 빚을 어이할꼬? 망연자실 혼자 앉아 있는데, 내 몸 속에서 꿈틀거리는 무언가가 느껴졌다. 내 잠자던 야성이 살아나기 시작한 것이다. 이 모두를 위해 끝까지 살아남아야 한다.

묘한 것은 처음부터 함께 고생한 직원들이 떠난 뒤로 일이 조금씩 풀리기 시작했다는 것이다. 회사 설립 2년 만에 시리즈물을 열 권 출판했는데, 그 중 한 작가인 이탈리아 건축가의 주선으로 2004년 베니스 건축비엔날레 서점에서 책을 판매할 수 있었다. 거기서 우리 책을 본 건축가들이 출판 제안을 해오기 시작했다. 이제는 완성도가 떨어지는 작가의 출판 제안을 거절하는 것도 큰일이 되었다. 어떻게든 적을 만들지 않으면서, 기분 나쁘지 않게 우리 뜻을 전달해야 하기 때문이다.

이탈리아 베니스 건축비엔날레의 파급효과는 컸다. 2004년 말 네덜란드의 전문서적상에게 본격적으로 우리 책을 수출했다. 이는 단숨에 전 세계 아트 북 전문 서점에 우리 책이 쫙 깔린다는 아주 커다란 의미였다. 해외에서 우리 책을 본 국내 건축과 학생들이나 건축가들에게도 서서히 책이 먹히기 시작했다. 회사 설립 3년째부터 베이징 도서전과 프랑크푸르트 도서전에도 참가했다. 전 세계 건축책 시장을 향하여 도서출판 담디가 닻을 올린 것이다.

출판사를 시작한 지 5년이 지나 'DD 시리즈'는 한국 건축가 세 명, 스페인 세 명, 프랑스 네 명, 네덜란드 세 명, 이탈리아 한 명, 미국 세 명, 스위스 한 명, 벨기에 한 명, 슬로베니아 한 명, 독일 두 명, 오스트리아 한 명, 덴마크 한 명 등 24권까지 나왔다. 그 밖에 스페셜 이슈와 조경책과 풍수지리 관련 서적까지 40종쯤 출판했다.

프랑크푸르트 도서전에 참가하여 현장에서 샘플 북이 모두 팔릴 만큼 인기를 얻었지만, 아직 갈 길은 멀다. 무엇보다 가격 경쟁력에서 열세다. 우리 돈으로 33,000원 하는 책이 미국의 아마존닷컴에서는 현재 59달러에 팔린다. 부산항에서 네덜란드로 갔다가 다시 미국으로 건너가야 하는 이중삼중의 해상운송료와 각국의 관세 등으로 책값이 높아진 것이다. 모두 직거래를 하기에는 물량이 부족하고, 회사 역량도 못 미친다. 세상 사는 이치는 어디나 비슷하다. 좋은 책을 만들어 싸게 보급하여 시장을 넓히는 길만이 우리가 살 길임을 안다.

잘한 일이 있다면, 조경책을 제외한 'DD 시리즈'의 판권을 중국에 팔지 않은 일이다. 판권을 팔아 챙기는 로열티에 재미를 붙였다면, 지금쯤 세계시장에서 한글판 'DD 시리즈'는 죽었을 것이다. 중국 출판사들은 우리 책의 반값에 공급할 수 있기 때문이다. 아무리 계약을 철저히 한다고 해도, 옆에서 버젓이 해적판을 팔아도 속수무책인 곳이 중국이다.

책도 상품인지라 전략상 지금은 상품성 있는 외국 건축가들의 책을 주로 출판하고 있다. 그 흐름에 편승해서 한국의 젊은 건축가들과 건축도 기획 중이다. 책을 통하여 외국의 건축가들이 우리 건축을 제대로 볼 수 있는 통로를 마련해야 한다. 그것이 편집기획자의 직능임을 알기에 기꺼이 그런 역할을 자임할 것이다.

오늘도 홈페이지를 통해 이메일 한 통을 받았다.

프랑스에서 건축 유학 중인 학생입니다. 학교 도서관에서 담디의 DD series를 발견해서 너무 기뻤습니다. 항상 책 잘 보고 있답니다. 갑자기 들

르고 싶어서 왔는데 가입도 했네요. 좋은 소식 부탁드려요. ^^

담디의 책들은, 한국에 대해 무신경한 프랑스인들에게 좀더 다가갈 수 있는 기회가 생겨서 개인적으로 너무 좋습니다. ^^

앞으로도 계속 우리의 멋진 한글과 함께 한국의 전통+현대 건축과 세계의 건축을 책으로 소개 부탁드립니다. 꼭 한글도 함께요~ ^^

한글이 있어서 너무 자랑스러워요~ 으쓱!

그럼 수고 많이 부탁드리고 좋은 책으로 늘 곁에 있어주세요.

이런 끊을 수 없는 마약 같은 응원을 받는 한, 언젠가는 우리가 만든 책이 전 세계 서점이나 도서관에 깔릴 때까지 우리의 도전은 멈추지 않을 것이다. 똑같은 책을 팔아 똑같은 돈을 벌어도, 해외에서 버는 돈은 느낌이 많이 다르다. 해외에서 책값을 송금 받을 때마다, 꼭 시집보낸 딸이 친정 부모에게 보내주는 돈 같아 가슴이 아리면서도 벅차다. 시집보내듯이 해외로 내보낸 우리의 책들이 그곳에서 제 역할을 충분히 잘해주길 바라는 마음 늘 간절하다.

◆ **서경원**──── 건축잡지 기자와 편집장 생활을 10여 년 했다. 2002년 9월, 도서출판 담디를 차려 주로 건축에 관련된 전문서적을 출판하고 있다. 세상을 보는 유일한 통로는 책이다. 해외 출장 중에 기회가 되면, 서점에 가서 그 나라의 잡지를 훑어본다. 그 나라의 수준 정도가 대충 가늠되기 때문이다. 건축도 사람 사는 이야기다. 늘 책과 건축과 삶이 유기적으로 맞물려 돌아간다. 다국적으로 변한 시대에 세계를 유목민처럼 떠돌며 책을 출판하고 보급하는 것을 낙으로 삼고 있다. 언젠가는 정말 좋은 우리 잡지를 만들어 전 세계 서점이나 도서관에 뿌리는 게 꿈이다.

4부

미래형 편집자 되기

편집자 J씨의 일일

정상우 리더스북 에디터

자기 발바닥에 묻은 흙을 들어 보이는 자는 졸렬하다, 라고 언젠가 소설가 김훈 선생이 한 매체와의 인터뷰에서 말했다. 당대를 이야기하지 않고 역사물을 고집하는 이유에 대한 짧은 변이었지만 많은 것을 생각하게 하는 말이었다. 하지만 나는 언제나 그 발바닥 밑의 흙이 궁금했다. 그동안 미루고 미루다가 이제야 노트북 앞에 꿇어앉았는데 그 말이 계속 귓가를 맴돌았다. 설상가상 김훈 선생님의 그 말이 호통처럼 울려대니 이거야 원, 손이 떨려 제대로 글을 쓸 수 없었다. 그렇지만 졸렬한 놈이 되는 치욕을 무릅쓰고서라도, 내가 밟고 서 있는 출판동네의 흙을 들어 보이기로 결심한 진짜 이유는, 어느 저녁 누군가가 어둠 속에서 다시 이 흙바닥을 데굴데굴 구르며 지나갈 것임을 너무나 잘 알기 때문이다. 그러니 이제 언제 바닥을 굴렀냐는 듯 툭툭 털고, 오늘도 사무실 한 귀퉁이에서 흙먼지를 뒤집어쓰고 일하고 있을 어느 편집자의 하루를 들여다보러 가자.

업의 본질

편집을 단순히 기술skill로 대하면 그 세월의 인은 손에 달라붙는다. 교정

335

을 보다 말고 나왔는지 손등에 빨간 펜 자국을 묻힌 채 해맑게 웃고 있는 김 대리를 보면 알 수 있다. "보도자료 찍을 거 없어요? 단순노동이 최고." 신간을 찍고 보도자료를 돌리고 하나마나한 마케팅을 하고는, 뒤도 돌아보지 않고 다시 새로운 원고에 뛰어드는 일상이 자동기계처럼 반복된다. 누군가 미친놈의 정의를, '똑같은 일을 반복하고도 다른 결과를 기대하는 사람'이라고 했던가?

편집을 생각의 도구tool로 파악하면 그 세월의 인은 머리에 박혀 노하우가 된다. 기획출판팀 진 과장을 보자. 기획안 첫 페이지만 보고도 어떻게 만들어서 누구에게 팔 건지 견적이 나오고, 머리 한구석에선 이미 손익계산서가 출력된다. "이게 시장성이 있겠어요?" "BEP가 얼마죠?" 요새 들어 그가 입에 달고 사는 말이다. 말로는 이미 중쇄를 찍고 베스트셀러 전략을 짜고 있지만, 말에는 잉크가 묻지 않는다. 말을 글로 옮겨 종이에 찍는 동안 생각의 잉크는 날아가버리고 아무것도 담겨 있지 않은 빈 공책을 만들어내기 일쑤다.

편집을 숭고한 업profession으로 대하면 그 세월의 인은 가슴에 박인다. 가슴에 머무는 것이야말로 진정한 열정을 불러일으킨다. 열정은 사람의 마음과 세상을 움직이는 힘이다. 가슴속에 자신의 업에 대해 어떤 정의를 품고 사느냐에 따라 10년 후 전혀 다른 결과를 맞이하게 될 것이다. 따라서 누구나 자신이 대체 무슨 일을 하며 먹고살고 있는지, 자신의 밥벌이에 대해 한번쯤 진지하게 고민해봐야 한다.

그렇다면 과연 편집이라는 업의 본질은 무엇일까? 짐짓 심각한 척 고민해보기로 하자. 편집자에 대해 스스로 내린 정의에 따라, 나는 지난 10년 가량의 세월 동안 3단계에 걸쳐 진화했다.

작가의 그림자

첫 번째 단계는 출판에 갓 입문하던 시기였는데, 그때 나는 '편집자는 작가의 그림자다'라는 소극적 정의를 내면화하고 있었다. 출판을 보는 시야가 무척 좁았고, 또 당시 시장은 공급 주도적인 측면이 컸다. 작가에게는 아직 신비한 아우라가 남아 있었다. 게다가 무엇보다 나는 필자보다 한참 어렸다! "필자의 의도를 해치지 않도록 교열은 최소화하고 맞춤법 수정 이외의 일체 수정사항은 버그 리포트bug report를 작성해서 작가에게 확인받도록." 선배님 말씀.

그래서 작가의 글에 손을 댄다는 것은 불경스럽고도 조심스러운 일이었다. 지금이야 기획이 앞서고 그에 맞는 작가를 섭외하는 방식이 아주 흔한 일이지만, 당시에는 '기획의 의도'가 아니라 '작가의 의도'가 최우선 가치였다. 한참 뒤에야 그 선후의 차이가 미묘한 권력관계를 낳는다는 걸 알았지만 말이다. 그런데 이제껏 완제품 '책'만 읽던 사람이 이른바 '날 것'이라는 작가의 초고를 받아놓고 보니, 이건 정말, 손댈 곳이 너무 많았던 것이다! 하긴 출판동네에 떠도는 괴담에 따르면, 까다롭기로 소문난 어느 유명 작가의 원고를 다루면서 오기된 외국 도시 이름을 실제 지명에 맞게 교정보았다가 회사를 떠난 편집자도 있었다나 뭐라나. 고담 시라도 되었나 보다.

하지만 내가 품고 있던 '그림자'라는 표현에는 약간의 자조는 섞여 있을지언정 자기비하나 피해의식은 들어 있지 않았다. 내가 스스로를 '작가의 그림자'로 생각하게 된 연유를 설명하자면, 사회생활을 시작했던 첫 직장(시공사)의 이야기를 하지 않을 수 없다.

지금 생각하면, 당시 시공사는 디스커버리 총서를 비롯한 인문교양서

외에도 만화, 잡지, 무협, SF, 추리, 판타지, 스릴러 등 온갖 재미있는 콘텐츠가 모여 있는 용광로 같은 곳이었고, 그건 사람도 예외가 아니었다. 드나드는 사람들의 면면만을 놓고 보면 도무지 뭐하는 곳인지 감을 잡을 수 없었다. 노숙자나 농부는 기본이요, 꽁지머리나 빡빡머리도 수두룩해서 콧수염 정도로는 감히 명함도 못 내민다.

"아니! 방금 지나간 분 작가셨어요? 퀵 서비스 아저씨인 줄 알았는데, 어떡해요?" 후배가 이렇게 물으면, "아냐. 저분이 투잡을 뛰어서 그래"라고 둘러댈 수밖에 없었다.

괴짜는 회사 내부에도 있었다. 이 시기에 나는 상사 한 분을 모셨는데, 후에 다시 본업으로 돌아가셨지만, 이분이 원래 꽤나 잘나가던 만화 스토리 작가 출신이었다. 그가 한번은 술자리에서 아주 진지한 목소리로 이렇게 말하는 거였다. "내가 말야. 명작들의 창작 원리를 알아내리라 결심하고는 집 앞에 텐트를 치고 들어앉은 적이 있었어. 만화책 1,000권을 다 읽을 때까지 절대 나오지 않겠다고 선언한 거지." 입산수도도 아니고 웬 텐트? 이게 무슨 뚱딴지같은 소리냐! 하지만 시나리오에 대한 꿈을 지녔던 나는 맥주병을 기울여 졸졸 따라주면서 부추겼다. "그게 뭔데요?" 그러자 득도한 우리 부장님, "텐트생활 마치고 1주일 만에 나올 때 나는 깨달았어. 그건 바로 3박자의 법칙이었지. 어, 술이 떨어졌네?" 이분은 또 짝수를 싫어해서 일어설 때 빈 병을 세어서 짝수가 되면 반드시 한 병을 더 시켜 홀수를 채워야 "술 한번 잘 마셨다!" 하고는 그날의 술자리를 파했다. 그러니 술자리는 매번 길어질 수밖에 없었다.

그는 괴짜였지만 창작가로서의 자긍심이 컸던지라 후배 편집자에게는 언제나 작가를 대할 때의 자세를 강조했다. 그건 나이가 많건 적건, 작품이 좋건 나쁘건, 잘나가건 못 나가건, 일단 출판계약을 하는 순간부터 작가는 저자로서 최고의 대우를 받게 해줘야 한다는 것이다. 사실 민감한 문제인데, 그 생각에는 회사와 작가의 이해가 충돌할 때 편집자가 작가 편에 서서 사고해야 한다는 것까지도 포함되어 있다. 말하자면 그건 '네가 대접받고 싶은 대로 상대를 대접하라'는 황금률의 원칙이었다. 담당편집자마저 작가를 대변해주지 않으면 출판사와 작가의 관계는 쉽게 돈의 논리에 휩쓸려서 장기적인 파트너십을 형성하기 어렵기 때문이다.

'작가의 편에 서서 사고하기'는 그렇게 편집자로서 내 원칙이 되어버렸고, 나중에 이 문제 때문에 나는 회사 내에서 두고두고 진통을 겪어야 했다. 지금도 경영상의 편의라든지, 단기적 이익에 눈이 멀어 황금률을 너무 쉽게 깨버리는 경우를 종종 본다. 경영자는 자신이 가슴에 품고 있는 것이 돈인지 가치인지 곰곰이 따져보아야 한다. 돈을 품은 자에게는 가치가 따르지 않지만, 가치를 품은 자에게는 자연스럽게 돈과 사람이 뒤따른다. 따라서 최고경영자는 단기 실적에 급급한 중간관리자들 때문에 회사의 가치가 훼손되지 않도록, 직원들에게 언제나 비용보다 우선되는 명확한 가치와 비전을 제시하여야 하고, 또 그것이 지켜지도록 꾸준히 관리해야 한다.

'작가의 그림자'라는 정의를 받아들이면 이것은 실무에서 저절로 체화되게 마련이다. 원고의 속살을 만지다 보면 편집자가 예상보다 깊숙이 개입해야 될 때가 많다. 그런데 어떤 책에서는 「편집자 서문」에서부터 「편집자 해설」, 게다가 본문 여기저기에서 튀어나오는 '편집자 주'까지, 편집자가 원고를 자기 식으로 해석하고 그 흔적을 마치 영역 표시하듯 자랑스럽게 남겨놓은 경우를 보게 된다. 그건 과잉친절을 넘어 독자의 눈살을 찌푸리게 만드는 짜증스러운 행위이다. 편집에는 이미 하나의 세계관이 반영되어 있다. A, B, C와 A-B-C 그리고 AB, C는 모두 다르다. 각각 A가 있고 B가 있고 C가 있다, A가 있어서 B가 있고 그 결과 C가 있다, AB는 C와 다른 하나의 범주를 형성한다 같은 다양한 의미 부여가 가능해진다. 이런 디테일을 다루면서 작가의 생각이 독자에게 가장 잘 전달되도록 돕는 것이 편집자의 기본적 책임이다. 작가를 빛나게 만들어야 할 편집자가 자기 목소리를 높인다면 이는 제대로 된 편집자라 할 수 없다. "이렇게 엉망인 원고를 이렇게 공들여서 책으로 만들었어요!" 이건 동료끼리 할 소리이지, 독자에게 절대 들려줘서는 안 될 소리이다. 따라서 '작가의 그림자 뒤로 사라지기'는 편집의 기본기 중의 기본기이다. 서툰 편집자일수록 책에 흔적을 많이 묻히게 마련이다.

그런데 다양한 경험이 쌓이고 출판을 바라보는 시야가 넓어지면서, 나를 가두고 있던 이 정의에 서서히 균열이 생기기 시작했다. 이 정의만으로는 나의 업에서 설명할 수 없는 부분이 너무 컸던 것이다.

독자의 시종

하기 싫은 일을 아주 오랫동안 하면서 참고 있으면 반드시 병이 생긴다. 주부 홧병. 뭐 이런 게 대표적일 텐데, 마음의 병이 과해 결국 몸으로 아프게 된다. '편집자는 작가의 그림자다'라는 정의답게 나는 그 후, 이매진이라는 장르문학 웹진을 만들고 운영하면서 수많은 작가를 만나고 원고를 독촉하는 일로 한세월을 보냈다. 이때는 피와 살에 붙은 힘을 꺼내 썼다. 그러다가 원하지 않던 상황이 닥쳐, '마술램프'라는 대중소설 브랜드 론칭으로 뼈에 붙은 힘마저 꺼내 쓰고 나니, 나는 정말 소진된 느낌을 받았다. 그야말로 번아웃burn out. 하지만 "하얗게 불태워버리고 말았어"라고 말할 수 있었으면 좋겠는데 그렇지가 못했다. 뭔가 타다 만 듯한, 불완전 연소되어 불가로 치워진 고깃덩어리 신세가 된 느낌이었다. 그래서 열흘 동안 병가를 내고 다시 출근해보니, 난생처음 보는 새로운 팀장이 내 자리에 앉아 있었다.

두 번째 단계는 그렇게 해서 시작되었다. '그림자' 따위의 소극적 정의로는, '편집자는 그저 수명이 다할 때까지 쓰다가 버리면 되는 일회용품'이 될 뿐이라는 것, 스스로 핵심 가치를 만들어낼 수 없다면 언제나 이용당하는 신세가 된다는 것, 결국 편집자가 진정으로 섬겨야 할 것은 작가도, 회사도 아니라 독자라는, 아주 기본적인 사실을 깨달았다. 그래서 그때부터는 '편집자는 독자의 시종이다'라는 두 번째 정의를 가슴에 품게 되었다.

그즈음에 나는 예스24에서 만든 출판법인 북키앙의 편집팀장으로 일했는데, 북키앙은 판권에 편집 담당자를 표기할 때, '북피디'라는 독특한 표현을 썼다. 그건 편집자에게 상품의 기획, 제작, 유통, 홍보, 마케팅 전반을 책임지는 총감독으로서의 역할을 기대한 당시 사장님의 지론이었다. 그래서 마케터가 결합했던 잠깐의 시기를 빼고는, 실제로 편집자가 상품 기획에서부터 편집, 제작, 마케팅까지를 모두 관리하며 회사를 꾸려나가야 했다. 그때는 사무실에 앉아 있는 시간보다 디자인회사에 가 있거나, 대형서점 구매과의 대기의자에 앉아 면담 차례가 오기를 기다리거나, 또는 감리를 보러 인쇄소를 드나드는 시간이 더 많았다. 아침마다 오더피아를 확인해보면 한심한 숫자의 주문이 들어와 있었지만, 그래도 앞으로 만들 책과 만들고 있는 책에 대한 기대로 행복했던 시기였다.

그렇게 작가에서 독자로 시선이 옮겨가면서 나의 기획 방향도 서서히 '작가의 의도'보다 '기획의 의도'가 더 중요한 타이틀로 옮겨가기 시작했다. 외서 기획은 당시 노하우가 부족했고 시장을 보는 눈도 여전히 협소해서 에이전시에 판권을 문의하는 책이라고 해봤자 나의 좁은 관심사를 벗어나지 못했다. 반면, 국내 기획에서는 시야가 넓어지는 몇몇 계기가 있었는데, 〈난타〉로 유명한 PMC프로덕션 송승환 대표의 책을 진행할 때도 그랬다.

처음 시작은, "이거 책으로 한번 만들어보면 어떨까?" 하고 건네받은 작은 동영상 한 편이었다. 인터넷기업가협회에서 강연한 송승환 대표의 30분짜리 동영상 강의 파일이었다. 별 기대 없이 냉정히 보았는데 보다 보니 가슴을 뛰게 만드는 무언가가 분명 있었다. "한번 만들어볼까요?" 이때부터 '말에 잉크를 묻히는' 과정이 시작되었다. 먼저 어떻게 만들겠다는 설명보다는 왜 북키앙에서 책을 내야 하는지를 구체적으로 설득하는 제안서를 작성해서 송 대표 측에 보냈다. 결국 최종적으로 우리 쪽 제안이 채택되었는데 나중에 송 대표 사무실을 방문해보니 다른 출판사에서 보내온 제안서가 무려 다섯 통이나 먼저 도착해 있었다. 지금 생각하니 좋은 원석을 잘못 다듬어 망쳐놓은 듯해서 그분들께 죄송하고 창피할 노릇이지만 당시에는 무식하니까 용감할 수 있었던 것 같다.

그 뒤 우여곡절은 굳이 적지 않는 게 좋겠다. 다만 그 작업을 통해 나는 하나의 아이디어에서 시작된 '컨셉트'를 어떻게 육체를 지닌 '책'으로 만들어낼 수 있는지에 대한 실제적인 감각을 체득할 수 있었다. 그리고 그 과정 뒤에 숨어 있는 여러 '고수'의 존재를 알게 된 것도 크나큰 수확이었다. 그들이야말로 독자의 편안한 독서를 위해 작가의 그림자 뒤로 숨을 줄 아는 은둔의 고수들이었다. '독자의 시종으로서 작가의 그림자 뒤로 숨기.' 그렇게 해서 두 정의는 하나의 지점에서 완벽히 수렴되었다.

'편집자는 독자의 시종이다'라는 정의를 내면화하면 무엇보다도 서비스정신이 중요해진다. 이 정의를 체득한 편집자들에게는 출판의 업태가 제조업에서 서비스업으로 둔갑한다. 손님이 식사하다가 목이 메면(=독자의 needs) 재빨리 다가와 물을 따라주는 눈치(=발빠른 기획)는 기본이요, 손님의 입에서 "아, 내가 진정 원하던 맛이 바로 이것이었어!" 하는 감탄사가 절로 터져나오게 만드는 요리(=독자 wants에 기반한 책)를 서비스하는 것이 편집이라는 업의 본질이 된다.

한동안 이 정의는 내 모든 판단의 기준이 된 전가의 보도였다. 컨셉트에 뼈와 살을 붙여 원고를 만들며 작가를 설득할 때에도, 원고에 가장 잘 어울리는 옷을 입히려고 출판사 내부 사람들을 설득할 때에도 '독자의 시선'을 잃지 않으려고 나름대로 애를 썼다. 하지만 자신이 만드는 책의 독자를 알기란 생각보다 쉬운 일이 아니다. 나 역시 입으로는 독자를 떠들어대면서도 정작 도대체 누가 읽을지도 모르는 책을 만들어놓기 일쑤였다. 주인이 무얼 좋아하고 싫어하는지도 모르는 사람이 시종 노릇인들 제대로 할 수 있을까? 앞으로 해야 할 공부가 너무나 많다.

그런데 최근 들어 뭔가 이상한 징후가 나타나기 시작했다. 도대체 내가 누구를 섬기고 있는지 헷갈리는 상황이 자주 발생하는 것이다. 출판동네가 거대자본이 주도하는 시장으로 급속히 재편되는 과정에서, 소중히 간직해야 할 정성적인 가치들이 정량적인 수치로 대체되기 시작했다. 편집 기획의 전 과정은 잘게 쪼개어져서 낱낱의 성과가 '경영 관리'의 대상이 되었고, 심지어 식스시그마 기법을 출판에 도입한답시고 페이지당 오자

343

율을 따지며 불량률 제로에 도전하자고 떠들어대는 소리도 들린다. 그 가관을 보고 있자면, 과연 출판업의 본질이 무엇인지 스스로 되묻지 않을 수 없다. 출판동네에 지금까지 볼 수 없던 새로운 괴물이 나타나 주인 행세를 하고 있는 셈이다. 그것은 작가도 독자도, 사람도 뭣도 아닌, 바로 '시스템'이다.

이 시스템은 사람이 설계한 것임에도 종국에는 그 설계자조차 자신에게 복무하게 만들 만큼 힘이 세다. 시스템은 '투여된 자본에 복무하라'는 진정한 메시지를 숨긴 채, '모든 것을 고객 지향적으로 판단하라'고 말한다. 독자에게 외면받는 상품으로는 원하는 사업이익을 올릴 수 없고, 투자 대비 수익률이 금리만도 못하다면 자본은 언제든지 미련 없이 철수한다는 것이 바로 자본의 논리이다. 결국 통역하자면, '자본을 위해 고객 지향적이 되라!'이다.

이렇게 되고 보니, 편집자들은 이상한 아이러니에 빠지고 말았다. 독자의 시종을 자처했던 편집자가 자신도 모르게 자본의 충실한 노예로 전락하고 만 것이다. 한두 번은 통할지 모르겠지만, 가슴에 돈을 품고서 겉으로는 독자를 위하는 척하는 제스처를 독자가 끝내 모를 리 없다. 그렇게 해서는 작가와의 사이에서 그랬듯이 결국 독자와의 관계에서도 황금률은 깨어지고 만다. 하지만 시스템은 정이 없으니, 아, 이놈의 시스템! 정말 골치 아픈 노릇이다.

상황이 이 지경이 되자, 내 안에서 다시 심각한 위화감이 고개를 쳐들기 시작했다. 이 정의를 가지고 내가 과연 편집자로서 나머지 인생을 살 수 있을까? 이쯤 해서 다시 새로운 정의가 필요해진 것이다.

편집가

책 만드는 일, 특히 편집을 업으로 삼을 수 있으려면 꾸준한 노력이 전제되었을 때, 그 일로 일가一家를 이룰 수 있어야 한다. 독자도, 작가도 중요하지만 결국은 자기 안에서 굳은 등뼈가 자라나 스스로 설 수 있어야 한다. 그래야 다른 어느 것에도 휘둘리지 않는 자기만의 중심을 가질 수 있다.

하지만 편집자로서 경력을 쌓아가다 보면 얼마 지나지 않아서 기획자나 마케터, 관리자나 경영자, 기타 다른 무언가가 되라는, 주위의 보이지 않는 압력을 견뎌내야 하는 것이 우리의 현실이다. 사실, 편집자의 시각만을 고집한다면 시장을 보는 눈은 자연히 협소해질 수밖에 없다. 따라서 편집자는 자신을 둘러싸고 규정하려는 알 껍질을 끊임없이 깨뜨리며 스스로의 영역을 확장해가야 한다.

나는 기본적으로 편집을 기획행위가 포함된 광의의 정의로서 생각한다. 앞서 말했듯이 '말에는 잉크가 묻지 않는다'. 가끔, 자신을 애써 기획자라고 소개하거나 어떻게든 교정교열을 안 보려고 하는 후배들을 보게 된다. 하지만 눈을 자극하는 화려한 것만을 좇으며 정작 원고의 속살 만지기는 꺼려한다면, 어떻게 책을 기획한다고 말할 수 있을까?

그래서 난 편집자가 이렇게 자기 스스로를 부정하며 내부로부터 멸종해버리기 전에 새로운 정의를 가져야 한다고 생각했다. 그건 바로 '편집자는 편집가篇輯家다'라는 편집자의 '창조자creator'로서의 역할을 강조하는 정의다. 이제 우리나라의 편집자도 소설가나 다른 예술가처럼 자기만의 분야에서 일가를 이루어낼 수 있어야 한다. 편집가가 되는 일은 어쩌면 맞춤법 자동검사기가 틀렸으니까 어서 고치라고 죽 그어놓은 빨간 줄을 견뎌내는 일과 다름없을지 모른다. 그러기 위해서는 편집자 스스로가 충분히 즐거워야 한다. 대박이라는 기차의 꽁무니를 좇아 허겁지겁 뛰지 말며, 시장과 독자를 피해 외곬으로 고립되지도 말아야 한다. 경쟁의 질서 바깥이 아니라 그 위에 서야 한다. 자신의 일을 즐기면서 대체 불가능한 창조적 가치를 만들 수 있어야 한다.

편집으로 세상을 편집하기. 새로움을 시도하는 편집자의 창작 의욕을 꺾는 수많은 편견과 과도한 노동 강도를 이겨내고, 편집을 예술의 경지로까지 끌어올리기. 나는 아직 그런 경지를 알지 못하지만 지금도 전인미답의 길을 걸으며 새로운 길을 만들고 계신 수많은 선배님들께 희망을 걸어 본다. 편집이건 다른 무슨 일이건 흙바닥을 구르면서 자신의 길을 꾸준히 걷다 보면 결국 하나의 정상에서 만나게 될 테니까. 그때쯤이면 각자 자신의 발에 묻은 흙을 자랑삼아 들어 보일 수 있지 않을까?

◆ **정상우**──── 러너. 올해로 10여 년째 출판·편집 일을 하고 있다. 지은 책으로는 '정서정'이라는 필명을 처음으로 사용한 『한밤의 운동장 달리기』(2006) 등이 있다. 프레스티지 미디어 〈SKOOB〉에 「탐서가의 여행」이라는 칼럼을 연재했다.

행복한 콘텐츠 프로듀서를 꿈꾼다

|

장치혁 위즈덤하우스 기획편집 8분사 부서장

나는 편집자로 사회생활을 시작하지 않았다. 나보다 나이 많은 사장과 부
장님들에게 영어를 가르치는 영어강사로 시작했다. 대학 졸업을 앞둔 시
점에 우연한 기회로 시사영어사(현 YBM/Si-sa)와 인연이 닿았고 졸업과 동
시에 삼성전자, 현대건설, 대우 힐튼호텔, 한국전력공사 등 대기업 영어
강사 생활을 시작하였다.

강사의 생활은 나중에 알게 된 사실이지만, 그 어떤 직업군보다 경쟁이 치
열하고 혹독한 면이 있었다. 흔히 가르치는 것 외에 신경 쓸 일이 없고, 투여
한 시간에 비해 고소득을 올리지 않냐 하지만 천만의 말씀. 동료간에도 드
러나지 않는 혹은 드러내놓고 싸우는(!) 치열한 경쟁과 시시각각 변하는 수
강생 숫자에 울고 웃어야 하는 생활이었다. 밥벌이 가운데 쉬운 것은 없다.

좋은 점도 있었다. 우리나라의 대표적 기업을 순회하며 각 회사의 독특
한 기업 문화를 생생하게 체험했다. 또 '가장 잘 배우는 방법은 남을 가르
쳐보는 것'이라는 말을 경험적으로 체득했다. 대학생의 때를 채 벗기도 전
에 10~20년은 나이가 많은 어르신들을 가르쳤다. 내 영어실력도 많은 진
전을 보았다. 혼자 익혔을 때 듬성듬성 비어 있던 지식의 파편들이 효율적

으로 강의하기 위해 노력하다 보니 하나의 통합지統合智로 잘 정리되는 느낌이었다.

편집세계를 기웃거리다

편집자가 되기 이전에도 책에 대한 애정은 상당한 편이었다. 아니, '책' 이전에 인쇄물에 대한 애정이었다. 막 발간된 책에서 나는 종이 냄새와 잉크 냄새를 좋아했다. 편집에 관심이 쏠린 발단은 이렇다. 강사 시절 우연히 지인의 사무실에 들렀다. 시사영어사 편집국. 문화적 향기가 넘쳐나는 고상한 분위기에 완전 매료되었다. 더군다나 내가 좋아하는 영어를 가공해서 책으로 만들어낸다는 사실에 야릇한 흥분감도 일었다.

며칠 후 다짜고짜 편집국장에게 전화를 걸었다. "나는 이러이러한 사람인데 편집자로 채용해보시지 않겠느냐"고 물었다. 편집국장은 의외로 흔쾌히 약속을 정했다. "공채 시기는 아니지만 본인의 적극성이 돋보이므로 간단한 시험을 쳐보자"라고 했다. 그 '간단한 시험'은 두 시간은 족히 넘는 까다로운 영어 번역과 작문이었다. 그렇게 시험에 통과하고 편집자 생활을 시작했다. "강사 시절보다 연봉이 많이 짤 텐데 그래도 괜찮겠냐"고 물었다. 나는 "좋아하고 보람 있는 일을 하기 때문에 상관없다"고 대답했다. (훗날 그 '짠 연봉'의 누적분이 '보람'의 누적분을 상회했을 때 그 말을 취소하고 싶었다.)

시사영어사는 영어를 매개로 상상할 수 있는 모든 것을 다 하는 곳이었다. 그 중에서도 편집국은 콘텐츠 생산의 꽃이었다. 단행본도 만들고 잡지도 만들고 회원제 패키지 프로그램도 만드는, 그야말로 종합적인 영어 출판국이었다.

당시 시사영어사는 영어 월간지와 토익 단행본으로 한참 재미를 보았다. 다섯 종의 영어학습 월간지는 영어잡지업계 부동의 1위를 고수했고, 토익 단행본 분야에서는 철옹성이었다. 대표작으로는 누적 100만 부를 넘긴『안박사 토익』(1993), 80만 부를 넘긴『점수대별 토익 시리즈』(1996), 100만 질이 넘는 판매고를 올리며 '빨간 책'이라 불린 '세계명작 영한대역문고 100권 시리즈' 등등 무수한 블록버스터 영어교재들을 자랑하고 있었다. 서점들은 시사영어사에서 낸 토익책이라면 쌍수를 들어 환영했다. 토익 단행본 평대의 90퍼센트 이상을 시사영어사 책으로 도배하다시피했다. 2002년 새로운 흐름이 나타나기 전까지 거의 독점상태였다.

나는 1996년 입사 이래 영어단행본부, 영어잡지부의 여러 팀을 두루 거쳤다. 초기의 꽤 오랜 시간을 영어잡지부에 근무하면서 취재도 하고 글도 쓰고 편집도 하고 번역도 했다. 꽤 다양한 스펙트럼을 체험했다. 잡지의 특성상 다루는 '아이템'(잡지에서는 '꼭지'라고 부르는데, 첨엔 어떤 것이 연상되어 좀 웃겼다)이 무척 많았기 때문이다.

잡지팀에선 단행본도 함께 만들었는데, 1996년 내가 처음 기획하고 편집해서 출간한 단행본이 홍종득 기자의『영어회화, 인터넷 유머로 잡는 비결』(1997)이다. 기획 개념이 들어간 출판이 거의 없던 시절이었지만 나름 기획을 넣어보려 시도한 첫 책이다. 편집과 교정교열에도 정성을 듬뿍들였다. 책 제목은 내가 따로 정해놓은 게 있었다. 그런데 저자는 "요즘 긴 제목이 유행이니 제목을 길게 뽑자"며 막판에 제목을 수정했다. 하지만 판매는 7,000부 수준에 그쳤다. 돌이켜보니 상품성의 절반은 제목인데, 감으로 때려 뚝딱 짓는 제목이 통할 리 없었다. 좀더 면밀한 출판기획의 방법론이 필요했는데, 그런 것을 알려주는 선배도 책자도, 그 어떠한 가이드도 없었다. 그 뒤로도 단행본 몇십 권을 만들었는데, 그 중 한 권이 10년이 지난 지금도 팔리고 있는 『Vocabulary 22000』(1997)이다. 이 책은 출간 당시에도 10만 부를 넘겼고 지금까지 누적 100만 부의 판매고를 올린 베스트셀러 겸 스테디셀러이다.

영어를 소재로 잡지를 만드는 일도 무척 재미있었다. 잡지 편집은 동시대 시사의 흐름을 간파하게 된다는 장점 외에도, 매달 의무적으로 읽어치워야 했던 영어 텍스트가 꽤 많아서 영어실력 향상으로까지 이어졌다. 좋아하는 일과 직업이 일치하면 큰 시너지 효과를 낸다. 영어잡지 시장은 절정기를 향해 치닫고 있었다. 그 당시 시사영어사에서는 〈내셔널 지오그래픽 한국판〉 〈시사영어연구〉 〈영어세계〉 〈데이트라인〉 〈뉴스위크21〉 〈오디오매거진〉 등 매달 6~7종의 잡지를 발간했다. 발행부수도 잡지마다 월 2만~5만 부 수준으로 꽤 만족스러웠다. 게다가 어학교재의 특성상 오디오테이프와 CD가 부록으로 딸려 있어서 2~3만 원 이상 받을 수 있었는데, 단행본에 비해 높은 마진 구조를 보장했다.

잡지는 매달 만들어야 하므로 마감 개념이 단행본보다 급박했다. 영어잡지 팀장 일을 오래하다 보니 한 달, 한 달이 1주일처럼 후딱 지나갔다. 여름휴가 갔다오면 어느덧 제야의 종소리를 듣곤 했다. 돌아보니 몇 년이 흘렀다. 그 사이 잡지 시장에 다른 흐름이 형성되었다. 잡지가 서서히 쇠퇴기에 접어든 것이다. 문제는 인터넷이었다. 인터넷이 보편화되기 전에는 해외 고급 정보를 일간지와 월간지를 통해서만 접할 수 있었다. 하지만 인터넷 때문에 모든 기득권이 무너졌다. 사람들은 인터넷으로 접할 수 있는 해외 정보를 굳이 비싼 구독료 내가면서 잡지로 접하기를 거부했다. 월 구독자 수가 2000년 즈음을 기점으로 꺾였다. 2001년까지 월 구독자를 기존 수준만큼이라도 붙들기 위한 힘겨운 싸움이 이어졌다. 하지만 대세를 바꾸기에는 역부족이었다. 이미 업業의 경계가 바뀌고 있었던 것이다.

단행본의 가능성을 타진하다

개인적으로 고민을 거듭한 뒤 단행본 쪽으로 말을 갈아타기로 결심했다. 그렇다고 영어수험서만 기계적으로 찍어내는 단행본은 하기 싫었다. 기획이 가미된 단행본 출판을 하고 싶었다. 30여 쪽에 달하는 신설팀 창단 제안서를 편집국장에게 올렸다. 제안은 통과됐다. 그래서 특별 단행본기획팀이 만들어졌다. 자칭 BS기획팀. BS가 'Best Seller'의 준말이 될지 'Bad Seller'의 준말이 될지는 내가 하기 나름이었다. 전혀 새로운 판을 짜보겠다고 덤빈 겁빈 도전이었다. 나는 아침마다 팀원들과 옥상에 올라가 'BS팀 10계명'을 복창했다.

'1. 우리는 대한민국 최고의 저자들을 우리의 친구로 삼는다. 2. 우리는 내가 소비자가 되어 지갑을 열어도 한 치도 손 떨리지 않을 그런 책을 만든다. 3. 우리는… '. 뭐 이런 식의 구호였다. 팀원들이 열심히 복창해주어 뿌듯한 기분으로 1주일을 살았다.

기획팀에서는 오롯이 '선기획 후집필'의 프로세스로만 책을 만들었다. 기획안과 구성안을 미리 짜두고 그에 알맞은 저자들을 물색, 계약, 집필하게 하는 프로세스였다. 그런 식으로 하다 보니, 원고를 받기도 힘들었고 종과 종 사이 출간 대기 시간도 길어졌다.

우여곡절 끝에 기획했던 책들이 하나둘 산고를 치르고 나왔다. 순국내파지만 토익시험에서 만점을 받은 일곱 명을 물색해 그들의 노하우를 들어보는 컨셉트의 『순토종 영어도사 7인의 토익만점 족보공개』(김현정 외 6인,

351

2003)라는 두꺼운 책이 기억에 남는다. 서점 어학 관계자들의 반응은 상당히 좋았던 데 비해 실판매는 1만 5,000부 정도에 그쳤다. 기획이 부족하기도 했겠지만, 애초 컨셉트가 경영진의 거부할 수 없는 조언(?)으로 크게 흔들리면서 죽도 밥도 아닌 책으로 출간되었던 게 요인이었다. 기획과는 다르게 지나치게 수험서처럼 태어난 것이다. 그 뒤로 개발한 '세 살부터 여든까지의 인생 영어'라는 컨셉트의 『0380 ENGLISH』(아이작 더스트, 2003)도 비슷한 프로세스를 거쳤는데 그나마 2만 부 가량 판매되었다.

그 뒤로도 책 자체의 기획 컨셉트는 괜찮았으나 경영진과 영업부의 심한 간섭으로 제목과 구성이 왜곡된 책이 여러 권 있었다. 기획 단계부터 간섭했으면 고맙게 수용했을 텐데, 그때는 별말 없다가 꼭 출간 즈음이면 의견이 다르다며 방향을 뒤집어놓기 일쑤였다. 뼈아픈 시행착오를 거치며 깨달았다. 상사가 반드시 더 나은 의견을 제시하는 것은 아니라는 사실을. 편집권은 편집장에게 넘기는 것이 회사를 위해서도 더 득이 됨을. 흔들리지 않는 컨셉트 유지를 위해서는 사전부터 충분한 부서간 조율이 이루어져야 함.

2003년에 개발한 『토익기출 1000제 Listening, Reading』(김대균, 2003)은 35만 부 이상 판매되는 대박을 쳤다. 당시 주요 서점의 '2003 어학 부문 올해의 책'으로도 선정되었다. 그 뒤로 17만 부 이상 판매된 『김대균의 기출＋@시리즈』, 5만 부 이상 판매된 『유수연의 기출토익 교과서 Listening, Reading』, 통신회원용 학습프로그램 교재 『토익아카데미 PRO 시리즈』, 영어로 PT하는 법을 재미있게 구성하려 노력했던 『영어 프레젠테이션 첫걸음』, 대학가 강의 채택 전용 교재 『플라톤 토익』, 『Superb Elite TOEIC 모의고사』 시리즈 외 다양한 책을 기획하고 진행하였다.

2005년에는 영어강사 경험과 편집자 경험을 녹여 영어책을 직접 집필했다. 영어회화에 꼭 필요한 기본동사 열 개와 전치사 열 개를 알기 쉽게 그림(삽화는 전부 내가 그렸다. 아마추어적이었지만 내용 전달은 잘되었다는 평가를 받았다)으로 이해시키는 『나비효과 KEY 20』을 출간했다. 처녀작치고는 꽤 성과를 올려 출간 2주 만에 외국어 분야 베스트셀러 1위에 올랐다. 내친김에 2탄을 두 달 만에 집필하고 편집까지 담당하여 같은 해 9월에 출간했다. 이름하야 『나비효과 영문법』(레오짱, 2005). 이 책 또한 출간 직후 외국어 베스트셀러 3위에 올랐다.

가치의 터닝포인트를 돌다

그렇게 커리어의 꼭대기를 향해 오르다가 그해 겨울 갑자기 추락점으로 떨어졌다. 무리했던 탓일까. 병석에 눕고 말았다. 수개월 동안을 집에서 아무 수입 없이 비참하게 누워 있어야 했다. 내 인생의 최저점까지 내려가 완전히 바닥을 친 기분이었다. 그해 겨울은 그렇게 슬픔과 안타까움으로 가득 차 있었다. 처음엔 분노였으나 차츰 평온을 되찾으며 생각의 전환을 경험했다. 길지도 짧지도 않은 내 인생 전체를 돌아보는 시간이었다. '진정 나에게 가치 있는 일은 무엇인가?' '진정 내 가족과 이웃에 가치 있는 일은 무엇일까?' '이제부터 그것을 위해 살 순 없을까?'

아파서 쉬는 동안 진지하게 고민했던 나의 변화된 가치들에 대한 답을 복귀한 직장에서 구하기에는 뭔가 궁합이 안 맞았다. 비전과 철학이 달랐다. 창업주의 마인드부터가 나의 바람과는 한참 거리가 있었다. 무엇보다 나는 새로운 출판 노하우에 대한 갈급증이 있었다. 하지만 조직에서는 그것을 채워주지 못했다. 나의 커리어에 멘토 역할을 해줄 만큼 오롯이 출판과 기획에 대한 실력을 가진 상사가 없었다. 회사 창립 40년이 넘었고 직원 수 3,000명 이상의 거대 조직이어서 생긴 동맥경화현상이었을까? 상대적으로 무사안일주의적 사고에 사내 정치적 플레이에만 관심 있는 사람들이 많았다. 획기적인 변화가 필요했지만 아무도 변화를 주도할 생각이 없는 듯 보였다. 조직에 대한 회의는 심해졌다. 10년 넘게 몸담았던 직장을 퇴직하기로 결심했다. 그리고 나만의 '콘텐츠 사업'을 연구하던 시기에 새로운 인연이 시작되었다.

위즈덤하우스는 언론 기사를 통해 구체적으로 알게 되었다. '직원들을 정녕 동반자로서 아낀다' '직원의 성장과 회사의 성장을 (구호에만 그치지 않고) 실제 실천해나간다' '직원들에게 아침밥을 주는 회사' 등등. 독자로서는 『한국의 부자들』로 2003년에 이미 인연을 맺었던 것 같다. 회사가 생긴 지 얼마 되지 않지만 대단한 기세로 성장하고 있어서 나의 눈길을 잡아끌었다. 오랜 전통과 큰 자금 여력, 큰 조직 규모가 개인의 커리어 계발에는 그다지 도움이 되지 않음을 절감했던 나는 다음의 몇 가지에 크게 공감했다.

각 분사가 독립된 업무 권한과 발언권을 가지고 책임과 자율권이 확실하게 보장된다는 점, 직원들의 다양한 의견이 여러 회의 채널을 통해 경영에 반영되도록 제도화되어 있다는 점, 함께 학습하고 연구하는 분위기의 조직이라는 점, 멘토로 삼아 배울 만한 상사들이 있다는 점 등에서 나는 위즈덤하우스를 택했다. 또 매월 매출이 일어나는 만큼 직원들에게 인센티브를 주고, 연말에 추가적으로 이익 인센티브를 준다는 것도 놀라운 발상이었다. 그 밖에 회사의 복리후생제도도 기존 출판사에서는 들어본 적 없던 파격적인 것들이 많았다. 위즈덤하우스 창업자이자 대표이사인 김태영 사장과 만났다. 스카우트 제의에 나는 기꺼이 뜻을 함께하기로 했다.

그리고 위즈덤하우스의 일곱 번째 분사인 8분사를 만들었다. (4분사는 4라는 숫자에 대한 기피 때문에 없다. ^^;)

새 출발에는 시동 스파크가 필요하다!

위즈덤하우스가 본격적인 종합출판사로서 면모를 갖추는 데 도움이 되고 싶었다. '준비 과정을 거쳐 어학단행본 브랜드인 '잉크'를 론칭했다. 잉크는 'English Cracker'의 준말이다. 어려운 영어학습 내용물을 크래커처럼 맛있고 먹기 좋게 만들겠다는 포부로 지은 말이다. 사내 공모를 통해 선정하였다.

새로운 분사의 철학과 원칙을 정립하고 새로운 조직원을 채용하고 서로 호흡을 통일하는 과정을 거쳤다. 2007년 6월 드디어 내가 의욕적으로 기획한 첫 책『창피모면 굴욕예방 영어상식 99』(이상빈)를 출간했다. 영어를 공부하려면 알고 있어야 할 최소한의 상식이라 할 것을 집대성해서 보여주자는 게 취지였다. 출간 즉각 교보문고, 예스24, 인터파크 등 주요 서점의 어학 베스트셀러 1위를 차지했다. 그리고 꽤 오랫동안 1위 자리를 고수하며 2007년 하반기 내내 사랑을 받았다.

잉크의 두 번째 책은 전혀 책을 써본 적 없는 완전 초짜 저자의 것이었다. 집필 경험이 전무해서 성공을 가늠하기 어려웠지만 약점을 강점으로 바꾸고 싶었다. 너무나 평범한 그의 배경이 오히려 독자들의 공감을 얻을 수도 있으리란 판단 아래 그의 학습법에 독특한 네이밍을 붙여『훈민정음 잉글리시』(최광호, 2007)를 출간하였다. (이 제목은 연석회의에서 마케터가 제시한 아이디어였다. '사전 부서간 연석회의'의 유용성이란!) 반응은 기대 이상이었다. 이 책 역시 주요 서점의 어학 베스트셀러 1위를 차지했다.

제3탄으로 삽화에 물적·시간적 공을 많이 들인 단어책『영단어 이래도 모르겠니?』(장계성·강윤혜)를 출시했다. 8분사 창단 초기부터 부서원들과 함께 머리를 맞대고 기획한 책이었지만, 기대반 걱정반이었다. 삽화비가 많이 들어 개발비가 높게 나왔는데 혹시라도 반응이 없으면 어쩌나 하고 말이다. 독자들은 우리의 고민을 외면하지 않았다. 반응은 뜨거웠다. 당장 주요 서점 어학 베스트셀러 1위를 점령했다.

그 다음으로는? 오랜만에 내가 다시 저자가 되어 낸 책이다.『우주에서 제일 쉬운 영어책』. 이 책은 위즈덤하우스 합류 전부터 생각해두었던 아이템이었다. 컨셉트는 '영어 광풍이 휘몰아치는 세상에서 30대인 당신을 구원할 최소한의 영문법을 스토리텔링 형식으로 엮은 책'이었다. 이 책 또한 반응이 뜨거웠고 즉각 어학 베스트셀러 1위를 점령했다. 이로써 잉크는 4연속 안타를 날린 셈이었다.

2007년 말에 다섯 번째, 여섯 번째 책을 출시하였다. '영어회화 태클 거는 문법 강박증을 단숨에 날려버릴 특급 처방전'이라는 부제의『영문법 이래도 모르겠니?』와 내가 오래 전부터 존경했던 외대 통번역대학원 이창수 교수의『오리과장 영어로 날다』이다. 역시나 흡족한 구성과 내용으로 좋은 반응을 얻었다. 이러한 성과는 100퍼센트 내부 기획과 철학을 담은 구성으로 이뤄낸 성과라는 점에서 뜻깊다고 생각한다.

나만의 가치 필터 가지기

경쟁이 격화되는 출판시장을 헤쳐 나아가려면 자신만의 비장의 무기가 하나쯤은 있어야 한다. 혼탁한 물을 필터로 걸러 깨끗한 물을 만들듯이 나도 나만의 '출판기획 필터'라는 걸 정립했다. 각 프로세스 단계마다 40여

항목이 있는데 뭉뚱그려 몇 개만 소개하면 이렇다.

- 소비자로서 내 돈 내고 이 책을 살 수 있을까? 내 돈을 내고 사기에 한 치도 손 떨리지 않을 만한 책인가?
- 독자가 이 제목에서 과연 무엇을 느끼고 얻을까? (이 책, 이 기획은 공급자 중심의 그것은 아닌가?)
- 개발자인 나부터 재미있게 쏙 빠질 만한, 행복해질 만한 책인가?
- 제목-부제-표지-차례-본문 구성에 이르기까지 컨셉트의 일관성이 끝까지 잘 유지되었는가? 방향성이 유리되어 따로 노는 부분이 있지는 않은가?
- 30쪽이 넘어가도 온몸이 뒤틀리고 좀이 쑤시지 않을 만한 구성법인가?

이러한 필터를 두는 이유는? 개발 과정에서 나도 모르게 공급자적 관점에 매몰되기 십상이기 때문이다. 애초 의도했던 고객 중심의 기획에서 유리되기 쉽기 때문이다. 나는 고객 니즈에 철저히 부합하는 출판을 지향한다. 고객과 관련 없는 것이라면 별로 상관하지 않는 태도를 견지하고 싶다. 고객에게만 통하면 누가 뭐래도 흔들리지 않는 뚝심을 갖고 싶다. 고객이 돈을 주고 사는 것을 '가치'라 정의한다면, 가치는 만드는 사람이나 파는 사람이 결정할 수 있는 게 아니라, 사는 사람인 고객이 결정하는 거니까. 그래서 경쟁자를 보기보다는 변화하는 독자들의 요구를 중심으로 출판시장을 보려고 노력 중이다.

위즈덤하우스 8분사 출판의 키워드는 'LESS'일 수도 있다. Loving, Entertaining, Simple, Saving을 줄인 말이다. 독자를 사랑하는 마음으로 만들고, 독자가 즐거워하게끔 만들고, 단순해서 간편하게 만들고, 높은 가치에 비용이 적게 드는 출판을 하고 싶다.

분명한 것은 열정적인 개인이 성공하고 열정적인 회사가 성공한다는 것이다. 사명감에 불타고 자기 일에 동기부여가 확실한 구성원의 회사가 그렇지 않은 회사를 압도한다. 동기부여 없이 신나게 일하도록 만드는 것도 참 어려운 일 같다. 회사의 규모와는 전혀 다른 문제다. 그래서 나는 큰 규모의 경쟁자들이 겁나지 않는다. 남다른 사명감과 동기부여로 '열정'에서 그들을 능가할 자신이 있기 때문이다. '사업적 성공'이라는 것에 더 가까운 요소는 수치가 아니라 직관, 통찰력, 사명감, 열정, 용기 같은 비이성적 요소인 것 같다.

나의 궁극적 지향점은 기존 출판의 한계를 벗어나 새로운 성장동력을 찾는 것이다. 좁은 국내 출판계에서 아웅다웅하는 것도 속 좁아 보인다. 탁 트인 가슴으로 글로벌로 진출해보는 건 어떨까. 또 종이 출판에만 머무르지 않고 종합적인 콘텐츠업으로 도약해보는 건 어떨까. 허황한 소리라할 사람도 있을 것이다. 하지만 꿈의 아이러니는, 그게 누군가에겐 소중하지만 다른 이들에겐 가소롭게 느껴진다는 점일 것이다. 커다란 꿈일수록 그런 것 같다. 하지만 세상을 바꿔온 것은 바로 그런 이들의 꿈이었음을 믿으며 오늘도 전진하련다.

◆ **장치혁**——경희대학교를 졸업할 즈음 처음 본 TOEIC 시험에서 만점을 받고 시사영어사 영어강사로 사회생활을 시작했다. 삼성전자, 현대건설, 대우그룹에서 영어 전임강사로 인기를 끌었다. 1996년 출판계에 입문하여 시사영어사에서 영어학습 월간지 편집장과 단행본 편집장을 거쳤고, 현재는 위즈덤하우스에 8분사를 설립하여 새로운 사업조직을 성장시키는 데 몰두하고 있다.

그때 그 시절 '칼잡이'를 아시나요?

백광균 예림당 편집이사

갑자기 왜 그 생각이 났는지 모르겠다. 동료들과 점심을 먹으며 말했던 것인데 "4시간 12분이었어. 남들은 서브 3(마라톤에서 3시간 안에 완주함을 이르는 말. 달림이들 사이에선 단어 이상의 권위(?)와 의미가 있다)도 한다는데, 난 서브 4도 못하고 이렇게 됐잖아……." 누가 물은 것도 아니고 반성하라고 압박을 가한 것은 더더욱 아니었는데 불쑥 그 말이 나왔다. 아마 무슨 일을 놓고 아주 극한까지 밀어붙이는 뚝심 같은 걸 미덕으로 치켜세우는 동료의 말끝을 잡고 자기반성 겸 내뱉은 말이었나 보다.

그래, 마라톤처럼

그러니까 3년 전쯤, 하는 일이 권태로워지고 모든 게 너무 평온해서 탈이었던 때(제 주인의 미필적 고의에 힘입어 '배'는 갈수록 부피만 늘려가던 즈음이기도 했다) 마라톤을 해보겠다고 한강변을 달리기 시작하고, 어느 날 한 마라톤 고수(나의 마라톤 은사. 'ㄷ'출판사 대표)에게 발탁(?)되어 동호회에 가입하고, 제법 열심히 달렸고, 그리하여 이른바 '달림이'가 되었다.

달리기를 하겠다고 마음먹게 된 동기가 자못 비장하기까지 한데, 사실

지나온 생을 통해서 가장 피하고 싶었던 일을 꼽으라면 단연 "달리기요!"
라고 외칠 만큼 달리기는 너무 높은 벽이었고, 그 벽을 자청해서 한번 넘
어보고 싶었기 때문이다. 운동신경이 무디기도 무디지만 유난히 발이 느
려서 달리기가 정말 싫었다. 지금도 학창 시절, 달리기 출발선에서 느끼곤
했던 암담함은 흉터처럼 지워지지 않고 선명하게 떠오를 정도다. 물론 마
라톤은 속도의 압박에서 비교적 자유로운 장르인 점도 참작되었다.

아무튼 그렇게 시작했던 마라톤은 2006년 3월에 열린 '동아일보서울국
제마라톤' 대회 출전으로 이어졌고 난생처음 42.195킬로미터를 뛰었다.
머리카락에 고드름을 달고 뛸 정도로 추웠으니 첫 완주치고는 가혹한 조
건이었는데 기록은 앞서 말한 대로였다.

완주 후 몇 달 지나지 않아 이런저런 일이 겹치는 바람에(완주 후유증의 일
종인 '반복공포증'도 한 원인일 듯하다) 지금까지 달리기를 접고 지내오던 터였
다. 그래도 서브 4 정도는 달성하고 관두었어야 하는 게 아닌가 하는 자책
을 종종 하던 중이기도 했다.

요즘엔 자전거에 몸을 태워 비교적 편하게 한강변을 달리곤 한다. 마음
속으로는 "그래 이렇게 자전거 타면서 다리 힘을 기른 후에 다시 달리는
거야"라고 위안과 다짐을 하는데, 늠름하게 역주하는 달림이를 마주치기
라도 하면 더욱 그랬다. 그런데 마음속에서만 달릴 뿐 아직도 러닝슈즈 끈
을 묶지 못하고 있다. 자전거나 스케이트 같은 것은 오랜 세월 타지 않아
도 신통하게 뇌가 기억을 해주는 바람에 금방 익숙해지는데 마라톤은 그
렇지 않다. 완주를 수십 번 했어도 몇 달만 달리기를 쉬면 처음부터 다시
시작해야 한다. 근육이 기억을 해주지 않아서다.

마라톤을 하면서 내가 하고 있는 일과 견주어 생각해본 적이 있다. 둘 다 멀리보기와 끈기(지구력)라는 덕목이 필요하다는 면에서 닮았다. 출판 동네를 주의 깊게 둘러보면, 모두의 소망인 베스트셀러를 여러 권 내고도 지금은 회사 이름조차 희미해진 출판사가 적지 않다. 그 연유엔 느닷없이 웃자란 부작용도 있을 테지만, 더 높이 더 빠르게 올라서려고 어느 순간 너무 조급했거나, 달리는 말에 가한 채찍이 과했던 탓도 있을 것이다. 현실적으로 바꿔 말하면 과도한 마케팅 비용, 광고비 등으로 제 발에 걸려 넘어지는 경우다.

소문난 '대박셀러'는 없더라도 '튼실한 책'을 내며 꿋꿋하게 버텨내는 것, 쉽지는 않을 테지만 이것이야말로 출판동네에 몸담은 이들의 기본적인 마음가짐이어야 하지 않을까.

우리 출판 역사는 고려시대 금속활자본을 효시로(실증 가능한) 하여 조선시대 방각본, 관판, 서원판 등의 형태를 거치며 맥을 이어왔다. 그러나 근대적 의미의 상업 출판은 해방을 기점으로 활발하게 전개되었다는 점에서 우리의 '출판 역사'가 짧기도 하지만, 한 갑자를 넘기며 오늘날까지 명맥을 이어오는 출판사가 한 손으로 꼽기에도 부족한 것이 현실이다. 출판이 그만큼 부침이 심한 분야라는 방증이기도 한데, 이런 경향의 기저에는 조급증에서 오는, 멀리보기와 끈기의 부재라는 원인도 한몫을 차지하고 있다.

빠르지 않더라도 끝까지 가는 것, 그러기 위해서 긴 호흡으로 끈기 있게 밀어붙여야 하는 것이 비단 마라톤만의 미덕은 아니라는 생각이 든다.

또 하나 닮은 점이 있는데, 정도의 차이는 있지만 일의 착수를 앞두면 달리기 출발선에 선 듯 긴장되고 앞길이 막막할 때가 있다는 것이다. 물론 작가가 원고를 독자적으로 완성하는 창작소설이나 동화의 경우는 다르지만 이모저모 따져서 그린 밑그림을 바탕으로 만들어지는 이른바 기획도서는 대개가 그렇다. 어찌어찌 사전 작업을 무리 없이 해내고 산뜻하게 마무리해서 번듯한 책으로 세상에 내놓을 때, 늘 기대와 설렘보다는 걱정이 한 걸음 앞설 뿐이다.

한 물에서 놀다 보니!

편집경력 18년차. 짧지 않은 시간이다. 모 방송사의 달인 찾기 프로그램에 등장하는 '달인'들에게는 한 가지 공통점이 있는데, 어떤 달인이든 제 분야에서 대부분 10년 어름 종사했다는 점이다. 이는 그 '바닥'에서 10년만 '구르면' 달인의 경지에 오르게 된다는 얘기가 된다. 그들의 기계적인 정확함과 민첩성, 노련함, 게다가 단순한 스킬의 능란함을 뛰어넘는 일종의 아우라를 발견하는 일은 경이롭기까지 하다.

18년차 편집자에게도 그런 능란한 스킬과 아우라를 기대할 수 있을까? '네'라고 대답하는 분도 있을 테지만 나는 그렇게 답할 용기가 없다. 편집이라는 일이 워낙 경우의 수가 다양하고, 일정한 공정을 거치면서 기술의 집적이 이루어진다기보다는 경우의 수마다 직관적이고 창의적인 대응과 해결방식을 모색해야 하는 일이기에 그렇다. 다만, 달인은 아니더라도 다양한 경우의 '프로세스'를 경험한 노하우 덕에 일이 거쳐가는 '길은 안다'고 자부할 수 있지 않을까 싶다.

편집자로서 지나온 시간을 돌아보면, 출판을 둘러싼 사회적·기술적 환경의 격변기였다. 그동안 아동출판 분야는 폭발적인 시장 수요에 힘입어 성장기를 구가하고 융성기를 지나 이제 '범람기'의 복판에 다다른 느낌이

362

다. 이는 시장이라는 파이가 커진 만큼 포크를 들고 덤비는 이들도 많아지면서 무한경쟁의 각축장이 되고 있다는 의미이기도 하다.

80년대 초입만 해도 아동도서 출판은 출판의 본류에서 비껴난 지류쯤으로 인식되었다. 물론 계몽사나 금성처럼 굵직한 학습전집류 출판사들이 출판의 한몫을 담당하며 시장을 분점하고 있었지만, 단행본을 내는 대부분의 아동출판사는 규모와 영향력에서 영세성을 면하지 못했다. 그러다 80년대 후반기로 접어들면서 우리 사회가 누린 고도성장의 후광은 출판계에도 그 빛을 발하는데, 가장 큰 수혜자는 아동출판계가 아닌가 싶다. 윤택한 경제 사정과 높아진 아동교육에의 관심, 조기교육 열풍이 맞물려 90년대에 들어서도 활황의 상승곡선은 가파르게 이어졌다.

그러나 한껏 타오르던 활황의 열기도 97년 외환위기라는 된서리를 온몸으로 맞으며 얼어붙었고, 어느덧 출판계는 단군 이래 최대 불황이라는 수식을 입에 달게 되었다. 그 와중에서 상대적으로 독야청청 생기를 유지하던 데가 아동출판이다. 그 이유야 여럿 있겠지만 무엇보다도 제 자식 책 읽는 데라면 기꺼이 지갑을 여는 이 나라 부모들의 덕을 꼽지 않을 수 없다(그들이 누구던가, 교육열에서 세계에서 둘째가라면 서러워할 분들이다). IMF 구제금융 이후 불황의 늪에서 활로를 모색하던 성인도서 출판사들이 너도나도 아동출판으로 눈을 돌린 것은 너무도 당연한 귀결이다. IMF 구제금융 같은 초유의 불황에도 결코 좌판을 걷을 일이 없는 튼튼한 시장을 목격했던 것이다. 오늘날 내로라하는 성인도서 출판사치고 아동도서 출판을 계열사 또는 독립사업부로 거느리지 않은 출판사를 찾아보기 힘들다. 이는 결과적으로 아동출판의 지평(다양한 주제와 소재의 발굴이라는 측면에서)을 넓히고 질적·양적 성장을 촉진하게 되었다.

기술적 환경도 비약적이긴 마찬가진데, 90년대 초반 즈음에서 본격적으로 도입된 DTP시스템은 이전의 출판과 이후의 출판을 구분지을 수 있을 만큼 기술적인 면에서 비약적 성과를 이루었고, 그래픽디자인 분야에서도 현란할 정도의 테크닉을 구사하게 되었다.

내 또래의 편집자가 그렇듯이 활자조판 세대는 아니지만, 요즘처럼 컴퓨터 편집 시스템과 인터넷을 주축으로 한 정보화의 축복을 온전하게 받은 세대도 아니다. '모리자와 사식기'를 이용한 식자조판으로 출발한 입장에서 보면, 오늘날 기술적인 환경의 변화는 실로 눈부실 정도다. 그 시절 편집자의 또 다른 이름은 '칼잡이'(식자된 인화지를 '쪽칼'로 날렵하게 요리하였으므로)였으니 그때의 작업환경이 대략은 짐작이 가리라.

18년이란 경력은 때론 짐이 된다. 그 정도면 해당 분야의 달인(베스트셀러를 양산해내는)이 되고도 남았어야 하는 시간이지만 그렇지 못하기 때문이다. 다만 파릇하고 상큼한 겉절이가 낼 수 없는 특유의 깊고 그윽한 맛을 내는 '묵은지'의 덕목을 배워 그 짐을 줄일 수밖에.

그동안 뭐했어요?

처음 '칼잡이'가 된 것은 충무로에서 대학 동기와 조그만 광고기획사를 도모했던 때지만 92년 예림당에 입사한 계기로 본격적인 '칼잡이'의 길로 들어섰다. 마침 회사는 한창 사세가 오르던 시기라 시장성은 조금 떨어져도 의미에 중심을 두는 '무게 있는 책'을 펴내려는 의지가 강했다. 당시 아동출판사로서는 쉽게 하기 힘든 자연도감류, 백과사전(전집이 아닌 단행본) 등을 펴내고자 했는데 그 일을 맡게 되었다.

둘 다 '읽기'보다는 '보는' 책으로, 비주얼이 강조되는 책들이다. 도감이야 글자 그대로 그림과 사진이 주가 되는 책이고, 백과사전 역시 어린이를 타깃으로 기획되었으므로 오만가지 그림과 사진이 필요했다. 특히 백과사전인 『초등백과 뉴리더』는 사진자료 구하기가 하늘의 별 따기였는데, 사진자료 때문에 해당 학계의 연구소, 전국의 박물관, 공공관서를 안 가본 데 없을 정도로 돌아다니며 애를 먹었던 기억이 떠오른다. 3년하고도 몇 달을 백과사전 편집에 글자 그대로 '몰두'했다. 천신만고 끝에 5권으로 완간되었는데 그때 사주가 특별휴가 겸 가족여행을 주선해줬던 기억이 새롭다. 지금 생각해보면 그때만큼 일을 즐겼던 적도 없는 듯하다. 그러나 정작 『초등백과 뉴리더』는 별로 빛을 보지 못하고 물류창고 한쪽에서 한동안 그 육중한 '무게'만 지키는 처지가 되었다. 당시 정가가 10만 원으로 그만한 목돈을 서점에서 한꺼번에 내고 사기에는 부담스러웠다는 점도 부진의 한 원인이 되었다. 하지만 지금도 개인적으로 무척 애착이 가는 책이다.

백과나 도감류 등을 진행하다 보니 자연스럽게 비주얼이 강조되는 책쪽으로 관심이 모아졌고, 그래서 만든 책이 『우리민속도감』『우리문화재도감』이었다. 『우리민속도감』은 선조들의 손때가 묻고, 고단한 삶이 배어 있는 민속유물의 의미를 어린이들에게 일깨워주는 책이다. 휴관일에 맞춰 소장품을 촬영하도록 개방해주는 등 중앙민속박물관을 비롯한 여러 박물관의 협조가 없었더라면 낼 수 없었던 경우다.

전국에 산재한 주요 건축 문화재를 중심으로 다룬 『우리문화재도감』은 담당 사진부 직원의 차량이 폐차 수준의 주행기록을 세운 일화가 있을 만큼 방방곡곡에 걸쳐 발품을 팔아 찍은 사진으로 엮었다. 두 책 모두 자연과 생태라는 도감의 고정 이미지를 벗어나 문화 영역까지 확대한 개념이었는데 독자들의 반응이 좋았고, 발간 후 오늘날까지 긴 생명력을 이어오며 스테디셀러가 되었다.

다큐멘터리 형식을 책에 접목한 '다큐북' 시리즈도 재미있게 작업했던 책이다. 새, 곤충, 갯벌, 동굴, DMZ 같은 소재를 르포 형식으로 엮었는데 현장감이 살아 있는 사진과 작가의 에피소드까지 담아서 옆집 아저씨가 차근차근 들려주듯 쓴 글이 잘 어울렸다. 그 중에서 『아주 특별한 땅 DMZ 의 비밀』은 기획 배경이 좀 특이한데, 순전히 나의 군복무 경험(금단의 땅인 DMZ를 넘나들 수 있었다)에서 비롯되었다.

80년대 중반 전방사단 수색대에서 복무하며 직접 목도했던 DMZ의 실상이 제대 후에도 오랫동안 뇌리에서 지워지지 않고 잔상처럼 뜬금없이 떠오르곤 했다. 번뜩이는 살기, 지뢰, 철조망 같은 전쟁의 이미지와 그 사이를 한가롭게 뛰노는 노루와 멧돼지, 흐드러지게 핀 야생화 같은 상반된, 마치 부조리극의 한 장면 같은 이미지들이 정리되지 않은 채 기억되고 있었다. 한번쯤 DMZ라는 '아주 이상한 땅'의 이야기를 아이들한테 들려주고 싶었는데, 알음알음으로 춘천 MBC의 전영재 기자(수년 동안 DMZ 를 취재해온 터였다)를 만났고, 의기투합한 결과 책으로 결실을 보게 되었던 것이다(이 책은 한국문학번역원이 '2005 한국의 책'으로 선정하여 독일어판이 출간되었다).

『대조영과 발해』도 이야깃거리를 간직한 책이다(흔히 있는 위인전들과는 그 형식과 주제 접근에서 차별화를 꾀한 '특선인물전' 시리즈의 하나). 대조영의 일대기를 중심으로 발해 건국 초기를 주로 다뤘다. 기획 단계에서 어린이들이 발해의 실체를 실감할 수 있도록 유적에 관한 도판을 따로 묶기로 했다. 문제는 역시 자료사진이었다. 우리나라는 발해 연구자가 일본과 북한에 비해 소수일 뿐더러 연구자들도 현지답사를 통한 자료 확보가 여의치 않았다. 북한 쪽에서 발간한 발해 연구서를 확보하긴 했지만 그 도판을 활용할 수도 없었다. 그렇다면 직접 찍어오는 수밖에!

마침 그해(2001년)는 베이징 도서전이 열리던 해여서 사진부 직원과 도서전 참가 겸 유적지를 답사하기로 계획을 세웠다. 답사 경로는 대략 중국 동북삼성의 연길-화룡-훈춘-목단강-영안-돈화 등이였다. 그런데 유적지 안내판마다 발해를 당나라의 '지방정부' 정도로 설명해놓은 것은 다반사고, 사진촬영도 여간 까다롭게 구는 것이 아니었다. 심지어 돈화에 있는 정혜공주(발해 제3대 문왕의 둘째딸) 묘는 묘역에 감시초소를 세우고 촬영은 물론 접근도 허용하지 않았다. 겁먹은 현지 안내인을 설득해서 먼발치에 숨어서 망원렌즈로 겨우 촬영했다. 발해의 오랜 수도였던 영안의 상경 용천부 유적도 제재가 심하긴 마찬가지여서 내성 궁궐터는 엄두도 못 내고, 그나마 표지석도 사람과 함께 찍으면 괜찮다는 전제조건 때문에 사람을 세워놓고 찍는 척하다가 슬쩍 앵글을 돌려 찍어야 했다. 그래도 발해의 시원인 동모산(돈화시 인근 소재)에 올라 느낀 감회는 지금도 생생하다. 그때는 중국이 괜한 몽니를 부린다고만 생각했었지 그것이 동북공정의 단초일 줄은 몰랐다. 이 시리즈 역시 스테디셀러의 저력을 보여줬는데 『대조영과 발해』는 텔레비전 드라마 덕분에 판매량이 더 늘기도 했다.

『100년 후에도 읽고 싶은 한국명작동화 I, II』도 동화선집 출간의 경향을 선도했다는 측면에서 빼놓을 수 없는 책이다. 동화를 쓰는 이상배 작가의 제안으로 시작한 이 책은 한국 동화 80년(1923년 마해송의 『바위나리와 아기별』을 기점으로 삼음)을 집대성한 것으로 독특한 표지 이미지와 장중한 일러스트가 기획의도에 맞게 잘 어우러졌던 경우다. 독자의 반응에 힘입어

'한국/세계명작단편' 등으로 확대 출간되었다. 이후 비슷한 선집들이 우후죽순 격으로 양산되었는데, 동화 읽기의 저변을 넓혔다는 측면에서 보면 나쁘지 않은 일이었다.

아무리 깔아준 멍석이라도 자화자찬은 이쯤에서 거두어야 된욕은 안 먹을 테지만 아무래도 초등과학학습만화 'Why?' 시리즈를 그냥 넘길 수는 없겠다. 한기호 한국출판마케팅연구소 소장의 글이 생각난다. '1,000만 부 팔았다고 대놓고 기념행사를 벌이는 것 자체가 신선하기까지 하다'라는 요지였는데, 이는 아마도 출판동네에서 밀리언셀러를 내고도 밖으로 쉬쉬하는 풍토에 견주어 쓴 글이지 싶다. 그도 그럴 것이 호사다마를 우려함인지 지금껏 출판사들이 그래온 편이다. 그저 시중에서 몇천 또는 몇백만 부네 하고 미루어 떠도는 얘기뿐, 당사자가 공식적으로 확인해주는 경우는 드물었던 터다.

어쨌거나 이미 공인(?)한 것처럼 'Why?' 시리즈는 1,000만 부를 넘어 2,000만 부의 고지에 다다랐다(2009년 1월 현재). 편집자로서 이런 책을 만난다는 건 '행운'이다. 굳이 행운이라는 단어를 쓴 까닭은 출판에 늘 붙어다니는 의외성 때문인데, 내용 좋고 잘 만들었어도 빛을 못 보고 스러져가는 책이 어디 한둘이던가. 만화는 기본적으로 '가벼움'이 무기인 장르다. 그러나 학습만화는 한없이 가볍기만 해서도 안 되고 적당한 중량감을 실어줘야하는데(그래야 부모들을 설득할 수 있다) 이게 어려운 점이다. 즉 재미와 '알맹이'를 적절한 비율로 잘 버무려내야 한다는 말인데, 이런 점에서 'Why?' 시리즈는 비교적 성공을 거둔 편이다. 사실 편집자로서는 '기본이 충실한 책' '밀도가 있는 책'이라는 세간의 평을 듣는 것이 1,000~2,000만 부 판매 돌파보다 더 보람 있고 기분 좋은 일이다.

'Why?' 시리즈는 그림이 완성된 후 후반 편집 작업에 오랜 시간을 들였다. 소재가 과학이다 보니 그렇기도 하지만 편집자의 '욕심'으로 고치고 다듬고, 더하고 빼기를 거듭해서다. 이 자리를 빌려 거듭되는 수정 작업을 감내해준 콘티작가와 만화작가들에게 죄송함과 고마움을 전하고 싶다.

고여 있지 말아야 할 것

어느덧 이 '바닥'에서 자타천 중견이라는 딱지를 단 자신을 돌아본다. 경력이 보태질수록 대개 변화에 둔감하거나 변화를 애써 외면하려는 경향이 있다. 이제까지 '잘 달려온' 궤적을 유지하려는 관성의 탓이 클 것이다. 그래서 갑자기 핸들을 꺾기가 힘들 터이지만 자주 핸들을 돌려야 한다. 편집자야말로 스스로 변화하고 외부의 변화에 민감한 '더듬이'를 예리하게 작동시켜야 한다고 믿기 때문이다.

우리 회사에는 PD가 셋 있다. 무슨 방송사업을 따로 시작한 건 아니고, '퍼블리싱 디렉터publishing director' 또는 '북 프로듀서book producer'를 지향한다는 의미로 붙인 이름이다. 자신의 책임 아래 한 권의 책이 만들어지기까지 모든 과정을 기획하고 진행하는, 말하자면 '멀티플레이어'로서 활약을 기대하는 것이다. 새로운 시도인 셈이다.

요즘 출판계에 유행처럼 번지는 '임프린트' 같은 체제도 기존 출판 시스템에 변화를 주어 더욱 창의적이고 다채로운 콘텐츠를 생산하기 위한 시도일 것이다. 변화는 고여 있지 않고 흐르는 것이며, 익숙한 것의 변주가 아니라 낯설고 새로운 것이어야 한다. 그래서 쉬운 일이 아니지만.

출판기획실 식구들에게 종종 해주는 말이 있다. "볼펜 한 자루 들고 교정지를 딸기밭으로 만드는 칼눈의 '교정'은 이제 기본으로 머물러야 한다.

369

그 바탕 위에 '스토리텔러storyteller' '플래너planner'의 역할을 더함으로써 '광의의 편집자'로 부가가치를 높여야 한다"는 말인데, 따지고 보면 내 자신을 향한 계속되는 충고이기도 하다.

비단 고여 있지 말아야 하는 것은 웅덩이의 물뿐이 아니라 내 안에 갇힌 사고와 관념들이다. 너나 할 것 없이 관성에 의탁한 몸을 빨리 부려야 할 때다.

◆ **백광균**——— 예림당에서 어린이책을 만들고 있다. 미술을 전공하고도 디자인보다는 편집을 택한 배반의 이력이 있다. 연출되지 않은 날것 그대로의 이야기가 있는, 잘된 다큐멘터리 같은 책에 관심이 많다. '서울-파리 행' 특급열차를 타는 때가 오면 그 여정에서 만나는 사람과 자연을 담은, 그런 책을 만들고픈 꿈이 있다.

370

콘텐츠 코디네이터를 꿈꾼다

|

이상민 중앙북스(주) 경영기획팀장

SCENE #1. 습관은 대물림된다

웅진북클럽에서 새로운 책이 왔다. 오자마자 거실에 모두 쏟아놓고는 읽기 시작한다. 다 읽은 책은 자기가 원하는 모양으로 그냥 놓는다. 그렇게 한 권, 두 권… 열 권을 다 읽었는지 포개놓은 책을 뒤로하고 독서 확인하는 종이에 열심히 스티커를 붙이고, 쓰고 있다. 곧 초등학교에 입학하는 아들녀석의 모습이다. 옆에서 뒤질세라 4학년인 누나는 얼마 전 거실로 옮겨놓은 책장에서 책을 꺼내 읽고 똑같이 거실 한켠에 쌓아놓는다. 책을 열심히 읽는 아이들을 보며 습관은 대물림된다는 것을 확신한다. 바로 내가 어렸을 때 그렇게 자랐으니 말이다.

몇 해 전 소천하신 나의 아버지는 가난한 농부의 아들로 태어나 무작정 상경하여 야간고등학교에 다니며 낮에는 인쇄소에서 생활비를 벌어야만 했던 문선공이었다. 지금이야 컴퓨터로 모든 편집이 다 되는 시대이지만 불과 20여 년 전만 해도 활판 인쇄로 책을 만들었다. 그 시절에 아버지는 원고를 읽어가며 납활자를 골라 뽑아 활판에 글자 심는 일을 했다. 조판부에서 일했던 아버지는 저녁이면 활판을 묶는 하얀 무명실

타래를 한 바구니 들고 퇴근한다. 온가족이 식사를 마친 후에는 그 무명실을 길게 잇고 타래에 가지런히 묶는 일을 반복하곤 했다. 그 무명실이 활판을 둘러 묶는 실이라는 것을 그때는 몰랐다. 참 재미있다고 생각했고, 그래서 열심히 했던 것 같다. 하늘색 지형의 우툴두툴한 감촉도 잊을 수가 없다.

초등학교 때 경험했던 그 일들이 나에게 출판인으로서 숙명적인 조건과도 같았을까? 어렸을 때부터 아버지가 가져온 온갖 책들에 둘러싸여 있었고, 마땅한 장난감이 없던 그때에는 가지런히 꽂혀 있던 책이 유일한 친구들이었다. 지금 생각하면 웃음이 나온다. 초등학생이 무작정 꺼내든 책이 『꺼삐딴 리』였다. 제목이 재밌어서 읽었던 것 같다. 방 안 곳곳에 제본 후 로스 난 종이를 묶어 앞뒤로 두꺼운 종이를 대어 만든 종합장이 넘쳐났던 모습과, 원고지에 휘갈겨 쓴 글자에 빨간색 볼펜으로 교정을 보시던 아버지의 모습이 스친다.

그 후로 아버지는 청타기와 모리자와 사진식자기를 가지고 조판업으로 독립했다. 그리고 컴퓨터 조판이 도입되었을 때 서울시스템을 들여놓고 사무실을 확장했다. 내가 성장하는 동안 주위에는 늘 종이 냄새와 출판 기계 그리고 책들이 많았으며, 책을 읽고 교정을 직접 보시던 아버지의 모습을 내가 그대로 빼어 닮았음에 놀랐다. 지금 내 아이들도 그런 할아버지, 나의 모습을 닮고 있는 것이다.

SCENE #2. 출판계에 입문하다

어렸을 때부터 각종 글짓기대회에 학교 대표로 출전했던 나는 초등학교, 중학교, 고등학교를 거치며 자연스럽게 국문학과를 동경하게 되었다. 선생님들도 당연히 국문학과로 진학할 거라고 생각하셨던 것 같다. 하지만 아버지의 권유와 여러 가지 사정으로 나는 수학을 전공으로 선택했다. 마음 한구석에 여전히 문학에 대한 동경을 그대로 남겨둔 채 말이다. 국문학과 수학은 정말 극과 극 아닌가? 더욱 재미있는 것은 나의 첫 직장이 문학도 아닌 수학도 아닌 음악 전문 출판사라는 점이다. 대학원 진학을 권유하던 아버지는 출판을 계속 고집하는 아들에게 기독교 출판사를 권했지만 공채가 없었고, 결원이 생기면 수시 채용을 하던 터라 타이밍이 맞질 않았다. 아버지는 어렵게 야간고등학교를 졸업했기에 자식이 계속 공부하기를 원하셨던 것이다. 하지만 계속 출판을 고집하는 나에게 아버지는 당신이 이루지 못한 출판에 대한 꿈을 대신 꾸고 계셨던 것이다.

음악에도 관심이 많았던 나는 1995년 동기들의 은행 입사를 뒤로하고 음악출판사인 삼호뮤직에 입사했다. 학창 시절 팝송책과 기타책으로 유명했던 삼호출판사가 음악학원용 교재 개발에 뛰어드는 등 중소기업 가운데 역동적이고, 비전이 좋다고 판단하여 지원하게 되었고, 바라던 일을 하게 되었다. 인화지를 칼질해서 대지에 붙여가며 유산지에 원고지정을 해 첫 작품을 생산했다. 그 책이 『플루트교실』(정효숙)이었다. 한창 문화센터에서 플루트 강의 붐이 일 때 국내 저자의 책을 기획하여 분야 베스트에 올려놓았다. 그 후로 저작권팀장, 편집기획부 편집장을 거치고, 계열 회사인 삼호미디어라는 실용서 전문 출판사의 편집장도 잠시 겸직하면서 많은 것을 배웠다. 2002년도인 입사 7년차 때 부장으로 승진하여 5년간 편집장 생활을 하다가 기회가 되어 2007년 3월부터는 중앙북스(주)에서 기획출판2사업부문장을 거쳐 현재는 경영기획팀장으로 재직하고 있다.

SCENE #3. 나를 키워준 사회의 아버지

깊은 산중에서 커다란 톱으로 열심히 나무를 베고 있는 나무꾼에게 지나가던 사람이 말했다. "당신은 왜 무뎌진 톱으로 너무나도 힘들게 나무를 베고 있나요? 톱날을 갈아서 일하면 훨씬 더 빠를 텐데요." 그때 나무꾼이 이렇게 말했다. "톱질이 너무나 바빠서 톱날을 갈 시간이 없어요." 내가 대학원을 졸업한 뒤 선후배들에게 대학원 진학을 권하면 하나같이 너무 바빠서 학교는 꿈도 못 꾼다고 말한다. 그러나 어려울 것 같았던 나도 지금은 회사생활을 하면서 대학원에서 재교육을 마쳤다.

나는 삼호뮤직 재직 중 회사 대표 김정태 회장의 추천과 장학금 전액 지원으로 신문방송대학원에서 야간수업으로 언론학 석사학위를 받았고, 김 회장과 지도교수이신 이정춘 교수의 권유와 추천으로 곧바로 대학원 신문방송학과 박사과정에 입학하게 되었다. 회사 지원 프로그램으로나 출판계에서나 전례가 없는 일이었다. 대학원 과정을 통해서 출판·언론 계통의 수많은 선후배를 알게 되었고, 출판 이외의 다른 미디어를 학문적으로 연구할 좋은 기회를 얻었다. 지금 이 글을 읽게 될 출판계 선후배께도 톱날을 먼저 갈기를 감히 권한다.

삼호뮤직의 김정태 회장은 내게 사회의 아버지나 다름없다. 무작정 시작한 사회생활 동안 출판을 가르쳐주었고, 공부도 계속할 수 있는 기회를 허락하셨다. 출판에 대한 열정과 소신을 가르쳐준 존경하는 선배이자 사회의 아버지로 기억될 것이다. 그 밖에도 재학 중에 만난 출판계 선후배는 내 출판 인생의 아버지도 되고, 형제도 된다.

SCENE #4. 기획의 영역을 확장하다

삼호에서 첫출발을 한 나로서는 음악교재와 실용서라는 정해진 기획의 영역이 늘 한계였다. 하지만 13년 만에 옮긴 두 번째 직장은 종합출판을 지향하기 때문에 기획의 영역이 확장될 수밖에 없었다. 내가 맡았던 사업 부문에서는 실용, 경제경영, 종교, 어학, 교육 분야를 중심 사업으로 전개하고 있으며, 세부적으로는 읽는 실용서에서 보는 실용서로의 전환, 한두 해의 미래보다는 10년 후를 예측하는 경제경영서, 비종교인도 공감할 만한 종교 서적 그리고 변화하는 영어시험 시장과 중국어에 새롭게 접근하는 어학교재와 논술교재 등을 개발하고 있다. 3월에 입사해 기획과 출간 준비기간을 거쳐 7월부터 6개월 만에 모두 31종이 세상의 빛을 보게 되었다. 그 가운데 11종이 나의 친자식인데 모든 기획을 소개할 순 없고, 기억에 남는 몇 가지만 소개하고자 한다.

짧다면 짧고 길다면 긴 기간 동안 가장 긴 터널을 지나온 책은 2007년 12월에 출간된 김준철의 『와인가이드』다. 이 책은 중앙에 입사하자마자 기획해서 거의 1년 만에 태어난 책이다. 기획자에게는 세상과 소통하는 방법이 필요하다. 나름의 소통도구들이 있겠지만 나 또한 별반 다르지 않았다. 신문·방송·인터넷을 통해 트렌드를 읽어갔고, 사람과 많이 만나 독자 접점에서 기획거리를 찾고 있을 때였다. 그때 모 일간지에 기업을 경영하고 있는 사람들의 와인 스트레스가 상상을 초월한다는 기사가 실렸다. 삼성경제연구소가 2007년 4월 404명의 기업 CEO를 대상으로 와인문화 설문조사를 했는데, '와인과 관련된 지식을 잘 몰라 스트레스를 받은 경험이 있다'고 답한 CEO가 84퍼센트나 됐다는 기사를 접한 것이다. 출판기획자들이 이 기사를 접하고 와인에 관한 출판기획을 많이 했던 것 같다.

아니나 다를까, 2007년에만 30여 종의 와인 관련 서적이 쏟아졌다. 그 가운데 내 기획물도 하나인 셈이다. 그러나 내가 기획한 책과 비슷한 책은 한 종도 없었다. 기사를 접하고 나는 바로 사람들을 만나기 시작했다. 와인 마니아부터 와인을 전혀 모르는 초보자에 이르기까지 모두 만났다. 그리고 5월 정도에는 〈중앙일보〉 사내 인트라넷을 통해 직장인의 와인 도서 선호도를 조사했다. 초보자용 입문서가 필요한지, 다른 사람들의 경험을 담은 에세이가 좋은지, 백과사전 같은 와인 구매가이드가 필요한지 등등 말이다. 그 결과 과반수가 넘는 예비 독자들은 구매가이드를 원했다. 와인에 대한 정보는 인터넷이나 여러 잡지, 신문에도 넘쳐나고 있었으나 정작 마시려고, 선물하려고 구입해야 하는 상황이 오면 그 방대한 와인의 세계에 어떻게 빠져야 하는지 모르고 있었던 것이다. 백화점이나 주류상점에만 있던 와인은 어느새 대형마트의 한쪽 면을 점령한 지 오래되었지만 대중적이라고 선별되어 마트에 진열된 와인조차 생소하긴 마찬가지라는 것이다. 그래서 바로 그 결과를 가지고 서점 판매량을 조사해봤다. 와인 관련 도서 가운데 1위 도서를 벤치마킹하기 위해서 말이다. 그 결과 『와인구매가이드』(손진호·이효정)가 월등하게 1위를 차지하고 있었다. 독자들은 교양서보다는 실용서를 원한다고 확신하게 된 계기였다. 그래서 에이전시를 통해 와인 원서를 물색하고, 와인 입문서 필진을 조사하던 것을 잠시 뒤로 미루고 소믈리에를 직접 찾아나서기에 이르렀다. 그 결과 저자를 섭외하게 되었고, 오랜 원고 작성과 편집기간을 거쳐 세상에 태어나게 된 것이다.

또 기억에 남는 책은 『세컨드라이프 비즈니스 전략』(위정현)이다. 세컨드라이프secondlife는 미국에 본사를 둔 린든랩Linden Lab이 제공하는 기술적 기반 위에 이용자가 콘텐츠의 창작에 능동적으로 참여하여 형성된 온라인 3D 커뮤니티다. 이용자들은 세컨드라이프라는 가상공간에서 자신의 분신인 3차원 입체 아바타를 통해 현실의 삶과 다른 제2의 인생을 즐기게 된다. 도서관에서 책을 뽑으면 그 책이 PC에 저장되고, 병원에 가면 현실과 마찬가지로 진료를 받거나 예약할 수 있으며, 영화관에 가면 영화를 볼 수 있고, 대학 강의실에 가면 직접 교수에게 강의를 들을 수도 있다. 즉 세컨드라이프는 단순한 가상공간이 아닌 그 안에서 비즈니스와 회의, 인터넷 쇼핑과 선거운동까지 가능하게 함으로써 오히려 현실세계의 영역 안에 있는 서비스였다.

2007년 초반 세컨드라이프 관련 기사도 많이 다루어졌다. 대부분의 사람들은 이 서비스를 그저 게임으로 치부하려는 경향이 있었다. 하지만 나는 비즈니스적인 관점으로 접근해보았다. 이미 국내외의 다양한 오프라인 기업들이 글로벌 고객에 대한 직접적 정보 수집, 신제품이나 서비스의 테스트, 신규 비즈니스의 창출, 조직 내 커뮤니케이션과 이러닝의 도구로 세컨드라이프를 적극 활용하고 있다는 사실에 주목했다.

그래서 경영학과 교수 가운데 세컨드라이프를 연구하는 분을 섭외하기 시작했고, 그 저자에게 '세컨드라이프 비즈니스 전략'이라는 기획을 제안하여 흔쾌히 허락을 얻어냈다. 이 책은 세계 유수의 글로벌 기업들이 왜 세컨드라이프를 새로운 비즈니스 항로로 선택했는지, 그리고 현재 세컨드라이프에서 상주하는 기업들은 어떤 비즈니스 전략을 펼치고 있는지 구체적인 사례 분석을 통해 설명함으로써 향후 세컨드라이프를 새로운 비즈니스 발판으로 삼을 기업과 개인에게 구체적인 사업 아이디어와 힌트를 제시하고 있다. 블루오션 전략이 처음 등장했을 때 주장에는 공감했지만 그 후 블루오션을 찾지 못한 기업, 개인에게 인터넷 가상현실 세컨드라이프가 블루오션 전략의 실천적 대안이 될 수 있을지도 모른다는 희망을 전달하게 된 것이다. 출간 후 린든랩의 CEO 로즈데일이 매경 세계지식포럼에 기조강연 연사로 초청되어 인구에 회자되었다.

그리고 자녀교육서도 기획했는데 『강남엄마 따라잡는 초등영어』(허정윤)라는 책이다. 당시 유행했던 드라마 제목에서 책 제목을 따왔고, 기획은 초등학생을 자녀로 둔 아버지의 처지에서 준비했다. 태어나서부터 강북에서만 생활했던 나는 강남의 교육열을 이해하지 못했다. 하지만 딸이 초등학교에 입학하고, 어려서부터 영어에 대한 스트레스로 영어학원을 다니는 것을 지켜보는 것만으로도 딸이 안쓰러웠다. 그러던 중 SBS 드라마 〈강남엄마 따라잡기〉를 보았고, 강남엄마들이 극성이기도 하지만 분명 배울 점이 있다고 판단하고 그것을 구체적으로 밝혀보자는 의도에서 기획하였다. 그래서 초등학생을 대상으로 한 영어교육에서 어느 정도 입지를 다진 강남의 어학원을 뒤졌고, 동시에 딸의 친구 엄마들을 모집해서 책에 어떤 내용이 수록되기를 희망하는지 모니터하였다.

위의 몇 가지 사례에서 보는 바와 같이 출판기획은 기획자 한 사람만으로는 이루어지지 않는다. 아이디어는 기획자로부터 출발하지만 그 아이디어에 살을 붙여가는 것은 예비 독자의 몫이었다. 그렇게 살찌워진 아이디어에 가장 적합한 옷을 디자인하고 입히는 일을 편집자가 해나간다. 2007년의 31종 안에는 실패의 흔적이 더 많이 남아 있다. 지금 이 순간에도 아이디어만으로 고집을 부리며 책을 기획하고 있는지 반성해본다.

SCENE #5. 미래 출판전략을 생각하다

출판의 미래를 예견하는 것은 대단히 어려운 일이다. 25년 전, 앞으로 다가올 미래의 매체유형을 예견하려 했던 어느 누구도 현재 매체 발전의 근간을 이루고 있는 DMB방송, 디지털방송, 무선인터넷, 모바일 등의 등장과 발전을 전혀 예측하지 못했다. 지금 상황에서 출판의 미래를 속단한다면, 마치 CNN방송의 설립자 테드 터너가 1985년 "앞으로 10년 이내에 신문매체는 사라질 것"이라고 예언했던 것과 똑같은 오류를 겪게 될지도 모른다. 다만, 한 가지 확신할 수 있는 것은 현재의 출판에 대한 정의가 더는 유효하지 않다는 것이다. 서적이나 회화 따위를 인쇄하여 세상에 내놓는 출판 대신에 콘텐츠를 코디네이션하여 다양한 매체에 실어 세상에 내보내는 것을 출판이라고 할지도 모른다는 것이다. 그리고 디지털 시대의 출판매체는 '퓨전'의 틀 속에서 더욱 변화될 것이다. 우리는 이미 디지털 출판시대를 살아가고 있다. 그렇다면 퓨전화 시대에 미래형 출판전략은 어떨까? 석사과정 때 고민했던 다섯 가지를 생각하며 글을 맺을까 한다.

우선 퓨전 시대에 출판산업은 첫째 출판이라는 장르의 풍부한 콘텐츠를 2차적 저작물 등의 시장과 제휴하여 온라인과 오프라인 미디어의 경계를 효과적으로 넘나들 수 있는 '원소스 멀티유즈'의 통합 마케팅, 기획 전략이 요구된다. 즉 지속적인 콘텐츠 개발과 동시에 그 콘텐츠를 다양한 미디어에 적용하여 연동적으로 사용함으로써 부가가치를 극대화하여야 한다는 것이다. 효율적인 '원소스 멀티유즈' 전략을 위해서는 정책적인 퀄리티 미디어quality media의 확보를 통하여 양질의 콘텐츠를 생산하고, 출판기획 단계에서부터 '멀티유즈'를 염두에 둔 다채널 기획, 마케팅 전략과 유통과 활용의 퓨전화를 통한 협업 시스템 개발의 삼박자가 맞아야 한다.

379

둘째, 동일한 콘텐츠를 각각의 매체 특성을 살려 이종매체간에 활용함으로써 시너지 효과를 창출하는 이종매체간의 상호촉진전략이 요구된다. 이것은 앞에서 밝힌 '멀티유즈' 전략과는 조금 다르다. '멀티유즈'는 유통이나 매체의 채널을 다변화하는 전략을 의미하고, 이종매체간의 상호촉진전략은 애초부터 이종매체간의 개발에 대한 시너지 효과를 염두에 두고 기획하는 것을 의미한다. 이러한 이종매체간의 상호촉진을 염두에 둔 기획들은 영화나 텔레비전 드라마가 책으로 개발되는 사례도 있고, 애초에 책으로 개발된 것이 영화나 텔레비전 드라마로 진출하는 사례도 있다. 2007년에 나온 내 부문의 정치소설 『백그라운드 브리핑』(김종혁)도 몇몇 영화사와 드라마 프로덕션에서 관심을 보였다.

셋째, 기존의 단순한 기획적인 면보다는 퓨전화를 고려한 고도로 감성화된 출판디자인적 측면이 강조된다. 이것에는 기술적 연구개발Research &Development도 중요하겠지만 그보다는 감성적 창조개발Creation&Development 체제의 도입이 요구된다. 출판의 기획 단계에서부터 퓨전화를 고려한 감성적 창조개발 체제를 도입하고 디지털 시대의 감성적 상품을 디자인한다는 개념으로 출판물의 발행을 염두에 두어야 할 것이다. 책은 문화적 속성 이외에 산업적 측면에서도, 유통과정을 거쳐 독자의 손에 전달될 때까지 일반 상품으로 취급된다는 상업적인 속성에서 볼 때 감성디자인 되는 상품이라고 보고, 이제는 퓨전 매체를 적극적으로 수용하는 적극적인 출판디자인 상품 개발 전략이 요구된다. 또한 색감과 차별화된 표지디자인 등은 감성마케팅의 주된 축이라 할 수 있다. 퓨전 문화는 독자의 감성을 바탕으로 하고 있으므로 출판기획에서 감성마케팅은 꼭 필요한 전략 가운데 하나다. 그것만이 디지털 시대 독자의 요구에 부응할 수 있는 길이기 때문이다.

넷째, 출판 경영 또한 퓨전화되어야 한다. 출판사도 규모의 경제를 실현하기 위해서는 본래의 출판 기능과 경영이 분리되어야 한다. 더 나아가서는 세계 일류의 경쟁력을 지니기 위해 글로벌 리더십이 필수적이다. 이로써 출판사는 콘텐츠뿐 아니라 경영에서도 국제화를 벗어나 세계화를 지향하는 것이다. 또한 전통과 기술의 융합, 동양적 사고방식과 서양적 사고방식의 융합이 요구된다. 전통적이고 경쟁력 있는 콘텐츠 개발도 물론 필요하지만 이 콘텐츠를 세계화할 글로벌 전략이 필요하다.

다섯째, 모든 분야의 패러다임이 전환되고 있다. 고도성장에서 저성장으로, 사업 다각화에서 선택과 집중으로, 지시와 통제에서 자율과 창의로, 국내 중심에서 글로벌 스탠더드와 무한경쟁으로, 또한 아날로그에서 디지털, 인터넷 등의 지식사회로의 진입이 의미하는 메시지가 무엇인지 명확히 파악하여야 한다. 한마디로 게임의 규칙과 방식이 바뀐 것이다. 출판 영역에서도 형식이 아닌 내용에 대한 새로운 패러다임이 등장하였다. 그것이 바로 콘텐츠산업이며 이제 출판의 개념을 '콘텐츠 신디케이션Contents Syndication'으로 확장해야 한다. 출판사는 자사의 콘텐츠를 아카이브archive화하고 적재적소에 선별 배치, 중개할 수 있는 것이다. 이는 출판업도 실물보다 무형자산이나 콘텐츠를 중시하여 기업의 몸체를 가볍게 해야 함을 뜻한다. 회사의 몸집을 가볍게 하기 위해서 전략적 제휴를 활성화하고, 소유보다는 사용을 중시하여 고정자산의 과도한 증가를 억제하며 모든 것을 스스로 해결하는 자력주의가 아니라 활발한 아웃소싱을 통하여 핵심 기능, 즉 콘텐츠만을 보유하는 가상기업virtual company 형태로의 변신도 필요하다. 혹자는 출판 본연의 기능을 잃어버릴 수도 있다고 경고하지만 산업이라는 것은 시대의 변화에 따라 능동적으로 변화해왔음을 고려한다면 우리 스스로 출판산업의 영역을 구분지을 필요는 없을 것이다. 퓨전화 시대에는 경계가 허물어지는 열린 산업구조를 지향하기 때문이다.

화향천리행花香千里行이라는 말이 있다. 꽃의 향기는 천리를 간다는 뜻이다. 그러나 꽃의 향기 자체가 천리를 가는 게 아니라 좋은 꽃의 향기를 맡고 도취했던 사람이 그곳으로부터 천리만큼이나 멀리 떨어져 있어도 그 향기를 잊지 않는다는 뜻일 것이다. 나 또한 독자들에게 잊히지 않는 향기로 기억되는 책을 만들기 위해 노력할 것이다. 실천하는 자가 항상 이룸이 있고, 땀이 없으면 이룸이 없다고 하지 않았던가? 항상 아버지의 좋은 습관을 대물림 받으며 오늘도 실천하는 사람이 되기를 약속해본다. 땀을 흘리는 사람이 되기를 약속해본다. 책을 읽은 뒤 거실 한 귀퉁이에 잔뜩 쌓아놓는 나의 자녀들, 미래의 독자들을 위해….

◆ **이상민**—— 문선공의 아들로 태어나 국문학을 동경했다가 대학에서 수학을 전공했으나, 음악에 더 심취해서 졸업하자마자 삼호출판사에 입사해 13년 동안 음악교재와 실용서를 만들었다. 야간대학원에서 신문방송학을 전공하여 박사과정을 수료하고 현재는 〈중앙일보〉의 단행본 출판법인 중앙북스(주)에서 기획출판2사업부문장을 거쳐 경영기획팀장을 맡아 어린 시절의 그 꿈을 찾아가고 있다.

책 속에서 길을 잃다, 다시 길을 찾다

|

오연조 위즈덤하우스 출판 7분사 분사장

솔직히 고백하면 나는 오랫동안 책 만드는 일을 하며 출판동네에서 살아왔음에도 '책'에 대해서는 별로 할 말이 없다. 누구 말대로 어찌어찌하다 보니 출판기획자가 되었고, 어찌어찌하다 보니 이렇게 출판동네를 떠나지 않고 책 속에서 길을 잃고 헤매거나 다시 길을 찾아 떠도는 시간을 반복해온 것만 같다.

인생은 작은 인연들로 아름답다

신문사 선배의 소개로 1986년 작은 출판사 편집자로 일을 시작한 나는 아이들 가르치는 일을 할 때보다, 일상과 동떨어진 일을 하는 것보다 책 만드는 일이 너무 재미있고 하루하루가 새로웠다. 지금처럼 편집, 기획, 디자인, 제작, 홍보, 마케팅이 분화되어 있지 않았던 터라 원고 쓰는 일을 빼고는 모든 게 내 손을 거쳐야 책이 만들어지고 서점에 배달되는 게 그저 신기하기만 했다(지금도 가끔은 그때 맡았던 잉크 냄새의 기억이 새록새록 떠오를 때가 있다). 빨간 줄로 칸이 나뉘어져 있는 200자 원고지 더미와 빨간 펜이 굴러다니는 작고 낡은 책상에서 글을 내 맘대로 고치고, 레이아웃을 하고 인쇄소, 제본소를 뛰어다니며 필름을 오리곤 했었다. 카피를 쓰고 판매 전략을 짜고, 심지어 독자엽서 관리까지 모든 출판 프로세스를 경험할 수 있었지만, 어느 것 하나 차근차근 가르쳐주는 사람은 없었으니 실패를 해보고 나서야 아하 이렇게 하는 거구나 몸으로 때우며 배울 수밖에. 지금은 출판예비학교, 문화센터 강의뿐 아니라, 출판의 고수들이 본인들의 경험을 체계적으로 나누고 가르치는 시스템이 어느 정도 갖추어져 있으니 이 얼마나 좋은 환경인가! 그렇게 4년여를 원고와 씨름하며 지내다 보니 또 어찌어찌하여 스물아홉 나이에 편집장이 되었고, 비록 작은 출판사였지만 낮밤 가리지 않고 열심히 일했다. 대학가 낙서장을 모아 엮은 『슬픈 우리 젊은 날』이라는 책이 수십만 부가 팔리면서 베스트셀러의 꿀맛도 그때 처음 맛보았다. 하지만 책이 많이 팔린다고 내 일상이 크게 달라지는 건 없었고 나는 좀더 진지하고 무게감 있는 책을 좀 만들어보고 싶었다. 1989년 그때 만난 소중한 인연이 바로 '여성편집인 클럽'의 선배들이다. 서른 살 전후의 여성 편집장 아홉 명이 모여서 정보를 나누고 같이 공부(?)도 하고 밥도 먹고 친하게 지내며 정기모임을 가졌다. 당시만 해도 출판사 편집장은 대개 남자들이었고 지금처럼 출판계 여초현상이 그리 심하지 않았던 것으로 기억된다. 고군분투하며 각자의 업무공간에서 실력을 인정받고 있는 선배들의 경험을 함께 나누면서 새로운 활력을 찾게 되었고 막내 편집장으로, 언니들의 친절한 배려와 멘토링, 나도 열심히 하면 저 선배들처럼 폼 나는 책을 좀 만들어볼 수 있겠구나 하는 희망을 갖게 되었다.

그때 우리는 '머리가 하얀 파파 할머니가 되어도 편집자로 일할 수 있을까'라거나 '독립하려면 지금부터 사장 마인드가 필요해'라며 밤새도록 토론을 하기도 했다. 모임은 그렇게 내게 편집자로서의 정체성 찾기와 출판

기획자로서의 비전을 갖게 해주는 데 큰 힘이 되었다. 그녀들은 지금 잘나가는 출판사 사장님이 되었거나, 소설가가 되었거나 혹은 타 업종에서 두각을 나타내고 있지만 여전히 나는 독립을 하거나 다른 일을 할 엄두가 나지 않는다.

다양한 경험이 시야를 넓힌다

책보다는 영화를 더 좋아하고 일하는 것보다는 노는 걸 더 좋아하던 나는 1991년 S영화사로 회사를 옮기면서 생활에 많은 변화가 있었다. 몇몇 사람이 모여 차분하게 책을 만들던 때와는 달리 그곳에서는 스케일이 다르고 일상이 복잡하고 활기찼다. 전에 근무하던 출판사에 비하면, 출판사라 하기엔 여러 가지 근무환경이 좋았다. 월급도 훨씬 많았으며 무엇보다 깔끔하고 값비싼 시스템 가구 인테리어로 꾸며진 부티 나는 사무실 환경이 마음에 들었다. 게다가 출판보다 몇 년은 앞서 있는 것 같은 마케팅, 홍보, 그런 업무가 이미 분화되어 있는 영화판에서 마케팅이 책 만드는 일보다 백배는 더 중요하다는 사실을 차츰 깨달아가면서 마음속으로는 '멀티플레이어'가 되지 못한다면 살아남기 힘들겠구나 하는 좌절과 두려움도 뼈저리게 느꼈다.

영화감독을 꿈꾼 이세룡 시인, 올댓시네마 채윤희 대표가 그 당시 나의 사수였는데 편집주간과 기획이사로 일하고 있던 두 분 모두 고려원 편집장, 문예출판사 편집장 이력의 소유자인지라 책의 메커니즘을 너무나 잘 이해하고 계신 분들이었다. 두 분 덕분에 영화사에서 론칭한 새로운 출판사 편집장 자리에 적응하기가 한층 수월했으며 영화와 출판의 공통분모, 교집합, 합집합을 감각적으로 잘 활용하는 법을 알려주셨을 뿐 아니라 문학적 소양과 디자인 감각이 책 만드는 데 얼마나 중요한 요소인지도 자연스레 깨닫게 되었다. 영화, 방송, 출판, 음반… 결국 메커니즘은 같다, 다양한 매체에 얼마나 잘 어울리는 콘텐츠를 담아내느냐, 어떻게 장단점을 잘 믹스해가느냐가 기획자의 능력이자 개발자들의 과제라는 것을 늘 생각하라 했다. 퓨전과 미디어믹스, 영상매체, 텍스트의 이해, 영상미학 등등 출판동네에서는 들어보지 못한 단어들이 일상어로 쓰여지는 곳에서 나는 우물 안 개구리가 세상 구경 나온 것마냥 새로운 것을 마구 흡수하려고 노력했다. 〈피아노〉〈시티 오브 조이〉〈연인〉〈데미지〉〈첫사랑〉(이명세 감독) 등 영화의 원작소설을 책으로 만들며 공짜영화 보는 재미가 쏠쏠했고, 당시 내가 좋아하는 김혜수, 박중훈, 조민기 같은 영화배우나 가수 연습생이던 박진영의 노래를 직접 들을 수 있어서 즐거웠다. 사무실 근처 압구정동 커피숍의 6,000원짜리 커피값이 아까운 줄 모르고 펑펑 써가며 친구들을 만났고, 광고회사와 파트너십으로 TV 광고, 라디오 광고도 만들어보았으며 당시로선 어마어마한 금액인 20만 달러짜리 오퍼로 언론의 비난을 받아가며 출간한 추리소설 『모레The day after tomorrow』가 50만 부짜리 책으로 만들어지는 과정도 경험하게 되었다.

외화 수입 및 국내 영화 제작을 활발히 하던 S영화사는 광고, 음반, 출판을 넘나드는 복합 미디어 기업을 꿈꾸며 한때는 잘나가는 회사였으나 그 당시 국내에 유행하기 시작한 '패밀리 레스토랑'에 무리한 투자로 회사가 갑작스레 어려워졌다. 나는 그곳에서 어쩌면 출판동네와는 무관하게 정신없이 5년 동안 책을 만들면서 다양한 간접경험을 할 수 있어서 나름대로 바쁘고 행복했었다. 하지만 출판사업부가 가야 할 방향과 회사의 지향점 사이의 간극이 점점 벌어지면서 나에겐 새로운 적응기가 필요했고 더 이상 책 만드는 꿈을 실현할 수 없다는 절망감에 회사를 그만두고 오래오래 쉬었다.

커뮤니케이션이 모든 것을 해결해준다

IMF 사태로 한바탕 출판계가 몸살을 앓고 난 뒤인 1998년, 나는 사회평론에서 출판부장으로 일을 다시 시작했다. 10년 일하고 2년을 쉬다 다시 출판 일을 시작하려 하니 감개무량했다. 하지만 근무조건이 열악해 힘이 들었다. 사람들은 다 너무 좋은 사람들이었으나 뭔가 돌파구가 필요했다. 결국 기획이사는 출판사를 차려 독립했고 후배 H와 K는 열악한 근무조건에도 의리와 열정으로 똘똘 뭉쳐 열심히 남아 일했다. 절박한 상황에서 운명처럼(?) 나타난 원고, 사장님의 날카로운 직관에 따라 '팔린다'는 확신을 갖고 초고속으로 진행된 책 『영어공부 절대로 하지 마라』!! 나는 책 진행이 마무리되고 제작 완료 시점에 서점에 책이 배본되는 날 회사를 그만두고 나왔다. 책이 잘 팔려서 기뻤고 버리고 떠나온 사람들에게 덜 미안했다. 표지의 완성도는 논외로 하더라도, 편집자와 디자이너의 커뮤니케이션, 지식인 수준이 아니라 독자의 수준에 맞춘 여러 가지 장치들을 통한 독자와의 커뮤니케이션이 얼마나 중요한지 증명해준 책이었다.

새로운 시작을 위해 나는 『반 고흐, 영혼의 편지』로 대중예술서 시장에 안정적으로 진입한 '예담' 출판사로 자리를 옮겼지만, 1년 반 만인 2000년 겨울, 『웬디 수녀의 유럽 미술 산책』을 마지막 작업으로 또다시 변화를 꿈꾸며 다른 길을 찾고자 했다. 아무런 성과 없이 나이 마흔이 된다는 게 두려웠고, 나이 마흔에도 마음이 '이럴 줄'은 나도 몰랐다. 손에 잡히는 대로 책을 읽어대고 책에서 그 답을 찾으려 하고 어디론가 떠나보고 싶어 마음

387

이 싱숭생숭하던 차였다(지금 이렇게 다시 돌아와 충성을 다하고 있을 줄 누가 알았으랴!). 나는 마음을 열고 이야기하고 상대방의 마음을 헤아리는 데 무척이나 서툴렀다. 마음에 안 맞는다 싶으면 아예 다가가지도, 슬쩍 옆구리를 찔러보지도 않는 고집쟁이가 되어가고 있었다.

인적 네크워크가 기획자의 재산이다

출판은 다른 일에 비해 사람에 의해 좌지우지되는 게 많다고 입버릇처럼 말하면서도 한 사람이 해야 할 일이 또 너무 많은 거 아니냐고 버거워하면서 멀티형 인간들을 한없이 부러워했다. 워낙 나서길 좋아하지 않고 소심한 성격이다 보니(편집자들이 A형이 많다던데 나는 소문자 a형이란다) 동료나 후배들을 힘들게 할 때도 많았다. 하지만 책 만드는 일은 아이 키우는 일과 닮아 있어서 끊임없이 서로에게 사인을 보내고 믿음을 주고 잘한다 잘한다 칭찬하게 되면 잘 커주는 아이들처럼 '뿌린 대로 거두게' 될 거라는 신념은 그래도 버리지 않고 있었다.

워낙 낯가림이 심한 편이라 나는 가까운 지인 몇몇과 깊이 사귀는 타입이다. 나의 이러한 성격은 기획자로서는 치명적인 단점이다. 하지만 한번 사귀어 안면을 트고 나면 그 사람에게 한없이 잘해주게 된다.

조금 편하게 노후(?)를 보내보고 싶다는 안일한 마음이 나를 샘터사로 이끌었다. 브랜드 파워가 워낙 강력한 출판사라 그곳에 가서 일하면 머리 덜 쓰고도 어떻게 잘 버틸 수 있을 것만 같았다. 하지만 그건 큰 오산이었다. 한마디로 그곳은 '안락지대'였으며 일하는 사람과 일하지 않는 사람, 천국과 지옥이 공존하는 황량한 벌판이었다. 하지만 나는 가족적인 분위기에 금세 적응했고 마음 따뜻한 사람들과 동고동락하며 책 만드는 즐거움에 푹 빠져 시간 가는 줄 모르고 낮과 밤을 지냈다. 피천득 선생님, 법정 스님, 이해인 수녀님, 소설가 최인호 선생님, 영문학자 장영희 교수 등 평소 내가 존경하고 흠모하던 작가들을 만날 수 있다는 것, 그분들의 글 속에서 인생의 한마디를 건져올리며 인연을 맺을 수 있음이 책 만드는 기쁨에 덤으로 따라와주었다. 정채봉의 『스무 살 어머니』『그대 뒷모습』『생각하는 동화』 개정판 작업을 시작으로 피천득의 『인연』, 이해인 수녀의 『꽃삽』, 법정 스님 전집과 『인도기행』 등등 이루 헤아릴 수 없을 만큼의 개정판 작업을 했다. 아차 싶었다. 이렇게 리메이크만 하고 있으면 새책은 언제 만드나… 마음이 조급해지기 시작했다. 그러던 차에 운 좋게 『TV동화 행복한 세상』을 만났다. 2001년에 전파를 타기 시작하면서 매일 5분씩 아침, 저녁 방송이 나가니 돈 안 들이고 얼마나 많은 광고가 되었는지 모른다. 2002년에 첫 권을 내고 시리즈로 다섯 권이 차곡차곡 쌓이니 200만 부라는 엄청난 부수가 되었다. 이 책을 만들면서는 사건사고도 많았고 맘고생도 적잖이 했던 것 같다. 밤샘 작업 후의 졸음운전 교통사고, 마지막 책작업 때는 계단에서 넘어져 머리를 열 바늘이나 꿰맸던 일…. 생각하기도 싫은 아픔이 상처로 깊이 남아 있어 더더욱 애착이 가는 책이다. 지금 생각해보면 『TV동화 행복한 세상』은 집 나간 엄마가 두고 온 자식 걱정하듯 나에겐 그런 책이 되었다. '마음으로 여는 따뜻한 세상─샘터'의 브랜드 이미지와 'TV동화'의 따뜻한 이야기 컨셉이 잘 어우러져 방송과 책의 행복한 만남이 독자들에게도 잘 전달되었던 것 같다.

책 속에서 길을 잃다

잡지 연재를 책으로 묶거나 신문 연재를 책으로 엮는 일은 출판사 입장에서는 새 원고를 청탁하는 것보다 시간이 줄어드는 이점이 있고 작가들에게는 한꺼번에 글을 써야 하는 부담을 줄여주는 이점이 있다. 물론 모든 연재가 책을 염두에 두고 쓰여지는 것은 아니지만, 기획자들은 늘 온갖 매체에 실린 유명 작가 혹은 글 잘 쓰는 사람들의 근황을 눈여겨보며 호시탐탐 눈도장을 찍게 된다. 그렇게 해서 나온 책이 〈조선일보〉에 연재된 『문학의 숲을 거닐다』였고, 법정 스님의 『홀로 사는 즐거움』은 '맑고 향기롭게' 회지에 쓰신 글을 모은 책이다.

편집자는 언제나 익명의 그늘에서 '밥상을 차리고' 잔치 준비를 하는 파티플래너와 같다. 책 만드는 일은 요리하는 일과 마찬가지로 사람들 입맛에 맞을지, 테이블 세팅은 어떤 방식으로 할지, 그릇 크기는 어느 것이 적당한지, 포크와 나이프를 써야 하는지 숟가락과 젓가락을 놓아야 하는지, 주변의 꽃장식은 어떻게 하는 게 잘 어우러질지… 이 모든 걸 계획하고 점검하고 파티가 끝날 때까지 보이지 않는 곳에서 아주 분주히 움직이는 사람처럼 꼼꼼하면서도 창의적인 생각이 몸에 배어야 한다.

성공한 어느 카페 매니저는 카페 오픈 준비에서 가장 먼저 하는 일이 커피잔을 결정하는 일이라고 한다. 그 이유는 커피잔의 크기에 따라 레시피가 달라질 뿐 아니라 테이블 위에 놓여 있을 때의 모양새가 매우 중요하기 때문이란다. 책도 마찬가지다. 언젠가부터 나는 출간이 결정된 원고를 보면 제일 먼저 하는 일이 서점에 놓이게 될 완성된 책을 이것저것 마음대로 머릿속에 그려보고 책 크기를 결정하는 습관이 생겼다. 책의 판형이 그려지면 그 다음은 작업이 한결 쉬워졌다. 디자이너와의 커뮤니케이션도, 담당편집자와의 의견 조율도 밑그림을 가지고 서로 협의하다 보면 생각지도 못한 새로운 아이디어가 나오는 경우가 많았다.

그렇게 또 5년 동안 수많은 책을 만들고 나이를 한 살 한 살 더 먹다 보니 어느 순간, 30대에 꿈꾸던 나의 10년 후와는 너무도 멀리 와 있다는 강박관념이 또다시 슬금슬금 밖으로 삐져나오고 있었다. 책이 잘 나가면 회사 복이고 마케팅 역량이 뛰어나서인데 안 나가면 콘텐츠가 후져서, 책을 못 만들어서라는 편견이 싫었고 편집주간에게 그림자처럼 따라다니는 매출 압박과 고갈된 아이디어, 몸 안의 모든 기운이 다 소진되고 방전되어 탈진 직전인 나의 모든 상태가 고장 수리 중이었다. 그러니까 또 나는 조용히 회사를 그만두고 나올 때가 된 것이었다. 자의든 타의든 5년 이상을 버티지 못하고 방황하며 마구 책에게 길을 묻고, 책 속에서 또 길을 잃어가고 있었다.

책이 내게 준 선물

출판사 창업을 하느니 아이스크림 가게나 하지. 사실 경제적인 면에서 비교도 되지 않는 걸 이야기한다고 구박하던 후배는 이제는 출판도 돈 없으면 못한다고 하소연이다. 어느 조사에 의하면 사람들은 하루에 공부를 하거나 일을 하는 데 40퍼센트의 시간을 쓰고, 책을 보는 데 10퍼센트, 친구나 주위 사람과 이야기하는 데 10퍼센트의 시간을 쓰고 있다는데 책 만드는 사람들은 하루 모든 시간을 일하는 데 쓰고 있지 않나 싶다.

길을 잃고 헤매던 나에게 또 한 번의 기회가 찾아왔다. 나는 돈도 없거니와, 애초부터 출판사 창업에는 그리 관심이 없었던 터라 더 나이 들기 전에 제2의 인생 설계를 어떻게 해야 하나 한숨만 쉬고 있었다. 그러다 또 운 좋게 위즈덤하우스의 편집 분사에서 일을 하게 되었다. 대개 책임자 자리에 오르게 되면 기획뿐 아니라 매출에 상당한 압박을 느끼게 되고, 기획 업무보다는 관리 업무가 물리적으로 많아지게 마련이다. 그 일을 잘하지 못하는 덜떨어진 나는 시스템화가 잘되어 있는 위즈덤하우스에서 심기일전 새로운 둥지를 틀기로 마음먹게 되었다. 재입사가 마음에 걸렸지만, 그래도 그때와는 환경이 많이 바뀌고 업무 시스템도 전과 같지 않아 나는 오랜 시간 호흡을 맞춰왔던 후배와 함께 이곳 기획편집 7분사로 합류했다.

위즈덤하우스는 열 명 안팎의 식구가 모여 '예담'으로 작은 걸음을 내디딘 10년이 채 안 된 출판사이다. 지금은 100여 명으로 식구가 불어난 중견 출판사로 발돋움했으니, 기분이 묘했다. '분사제'라는 독특한 시스템으로 운영되고 있는 위즈덤하우스는 직무별로 분업화가 잘되어 있고 부서간 커뮤니케이션이 원활하게 이루어지며 공과를 함께 나누는 이상적인 출판사로 변해 있는 것처럼 보였다. 나로서는 분사체제를 운영해가는 게 조금은 버겁기도 하고 아직 눈에 보이는 성과를 내지 못하고 있어 몹시 부담스럽다. 기획자가 아무리 마케터의 시각으로 책을 바라본다 한들 전문성이 떨어졌고, 부단히 노력하여 마케팅 마인드로 책을 만든다 한들 더 잘하기는 쉽지가 않았다.

2006년 4월에 첫 책을 내기 시작해 2년 가까이 또 책을 열심히 20여 권의 책을 만들었다. 처음에 두 명으로 출발한 7분사는 기획자가 일곱 명, 디자이너 두 명을 거느린 조직으로 발전했다. 앞에서 말한 대로 단기간에 원고를 확보할 수 있는 이점을 이유로 방송 프로그램의 콘텐츠 활용과 신문 연재 원고를 묶어 『공부의 즐거움』(장영희 외)과 『평생 잊지 못할 한 구절』을 첫 책으로 진행했다. 판매부수 면에서나 책의 완성도 면에서 나름 기분 좋은 출발을 할 수 있어 신이 났다.

2006년 7월에 출간한 새로운 개념의 일러스트 여행에세이 『오기사, 행복을 찾아 바르셀로나로 떠나다』는 건축과 일러스트레이션을 겸하는 재주꾼 오영욱 군의 감수성이 폴폴 묻어나는 스타카토식 글과 독특한 구도의 그림과 사진, 만화가 어우러진 재미있는 책이다. 제작비를 줄여볼 생각에, 밑져야 본전이지 하는 마음으로 지원한 '우수만화기획지원사업'(한국문화콘텐츠진흥원)에 선정되어 거금(?) 1,500만 원의 지원금을 받아 책을 만들게 되었다. '세상에 공짜는 없다'라는 말이 실감날 정도로 온갖 서류와 보고 정산 등으로 머리가 지끈 아파오는 과정을 겪었지만, 이름없는(?) 작가의 책을 내는 데 자금 지원의 어려움이 있다면 정부 여러 단체의 지원사업을 활용해보는 것도 기획자에게는 사업성 확보와 자금 조달 면에서 상당히 매력적인 일이다.

　새 둥지에서 작업한 책 가운데 아끼는 또 하나의 책은 바로 소설가 김형경 선생의 심리여행에세이 『사람풍경』이다. 이 책은 내 또래 여자들이 늦은 성장통을 겪을 즈음이면 누구나 한번쯤 찬찬히 읽으며 마음의 상처를 어루만지는 데 딱이다. 나이 마흔을 앞둔 여성 독자들, 혹은 20~30대 여성 독자들에게 꾸준히 사랑받던 책인데 기회가 되어 개정판을 내게 되었다. 원고에 밑줄 쫙 그어가며 보는 책을 만나기란 쉽지 않은데 이 책은 만드는 내내 보고 또 보고 그렇게 새 옷을 갈아입혀 세상에 다시 선보일 때까지 오래오래 보듬은 책이라 더욱 사랑스럽다. 개정판은 전작의 단점이 금방 눈에 들어오기 때문에, 독자들의 반응을 이미 잘 알고 있기 때문에 신간 작업보다 훨씬 수월하지만 한편으론 새롭게 포장하는 일이란 게 편집자나 디자이너 입장에서는 예상치 못한 어려움과 더 잘해야 한다는 강박감으로 오히려 더 힘든 작업이라 할 수 있다. 다행히도 새 옷을 갈아입고 나온 『사람풍경』은 더 오래오래 우리를 지켜줄 것처럼 그렇게 다시 제 소임을 다해주어 기뻤다. 폼 나는 책 한번 만들어보겠다던 꿈은 아직 다 이루지 못하고 있지만 책이 내 곁에 있어서, 아직도 내 손으로 책을 만들 수 있어서 감사할 따름이다.

　최근에 출판사 주간으로 일하던 후배가 창업을 준비하고 있다며 찾아왔다. 또 한 명의 기획자가 사장님이 되는구나 생각했다. 내가 그러했듯이 나이 마흔을 앞에 둔 이 땅의 편집자들은 해야 할 고민이 너무나 많다는 거, 할 수 있는 일이 그리 많지 않다는 거다. 이와 같은 눈앞의 현실에 맞닥뜨리면 떠밀리듯 출판사 창업을 생각하는지도 모르겠다. 한때 '왜 출판사 차리지 않느냐?' '독립할 생각 없어?' 그런 질문을 수도 없이 받았지만 그럴 때마다 난감해지곤 한다. 일하는 게 시큰둥해져 고민하고 있을 때 언젠가 선배는 "잘하는 것만큼이나 오래하는 게 중요하다"는 말을 한 적이 있다. 하지만 "오래하는 것만큼이나 잘하는 게 중요하다"는 게 요즘도 여전히 내가 하고 있는 생각이다. 숫자에 강해져야 하고, 정치적 수완도 부려야 하고 수익을 내야 하고 매출 늘리기를 위해 직원을 늘리고 해야 할 일이 너무도 많은데 떠밀리듯 출판사를 차린다면 잘해낼 자신도 없거니와 경영자도 아닌, 그렇다고 편집자도 아닌 애매모호한 모습이 나는 달갑지 않다. 머리가 조금씩 하얗게 새고 있는 지금 이 순간에도, 그저 책 만드는 일로 밥벌이를 하고 있음에 마냥 실없이 행복해하고 있으니 나는 언제쯤이면 철이 들까나?

◆ **오연조**——20년 가까이 출판동네에서 살아왔지만 알고 지내는 편집자보다 모르는 편집자가 더 많다. 영화사, 출판사에서 오래 일했으며 2년간 마음껏 쉬다 1998년부터 사회평론, 예담, 샘터사에서 편집책임자로 쉬지 않고 발도장 꾹꾹 찍고 다녔다. 지금은 위즈덤하우스 기획편집 분사장으로 팀원들과 알콩달콩 책 만드는 일을 하고 있으며 아이스크림 가게 하나 운영하면서 컵 세는 게 꿈이지만, 잘할 때까지 아직은 책 만드는 일을 조금 더 할 생각이다.